跟着名家去旅行

文学旅行团

海滨风光

巴金 等 著

中国经济出版社
CHINA ECONOMIC PUBLISHING HOUSE
·北京·

图书在版编目（CIP）数据

文学旅行团：跟着名家去旅行．海滨风光 / 巴金等著．—北京：中国经济出版社，2024.8
ISBN 978-7-5136-7721-9

Ⅰ．①文… Ⅱ．①巴… Ⅲ．①散文集—中国—现代②散文集—中国—当代③游记—作品集—中国—现代④游记—作品集—中国—当代 Ⅳ．① I266

中国国家版本馆 CIP 数据核字（2024）第 070221 号

责任编辑 张娟娟
责任印制 马小宾
封面设计 刘 洋 丫丫书装

出版发行 中国经济出版社
印 刷 者 玖龙（天津）印刷有限公司
经 销 者 各地新华书店
开 本 710mm × 1000mm 1/16
印 张 10.5
字 数 148 千字
版 次 2024 年 8 月第 1 版
印 次 2024 年 8 月第 1 次
定 价 168.00 元（全四册）
广告经营许可证 京西工商广字第 8179 号

中国经济出版社 网址 www.economyph.com 社址 北京市东城区安定门外大街 58 号 邮编 100011
本版图书如存在印装质量问题，请与本社销售中心联系调换（联系电话：010-57512564）

编者的话

游记是散文的一种，主要记述旅途见闻，如：某地的历史沿革、现实状况、社会习俗、风土人情、山川景物、名胜古迹等。游记是运用写作技巧描写美丽的景色，表达作者的思想感情，给我们丰富的美学享受，同时能够开拓视野、陶冶性情的一种文学体裁。优秀的游记更能成为写作的范文。

《文学旅行团·跟着名家去旅行》分为《广袤之地》《辽阔之境》《锦绣河山》《海滨风光》四册，由老舍、鲁迅、茅盾、巴金、朱自清、郁达夫、徐志摩、郭沫若、郑振铎、林徽因等名家组成"文学旅行团"，以名家为"导游"，通过名家游记带领我们畅游祖国山水，领略人文风光。

全书覆盖中国34个省级行政区，包括23个省、5个自治区、4个直辖市、2个特别行政区，所选篇目保持作家原文不变，不对原文做任何修改（作家主要创作时间在中华人民共和国成立以后的，对原文做了个别修改）。文章多为节选，只有个别文章全部选用，不仅包含名家笔下的名胜古迹，还包含他们对各地历史、地理、饮食、曲艺、民俗等的感悟和研究，多角度地展现大美中国。

每章节前的地区概况，方便我们对各个地区进行了解，构建地理概念；文章前的作者介绍方便我们了解名家生平，储备文学知识；文中画波浪线的部分方便我们感受名家的写作手法，提升写作水平；精美的水彩插图营造良好的阅读氛围，提升美学素养；“旅行笔记”拓展多学科知识，丰富认知体系；“推荐阅读”分享更多名家游记，引导阅读，提升阅读量。这是一套不可多得的“大语文”读物、科普读物，也是不可或缺的美文欣赏读物、作文参考读物。

现在，让我们跟着“文学旅行团”出发吧！和文学名家一起旅行，一起走遍中国！

目录

CONTENTS

沪上胜景　上海

上海大厦十二天 / 003
上龙华去 / 008
上海城隍庙 / 012
越剧：《红楼梦》 / 016

鱼米之乡　江苏

苏州园林 / 021
扬州的夏日 / 025
金陵的古迹 / 029
食在扬州 / 033
桨声灯影里的秦淮河 / 036

悠然吴越　浙江

从百草园到三味书屋 / 043
雁荡山的秋月 / 049
白马湖之冬 / 054
火　腿 / 058
绿 / 063
乌篷船 / 067
西湖之夜 / 071
钓台的春昼 / 075
鉴湖、绍兴老酒 / 080

东南侨乡　福建

武夷山胜会 / 087
福州的西湖 / 090
闽游滴沥之二 / 093
移山填海话厦门 / 097
饮食男女在福州 / 101
高甲戏的艺术特色 / 106

百越之地　广东

海滨城市 / 113
广州名胜 / 117
荔枝蜜 / 120
鸟的天堂 / 124
春来忆广州 / 128

天涯海角　海南

海南杂忆 / 133
一棵老椰子树的平凡传奇 / 137

祖国胜地　港澳台地区

香港游观 / 143
香港印象记 / 148
澳门中山 / 152
北投与草山 / 156

沪上胜景

上海

简称
沪

气候
亚热带湿润性季风气候

地理位置
位于长江三角洲东部长江口，濒临东海，南临杭州湾，西部与江苏、浙江相邻。

主要岛屿
崇明岛、长兴岛、横沙岛

主要水系
黄浦江、苏州河、淀山湖

著名景点
上海野生动物园、上海科技馆

本站停靠
上海大厦
龙华寺
上海城隍庙
上海越剧院

文学导游

周瘦鹃

范烟桥

曹聚仁

上海大厦十二天

周瘦鹃（1894—1968），原名祖福，作家。历任中华书局、《申报》、《新闻报》编辑，先后主编过期刊《礼拜六》《紫罗兰》《半月》《乐观》等，同时致力于园艺和盆景的研究。中华人民共和国成立后，曾任江苏省博物馆和苏州市博物馆名誉副馆长等职。代表作品有《行云集》《园艺杂谈》等。

凡是到过上海的人，看过或住过几座招待宾客的高楼，对于那座十八层高的上海大厦，都有好感。一九五六年秋，我曾在上海大厦先后住过十二天，天天过着丰富多采的文化生活，在我这一年的生命史上，记下了极度愉快的一页。这巍巍然矗立在苏州河畔的上海大厦，简直是我心灵上的一座幸福的殿堂。

永恒的景仰与怀念，不是时间的浪潮所能冲淡的，何况又加上了一重永恒的知己之感。十月十四日鲁迅先生灵柩的迁葬仪式，与十九日先生逝世二十周年的纪念大会，终于把我从百忙中吸引到了上海。感谢文化局的一片盛情，招待我在上海大厦第十二层楼上的十四号室中住下。俗有十八层地狱之说，而这里却是十八层的天堂。

跨上了几级石阶，走进了挺大的钢门，就是一个穿堂，右边安放着大小三张棕色皮面的大沙发，后面一块搁板上，供着一只大花篮，妥妥帖帖地插着好多株粉红色的菖兰花，姹娅欲笑，似乎在欢迎每一个来客。（空间描写）

右首是一个供应国际友人的商场，但是自己人也一样可以进去买东西，所有吃的、穿的、用的，形形色色，全是上品，如入山阴道上，目不暇接。我向四下里参观了一下，觉得不需要买什么，就买了两块“可口糖”吃，我的心是甜甜的，吃了糖，我的嘴也是甜甜的了。

左首是一个供应西点、鲜果、烟酒、糖食和冷饮品的所在，再进一步，是一座大厅，供住客作文娱活动，设想是十分周到的。第一层楼上，是大小三间食堂，一日三餐，按时供应，定价很为便宜，有大宴，也有小吃，任听客便。据交际处吴惠章同志对我说，这里的四川菜和淮扬菜，都是上海第一流的。

记得往年这里名称“百老汇大厦”时，我常和苏州老画师邹荆庵前辈到此来吃西餐，一瞥眼已在十年以前了。如今邹老作古，我却旧地重游，非先试一试西餐，以资纪念不可；因此打了个电话招了大儿铮来，同上十七层楼去，只见灯火通明，瓶花妥帖，先就引起了舒服的感觉。我们点了几个菜，都是苏联式的烹调，很为可口；又喝了两杯葡萄酒；醉饱之后，才回到十二层楼房间里去。

这是一个挺大的房间，明窗净几，简直连一点尘埃都找不出来。凭窗一望，只见当头就是一片长空，有明月，有繁星，似乎举手可以触到。低头瞧时，见那一串串的灯，沿着弧形的浦江之滨伸展开去，直到很远很远的地方；并且也看到了浦东的万家灯火，有如星罗棋布。我没有到过天堂，而这里倒像是天堂的一角，晚风吹上身来，不由得微吟着“琼楼玉宇，高处不胜寒”了。

当晚在十一层楼上会见了神交已久的许广平先生。她比我似乎小几岁，而当年所饱受到的折磨，已迫使她的头发全都斑白了。许先生读了《文汇报》我那篇《永恒的知己之感》，谦和地说：“周先生和鲁迅是在同一时代的，这文章里的话，实在说得太客气了。”我即忙回说：“我一向自认为鲁迅先生的私淑弟子，觉得我这一枝拙笔，还表达不出心坎里的一片景仰之忱。”

这是第一度住在上海大厦，过了整整七天的幸福生活。第二度是十一月三日，为了被邀将盆景参加中山公园的菊展，由园林管理处招待我住在十四层楼的五号室中，真的是“前度刘郎今又来”了。这回还带了我的妻文英同来，作我布置展出的助手；并且为了今年是我们结婚十周年，也算是举行了一个西方人称为“锡婚式”纪念。

这五号室仍然面临苏州河，正中下怀，而且比上一次更高了两层，更觉得有趣。从窗口下望时，行人车辆，都好似变做了孩子们的玩具，娇小玲珑。黄浦公园万绿丛中的花坛上，齐齐整整地满种着俗称嘴唇花的一串红，好似套着一个猩红色的花环，构成了一幅美丽的图案画。大大小小的船只，像穿梭般在河面上往来，帆影波光，如在几席间，供我们尽量地欣赏。

一床分外温暖的厚被褥，铺在一张弹簧的席梦思软垫上，让我舒舒服服地高枕而卧，迷迷糊糊地溜进了睡乡，做了一夜甜甜蜜蜜的梦。老实说，我自有生以来，还是破题儿第一遭宿在这么一座高高在上的楼房里，俗说：“一跤跌在青云里”，我却是“一瞣睡在青云里”了。

为了要参加苏州拙政园的菊展，小住了五天，只得恋恋不舍地辞别了上海大厦，重返故乡。呀！上海大厦，我虽并不喜爱这软红十丈的上海，但我在你那里小住了十二天之后，对于你却有偏爱；因为你独占地利之胜，胜于其他一切的高楼大厦。我希望不久的将来，仍要投入你的怀抱。

旅行笔记

贸易之都

上海历史悠久，从最初的渔村发展为现代化都市，经过了漫长的历程。大约六千年前，就有人类在上海的西部地区劳作生息了。战国时期，上海地区属于楚国，是“战国四公子”之一的春申君黄歇的封地。相传黄浦江的疏凿就跟黄歇有关，所以黄浦江又称春申江，上海也别称“申”“春申”。在古代，松江（今吴淞江）下游一带有“扈渎”之称，后“扈”演变为“沪”，也就成了上海的简称。随着江南地区经济的蓬勃发展，上海一带的经济也开始发展。

第一次鸦片战争后，在中国近代史上第一个不平等条约《南京条约》中，上海被迫成为通商口岸之一。侵略者在中国各大口岸划界租地，筑路建屋，在租界内僭取了“管理权”，引得其他帝国主义国家争相仿效。“英租界”“法租界”，以及几个国家共同管理的“公共租界”成为帝国主义国家进行侵略活动的据点。西方资本主义侵略者打开了中国的门户，中国由封建社会逐步沦为半殖民地半封建社会。

1920年夏，在陈独秀的主持下，上海的共产党早期组织成立，这是中国第一个共产党组织。随后，北京、武汉、长沙、广州、济南等地也相继建立了共产党早期组织。1921年7月，中国共产党第一次全国代表大会在上海开幕，这次大会通过了中国共产党纲领，确定党的名称为“中国共产党”。

今天的上海因地处长江入海口，运输便利，逐渐发展成繁忙的国际贸易港口，是国际经济、金融、贸易、科技及航运中心之一，也是长江经济带和长三角城市群的核心城市。

上龙华去

范烟桥（1894—1967），乳名爱莲，学名镛，字味韶，号烟桥，别署鸱夷室主、愁城侠客等，作家。出身于书香门第，涉猎极广，小说、诗、弹词无不精通，还擅长书画，曾在多家报纸发表小说、散文等。代表作品有《孤掌惊鸣记》《烟丝》等。

“车如流水马如龙，轮舶帆船白浪冲。香汛赶齐三月半，龙华塔顶结烟浓。”

——《上海县竹枝词》

上龙华去，要分两起讲。

一起是烧香，在二三月间，各地善男信女，络绎而来，每人的身上挂着黄布袋，写着“朝山进香”四字，盖上一个模糊不清的印，有的坐车，有的步行，据他们说，能够步行，更见虔诚。这时候，龙华的和尚，嘻开了笑口，合不拢来了，因为一年的吃喝穿着有着了，他们倒合着古话“一年之计在乎春”呢。

烧香固然是迷信和靡费，在意识上，在经济上，都不可为训的。但是一般人却借此松松筋骨，畅畅心目，所谓“借佛游春”，那么和旅行，目的虽然不同，趣味未尝有异。况且烧香人能够消费，可见民力还未到贫乏的地步。所以这不可为训的举动，也未便去取缔它。近几年名山古刹，又见兴旺，就是这个原因。为了这一批人，以农家居多数，一到芒种，“乡村四月闲人少”，大家要忙于农事，无暇烧香了，所以香汛是无形中有日期限制的。

一起是看桃花，时期和香汛差不多，倘然拗春，或者要延迟到三月底四月初，大概总是和香汛衔接着。烧香的没有看桃花的眼福了，可是看桃花的还有人要烧香，于是龙华寺里和尚，笑口常开，要到桃花落尽了，才见“门前冷落车马稀”呢。

其实，龙华的桃花，有名无实，只是疏疏落落，散种在田野里，并没有堆霞集锦之观。倒是村娃们手里，有几枝点缀这风光。桃花最不经久，买了来插在胆瓶里，隔不到一天，就得零落了。所以卖桃花的，只是骗骗有钱阶级，给他们插在汽车里，招摇过市，总算是雅人深致了。

龙华为了形势关系，在上海算是警备区域的，在内战不息的年头，龙华寺里常驻着兵，因此想看桃花的裹足不前了。这几年，大开方便之门，一到桃花怒放的日子，寺前卖茶卖酒的临时摊子，像赶集般鳞次栉比，十分热闹，也有受着海化，卖汽水啤酒的，但是经济朋友居多，大家知道要给他们敲小竹杠的，大都一壶清茶坐片刻而已。比喻手法

今年，上海的名流，纪念王一亭先生七十大庆，要在龙华种桃树，使它成为名副其实的风景区，这倒很有意思的。因为上海的附近太枯燥了，不要说山林之胜，连花木之胜也很少。桃树是开花而又结实的，不单可以欣赏它的美色，还有收获，有了收获，就可以保持不衰，这样一个中外观瞻所系的地方，自应有些好整以暇的建设。

现在到了桃花汛，每天上龙华去，已不下数千人，倘然将来桃林培植成功，四方好游者也要不远数百里而来了，那么上海就有了桃花节了。可惜桃花一向为诗人所卑视的，否则上海节正好移到桃花汛里呢。

我以为桃花很足以象征上海，在绚烂的一时会里，确使人赏心悦目，可是不能持之以恒。而艳丽轻盈的颜色，更是市容的代表，因为上海市给人称为中国之花都。

旅行笔记

龙华庙会

庙会，又称“庙市”，是一种市集形式，唐代时就已存在。在寺庙节日或规定的日期举行，一般设在寺庙内或其附近。

龙华庙会是华东地区著名的传统庙会之一，它的形成依托龙华寺，以及长三角地区发达的商业。龙华庙会产生的时间可以追溯至唐代。相传，龙华寺是弥勒菩萨的道场，每年农历三月初三，是弥勒菩萨的涅槃日，龙华寺都要举行隆重的纪念法会。龙华庙会最初的举办时间就在农历三月初三，后来由于龙华庙会的香火越来越兴旺，活动的内容也越来越丰富，其举办时间逐渐从农历三月初三起一直延续到了农历三月十五。

今天，龙华庙会已经不仅仅是一项民俗娱乐活动，更是一项具有珍贵价值的非物质文化遗产。

上海城隍庙

曹聚仁（1900—1972），记者、作家。曾在爱国女中、暨南大学、复旦大学等校任教，主编过《涛声》《芒种》等杂志，报道过淞沪抗战、台儿庄大捷。代表作品有《万里行记》《现代中国通鉴》《中国学术思想史随笔》等。

我们到城隍庙去的最大目标，似乎还是要吃一点：那儿老松盛、老桐椿的酒酿圆子很有名。（一八四五年开张的老松盛，已经有了百余年的历史了。）桂花厅、船舫厅的南翔小笼馒头，皮薄肉细，鲜美得很。此外，糖粥（张志飞）、葱油面、梨膏糖、五香豆，都是顶有名的。五香豆尤其销得广大，我们从九江回上海，在轮船上就吃了城隍庙的五香豆。

直接描写

城隍庙中的茶楼，有着更悠久的历史，在上海开辟租界以前已经开市了。我们常去的是得意楼，（而今大茶楼，还有湖心亭、里园等六家。湖心亭就在荷池中，别有佳趣。）三层高楼，高敞怡人，那儿聚集着弄鸟的茶

客，鸟声人语，错杂相间。那黑黝黝的扶梯，踏遍了数十年如一日的茶客。得意楼上还附设书场，午后晚间，可以坐听《水浒》、《三国》、《双珠凤》一类小说故事。（也有说时事及《聊斋》一类的传奇的。）自辰迄酉，长日这么热闹。有人曾下这么几句结论：“城隍庙集中了我国一切的工艺美术，集中了我们一切传统的游艺，集中了我国固有的可口的果点，成为一个中国本来面目的游览场所。”也可以说，城隍庙乃是小型的中国社会。

说来，上海城隍庙常年都这么热闹的，其间还有更热闹的节日。旧历元旦，向城隍庙进香，那是上海士女的一件大事。她们还上得意楼泡一壶元宝茶，祈求一年的吉利。（每月朔望，也有很多善男信女来进香。）农历正月初三，内园例开梅花会。元宵前几天，庙前出卖彩灯，有如灯市；到了十五夜，火树银花，管弦喧沸，直闹到天明。二月二十一日，说是城隍老爷生日，道士设坛念经，还有城隍僚属拜寿的场面。三月二十八日，城隍奶奶生日，庙中挂灯结彩，比城隍老爷的生日还热闹些。城隍神每年出巡三次：清明前一日，七月半和十月初一。他乘轿出巡带着“新红”、“长人”、“高昌”、“财帛”四司同行，仪仗前导，锣鼓笙箫，乐队悠扬，市民手执香花步随，观者夹道。农历四月下旬，西园举行兰花会，会期三日，满堂列陈名品，争奇斗胜。六月初六，天贶会，全城衣工在庙中举行晒袍会。九月中旬，举行菊花会。碰上这些佳节良辰，那当然更是喧嚣拥挤了。

旅行笔记

一庙二城隍

上海城隍庙位于上海市黄浦区方浜中路，坐北朝南，现有山门、前殿、中殿和楼厅等建筑，总面积三千多平方米。“城”原指挖土筑就的高墙，“隍”原指没有水的护城壕。古人建城、挖壕是为了保护城里的百姓，城和隍也被神话为城市的保护神。

城隍庙，是用来祭祀城隍神的庙宇。城隍，是中国古代神话所传守护城池的神，大多是由有功于地方民众的名臣、英雄充当。

上海城隍庙“一庙二城隍”，前殿供奉的是西汉的大将军、大司马霍光，后殿供奉的是上海城隍秦裕伯。霍光是西汉著名的政治家，是西汉名将霍去病的异母弟，汉武帝的托孤大臣，还是昭宣中兴的主要功臣。

为什么霍光的主要活动区域在长安，却被称为“金山神主”呢？相传，三国东吴的金山咸塘经常发大水，民不聊生。吴主孙皓梦到霍光告知，如果奉他为神，建一座庙祭祀他，他就能治好当地的水患。于是，孙皓建了一座霍光庙，水患也真的被治好了。霍光作为捍海神被尊称为“金山神主”。

明朝时，开国皇帝朱元璋强令天下府、州、县都要建城隍庙，并给城隍分了等级。后来，供奉金山神主的金山神祠被改建为上海城隍庙，除了供奉原来的金山神主霍光，还供奉上海城隍秦裕伯。

秦裕伯是上海人，朱元璋曾三次请他去做官，都被他拒绝了。

不死心的朱元璋在当了皇帝之后继续邀请秦裕伯。这下秦裕伯不好再拒绝了，却消极应对，只做事，不做官，之后他因病返回故里，不久就去世了。朱元璋听说后，道："生不为我臣，死当卫吾土。"于是敕封秦裕伯为"显佑伯"，称"上海邑城隍正堂"。

越剧：《红楼梦》

曹聚仁

上海越剧院的《红楼梦》是受人注目的重要剧目之一。扮演林黛玉的王文娟、贾宝玉的徐玉兰、薛宝钗的金采风，都是闻名全国第一流角色。可是我个人的观感，她们的演出，还不如从杭州来的第二越剧团，而《红楼梦》也不如《五姑娘》。我曾说越剧（即嵊剧）的特点，在剧种的年轻，什么新题材都可以演，有如清末民初的文明戏。其缺点，在于浮浅，没有深度，只能演《方卿姑娘》、《祥林嫂》这类哭调的戏。

这回上演《红楼梦》，场面是大的，毛病却在剧本的散漫。一般人对于贾宝玉与林黛玉的恋爱，本来看错了的，好似宝玉对黛玉的爱是专一的，其实并不是如此。他是爱黛玉的，他也爱宝钗、湘云，甚至秦可卿、王熙凤。他是爱袭人的，但他也爱晴雯、紫鹃、麝月以及五儿，连香菱、鸳鸯、金钏、玉钏都在内。他对每一女人都爱，却是泛爱，并不集中在一个焦点上。直到看了龄官只画了一个“蔷”字，才明白每人都只能有他（她）分中的眼泪，并不积天下的眼泪把他一个人浮了起来的。他那天恍然有所悟，其实并未觉悟，直到最后，他还是有许多心爱的人，并不专爱黛玉的。写剧本的人，一定要形容宝玉与黛玉的专一痴爱，那就离题太远了。（高鹗的小说，也是写得离谱的。爱情的事，不能用理来说的。依理说，爱了黛玉八分，余下来，爱宝钗，最多只有二分了。依情说，爱黛玉是十分，爱宝钗、湘云都是十分，各人各得他的痴情。这一要点，必须看明白才行。）所以，宝玉、黛玉在王文娟、徐玉兰口中唱出来的情话，都是肉麻得有趣。我们听了不是伤心是可笑。

鲁迅曾用过“淡淡的哀愁”的说法，荡漾在大观园的正是淡淡的哀愁；那些浓重的悲剧血泪，并不在宝玉、黛玉、宝钗之间，而在晴雯、尤三姐，这些角色上，所以《红楼梦》主题一直不容易写好，也不容易演好。倒是以晴雯、尤三姐为中心的剧是演成功了。（有人爱听《宝玉夜探》的评弹，我就最讨厌这张唱片，因为他们简直不懂得宝玉、黛玉的心理矛盾。）

举例说明

张真评上海越剧团的《红楼梦》演出，是褒多于贬的，骨子里如何那就不得而知了。他说：“这个故事改编上演的很多，但十分成功的却很少。这因为原小说中，人物的行动性很差，情节起伏不大，故事焦点也不十分集中，全书充满许多琐碎、枝节的生活细节，而宝玉、黛玉的心情，却又常常是在这些生活琐事的描写中来反映的。这在长篇小说中，似乎可以，而在要求高度集中、高度情节化的戏剧里，可就成为一道难题。这一个越剧本，各场之间，矛盾不很集中，人物行动不够贯串，显得不相联属。”这话是很对的。依我看来，写大观园的剧本，而没有刘姥姥，还能写得好，演得精彩吗？这也是失败主因之一。张真赞许其中《黛玉焚稿》、《宝玉哭灵》二场，那正是越剧（哭调）的本色，一般人定会满意的。我呢，又觉得还是“过火”。

旅行笔记

越剧的发展

越剧起源于清代道光末年，是在浙江嵊县（今嵊州）一带的曲艺“落地唱书调”的基础上发展起来的，后流行于江苏、浙江、上海、安徽、江西等地，又叫“绍兴文戏”。1917年，该剧种进入上海，受绍剧、京剧等剧种的影响，有了较大的发展。从1938年起，该剧种被称为越剧。

早期的越剧只有男演员，这种情况持续了20多年。直到20世纪20年代，越剧才有女演员，并逐渐成为主体，随之变化的是越剧的唱腔、表演、艺术形式，形成了柔美抒情的风格。在题材上，越剧以才子佳人为主，如《梁山伯与祝英台》《西厢记》《红楼梦》《孔雀东南飞》等，也有根据历史资料改编的历史剧《屈原》《则天皇帝》，以及根据外国戏剧改编的《春香传》等。

其他推荐

关于上海的文章还有：

《上海的茶楼》（郁达夫）

《黄浦江》（陈伯吹）

《上海颂》（靳以）

鱼米之乡

江苏

省会
南京

简称
苏

气候
亚热带湿润季风气候、暖温带湿润半湿润季风气候

地理位置
位于长江、淮河下游，东临黄海，西部与安徽相连，北部与山东相邻，南部与浙江、上海相邻。

主要山脉
云台山

主要水系
长江、淮河、太湖、京杭大运河

世界遗产
苏州古典园林、明孝陵、大运河

本站停靠

苏州园林
扬州
金陵
秦淮河

文学导游

叶圣陶

朱自清

石评梅

曹聚仁

苏州园林

叶圣陶（1894—1988），原名叶绍钧，作家、教育家、出版家、社会活动家。曾任商务印书馆编译所和开明书店编辑。中华人民共和国成立后，他先后任中央人民政府出版总署副署长兼编审局局长、教育部副部长兼人民教育出版社社长和总编辑等职。代表作品有《叶圣陶集》《叶圣陶语文教育论集》等。

苏州园林据说有一百多处，我到过的不过十多处。其他地方的园林我也到过一些。倘若要我说说总的印象，我觉得苏州园林是我国各地园林的样本，各地园林或多或少都受到苏州园林的影响。因此，谁如果要鉴赏我国的园林，苏州园林就不该错过。

设计者和匠师们因地制宜，自出心裁，修建成功的园林当然各个不同。可是苏州各个园林在不同之中有个共同点，似乎设计者和匠师们一致追求的是：务必使游览者无论站在哪个点上，眼前总是一幅完美的图画。为了达到这个目的，他们讲究亭台轩榭的布局，讲究假山池沼的配合，讲究花草树木的映衬，讲究近景远景的层次。总之，一切都要为构成完美的图画而存在，决不容许有欠美伤美的败笔。他们惟愿游览者得到“如在画图中”的美感，而他们的成绩实现了他们的愿望，游览者来到园里，没有一个不心里想着口头说着“如在画图中”的。

我国的建筑，从古代的宫殿到近代的一般住房，绝大部分是对称的，左边怎么样，右边也怎么样。苏州园林可绝不讲究对称，好像故意避免似的。东边有了一个亭子或者一道回廊，西边决不会来一个同样的亭子或者一道同样的回廊。这是为什么？我想，用图画来比方，对称的建筑是图案画，不是美术画，而园林是美术画，美术画要求自然之趣，是不讲究对称的。

直接描写

苏州园林里都有假山和池沼。假山的堆叠，可以说是一项艺术而不仅是技术。或者是重峦叠嶂，或者是几座小山配合着竹子花木，全在乎设计者和匠师们生平多阅历，胸中有丘壑，才能使游览者攀登的时候忘却苏州城市，只觉得身在山间。至于池沼，大多引用活水。有些园林池沼宽敞，就把池沼作为全园的中心，其他景物配合着布置。水面假如成河道模样，往往安排桥梁。假如安排两座以上的桥梁，那就一座一个样，决不雷同。池沼或河道的边沿很少砌齐整的石岸，总是高低屈曲任其自然。还在那儿布置几块玲珑的石头，或者种些花草：这也是为了取得从各个角度看都成一幅画的效果。池沼里养着金鱼或各色鲤鱼，夏秋季节荷花或睡莲开放，游览者看“鱼戏莲叶间”，又是入画的一景。

苏州园林栽种和修剪树木也着眼在画意。高树与低树俯仰生姿。落叶树与常绿树相间，花时不同的多种花树相间，这就一年四季不感到寂寞。没有修剪得像宝塔那样的松柏，没有阅兵式似的道旁树：因为依据中国画的审美观点看，这是不足取的。有几个园里有古老的藤萝，盘曲嶙峋的枝干就是一幅好画。开花的时候满眼的珠光宝气，使游览者感到无限的繁华和欢悦，可

是没法说出来。

游览苏州园林必然会注意到花墙和廊子。有墙壁隔着，有廊子界着，层次多了，景致就见得深了。可是墙壁上有砖砌的各式镂空图案，廊子大多是两边无所依傍的，实际是隔而不隔，界而未界，因而更增加了景致的深度。有几个园林还在适当的位置装上一面大镜子，层次就更多了，几乎可以说把整个园林翻了一番。

游览者必然也不会忽略另外一点，就是苏州园林在每一个角落都注意图画美。阶砌旁边栽几丛书带草。墙上蔓延着爬山虎或者蔷薇木香。如果开窗正对着白色墙壁，太单调了，给补上几竿竹子或几棵芭蕉。诸如此类，无非要游览者即使就极小范围的局部看，也能得到美的享受。

苏州园林里的门和窗，图案设计和雕镂琢磨功夫都是工艺美术的上品。大致说来，那些门和窗尽量工细而决不庸俗，即使简朴而别具匠心。四扇，八扇，十二扇，综合起来看，谁都要赞叹这是高度的图案美。摄影家挺喜欢这些门和窗，他们斟酌着光和影，摄成称心满意的照片。

苏州园林与北京的园林不同，极少使用彩绘。梁和柱子以及门窗栏杆大多漆广漆，那是不刺眼的颜色。墙壁白色。有些室内墙壁下半截铺水磨方砖，淡灰色和白色对衬。屋瓦和檐漏一律淡灰色。这些颜色与草木的绿色配合，引起人们安静闲适的感觉。花开时节，更显得各种花明艳照眼。

可以说的当然不止以上这些，这里不再多写了。

旅行笔记

中国园林

中国古代的园林美学依托中国传统文化，如“诗中有画，画中有诗”的文学构想，“仁者乐山、智者乐水”的儒家哲学，“道法自然”的道家思想，它们都对中国古代的园林美学有深远的影响。

根据典籍记载，最早的文人园林，是春秋战国时期庄周所记的漆园。关于漆园，并没有详细的描述，只知道庄周曾任蒙（今河南商丘东北）漆园吏，园中有一棵大树，庄周在树下做了一个梦，梦见蝴蝶，梦醒后分不清真实和虚幻。

计成是明代的造园家，少年时就以绘画出名。他主持建造了寤园和影园，寤园在銮江（今江苏仪征），影园在江都城南。他系统地总结了建园理论，撰有《园冶》（又称《园牧》）一书，书中对造园的理论和实践都有详细的阐述。

中国的四大名园，苏州占了两处：拙政园和留园。拙政园是明代正德年间御史王献臣创建的，太平天国时期曾为忠王府的后花园。留园本是明代嘉靖年间太仆徐泰时的私园，最初有东、西两园，清代嘉庆年间东园被改建成寒碧山庄，光绪年间改称留园。拙政园和留园都是中国古代造园艺术的杰作。

扬州的夏日

朱自清（1898—1948），原名自华，字佩弦，散文家、诗人、古典文学学者。曾任清华大学、西南联合大学等校教授。其散文风格朴素，文笔秀丽。代表作品有《雪朝》《踪迹》《背影》等。

扬州从隋炀帝以来，是诗人文士所称道的地方；称道的多了，称道得久了，一般人便也随声附和起来。直到现在，你若向人提起扬州这个名字，他会点头或摇头说："好地方！好地方！"特别是没去过扬州而念过些唐诗的人，在他心里，扬州真像蜃楼海市一般美丽；他若念过《扬州画舫录》一类书，那更了不得了。但在一个久住扬州像我的人，他却没有那么多美丽的幻想，他的憎恶也许掩住了他的爱好；他也许离开了三四年并不去想它。若是想呢，——你说他想什么？女人；不错，这似乎也有名，但怕不是现在的女人吧？——他也只会想着扬州的夏日，虽然与女人仍然不无关系的。

北方和南方一个大不同，在我看，就是北方无水而南方有。诚然，北方今年大雨，永定河，大清河甚至决了堤防，但这并不能算是有水；北平的三海和颐和园虽然有点儿水，但太平衍了，一览而尽，船又那么笨头笨脑的。有水的仍然是南方。扬州的夏日，好处大半便在水上——有人称为"瘦西湖"，这个名字真是太"瘦"了，假西湖之名以行，"雅得这样俗"，老实说，我是不喜欢的。下船的地方便是护城河，曼衍开去，曲曲折折，直到平山堂，——这是你们熟悉的名字——有七八里河道，还有许多杈杈桠桠的支流。这条河其实也没有顶大的好处，只是曲折而有些幽静，和别处不同。

沿河最著名的风景是小金山，法海寺，五亭桥；最远的便是平山堂了。

金山你们是知道的，小金山却在水中央。在那里望水最好，看月自然也不错——可是我还不曾有过那样福气。“下河”的人十之九是到这儿的，人不免太多些。法海寺有一个塔，和北海的一样，据说是乾隆皇帝下江南，盐商们连夜督促匠人造成的。法海寺著名的自然是这个塔；但还有一桩，你们猜不着，是红烧猪头。夏天吃红烧猪头，在理论上也许不甚相宜；可是在实际上，挥汗吃着，倒也不坏的。五亭桥如名字所示，是五个亭子的桥。桥是拱形，中一亭最高，两边四亭，参差相称；最宜远看，或看影子，也好。桥洞颇多，乘小船穿来穿去，另有风味。平山堂在蜀冈上。登堂可见江南诸山淡淡的轮廓；“山色有无中”一句话，我看是恰到好处，并不算错。这里游人较少，闲坐在堂上，可以永日。沿路光景，也以闲寂胜。从天宁门或北门下船。蜿蜒的城墙，在水里倒映着苍黝的影子，小船悠然地撑过去，岸上的喧扰像没有似的。

船有三种：大船专供宴游之用，可以挟妓或打牌。小时候常跟了父亲去，在船里听着谋得利洋行的唱片。现在这样乘船的大概少了吧？其次是“小划子”，真像一瓣西瓜，由一个男人或女人用竹篙撑着。乘的人多了，便可雇两只，前后用小凳子跨着：这也可算得“方舟”了。后来又有一种“洋划”，比大船小，比“小划子”大，上支布篷，可以遮日遮雨。“洋

比喻手法

划”渐渐地多，大船渐渐地少，然而“小划子”总是有人要的。这不独因为价钱最贱，也因为它的伶俐。一个人坐在船中，让一个人站在船尾上用竹篙一下一下地撑着，简直是一首唐诗，或一幅山水画。而有些好事的少年，愿意自己撑船，也非“小划子”不行。“小划子”虽然便宜，却也有些分别。譬如说，你们也可想到的，女人撑船总要贵些；姑娘撑的自然更要贵啰。这些撑船的女子，便是有人说过的“瘦西湖上的船娘”。船娘们的故事大概不少，但我不很知道。据说以乱头粗服，风趣天然为胜；中年而有风趣，也仍然算好。可是起初原是逢场作戏，或尚不伤廉惠；以后居然有了价格，便觉意味索然了。

北门外一带，叫做下街，“茶馆”最多，往往一面临河。船行过时，茶客与乘客可以随便招呼说话。船上人若高兴时，也可以向茶馆中要一壶茶，或一两种“小笼点心”，在河中喝着，吃着，谈着。回来时再将茶壶和所谓小笼，连价款一并交给茶馆中人。撑船的都与茶馆相熟，他们不怕你白吃。扬州的小笼点心实在不错：我离开扬州，也走过七八处大大小小的地方，还没有吃过那样好的点心；这其实是值得惦记的。茶馆的地方大致总好，名字也颇有好的。如香影廊，绿杨村，红叶山庄，都是到现在还记得的。绿杨村的幌子，挂在绿杨树上，随风飘展，使人想起“绿杨城郭是扬州”的名句。里面还有小池，丛竹，茅亭，景物最幽。这一带的茶馆布置都历落有致，迥非上海，北平方方正正的茶楼可比。

“下河”总是下午。傍晚回来，在暮霭朦胧中上了岸，将大褂折好搭在腕上，一手微微摇着扇子；这样进了北门或天宁门走回家中。这时候可以念“又得浮生半日闲”那一句诗了。

旅行笔记

话扬州

“故人西辞黄鹤楼，烟花三月下扬州。”扬州自古为淮盐总汇，商业发达，为海上“丝绸之路”的主要港口，始建于春秋末期，至今已有二千五百多年的历史。

在汉代，扬州被称为广陵、江都，长期是王侯封地，吴王刘濞（bì）“煮海为盐”，开采铜矿铸钱，开盐河（通扬运河），使此地的经济迅速发展。三国时，魏国、吴国之间战火连连，广陵成为江淮一带的军事重地。南北朝时，北周将广陵改称吴州。隋朝时，改吴州为扬州。隋炀帝时，开凿大运河，扬州成为水运枢纽，促进了当地经济、文化的发展，为唐代扬州的繁荣奠定了基础。隋炀帝大业年间，扬州被改为江都郡。唐代，复称扬州。唐代的扬州农业、商业和手工业相当发达，是江淮一带最富有的地方，是中国东南第一大都会。元、明时期，扬州的经济发展迅速。清代，康熙和乾隆两位皇帝多次来到扬州，扬州也因此变得空前繁荣，各地商人增多，他们在扬州创办了会馆。会票也兴起了，会票是一种信用汇兑，可以在市场上流通。在文化上，有些盐商广结文人墨客，喜欢藏书，恢复名胜古迹。这期间还出现了以“扬州八怪”为代表的扬州画派，他们能诗会画，擅书法、篆刻，其画作多注重个性表现，风格清高、孤傲，所以才有“八怪”之称，他们对近代的写意花卉画法影响很大。

金陵的古迹

石评梅（1902—1928），原名汝璧，曾用笔名漱雪、冰华、心珠等，作家、革命活动家。创作了大量诗歌、散文、游记、小说，代表作品有《偶然草》《涛语》《红鬃马》等。

鸡鸣寺

由东大参观后，步行游鸡鸣寺，沿途张绿树作幕，铺苍苔作毡，慢慢地上台山（即鸡鸣山），幸而有两旁的杨槐遮赤日，山间的清风拂去炎热。到了半山已望见鸡鸣寺，隐约现于浓荫中。惠和拉着我坐在路旁的一块石上稍息。望下去，只见弯曲的成了一道翠幕张满的道。赤日由树叶的缝里露出印在地下成了种种的花纹。在那倾斜的浓绿山下，时时能听到小鸟啁啾，和着她们娇脆的笑声，在山里回音，特别觉着响亮！我同惠和宝珍并着肩连谈带笑地上山去，约没十分钟的时间，已到了鸡鸣寺前，一抬头就看见对面壁上，画着一幅水淹金山寺的图。寺门上有四个大红字是“皆大欢喜”。进去转了有一二个弯就到了正殿，钟声嘹亮，香烟萦绕，八大罗汉里边，只有二三个穿着新衣服——金装，其余都破衣烂裳，愁眉苦眼，有种很伤心的样子！罗汉中也同时有幸不幸啊！

临窗为玄武湖，碧水荡漾，平静如镜，苍苔绿茵，一望皆青。远山含烟，氤氲云间，我问庙里的道士，说是“幕府山”。窗下一望，可摸着杨柳的顶头，惠风颤荡着，婀娜飘舞，像对着我们鞠躬一样！湖山青碧，景致潇洒，俯仰之间，只觉心神怡然，融化在宇宙自然之中。我们六七个人，聚在一桌吃茶，卧薪伏在窗上慢慢地已睡去，我们同芗蘅谈到北京东岳庙里 语句优美的鬼，说着津津有味的时候，艾一情先生说："天晚了走吧！"我们遂出了正殿。我临走的时候，向窗下一望，已披了一层烟云的雾，把湖山风景遮了起来。一路瑟瑟树声，哀婉鸟语，深黑的林内，蕴蓄着无穷的神秘和阴森，台城的左右，都是革命志士的坟墓，白杨萧森，英魂赫濯，一腔未洒完的热血，将永埋在黄土深处?

紫霞洞

循着孝陵的红围墙下，绕至紫金山前，我一个人离了她们，随着个引路的牧童走去，在崎岖的山石里，浓绿的树荫下，我常发生一种最神妙幽美的感觉。那在草径里时有黄白蝴蝶翩跹其中，我在野草的叶上捉了一个，放在我的笔记本里夹着。我正走着山石的崎岖，厌烦极了，觉着非常干燥，忽然淙淙的水声，由山涧中冲出，汇为小溪，清可鉴底，映着五色的小石，异常美丽。我遂在一块石头上洗我的手绢，包了一手绢的小石头。我正要往前走，肖严在后边说"等等我"，她来了，我们俩遂随着牧童去。路经石榴院，遍植榴花，其红如染，落英满地，为此山特别装点，美丽无比。

牧童说："看，快到了！"只见一片青翠山峰，岩如玉屏，晶莹可爱！

过石桥，拾级而上，至半山已可望见寺院。犬闻足音，狂吠不已。牧童叱之，遂嘿然去。至紫霞道院，逢一疯道人，是由四川峨眉山游行至此，其言语有令人懂的，有令人百思不解的，其疯与否不能辨，但据牧童说“是不可理，说起话来莫有完”。紫霞道院中有紫云洞，其深邃阴凉，令人神清，有瀑布倒挂，宛然白练，纤尘不染，其清华朗润，沁人心脾！忽有钟声，敲破山中的寂寞，搏动着游子的心弦。飘渺着的白云，也停在青峦，高山流水，兴尽于此。寻旧径，披草莱，回首一望，只见霞光万道随着暮云慢慢的沉下去了。

旅行笔记

古都南京

金陵是南京的古称。公元前333年，楚威王熊商在石头城筑金陵邑，金陵之名源于此。

南京是中国八大古都之一。三国吴，东晋，南朝宋、齐、梁、陈，五代南唐，太平天国（“天京”）等都在此建都，曾出现“四海流通，万国交会”的繁华景象。早在两千多年前的春秋战国时期，吴王夫差即在南京城西朝天宫内冶铜铸器。后来越国打败吴国，越王勾践委派大夫范蠡在南京秦淮河入江口南岸修筑越城，这是南京主城区有确切年代可考的最早的一座城池。

南京有一座紫金山（别称钟山），高大恢宏，明太祖朱元璋与其皇后的合葬陵寝便位于紫金山南麓。因马皇后谥号“孝慈”，陵寝故名“孝陵”，是“明清皇家陵寝”的组成部分，列入《世界遗产名录》。孙中山先生的陵墓中山陵也位于紫金山南麓。

玄武湖位于南京东北的玄武门外。相传，三国时吴国曾在此操练水军，该湖曾称练湖。南朝宋时传说湖上有黑龙，遂改称玄武湖。

江宁织造是明、清两朝设在南京的机构，负责为宫中织造各项丝织品。史载曹雪芹的曾祖父、祖父、父亲三代在江宁织造任郎中，曹雪芹在童年时期过着“锦衣纨绔”“饮甘餍（yàn）肥”的生活，后来曹家失势中落，这段人生经历为他后来创作《红楼梦》提供了丰富的素材。

食在扬州

曹聚仁

昔日扬州，生活豪华。扬州的吃，就是给盐商培养起来的。扬州盐商几乎每一家都有头等好厨子，都有一样著名的拿手好菜或点心。盐商请客，到各家借厨子，每一厨子，做一个菜，凑成一整桌。我教书的那家吴家，他家的干炒茄子，是我一生吃过的最入味的。我的朋友洪逵家的狮子头，也是扬州名厨做的，一品锅四个狮子头，每一个总有菜碗那么大，确是不错。李斗在他那丰富的地方志《扬州画舫录》中，就说过："烹饪之技，家庖最胜，如吴一山炒豆腐，田雁门走炸鸡，江郑堂十样猪头，汪南溪拌鲟鳇，施胖子梨丝炒肉，张四回子全羊，汪银山没骨鱼，江文密蛼螯饼，管大骨董汤、鮆（cǐ）鱼糊涂，孔讱庵螃蟹面，文思和尚豆腐，小山和尚马鞍乔，风味皆臻绝胜。"当然，名庖也是代有杰出，即如张东官所做冬笋炒鸡，便是乾隆皇帝所爱吃，赏了二个银锞的。

有人说：一位穷书生，娶了一位盐商丫环为妻，要她炒一碟韭黄肉丝。那丫环摇摇头，说穷书生吃不起；原来那碟韭黄肉丝是要十只猪的面肉切成的。后来总算做成了那菜，书生吃了一筷，连着自己的舌头都吞下去了。这当然是笑话，可是扬州厨子，也得有好材料才行；一位北京厨子在莫斯科餐厅叹气，便是这个道理。

朱自清师谈到扬州的吃，他说：北京平常提到江苏菜，总想着是甜甜的，腻腻的。吃了淮扬菜，才知道并不如此。真正油重的是镇江菜。扬州菜，让盐商家厨子做起来，虽不如山东菜的清淡，却也滋润、利落，决不腻嘴腻舌。不但味道鲜美，颜色也清丽悦目。扬州又以面馆著名，好在汤味醇 直接描写厚，是所谓白汤，由种种出汤的东西如鸡鸭鱼肉等熬成，好在它的厚，和啖熊掌一般；也有清汤，就是一味鸡汤。……

扬州人爱上茶馆和浴室，所谓“早晨皮包水，晚上水包皮”是也。说起茶馆，就不能不谈谈茶馆里的著名点心：包饺干丝。朱先生说：扬州的小笼点心，肉馅儿的，蟹肉馅儿的，笋儿馅儿的；且不用说最可口的菜包子、菜烧卖，还有干菜包子；菜选那最嫩的，剁成泥，加一点儿糖，一点儿油，蒸得白生生的，热腾腾的，到口轻松地化去了，留下一丝儿余味。干菜也是切碎，也是加一点儿糖和油，燥湿恰到好处，细细地咬嚼，可以嚼出一点橄榄般的回味来。烫干丝，是先将一大块方的白豆腐干，飞快地片成薄片，再切成细丝，放在小碗里，用开水一浇，干丝便热了，去了水，抟成圆锥似的，再倒上麻酱油，搁一撮虾米和笋干丝就成。四十年前，我在南京秦淮河的六朝居吃过，一碟干丝，加上小笼包饺和肴肉，这就是扬州茶馆的特色。

今日香港人士，称大陆①来的人，除了广东人之外，都称“上海人”。因之，称扬州菜，也便是上海菜。这真叫扬州人气煞，上海人笑煞。所谓上海馆子，包饺不错的有，肴肉道地的有，只有烫干丝不行，入口如柴杆，没味。这也是一种技艺。九龙有一家菜馆，叫“绿杨村”，说是扬州的老馆子，翻开菜单来一看，又是川扬名菜，这可把成都人气煞了。在香港，一盘

①原文如此。此处应为内地。——编者注

菠萝牛柳，可算是西式中菜，也可说是中式西菜，广东馆子有，川扬馆子有，北京馆子也有。在香港吃扬州菜，就是这么一回事。

旅行笔记

淮扬菜

中华饮食文化以历史悠远、流传地域广阔、烹饪工艺卓绝而享誉世界。在清朝初期，公认的四大菜系有鲁菜、川菜、粤菜、淮扬菜，后逐渐分化出浙江菜、闽菜、湘菜、徽菜，共同构成八大菜系。淮扬菜作为最初的四大菜系之一，拥有自己独特的风味。

扬州地处长江下游，位于江河水网地区，动植物丰饶，苏东坡在诗中提到过鲫鱼、紫蟹、姜芽、鸭蛋等，郑板桥在诗中提到过鲜笋、鲥鱼等。扬州又以其地理优势凝聚吴楚饮食文化的精髓，著名的菜肴有软兜长鱼、白袍虾仁、松鼠鳜鱼、清炖蟹粉、狮子头等。

1949年开国第一宴中的第一道热菜就是淮扬菜软兜长鱼，这道菜被誉为“开国第一菜”。

桨声灯影里的秦淮河

朱自清

一九二三年八月的一晚，我和平伯同游秦淮河；平伯是初泛，我是重来了。我们雇了一只“七板子”，在夕阳已去，皎月方来的时候，便下了船。于是桨声汩（gǔ）——汩，我们开始领略那晃荡着蔷薇色的历史的秦淮河的滋味了。

秦淮河里的船，比北京万牲（shēng）园，颐和园的船好，比西湖的船好，比扬州瘦西湖的船也好。这几处的船不是觉着笨，就是觉着简陋、局促；都不能引起乘客们的情韵，如秦淮河的船一样。秦淮河的船约略可分为两种：一是大船；一是小船，就是所谓“七板子”。大船舱口阔大，可容二三十人。里面陈设着字画和光洁的红木家具，桌上一律嵌着冰凉的大理石面。窗格雕镂颇细，使人起柔腻之感。窗格里映着红色蓝色的玻璃；玻璃上有精致的花纹，也颇悦人目。“七板子”规模虽不及大船，但那淡蓝色的栏杆，空敞的舱，也足系人情思。而最出色处却在它的舱前。舱前是甲板上的一部。上面有弧形的顶，两边用疏疏的栏杆支着。里面通常放着两张藤的躺椅。躺下，可以谈天，可以望远，可以顾盼两岸的河房。大船上也有这个，便在小船上更觉清隽罢了。舱前的顶下，一律悬着灯彩；灯的多少，明暗，彩苏的精粗，艳晦，是不一的。但好歹总还你一个灯彩。这灯彩实在是最能钩人的东西。夜幕垂垂地下来时，大小船上都点起灯火。从两重玻璃里映出那辐射着的黄黄的散光，反晕出一片朦胧的烟霭；透过这烟霭，在黯黯的水波里，又逗起缕缕的明漪。在这薄霭和微漪里，听着那悠然的间歇的桨声，谁能不被引入他的美梦去呢？只愁梦太多了，这些大小船儿如何载得起呀？

我们这时模模糊糊的谈着明末的秦淮河的艳迹，如《桃花扇》及《板桥杂记》里所载的。我们真神往了。我们仿佛亲见那时华灯映水，画舫凌波的光景了。于是我们的船便成了历史的重载了。我们终于恍然秦淮河的船所以雅丽过于他处，而又有奇异的吸引力的，实在是许多历史的影像使然了。

秦淮河的水是碧阴阴的；看起来厚而不腻，或者是六朝金粉所凝么？我们初上船的时候，天色还未断黑，那漾漾的柔波是这样的恬静，委婉，使我们一面有水阔天空之想，一面又憧憬着纸醉金迷之境了。等到灯火明时，阴阴的变为沉沉了：黯淡的水光，像梦一般；那偶然闪烁着的光芒，就是梦的眼睛了。我们坐在舱前，因了那隆起的顶棚，仿佛总是昂着首向前走着似的；于是飘飘然如御风而行的我们，看着那些自在的湾泊着的船，船里走马灯般的人物，便像是下界一般，迢迢的远了，又像在雾里看花，尽朦朦胧胧的。这时我们已过了利涉桥，望见东关头了。沿路听见断续的歌声：有从沿河的妓楼飘来的，有从河上船里渡来的。我们明知那些歌声，只是些因袭的言词，从生涩的歌喉里机械的发出来的；但它们经了夏夜的微风的吹漾和水

波的摇拂，袅娜着到我们耳边的时候，已经不单是她们的歌声，而混着微风和河水的密语了。于是我们不得不被牵惹着，震撼着，相与浮沉于这歌声里了。从东关头转湾，不久就到大中桥。大中桥共有三个桥拱，都很阔大，俨然是三座门儿；使我们觉得我们的船和船里的我们，在桥下过去时，真是太无颜色了。桥砖是深褐色，表明它的历史的长久；但都完好无缺，令人太息于古昔工程的坚美。桥上两旁都是木壁的房子，中间应该有街路？这些房子都破旧了，多年烟熏的迹，遮没了当年的美丽。我想象秦淮河的极盛时，在这样宏阔的桥上，特地盖了房子，必然是髹漆得富富丽丽的；晚间必然是灯火通明的。现在却只剩下一片黑沉沉！但是桥上造着房子，毕竟使我们多少可以想见往日的繁华；这也慰情聊胜无了。过了大中桥，便到了灯月交辉，笙歌彻夜的秦淮河；这才是秦淮河的真面目哩。

语句优美

那时河里闹热极了；船大半泊着，小半在水上穿梭似的来往。停泊着的都在近市的那一边，我们的船自然也夹在其中。因为这边略略的挤，便觉得那边十分的疏了。在每一只船从那边过去时，我们能画出它的轻轻的影和曲曲的波，在我们的心上；这显着是空，且显着是静了。那时处处都是歌声和凄厉的胡琴声，圆润的喉咙，确乎是很少的。但那生涩的，尖脆的调子能使人有少年的，粗率不拘的感觉，也正可快我们的意。况且多少隔开些儿听着，因为想象与渴慕的做美，总觉更有滋味；而竞发的喧嚣，抑扬的不齐，远近的杂沓，和乐器的嘈嘈切切，合成另一意味的谐音，也使我们无所适从，如随着大风而走。这实在因为我们的心枯涩久了，变为脆弱；故偶然润泽一下，便疯狂似的不能自主了。但秦淮河确也腻人。即如船里的人面，无论是和我们一堆儿泊着的，无论是从我们眼前过去的，总是模模糊糊的，甚至渺渺茫茫的；任你张圆了眼睛，揩净了眦垢，也是枉然。这真够人想呢。在我们停泊的地方，灯光原是纷然的；不过这些灯光都是黄而有晕的。黄已经不能明了，再加上了晕，便更不成了。灯愈多，晕就愈甚；在繁星般的黄的交错里，秦淮河仿佛笼上了一团光雾。光芒与雾气腾腾的晕着，什么都只剩了轮廓了；所以人面的详细的曲线，便消失于我们的眼底了。但灯光究竟夺不了那边的月色；灯光是浑的，月色是清的，在浑沌的灯光里，渗入了一派清辉，却真是奇迹！那晚月儿已瘦削了两三分。她晚妆才罢，盈盈的上了柳梢头。天是蓝得可爱，仿佛一汪水似的；月儿便更出落得精神了。岸上原有三株两株的垂杨树，淡淡的影子，在水里摇曳着。它们那柔细的枝条浴着月光，就像一只只美人的臂膊，交互的缠着，挽着；又像是月儿披着的发。而月儿偶然也从它们的交叉处偷偷窥看我们，大有小姑娘怕羞的样子。岸上另有几株不知名的老树，光光的立着；在月光里照起来。却又俨然是精神矍铄的老人。远处——快到天际线了，才有一两片白云，亮得现出异彩，像美丽的贝壳一般。白云下便是黑黑的一带轮廓；是一条随意画的不规则的曲线。这一段光景，和河中的风味大异了。但灯与月竟能并存着，交融着，使月成了缠绵的月，灯射着渺渺的灵辉；这正是天之所以厚秦淮河，也正是天之所以厚我们了。

拟人手法

旅行笔记

南京，南京

“烟笼寒水月笼沙，夜泊秦淮近酒家”，秦淮河经南京市区西入长江。历史上的秦淮河静谧过，也热闹过，在南京大屠杀时，更是积尸成堆过，成为中华民族深深的痛。

1937年12月13日，日军侵占南京后，在松井石根和谷寿夫等人的指挥下，对南京人民进行了大规模的烧杀淫掠，时间长达6星期。中国被俘虏的士兵和平民被集体枪杀、烧死、活埋，人数达30多万。南京的很多房屋被毁，大街小巷的商店几乎被洗劫而空，这是日本军国主义对中国人民犯下的滔天罪行。

南京等地于1994年起，在每年的12月13日举行哀悼仪式。2014年2月27日，第十二届全国人大常委会第七次会议决定，将12月13日设立为南京大屠杀死难者国家公祭日。

其他推荐

关于江苏的文章还有：

《白门之杨柳》（张恨水）

《梅园新村之行》（郭沫若）

《古刹》（王统照）

《苏州赞歌》（郑振铎）

《太湖的云彩波光》（秦牧）

悠然吴越

浙江

省会

杭州

简称

浙

气候

亚热带湿润季风气候

地理位置

位于东南沿海长江三角洲南翼，东临东海，南部与福建相接，西部与江西、安徽相连，北部与江苏、上海相邻。

主要山脉

天目山、会稽山、天台山、雁荡山

主要水系

钱塘江、瓯江

世界遗产

杭州西湖、大运河、良渚古城遗址

本站停靠

三味书屋

雁荡山

白马湖

金华

梅雨潭

杭州西湖

严子陵钓台

绍兴

文学导游

鲁迅

郁达夫

夏丏尊

曹聚仁

朱自清

周作人

周瘦鹃

从百草园到三味书屋

鲁迅（1881—1936），原名周樟寿，字豫才，后改名周树人，文学家、思想家、革命家。1918年5月，他首次用笔名“鲁迅”发表中国现代文学史上第一篇白话小说《狂人日记》。五四运动前后，他发表多篇小说与杂感，是新文化运动的伟大旗手。代表作品有《呐喊》《彷徨》《朝花夕拾》《华盖集》等。

我家的后面有一个很大的园，相传叫作百草园。现在是早已并屋子一起卖给朱文公的子孙了，连那最末次的相见也已经隔了七八年，其中似乎确凿只有一些野草；但那时却是我的乐园。

不必说碧绿的菜畦，光滑的石井栏，高大的皂荚树，紫红的桑椹；也不必说鸣蝉在树叶里长吟，肥胖的黄蜂伏在菜花上，轻捷的叫天子（云雀）忽然从草间直窜向云霄里去了。单是周围的短短的泥墙根一带，就有无限趣味。油蛉在这里低唱，蟋蟀们在这里弹琴。翻开断砖来，有时会遇见蜈蚣；还有斑蝥，倘若用手指按住它的脊梁，便会拍的一声，从后窍喷出一阵烟雾。（拟人手法）何首乌藤和木莲藤缠络着，木莲有莲房一般的果实，何首乌有臃肿的根。有人说，何首乌根是有像人形的，吃了便可以成仙，我于是常常拔它起来，牵连不断地拔起来，也曾因此弄坏了泥墙，却从来没有见过有一块根像人样。如果不怕刺，还可以摘到覆盆子，像小珊瑚珠攒成的小球，又酸又甜，色味都比桑椹要好得远。

长的草里是不去的，因为相传这园里有一条很大的赤练蛇。

长妈妈曾经讲给我一个故事听：先前，有一个读书人住在古庙里用功，晚间，在院子里纳凉的时候，突然听到有人在叫他。答应着，四面看时，却见一个美女的脸露在墙头上，向他一笑，隐去了。他很高兴；但竟给那走来和他夜谈的老和尚识破了机关。说他脸上有些妖气，一定遇见“美女蛇”了；这是人首蛇身的怪物，能唤人名，倘一答应，夜间便要来吃这人的肉的。他自然吓得要死，而那老和尚却道无妨，给他一个小盒子，说只要放在枕边，便可高枕而卧。他虽然照样办，却总是睡不着，——当然睡不着的。到半夜，果然来了，沙沙沙！门外像是风雨声。他正抖作一团时，却听得豁的一声，一道金光从枕边飞出，外面便什么声音也没有了，那金光也就飞回来，敛在盒子里。后来呢？后来，老和尚说，这是飞蜈蚣，它能吸蛇的脑髓，美女蛇就被它治死了。

结末的教训是：所以倘有陌生的声音叫你的名字，你万不可答应他。

这故事很使我觉得做人之险，夏夜乘凉，往往有些担心，不敢去看墙上，而且极想得到一盒老和尚那样的飞蜈蚣。走到百草园的草丛旁边时，也常常这样想。但直到现在，总还没有得到，但也没有遇见过赤练蛇和美女蛇。叫我名字的陌生声音自然是常有的，然而都不是美女蛇。

冬天的百草园比较的无味；雪一下，可就两样了。拍雪人（将自己的全形印在雪上）和塑雪罗汉需要人们鉴赏，这是荒园，人迹罕至，所以不相宜，只好来捕鸟。薄薄的雪，是不行的；总须积雪盖了地面一两天，鸟雀们

久已无处觅食的时候才好。扫开一块雪，露出地面，用一支短棒支起一面大的竹筛来，下面撒些秕谷，棒上系一条长绳，人远远地牵着，看鸟雀下来啄食，走到竹筛底下的时候，将绳子一拉，便罩住了。但所得的是麻雀居多，也有白颊的“张飞鸟”，性子很躁，养不过夜的。

直接描写

这是闰土的父亲所传授的方法，我却不大能用。明明见它们进去了，拉了绳，跑去一看，却什么都没有，费了半天力，捉住的不过三四只。闰土的父亲是小半天便能捕获几十只，装在叉袋里叫着撞着的。我曾经问他得失的缘由，他只静静地笑道：你太性急，来不及等它走到中间去。

我不知道为什么家里的人要将我送进书塾里去了，而且还是全城中称为最严厉的书塾。也许是因为拔何首乌毁了泥墙罢，也许是因为将砖头抛到间壁的梁家去了罢，也许是因为站在石井栏上跳了下来罢……都无从知道。总而言之：我将不能常到百草园了。Ade①，我的蟋蟀们！Ade，我的覆盆子们和木莲们！……

出门向东，不上半里，走过一道石桥，便是我的先生的家了。从一扇黑油的竹门进去，第三间是书房。中间挂着一块扁②道：三味书屋。扁下面是一幅画，画着一只很肥大的梅花鹿伏在古树下。没有孔子牌位，我们便对着那扁和鹿行礼。第一次算是拜孔子，第二次算是拜先生。

第二次行礼时，先生便和蔼地在一旁答礼。他是一个高而瘦的老人，须发都花白了，还戴着大眼镜。我对他很恭敬，因为我早听到，他是本城中极方正，质朴，博学的人。

不知从那③里听来的，东方朔也很渊博，他认识一种虫，名曰“怪哉”，冤气所化，用酒一浇，就消释了。我很想详细地知道这故事，但阿长是不知道的，因为她毕竟不渊博。现在得到机会了，可以问先生。

“先生，‘怪哉’这虫，是怎么一回事？……”我上了生书，将要退下

①Ade：德语，再见的意思。——编者注

②扁：现在写作“匾”。——编者注

③那：通“哪”。——编者注

来的时候，赶忙问。

“不知道！”他似乎很不高兴，脸上还有怒色了。

我才知道做学生是不应该问这些事的，只要读书，因为他是渊博的宿儒，决不至于不知道，所谓不知道者，乃是不愿意说。年纪比我大的人，往往如此，我遇见过好几回了。

我就只读书，正午习字，晚上对课。先生最初这几天对我很严厉，后来却好起来了，不过给我读的书渐渐加多，对课也渐渐地加上字去，从三言到五言，终于到七言。

三味书屋后面也有一个园，虽然小，但在那里也可以爬上花坛去折腊梅花，在地上或桂花树上寻蝉蜕。最好的工作是捉了苍蝇喂蚂蚁，静悄悄地没有声音。然而同窗们到园里的太多，太久，可就不行了，先生在书房里便大叫起来：

“人都到那里去了？！”

人们便一个一个陆续走回去；一同回去，也不行的。他有一条戒尺，但是不常用，也有罚跪的规则，但也不常用，普通总不过瞪几眼，大声道：

“读书！”

于是大家放开喉咙读一阵书，真是人声鼎沸。有念“仁远乎哉我欲仁斯仁至矣”的，有念“笑人齿缺曰狗窦大开”的，有念“上九潜龙勿用”的，有念“厥土下上上错厥贡苞茅橘柚”的……。先生自己也念书。后来，我们的声音便低下去，静下去了，只有他还大声朗读着：

“铁如意，指挥倜傥，一座皆惊呢～～；金叵罗，颠倒淋漓噫，千杯未醉嗬～～……。”

我疑心这是极好的文章，因为读到这里，他总是微笑起来，而且将头仰起，摇着，向后面拗过去，拗过去。

先生读书入神的时候，于我们是很相宜的。有几个便用纸糊的盔甲套在指甲上做戏。我是画画儿，用一种叫作“荆川纸”的，蒙在小说的绣像上一个个描下来，像习字时候的影写一样。读的书多起来，画的画也多起来；书没有读成，画的成绩却不少了，最成片段的是《荡寇志》和《西游记》的绣像，都有一大本。后来，因为要钱用，卖给一个有钱的同窗了。他的父亲是开锡箔店的；听说现在自己已经做了店主，而且快要升到绅士的地位了。这东西早已没有了罢。

九月十八日。

旅行笔记

鲁迅与新文化运动

鲁迅出身于一个没落的封建家庭，小时候的生活经历为他日后的文学创作提供了丰富的素材，也对他后来的思想发展产生了深远的影响。

1902年，鲁迅去日本学医，后从事文学创作工作，试图以此改变国民精神。1909年，鲁迅回国，先后在杭州、绍兴任教。1915年，陈独秀在上海创办《青年杂志》（从第二卷起改名《新青年》），提倡民主和科学，揭开了新文化运动的序幕。这场运动以陈独秀、李大钊、鲁迅、胡适、钱玄同等为代表人物，他们提倡民主和科学，提倡个人解放，提倡文学革命。

1917年，《新青年》刊登了胡适的《文学改良刍议》一文。胡适提倡白话文，反对文言文。随后，陈独秀发表《文学革命论》一文，文章观点得到一批知识分子的认可。《新青年》从1918年起改用白话文，使用新式标点。不久，鲁迅在《新青年》上发表了白话文小说《狂人日记》，这是中国现代文学史上第一篇白话文小说。

鲁迅陆续出版了多部作品，其中多篇文章入选中小学教材，影响了一代又一代中国人。

雁荡山的秋月

郁达夫（1896—1945），名文，作家。早年在日本留学，回国后从事新文学创作，先后在北京大学、武昌大学、中山大学等校任教。早期创作小说，后期以创作散文、游记为主，文风清秀洒脱。代表作品有《沉沦》《达夫散文集》等。

雁荡山中的秋月！天柱峰头的月亮！我想就是今天明天，一处也不游，便尔回去，也尽可以交代得过去，说一声“不虚此行”了，另外还更希望什么呢？所以等那些学生走后，我竟像疯子一样，一个人在后面楼外的露台上呆对着月光峰影，坐到了天明，坐到了日出。这一天正是旧历九月二十的晚上廿一的清晨。

大龙湫的瀑布，在江南瀑布当中真可以称霸，因为石壁的高，瀑身的大，潭影的清而且深，实在是江浙皖几省的瀑布中所少有的。我们到雁荡之先，已经是旱得很久了。故而一条瀑布，直喷下来，在上面就成了点点的珠玉。一幅真珠帘，自上至地，有三四千丈高，百馀尺阔；岩头系突出的，帘后可以通人，立在与日光斜射之处，无论何时，都看得出一条虹影。凉风的飒爽，潭水的清澄，和四围山岭的重叠，是当然的事情了，在大龙湫瀑布近旁，这些点景的馀文，都似乎丧失了它们的价值，瀑布近旁的摩崖石刻，很多很多，然而无一语，能写得出这大龙湫的真景。《广雁荡山志》上，虽则也载了不少的诗词歌赋，来咏叹此景，但是身到了此间，那里还看得起这些秀才的文章呢？至于画画，我想也一定不能把它的全神传写出来的，因为画纸决没有这么长，而溅珠也决没有这样的匀而且细。

灵峰寺是在东谷口内向北两三里地的地方，东越谢公岭可达大荆。近旁有五老峰、斗鸡峰、幞头峰、灵芝峰、犀角峰、果盒岩、船岩、观音洞、北斗洞、苦竹洞、将军洞、长春洞、响板洞诸名胜，顺鸣玉溪北上，三里可达真际寺。寺为宋天圣元年僧文吉所建，本在灵峰峰下，不知几百年前，这峰因风化倒了，寺屋尽毁。现在在这到灵峰下的一块隙地上，方在构木新筑灵峰寺。我们先在果盒岩的溪亭上坐了一会，就攀援上去，到观音洞去吃早餐。

空间描写

两岩侧向，中成一洞，洞高二三百丈，最上一层，人迹所不能到，但洞中生有大树一株，系数百年物，枝叶茂盛，从远处望来，了了可见。下一层是观音洞的选佛场，洞中宽广，建有大殿，并五百应真的石刻。东面一水下滴成池，叫作洗心泉，旁有明刻宋刻的题名记事碑无数。自此处一层一层的下去，有四五层楼三四百石级的高度，洞的高广，在雁荡山当中，以此为最。最奇怪的，是在第三层右手壁上的一个石佛，人立右手洞底，向东南洞口远望出去，俨然是一座地藏菩萨的侧面形，但跑近前去一看，则什么也没有了，只一块突出的方石。上一层的右手壁上还有一个一指物，形状也极像，不过小得很。

看了灵岩、灵峰近边的峰势，看了观音洞（亦名合掌洞）里的建筑及

大龙湫等，我们以为雁荡的山峰、岩洞、溪瀑等，也已经大略可以想象得出了，所以旁的地方，也不想再去走，只到北斗洞去打了一个电话，叫汽车的司机早点预备，等我们一出谷口，就好出发。

总之，雁荡本是海底的奇岩，出海年月，比黄山要新，所以峰岩峻削，还有一点锐气，如山东劳山的诸峰。今年春间，欲去黄山而未果，但看到了黄山前卫的齐云白岳，觉得神气也有点和灵峰一带的山岩相像。在迎着太阳走出谷来，上汽车去的路上，我和文伯，更在坚订后约，打算于明年以两个月的工夫，去歙县游遍黄山，北下太平，上青阳南面的九华，然后出长江，息匡庐，溯江而上，经巫峡，下峨嵋，再东下沿汉水而西入关中，登太华以笑韩愈，入终南而学长生。此行若果，那么我们的志愿也毕，可以永永老死在蓬窗陋巷之中了。

一九三四年十一月九日

旅行笔记

徐霞客三游雁荡山

徐霞客是明代地理学家，名弘祖，字振之，号霞客。他幼年时就勤奋好学，博览图经地志，长大后不愿入仕，专注旅行，足迹遍及全国，北至燕、晋，南至云、贵、两广。1613—1639年旅行观察所得，他主要按日记述，对地理、水文、地质、植物等，均做出详细的记录，开中国地理学界系统观察、描述自然的新方向。他对中国西南边区的地理情况提供了不少珍贵的资料。有关石灰岩地貌的记述，早于欧洲一个多世纪。他的文笔生动形象，记述详细，同时也是很好的文学作品。徐霞客去世后，由季梦良、王忠纫将他的作品编成富有地理学价值和文学价值的《徐霞客游记》，广为流传。

徐霞客在他的旅游考察中，曾三次游历雁荡山，写下了《游雁宕山[1]日记》前、后各一篇。明代万历四十一年（1613年）五月，徐霞客第一次游历雁荡山，目的是探究山志中所记的“宕在山顶，龙湫之水即自宕来”这个说法是否可靠。据说雁荡山有一个雁湖，雁荡山因此得名，但是雁湖到底在哪儿？大家猜测是在雁荡山的山顶，并且是大小龙湫之水的源头。徐霞客决定弄清楚这个问题，他首先要寻找到雁湖。他在长满荆棘的崇山峻岭间攀登，当他艰难地爬到山顶时，只见山脊笔直，并没有湖，可是他不肯罢休，继续前行到一个大悬崖。他发现悬崖下面有一个小平台，就用一条长带子系在悬崖顶端上的一块岩石上，然后抓住带子悬空而下，到了小平台上才发现悬崖下面深达百丈，无法下去，只好又抓住带子脚蹬悬崖吃力地往崖顶爬。爬着爬着，带子断了，幸好他机敏地抓住了一块突出的岩石，否则就会掉进深渊，粉身碎骨。徐霞客把断了的带子接起来，又费力地向上攀爬，终于爬上了崖顶。

第一次寻找雁湖未果，没有解开龙湫之水是否来自雁湖这个疑团。时隔近二十年后，他再次来到雁荡山考察，仍不忘解开这个疑团。这次，他提前打听好了去雁湖的路线，终于顺利地来到了雁湖，做了详细的考察，弄清了大龙湫之水并不出自雁湖，那么它

---

①雁宕山：即今雁荡山。

究竟来自何处呢？第二天，他就着手寻找这个答案。他从连云嶂之左、道松洞之右拾级而上，终于找到了大龙湫之水的源头，在绝顶之南和常云之北的夹坞中。小龙湫之水的源头又来自何处呢？于是在第四天，他冒险攀上了小龙湫背（即今卧龙谷），终于找到了它的源头，在雁顶东南的铁板、屏霞二嶂的绝壑之中，从而纠正了宋朝以来大小龙湫之水来自雁湖的谬说。

徐霞客在雁荡山的游历考察中历经艰险，其坚韧不拔、勇于探索的精神令人感动。他的尊重实践、穷究事理、求真务实的态度是真正的科学态度。

白马湖之冬

夏丏尊（1886—1946），原名铸，字勉旃，号闷庵，作家、出版家。他曾任开明书店总编辑、编辑所所长，创办过《中学生》杂志，1936年被选为中国文艺家协会主席。代表作品有《平屋杂文》等。

在我过去四十余年的生涯中，冬的情味尝得最深刻的，要算十年前初移居白马湖的时候了。十年以来，白马湖已成了一个小村落，当我移居的时候，还是一片荒野。春晖中学的新建筑巍然矗立于湖的那一面，湖的这一面的山脚下是小小的几间新平屋，住着我和刘君心如两家。此外两三里内没有人烟。一家人于阴历十一月下旬从热闹的杭州移居这荒凉的山野，宛如投身

于极带中。

那里的风，差不多日日有的，呼呼作响，好像虎吼。屋宇虽系新建，构造却极粗率，风从门窗隙缝中来，分外尖削，把门缝窗隙厚厚地用纸糊了，椽（chuán）缝中却仍有透入。风刮得厉害的时候，天未夜就把大门关上，全家吃毕夜饭即睡入被窝里，静听寒风的怒号，湖水的澎湃。靠山的小后轩，算是我的书斋，在全屋子中风最少的一间，我常把头上的罗宋帽拉得低低地，在洋灯下工作至夜深。松涛如吼，霜月当窗，饥鼠吱吱在承尘上奔窜。我于这种时候深感到萧瑟的诗趣，常独自拨划着炉灰，不肯就睡，把自己拟诸山水画中的人物，作种种幽邈的遐想。

比喻手法

现在白马湖到处都是树木了，当时尚一株树木都未种。月亮与太阳都是整个儿的，从上山起直要照到下山为止。太阳好的时候，只要不刮风，那真和暖得不像冬天。一家人都坐在庭间曝日，甚至于吃午饭也在屋外，像夏天的晚饭一样。日光晒到哪里，就把椅凳移到哪里，忽然寒风来了，只好逃难

似地各自带了椅凳逃入室中，急急把门关上。在平常的日子，风来大概在下午快要傍晚的时候，半夜即息。至于大风寒，那是整日夜狂吼，要二三日才止的。最严寒的几天，泥地看去惨白如水门汀，山色冻得发紫而黯，湖波泛深蓝色。

下雪原是我所不憎厌的，下雪的日子，室内分外明亮，晚上差不多不用燃灯。远山积雪足供半个月的观看，举头即可从窗中望见。可是究竟是南方，每冬下雪不过一二次。我在那里所日常领略的冬的情味，几乎都从风来。白马湖的所以多风，可以说有着地理上的原因。那里环湖都是山，而北首却有一个半里阔的空隙，好似故意张了袋口欢迎风来的样子。白马湖的山水和普通的风景地相差不远，唯有风却与别的地方不同。风的多和大，凡是到过那里的人都知道的。风在冬季的感觉中，自古占着重要的因素，而白马湖的风尤其特别。

现在，一家僦居上海多日了，偶然于夜深人静时听到风声，大家就要提起白马湖来，说“白马湖不知今夜又刮得怎样厉害哩！”

旅行笔记

白马湖作家群

从20世纪20年代开始，白马湖畔的春晖中学便聚集起一批著名的作家、教育家，先是有夏丏尊、朱自清、丰子恺、朱光潜等人，后来俞平伯、叶圣陶、李叔同等人也来到白马湖畔讲学或交流。

在白马湖畔，他们挥斥文采，共同商讨教育之事。他们之中有的任教于春晖中学，有的任教于宁波省立第四中学，虽然肩负重任，但是都受过新文化运动的熏陶，大家在一起交流乐此不疲。朱光潜曾说，春晖虽然不大，但是已经成了一个大家庭，大家朝夕相处，非常融洽。他们教书育人，意兴山水，为中国现代文学史留下了许多优秀的散文名篇，如：夏丏尊的《白马湖之冬》《长闲》，朱自清的《刹那》《白马湖书录》，丰子恺的《山水间的生活》等。虽然他们没有明确的创作纲领，没有统一的理论路线，但是他们的文学风格相近，又志同道合，张扬艺术、倡导美育，形成了一个内涵丰富、特征鲜明的作家群体，在白马湖畔美丽的湖光山色中书写了中国现代文学史、艺术史和教育史上的动人一页，使春晖中学赢得了“北南开、南春晖”的美誉。

火　腿

曹聚仁

前几天，友人柳岸先生曾经谦词推介，说我的关于金华火腿的知识，比他们一群朋友的总和还要多。但，我之于金华火腿的知识并非由于我是金华人，而是由于我腌过火腿，在杭州一家最大的火腿进出口行——隆昌腿行住过，我是实践得来的知识，即使此间经售火腿的南货店老板，也只好点头的。

有一回，从奉化溪口回到金华去的公路车，途次东阳上蒋站，许多上海来的旅客，落了车，抢着要买“上蒋”火腿。我笑着说：“你们何必这么起劲呢？‘上蒋’哪会有好火腿呢？”他们当然不相信，后来到了金华，我拉了一位熟悉的旅客到金华南货店去问，店中对他说：“金华、兰溪不会有上等的好火腿；上等好火腿，都到了杭州、上海、香港，那叫做‘洋装’。‘上蒋’当然更没有好火腿了。”我对那朋友说：“好的火腿叫‘上蒋’，但‘上蒋’的火腿不一定好。”这话怎讲？那是我在隆昌腿行眼见的。那儿时常有三五十家火腿客运腿来，各客的数量不等。行中也不管张三、李四、王五、赵六的腿，他们的大师傅用竹签对每只腿下过鉴别，分上、中、下三等，一等有一等价格，五十年前，大约是上等每担八十元，中等每担五十元，下等每担三十元。行中把那些上等火腿，一律洗去原来的店招牌，另外盖上“上蒋”二字，作为“洋装”；所以，每只火腿，隐隐看去，“上蒋”以下还有原来的招牌，招牌以下，还有另外的招牌，因为那腿客也是别家趸（dǔn）购来的。所以，我说：好的火腿叫作“上蒋”。

何以隆昌腿行老板特别照应“上蒋”的腿客，把他们的腿推介给“洋装”客人呢？因为，腿客和隆昌，都是逢节算账的，有一年年节算账，行中多算一千元（银洋）给“上蒋”腿客，那客人老老实实退还给行中。隆昌老板大大感动了，（五六十年前，一千银元，不是一个小数目。）他就说：我以后凡是上海客人来，一定特别推介“上蒋”的招牌给他们，于是“上蒋”就成为上等火腿的别名。信用一出，行中就把所有上等火腿盖了“上蒋”招牌，以至于世界闻名。究竟“上蒋”火腿的品质如何？我只能说“过得去”，其中也有“上”、“中”、“下”之分。依火腿行家的说法，“陈发祥”的火腿最好。不过，陈发祥是我的姑母家，那几位姻伯姻亲都是腌火腿能手，他们决不肯把诀窍告诉我们的；我们腌火腿，也是自己找诀窍。我们浦江，有一位留美学生，以腌火腿得博士学位，可是他回到了浦江，腌了火腿，却是臭的（浦江县也只有我们南乡，是做火腿生意的，他是东乡人）。他不懂得用皮硝（皮硝只要抹过皮层就是），又不知道去了盐卤的精盐，不适用来腌腿的，所以闹了笑话。

据明末清初的张宗子说，火腿以浦江竹叶腿为第一，他是识货行家。

不过，一般南货店的竹叶腿，并不是张宗子说的那种。“金华火腿”，虽说挂上了金华的标记，恰巧金华府属八个县，金华县并不腌火腿的。东阳、义乌、兰溪、浦江做过这宗大生意，但杭州市上，就没见“兰溪”字样，上海才有。一方面，即算是义乌、东阳的朋友，不是这一行的，也只是道听途说，不一定知道内情的。我所以要这么说，就因为我是这一行的“实践”得来的知识，并非“谣言”。

在我们家乡，腌火腿乃是冬天的事，所以叫作“冬腿”，过了立春，那就歇手；腌出来的叫春腿，容易变味发臭。立冬以后，肉店收购猪腿，开始腌制。腌制时，先用皮硝在腿皮上抹了一层，这就会透入肉层，色泽鲜红。再铺上食盐，搁在竹架上，一只一只平摆着，好似排了队的士兵。腿师傅的技术，就在他的直觉鉴别，看盐味入肉，透了没有？过多太咸，过淡也会变味，总之，恰到好处，就取下来，洗了、晒了，晒透了，才动手术，把腿形修正起来，那就是南货店里挂着的样式。腌火腿和腌菜不同，并非浸在一只大缸里；每一只腿都各自躺着各不相干的，所以每缸加一只狗腿的传说，只能算是传说，实际上是不会有的。“狗腿”，我在江西赣州吃过，腌得并不坏，那是名厨的手笔，却也不怎么好。

金华火腿，驰名世界以来，以一隅的产品，供世界市场的需求，当然不够的。这一来：就有兰溪腿客动了脑筋，到大量产猪的苏北地区，收购冬腿，在那儿腌制，运销上海；于是上海市场上的金华火腿，苏北制造的占五分之二以上；有如绍兴龙井，比杭州龙井的茶叶多得多，一般人都作龙井看待，也是势所必然的。不过，不论谁人或谁家的火腿，决不能一律都是上品，头等好手即如陈发祥家的，也偶尔有些次货的。这又得凭腿师傅用竹签来鉴别了；三签好的是上品，二签好的是中品，一签好的是下品，三签都坏的，那就一钱不值了。这凭竹签来鉴别，那只能让我来称行家，连南货店老板也只能对我说实话了。金华兰溪的老板，一定会说：“三签好的上等火腿，这儿是不大有的。”

我的金华的至亲好友，都是火腿世家，但我从来没有说过，金华火腿最有名、最好。我在吉安，吃过江西的安福火腿，并不坏。我在重庆，吃过云南的宣威腿也不错。只有外国火腿实在不高明，只是咸肉，不是火腿。

在金华八县中，只有浦江南乡官岩山脚三十华里范围以内，有一种“风肉”，那才是肉中上品。每年冬至后，就把猪肋条，一条一条在檐下挂着，让风吹干（不用腌制），这就行了。到了第二年春天，就可蒸吃，用糖蘸着，其味无穷。我没吃过如此鲜美的肉类食品。可是，只能在这三十华里内风干，出了这圈子就不行。我的家已在三十华里边沿上，就比山乡差一点。再则第二年夏初就得吃，一到六月就发霉变味了。究竟什么缘故？我不敢乱猜。

直接描写

有人以为金华人出火腿，一定时常吃火腿的，那才是大笑话。我们金华人，一千人中，不会有一个人吃过火腿的，这本不足为奇。我也曾在亲友家中吃过火腿，即如陈发祥是我的姑母家，他们的火腿也蒸得并不鲜美。直到在杭州、上海、苏州、扬州的大户人家，那才有上品“蜜炙火方”吃。因为头等火腿，也是越陈越香，蒸炙前，就得把整只火腿在水中浸两三天，才动手把外边变色变黄肥片割掉，只留下鲜红洁白那一截，有时整个琵琶头都割掉了。这样，割成一品锅，用蜜糖抹了，再加冰糖蒸了。你说，我们那位九十七岁的亲家婆肯这么请客吗？

“蜜炙火方”，乃是乾隆下江南到了扬州，吃了有余味的好菜。那厨子张东官是苏州厨子，受了赏识，带到北京宫中去的。

旅行笔记

金华火腿

金华位于浙江省中西部，因其“地处金星与婺女两星争华之处”而得名。

金华火腿是金华有名的特产。火腿是猪肉的腌干制品之一，因成品呈酱红色，似火烤，故名。火腿有南腿、北腿和云腿三类。南腿指浙江金华地区所产的火腿，又称“金华火腿”，金华火腿又有“贡腿”之称，因历史上它曾被列为贡品。北腿指江苏如皋、泰兴等地所产的火腿，又称“如皋火腿”。云腿指以云南宣威为中心所产的火腿，又称“宣威火腿”。

金华火腿历史悠久，唐代陈藏器所著的《本草拾遗》中记载“火骽（古代‘骽’通‘腿’），产金华者佳”。元朝初期，意大利的马可·波罗将火腿的制作方法传至欧洲，成为欧洲火腿业的起源。到了清朝光绪年间，金华火腿开始外销日本、东南亚和欧美各地。

绿

朱自清

我第二次到仙岩的时候，我惊诧于梅雨潭的绿了。

梅雨潭是一个瀑布潭。仙岩有三个瀑布，梅雨瀑最低。走到山边，便听见哗哗哗哗的声音；抬起头，镶在两条湿湿的黑边儿里的，一带白而发亮的水便呈现于眼前了。我们先到梅雨亭。梅雨亭正对着那条瀑布；坐在亭边，不必仰头，便可见它的全体了。亭下深深的便是梅雨潭。这个亭踞在突出的一角的岩石上，上下都空空儿的；仿佛一只苍鹰展着翼翅浮在天宇中一般。三面都是山，像半个环儿拥着；人如在井底了。这是一个秋季的薄阴的天气。微微的云在我们顶上流着；岩面与草丛都从润湿中透出几分油油的绿意。而瀑布也似乎分外的响了。那瀑布从上面冲下，仿佛已被扯成大小的几绺；不复是一幅整齐而平滑的布。岩上有许多棱角；瀑流经过时，作急剧的撞击，便飞花碎玉般乱溅着了。那溅着的水花，晶莹而多芒；远望去，像一朵朵小小的白梅。微雨似的纷纷落着。据说，这就是梅雨潭之所以得名了。但我觉得像杨花，格外确切些。轻风起来时，点点随风飘散，那更是杨花了。——这时偶然有几点送入我们温暖的怀里，便倏的钻了进去，再也寻它不着。

梅雨潭闪闪的绿色招引着我们；我们开始追捉她那离合的神光了。揪着草，攀着乱石，小心探身下去，又鞠躬过了一个石穹门，便到了汪汪一碧的潭边了。瀑布的襟袖之间；但我的心中已没有瀑布了。我的心随潭水的绿而摇荡。那醉人的绿呀！仿佛一张极大极大的荷叶铺着，满是奇异的绿呀。我想张开两臂抱住她；但这是怎样一个妄想呀。——站在水边，望到那面，

排比手法

居然觉着有些远呢！这平铺着，厚积着的绿，着实可爱。她松松的皱缬着，像少妇拖着的裙幅；她轻轻的摆弄着，像跳动的初恋的处女的心；她滑滑的明亮着，像涂了“明油”一般，有鸡蛋清那样软，那样嫩，令人想着所曾触过的最嫩的皮肤；她又不杂些儿尘滓，宛然一块温润的碧玉，只清清的一色——但你却看不透她！我曾见过北京什刹海拂地的绿杨，脱不了鹅黄的底子，似乎太淡了。我又曾见过杭州虎跑寺近旁高峻而深密的“绿壁”，丛叠着无穷的碧草与绿叶的，那又似乎太浓了。其余呢，西湖的波太明了，秦淮河的也太暗了。可爱的，我将什么来比拟你呢？我怎么比拟得出呢？大约潭是很深的，故能蕴蓄着这样奇异的绿；仿佛蔚蓝的天融了一块在里面似的，这才这般的鲜润呀。——那醉人的绿呀！我若能裁你以为带，我将赠给那轻盈的舞女；她必能临风飘举了。我若能挹你以为眼，我将赠给那善歌的盲妹；她必明眸善睐了。我舍不得你；我怎舍得你呢？我用手拍着你，抚摩着你，如同一个十二三岁的小姑娘。我又掬你入口，便是吻着她了。我送你一个名字，我从此叫你“女儿绿”，好么？

我第二次到仙岩的时候，我不禁惊诧于梅雨潭的绿了。

旅行笔记

水的颜色

为什么有的湖泊看上去是绿色的，有的看上去是蓝色的？为什么海洋大多是蓝色的，而黄河是黄色的？其实无论是海洋、江河、湖泊、池塘，在人们的眼中呈现出的颜色都是由光线、水中矿物质、水中藻类植物、水边植被倒影、天空颜色等多种因素造成的。

就拿光线来说，我们都知道太阳光是由红、橙、黄、绿、青、蓝、紫组成的混合光。有的物体看上去是白色的，是因为物体把照射到它的光线全部或大部分反射回去了；有的物体看上去是黑色的，是因为物体把照射到它的光线全部吸收了；有的物体呈现出几种色光的混合色，是因为物体吸收了部分光线而反射另一些光线。比如：浅水因为太阳光线几乎可以毫无阻挡地全部透过浅薄的水层，因此看上去是无色透明的。大海之所以看上去是蓝色的，是因为不同颜色的光线有不同的波长，当太阳光照射在海水深水层时，波长长的红光、橙光和黄光穿透力强，容易被海水吸收，波长短的蓝光、紫光穿透力弱，进入深水层受到水分子或某些微粒的阻拦发生散射和反射，映入人们的眼帘，因此它们也就成了海水显色的主要因素。又由于人们的眼睛对海水反射的紫光敏感性差，蓝光就上升为最主要的显色因素，所以海水看上去是蓝色的。

黄河在穿行黄土高原时，含沙量增大，沙土悬浮其中，因而导致水色看上去浑黄。池塘、水潭大多呈现出绿色，是因为水体中存在着大量的藻类，尤其是绿藻，它们含有叶绿素，使水体呈现出绿色。绿藻漂浮生长，有些附生于水中其他植物体或固着于岩石上，藻类的繁殖速度受光照和水温的影响，夏季光照充足、水温适宜，藻类繁殖速度加快，水体变绿的速度也会加快。太阳光中的蓝光和红光也会刺激藻类生长，加速水体变绿，使水体呈现出碧玉般的颜色。

乌篷船

周作人（1885—1967），原名櫆寿，字启明，晚年改名遐寿，作家、翻译家。早年留学于日本，积极提倡新文学运动，曾任北京大学等校教授，其所写的散文，风格朴素、平和、从容。代表作品有《知堂回想录》《雨天的书》《自己的园地》《谈虎集》等。

子荣君：

接到手书，知道你要到我的故乡去，叫我给你一点什么指导。老实说，我的故乡，真正觉得可怀恋的地方，并不是那里；但是因为在那里生长，住过十多年，究竟知道一点情形，所以写这一封信告诉你。

我所要告诉你的，并不是那里的风土人情，那是写不尽的，但是你到那里一看也就会明白的，不必啰唆地多讲。我要说的是一种很有趣的东西，这便是船。你在家乡平常总坐人力车，电车，或是汽车，但在我的故乡那里这些都没有，除了在城内或山上是用轿子以外，普通代步都是用船。船有两种，普通坐的都是“乌篷船”，白篷的大抵作航船用，坐夜航船到西陵去也有特别的风趣，但是你总不便坐，所以我也就可以不说了。乌篷船大的为“四明瓦”（Symenngoa），小的为脚划船（划读如uoa），亦称小船。但是最适用的还是在这中间的“三道”，亦即三明瓦。篷是半圆形的，用竹片编成，中夹竹箬，上涂黑油；在两扇“定篷”之间放着一扇遮阳，也是半圆的，木作格子，嵌着一片片的小鱼鳞，径约一寸，颇有点透明，略似玻璃而坚韧耐用，这就称为明瓦。三明瓦者，谓其中舱有两道，后舱有一道明瓦也。船尾用橹，大抵两支，船首有竹篙，用以定船。船头着眉目，状如老虎，但似在微笑，颇滑稽而不可怕，唯白篷船则无之。三道船篷之高大约可

直接描写

以使你直立，舱宽可以放下一顶方桌，四个人坐着打马将，——这个恐怕你也已学会了罢？小船则真是一叶扁舟，你坐在船底席上，篷顶离你的头有两三寸，你的两手可以搁在左右的舷上，还把手都露出在外边。在这种船里仿佛是在水面上坐，靠近田岸去时泥土便和你的眼鼻接近，而且遇着风浪，或是坐得少不小心，就会船底朝天，发生危险，但是也颇有趣味，是水乡的一种特色。不过你总可以不必去坐，最好还是坐那三道船罢。

你如坐船出去，可是不能像坐电车的那样性急，立刻盼望走到。倘若出城，走三四十里路（我们那里的里程是很短，一里才及英哩三分之一），来回总要预备一天。你坐在船上，应该是游山的态度，看看四周物色，随处可见的山，岸旁的乌桕（jiù），河边的红蓼和白蘋，渔舍，各式各样的桥，困倦的时候睡在舱中拿出随笔来看，或者冲一碗清茶喝喝。偏门外的鉴湖一带，贺家池，壶觞左近，我都是喜欢的，或者往娄公埠骑驴去游兰亭（但我劝你还是步行，骑驴或者于你不很相宜），到得暮色苍然的时候进城上都挂着薜荔的东门来，倒是颇有趣味的事。倘若路上不平静，你往杭州去时可于下午开船，黄昏时候的景色正最好看，只可惜这一带地方的名字我都忘记

了。夜间睡在舱中，听水声橹声，来往船只的招呼声，以及乡间的犬吠鸡鸣，也都很有意思。雇一只船到乡下去看庙戏，可以了解中国旧戏的真趣味，而且在船上行动自如，要看就看，要睡就睡，要喝酒就喝酒，我觉得也可以算是理想的行乐法。只可惜讲维新以来这些演剧与迎会都已禁止，中产阶级的低能人别在“布业会馆”等处建起“海式”的戏场来，请大家买票看上海的猫儿戏。这些地方你千万不要去。——你到我那故乡，恐怕没有一个人认得，我又因为在教书不能陪你去玩，坐夜船，谈闲天，实在抱歉而且惆怅。川岛君夫妇现在偁（Chēng）山下，本来可以给你绍介，但是你到那里的时候他们恐怕已经离开故乡了。初寒，善自珍重，不尽。

旅行笔记

水路漕运

古代江南水乡河流、湖泊、溪泉众多，船就成了水路的主要运载、交通工具。漕运本意指水路运输，后来专指用水道将所征的粮食解往京师或其他指定地点的运输，即利用水道调运粮食（主要是公粮）的一种专业运输。在古代，当运河水量或其他船只影响漕运通路时，统治阶级就要首先保证漕运畅通。古代水利典籍多有记载，“国之大事在漕，漕运之务在河”，河务之要是“治河保漕”。

因为自然水系丰沛，杭州在古代便人工开凿了通航河道，这就是京杭运河。京杭运河是中国古代南北水路交通的要道，北起北京，南至杭州，经两市（北京、天津）、四省（河北、山东、江苏、浙江）。京杭运河始凿于公元前5世纪，后经隋朝和元朝两次大规模扩展，利用天然河道修凿连接而成。京杭运河一共分为七段，分别是通惠河（北京市区到市郊通州段）、北运河（北京通州至天津段）、南运河（天津至山东临清段）、鲁运河（山东临清至山东台儿庄段）、中运河（山东台儿庄至江苏淮安段）、里运河（江苏淮安至江苏扬州段）、江南运河（江苏镇江至浙江杭州段）。中华人民共和国成立后，京杭运河经过整治，航道变宽加深，增建船闸，建有江都、淮安等水利枢纽工程，成为“南水北调”东线工程的重要通道之一。

西湖之夜

周瘦鹃

看不厌游不厌的西湖，正好像西子妆一般，无论淡妆浓抹，横看侧视，都是绝美的，所以晴湖好，雨湖好，雪湖也好。据几个游过月湖的朋友说，西湖之夜，更好似月下的美人，风姿绝世，比甚么晴湖、雨湖、雪湖都好，那西湖上有名的三潭印月、平湖秋月，可就是月湖的代表咧。袁石公说：“论湖景当以雪为第一，其次月，皎蟾当空，波光生艳，众山静绕，如百千美人，临镜梳鬟，四季皆妙，不独秋也。”看他虽把雪湖推为第一，对于月湖却也尽力描写，足见西湖之夜，确有动人处了。

比喻手法

《词苑丛谈》说，龚定山尚书与横波夫人月夜泛舟西湖，作《丑奴儿令》四阕，自序云：“五月十四夜，湖风酣畅，月明如洗，繁星尽敛，天水一碧，偕内人系艇子于寓楼下，剥菱煮芡，小饮达曙。人声既绝，楼台灯火，周视悄然，惟四山苍翠，时时滴入杯底。千百年西湖，今夕始独为吾有，徘徊顾恋，不谓人世也。”看那末尾的几句，衬托出西湖之夜的美来，加倍有力，瞧他言下，何等的踌躇满志，我也很愿这千百年西湖，独有这么一夜呢。

西湖之夜，最先在我心中留一个印象，是读了李息霜（叔同）先生的一篇《西湖夜游记》。今年春间，到西湖游了三天，就想夜中游湖，一尝李先生《西湖夜游记》中的风味。谁知一连两夜，都没有月，可就不能去赏玩那西湖之夜。回来后，心中还耿耿的，总想去游一次呢。李先生早在三年前抛笔焚砚，遁入空门了，可没有机会再读他的文章，我姑且把这篇记录下来，作为纪念罢：“壬子七月，余重来杭州，客师范学舍，残暑未歇，庭树肇秋，高楼当风，竟夕寂坐。越六日，偕姜、夏二先生游西湖，于时晚晖落红，暮山被紫，游众星散，流萤出林，湖岸风来，轻裾致爽。乃入湖上某亭，命治茗具，又有菱芰，陈粲盈几。短童侍坐，狂客披襟，申眉高谈，乐说旧事。庄谐杂作，继以长啸，林鸟惊飞，残灯不华。起视明湖，荧然一碧，远峰苍苍，若现若隐。颇涉遐想，因忆旧游。曩岁来杭，故旧交集，文子耀斋，田子毅侯，时相过从，辄饮湖上。岁月如流，倏逾九稔，生者流离，逝者不作，坠欢莫拾，酒痕在衣。刘孝标云：'魂魄一去，将同秋草。'吾生渺茫，可晞然感矣。漏下三箭，秉烛言归，星辰在天，万籁俱寂。野火闇闇，疑似青燐；垂杨沉沉，有如酣睡。归来篝灯，斗室无寐，秋声如雨，我劳如何，目瞑意倦，濡笔记之。"

六月十九的西湖之夜，听说是一年中夜游最热闹的时节，因为这一天是观音生日，红男绿女，都坐了船往天竺进香。西湖中钗光钿影，和明月掩映，微风过处，一水皆香，觉得西湖真是美人湖了。但是这一夜的西湖之夜，未免太热闹些，怕反损坏了它的真美。我以为还是在平时的三五月明之夜，趁没人游湖时，和素心人同载一舸，看水看山看月，缓缓的荡去，那时

可就不让龚芝麓以千百年西湖今夕“独为吾有”骄人了。好美丽的西湖之夜啊，愿你永永美丽。

旅行笔记

西湖三堤

西湖在汉代称明圣湖，在唐代始称西湖。它原是与杭州湾相通的浅海湾，后由泥沙堰塞，海湾被隔断，在沙嘴内侧形成一个潟（xì）湖（浅水海湾因湾口被泥沙淤积成的沙嘴或沙坝所阻，而形成的接近封闭的湖泊）。

西湖有三堤，分别是苏堤、白堤、杨公堤。苏堤是由北宋文学家苏轼主持修建的。苏轼在城市水系治理、景观营造方面颇有建树。苏轼注意到杭州水系有待治理，冬春积水、夏秋干旱，于是废田还湖，改善了西湖的蓄水排涝能力。苏轼还派人把湖里的淤泥挖出来筑成苏堤，使两岸交通便利，并形成了西湖名景“苏堤春晓”。为了防止他人侵占湖面，苏轼派人在湖上建了三座小石塔，石塔区域内不能种植水生植物，这成为西湖十景中的“三潭印月”。

白堤旧称白沙堤，西接孤山，东至断桥，长约一千米，南为外西湖，北为里西湖。白堤在唐朝之前就已存在，是疏浚湖泊时用挖出的淤泥堆积而成的。白居易在《钱塘湖春行》中称赞此堤，“最爱湖东行不足，绿杨阴里白沙堤”。后人为纪念白居易，改称此堤为白堤。

杨公堤之名源于杨孟瑛。明朝正德三年（1508年），杭州知州杨孟瑛主持疏浚西湖，并把疏浚产生的淤泥、葑草筑成一条呈南北走向的长堤，还在堤上修了六座桥。后人为了纪念杨孟瑛，将这条长堤命名为“杨公堤”。杨公堤南起虎跑路口，北至北山路口，沿途景点众多。

钓台的春昼

郁达夫

钓台去桐庐县城二十馀里，桐庐去富阳县治九十里不足，自富阳溯江而上，坐小火轮三小时可达桐庐，再上则须坐帆船了。

我去的那一天，记得是阴晴欲雨的养花天，并且系坐晚班轮去的，船到桐庐，已经是灯火微明的黄昏时候了，不得已就只得在码头近边的一家旅馆的高楼上借了一宵宿。

桐庐县城，大约有三里路长，三千多烟灶，一二万居民，地在富春江西北岸，从前是皖浙交通的要道，现在杭江铁路一开，似乎没有一二十年前的繁华热闹了。尤其要使旅客感到萧条的，却是桐君山脚下的那一队花船的失去了踪影。说起桐君山，原是桐庐县的一个接近城市的灵山胜地，山虽不高，但因有仙，自然是灵了。以形势来论，这桐君山，也的确是可以产生出许多口音生硬、别具风韵的桐严嫂来的生龙活脉。地处在桐溪东岸，正当桐溪和富春江合流之所，依依一水，西岸便瞰视着桐庐县市的人家烟树。南面对江，便是十里长洲，唐诗人方干的故居，就在这十里桐洲九里花的花田深处。向西越过桐庐县城，更遥遥对着一排高低不定的青峦，这就是富春山的山子山孙了。东北面山下，是一片桑麻沃地，有一条长蛇似的官道，隐而复现，出没盘曲在桃花、杨柳、洋槐、榆树的中间。绕过一支小岭，便是富阳县的境界，大约去程明道的墓地程坟，总也不过一二十里地的间隔。我的去拜谒桐君，瞻仰道观，就在那一天到桐庐的晚上，是淡云微月，正在作雨的时候。

空间描写

到了桐君山下，在山影和树影交掩着的崎岖道上，我上岸走不上几步，就被一块乱石绊倒，滑跌了一次。船家似乎也动了恻隐之心了，一句话也不发，跑将上来，他却突然交给了我一盒火柴。我于感谢了一番他的盛意之后，重整步武，再摸上山去，先是必须点一枝火柴走三五步路的，但到得半山，路既就了规律，而微云堆里的半规月色，也朦胧地现出一痕银线来了，所以手里还存着的半盒火柴，就被我藏入了袋里。路是从山的西北，盘曲而上，渐走渐高，半山一到，天也开朗了一点，桐庐县市上的灯光，也星星可数了。更纵目向江心望去，富春江两岸的船上和桐溪合流口停泊着的船尾船头，也看得出一点一点的火来。走过半山，桐君观里的晚祷钟鼓，似乎还没有息尽，耳朵里仿佛听见了几丝木鱼钲钹的残声。走上山顶，先在半途遇着了一道道观外围的女墙，这女墙的栅门，却已经掩上了。在栅门外徘徊了一刻，觉得已经到了此门而不进去，终于是不能满足我这一次暗夜冒险的好奇怪癖的。所以细想了几次，还是决心进去，非进去不可，轻轻用手往里面一推，栅门却呀的一声，早已退向了后方开开了，这门原来是虚掩在那里的。进了栅门，踏着为淡月所映照的石砌平路，向东向南的前走了五六十步，居然走到了道观的大门之外，这两扇朱红漆的大门，不消说是紧闭在那里的。到了此地，我却不想再破门进去了，因为这大门是朝南向着大江开的，门外头是一条一丈来宽的石砌步道，步道的一旁是道观的墙，一旁便是山坡，靠山坡的一面，并且还有一道二尺来高的石墙筑在那里，大约是代替栏杆，防人倾跌下山去的用意。石墙之上，铺的是二三尺宽的青石，在这似石栏又似石凳的墙上，尽可以坐卧游息，饱看桐江和对岸的风景，就是在这里坐它一晚，也很可以，我又何必去打开门来，惊起那些老道的恶梦呢？

优美语句

空旷的天空里，流涨着的只是些灰白的云，云层缺处，原也看得出半角的天，和一点两点的星，但看起来最饶风趣的，却仍是欲藏还露，将见仍无的那半规月影。这时候江面上似乎起了风，云脚的迁移，更来得迅速了，而低头向江心一看，几多散乱着的船里的灯光，也忽明忽灭地变换了一变换位置。

这道观大门外的景色，真神奇极了。我当十几年前，在放浪的游程里，曾向瓜洲京口一带，消磨过不少的时日，那时觉得果然名不虚传的，确是甘露寺外的江山，而现在到了桐庐，昏夜上这桐君山来一看，又觉得这江山的秀而且静，风景的整而不散，却非那天下第一江山的北固山所可与比拟的了。真也难怪得严子陵，难怪得戴征士，倘使我若能在这样的地方结屋读书，以养天年，那还要什么的高官厚禄，还要什么的浮名虚誉哩？一个人在这桐君观前的石凳上，看看山，看看水，看看城中灯火和天上的星云，更做做浩无边际的无聊的幻梦，我竟忘记了时刻，忘记了自身，直等到隔江的击柝声传来，向西一看，忽而觉得城中的灯影微茫地减了，才跑也似的走下了山来，渡江奔回了客舍。

在祠堂西院的客厅里坐定，和严先生的不知第几代的裔孙谈了几句关于年岁水旱的话后，我的心跳，也渐渐儿的镇静下去了，嘱托了他以煮饭烧菜的杂务，我和船家就从断碑乱石中间爬上了钓台。

东西两石垒，高各有二三百尺，离江面约两里来远，东西台相去，只有一二百步，但其间却夹着一条深谷，立在东台，可以看得出罗芷的人家，回头展望来路，风景似乎散漫一点，而一上谢氏的西台，向西望去，则幽谷

里的清景，却绝对的不像是在人间了。我虽则没有到过瑞士，但到了西台，朝西一看，立时就想起了曾在照片上看见过的威廉退儿的祠堂。这四山的幽静，这江水的青蓝，简直同在画片上的珂罗版色彩，一色也没有两样；所不同的，就是在这儿的变化更多一点，周围的环境更芜杂不整齐一点而已，但这却是好处，这正是足以代表东方民族性的颓废荒凉的美。

从墙头上跳将下来，又向龛前天井去走了一圈，觉得酒后的喉咙，有点渴痒了，所以就又走回到了西院，静坐着喝了两碗清茶。在这四大无声，只听见我自己的啾啾喝水的舌音冲击到那座破院的败壁上去的寂静中间，同惊雷似的一响，院后的竹园里却忽而飞出了一声闲长而又有节奏似的鸡啼的声来。同时在门外面歇着的船家，也走进了院门，高声的对我说：

“先生，我们回去罢，已经是吃点心的时候了，你不听见那只公鸡在后山啼么？我们回去罢！”

旅行笔记

富春山居图

桐庐，位于杭州市西北部，钱塘江中游富春江畔。富春江为元代传世佳作《富春山居图》的原景地，是钱塘江自桐庐至杭州市萧山区闻堰段的别称，长六十八千米，河道宽阔，两岸连山，风景秀丽。

《富春山居图》是元朝黄公望所画。黄公望本姓陆，名坚，因出继黄氏为义子，所以改了姓名。黄公望曾任小吏，因管理粮食钱财获罪，出狱后远离官场，寄情山水，经常往来于杭州、松江等地。黄公望擅山水画，得赵孟頫指授，又以董源、巨然为老师，兼参李成的画法，晚年画风自成一家，与吴镇、倪瓒、王蒙合称“元四家”。

黄公望经常在虞山、九峰、富春江等地领略江南风光，携带笔墨随时摹记，对富春江沿岸的自然风光非常熟悉。《富春山居图》景物秀丽，层次分明，线条优美，令人仿佛置身于画境。清初，《富春山居图》遭火焚，分为两段，前段《剩山图》藏于浙江省博物馆，后段《无用师卷》藏于台北故宫博物院。

鉴湖、绍兴老酒

曹聚仁

轻舟八尺，低篷三扇，占断苹洲烟雨。镜湖元自属闲人，又何必官家赐与！

——陆放翁：《鹊桥仙》

到了绍兴，便喝上鉴湖水了。鉴湖，乃是萧山绍兴间的极大蓄水池，本来周围有百多里大，开辟于东汉年间。过去二千年间，四围土田逐渐被侵蚀，没有疏浚，面积缩小到后来，只剩下十五里长的清水湖了。这便是绍兴老酒的摇篮。

绍兴酒是用糯米做的黄酒，和用麦或高粱做的烧酒，一辛辣，一醇甜，自是有别。绍酒之中，一般的叫花雕，坛上加花，原是贡品。（十斤装的叫京庄，专销京津；二十斤装的叫行使，专销湖广。目前小坛装的三斤，大坛装的二十五斤，上海南货店都有出售。）加料制造的，有善酿、加饭、镜面各品，酒味更醇。还有一种女贞酒，富家育女，便替她做酒加封，藏在地下，作为出嫁日宴客之用，故名女贞。酒越陈越香越醇，十年五年埋着，如《儒林外史》所写的杜家老太爷埋藏二十年的陈酒，镶了新酒，那几位酒翁，喝了才过瘾。

绍兴府属各县，都有绍酒酿坊，西郭、柯桥，沿鉴湖各村镇，散布很广；以东浦为最上，阮社次之，据说东浦以桥为界，内地也有上下床之分，那只好让行家去鉴别了。阮社村到处都是酿坊，满堤都是大肚子的酒坛，一眼看去，显得这是醉乡了。绍酒所以特别好，行家说主要条件之一是鉴湖水好。我的朋友施叔范，他是诗翁，也是酒伯。他说：真正的佳品，必须汲湖水酿造；水的成分不要过清，也不可过浊；清则质薄，日久变酸，浊则失掉清灵之气。鉴湖水，源出会稽，有如崂山泉，所含矿质，恰合酿酒之用，因此绍酒独占其美。（我个人的看法，金华酒并不在绍兴之下，只是产量不多，行销不广，让绍酒占尽声名而已。）

做酒是一种艺术。酿酒行家，叫缸头师傅。这种师傅我们家乡也有。首先把糯米浸了，再放上饭蒸（一种大木桶的蒸具）去蒸，蒸熟了，摊在竹垫上，等它凉下来，再拌上酒药；酒药的分量得有斟酌，多则味甜，少则味烈。接着把它放在大缸中“作”起来（“作”即是发酵之意）。究竟“作”多少日子，那就看缸头师傅的直觉判断了；总是听得缸中沙沙作响，有大闸蟹吐沫似的，看是“作”透了，再由酒袋装入酒架，慢慢榨出来。这榨入缸中的酒汁，一坛一坛装起来。再用泥浆封了口，一坛坛放入地窖中去，普通总是半年十月，就可开坛了；一年以上，便是陈酒，市上出售的，大多是一年陈的。我不会喝酒，却懂得做酒，因此，看看别人的描述，觉得不够切实。

“作”酒时期，我们也可喝连糟酒，称之为“缸面浑”，其味较醇，却不像“酒酿”那么甜。酿了头酒以后，还可再酿一次，其味淡薄，我们乡间，称之为“旁旁酒”（不知究竟该怎么写）。

绍兴老酒，我说过是一种糯米酒，味儿醇厚，黄澄澄地。我喝过一坛十五年陈的枣酒，那简直像酱油一般。我们一想到茅台、大曲、汾酒、高粱那股辛烈的冲劲，就觉得冬日跟夏日的不同。我们喝绍兴酒，总是一口一口地喝，让舌尖舌叶细细享受那甜甜的轻微刺激，等到喝得醉醺醺时，一种陶然的心境，确乎飘飘欲仙。我们从不像欧美人那样打开了瓶嘴，尽自向肚子灌下去，定是要喝得狂醉了才罢手的。鲁迅曾在一篇小说中，写他自己走上了一石居小酒楼，坐在小板桌旁，吩咐堂倌：“一斤绍酒。——菜？十个油豆腐，辣酱要多。”他很舒服地呷一口酒，酒味很纯正，油豆腐也煮得十分好；可惜辣酱太淡薄。这就是酒客的情调了。在绍兴喝酒的，多用浅浅的碗，大大的碗口，一种粗黄的料子，跟暗黄的酒，石青的酒壶，显得那么调和。

语句优美

绍兴人喝黄酒，起码两浅碗，即是一提；若是上酒店去只喝一碗，那便不大够资格。

旅行笔记

绍兴的酒俗与酒习

绍兴酒对于绍兴人来说，是生活的必需之物，也是表达美好祝愿的载体，于是就形成了各种各样的酒俗与酒习，主要表现在婚嫁、生丧、时节等方面。

绍兴人以酒为纳彩之礼，以酒为陪嫁之物。就像文中所写的女贞酒，便是为女儿长大出嫁而酿造的，也叫“女儿酒”“女儿红”。女儿酒原是加饭酒，因为装入花雕酒坛，又有了一个新的名称——花雕酒。花雕酒存放时间长达二十年左右，启封时，异香扑鼻，满室芬芳。“花雕”又成了绍兴人生女的代名词。时至今日，若生了女儿，人们就会戏称“恭喜花雕进门”。女儿酒的酒坛十分讲究，在土坯时就雕出花卉、人物等图案，烧制出窑后，再彩绘出山水、花鸟、人物等画面，然后在画面上方题词或装饰图案，题词一般都是祝福语，如“花好月圆”“白首偕老”“万事如意”等，以表达对新婚夫妇的祝福。此外，绍兴还有“会亲酒”“送庚酒”“纳彩酒”等。后来，这种习俗又演化到生男孩的时候也酿酒，一般在酒坛上涂上朱红色，叫作“状元红”，寓意男孩能成为栋梁之材。

生丧是人生的大事，所以又有生丧酒，主要包括“剃头酒”“白事酒”等。剃头酒是在孩子满月时，用酒给孩子润发。白事酒在丧葬期间饮用，也叫“丧酒”。传统时节也多有酒的影子，有“清明酒”“端午酒”“冬至酒”等。在生活中，乔迁新居有

“新居酒”；人与人之间有了纠纷，有人以酒为中介出面劝和，是为“和解酒”；迎来送往，又有“洗尘酒”“接风酒”“饯行酒”“送别酒”等。

其他推荐

关于浙江的文章还有：

《西湖漫笔》（宗璞）

《天目山中笔记》（徐志摩）

《富春江上的回忆》（周瘦鹃）

《孤山的梅花》（郭沫若）

东南侨乡

福建

省会

福州

简称

闽

气候

亚热带湿润季风气候

地理位置

位于东南沿海，东临台湾海峡，西部与江西相邻，西南部与广东相连，北部与浙江相邻。

主要山脉

武夷山、戴云山

主要水系

闽江、九龙江

世界文化遗产

武夷山、鼓浪屿、福建土楼、“泉州：宋元中国的世界海洋商贸中心”

本站停靠

武夷山

福州西湖

涌泉寺

厦门

福州

泉州

文学导游

曹聚仁

郁达夫

郑振铎

邓拓

武夷山胜会

曹聚仁

1941年9月20日，我们从上饶赶赴福建崇安看日蚀，这是忙里贪闲的一件大事。我们一行十余人，从铅山越武夷山而往崇安，车行未半小时，车轮炸裂，停在道旁修理。这一行准备参加日蚀观测的同伴，大都是天文学的门外汉，其中最感兴趣，对观测狂热似的爱好的，首推L君。于是席草为茵，大家静听L君对日蚀的理论分析，增加了好奇心以外的兴趣。人类对于这大宇奇景，万里奔赴，绞尽脑汁来撮取、研究、分析，究竟有了什么收获呢？在一切动物眼中，“人”这动物是个大傻瓜，在一般人眼中，科学家也是个大傻瓜。不过人类毕竟由恐惧、惊奇，走上了静观默察的路，这便是人类的真正收获。我们那一群人，都确信第二天的正午时分，这一地带，都可以看日全蚀奇景，这就是人类诉之于理性的最高成就。

依当时福建气象局测候：崇安的晴明可能性占百分之四十，较福安的百分之二十四高得多；但是谁也不敢保证天气不倒在“阴雨”那百分之六十的可能性那边去。（那年陕西的天气很好，所以陕甘的观察成绩比东南高得多。）车一进入武夷山的山谷，雨意越来越浓，大家仰望天空，对那沉黑的浓云，叹口气道：“明天不要下雨才好！”那时，雨已在淅淅沥沥地下起来了。我们的车子，爬上了那悬崖绝壁的分水关，白濛濛的雾，蒙盖着近山远峰，傍晚时分，更迷糊辨识不清。轮溅泥水，雨打车窗，我们的满腔热情，渐渐散失掉了。二更时分，车过崇安，雨渐细渐小；在赤石站，看见车轮满场，灯火辉煌，知道东南、西南各方人士，都已到达观测场了。我们这一行人，留宿于武夷宫，其地距赤石八公里，正当一曲胜境；大王、玉女两峰，雄踞其侧，夜深人静，万籁俱寂，盖前贤悟道入定之境，若非期待看日蚀这一念头萦回于胸中，这“静养”之境，够我们享受了。

动态描写

21日清晨，我披衣急起，出户远望；那一幅米家山画图，三十六峰若隐若现，万斛白云，若吞若吐，玉女娇睡，大王垂眉，那一刻间，只是结舌瞠目，不知如何赞起。大家想来想去，只想出一个“好”字。可是，远处云低风争，雨脚益紧，大家从五分希望，减到三分希望，又减到一分希望；直到一分希望都保不住了，我们这一行，依旧冒雨乘车向赤石观测所去。

赤石镇以产茶著名，为茶商会集之地，福建示范茶场即设于此。日蚀观测，则借茶场的会所。是日上午九时许，各方人士纷集，知名之士，凡二百余人。满场人士，在介绍、问候、交谈、笑语中，上演类似政治性的观日。正午时分，我们一群人正围坐在一桌边，等待吃午饭；天渐渐暗下来了，仿佛是薄暮；大家都说这是晚饭，不是午饭。第三碗菜上来时，天全黑了，几乎看不清桌上的碗盆；气候也突然冷了许多。大家离桌，到空场上看天空，阴暗的幕，把什么都遮盖着，什么也看不见。各测候人员，先后报告飞鸟归巢，群鸡入栏的事实。未几，天又黎明，晨光遍及大地，倏忽三分钟，我们

又过了一个晚上。夜的缩影，黄粱梦中的夜，在我们的生命史上，的确是值得纪念的一页。

旅行笔记

中国茶文化

中国是茶的故乡，也是茶文化的发祥地。茶起源于中国，盛行于世界，中国通过“丝绸之路”将丝绸、瓷器、茶叶等送到世界各地。联合国将每年5月21日定为“国际茶日”，体现了国际社会对茶的认可与重视。

饮茶也叫品茗，是中国古代雅事之一，其发源可追溯至上古时期。唐代学者陆羽以嗜茶闻名，并对茶道有精深的研究，被尊为“茶圣”。他在《茶经》中，论述了茶的性状、品质、产地、采制、烹饮方法及用具等。《茶经》是中国第一部关于茶的专著。《茶经》记载，“茶之为饮，发乎神农氏，闻于鲁周公”，意思就是茶作为饮品开始于神农氏，由周公旦作了文字记载而为世人所知。

茶树的鲜嫩叶芽经加工成为茶叶。茶叶按加工方法分为红茶、绿茶、黑茶、青茶、白茶、黄茶六类。西湖龙井、洞庭碧螺春、武夷大红袍等茶均驰名中外。茶中含有茶多酚，对人体有益。

福州的西湖

郁达夫

没有到福州之先，我并不知道福州也有一个西湖。虽则说“天下西湖三十六”，但我们所习知的，总只是与苏东坡有关的几个，河南颍上，广东惠州，与浙江杭州。到了福州之后，住上了年馀，闲来无事，到各处去走走，觉得西湖在福州的重要，却也不减似杭州，尤其是在夏天。

福州的西湖，因为面积小，所以十景八景的名目，没有杭州那么的有名。并且时过景迁，如大梦松涛的一景，简直已经寻不出一个小浪来了，其他的也就可想而知。但是开化寺前的茶店，开化寺后，从前大约是宛在堂的旧址的那一块小阜，却仍是看晚霞与旭日的好地方。西面一堤，过环桥，就可以走上澄澜堂去，绕一个圈子，可以直绕到北岸的窑角诸娘的家里，这些地方，总仍旧是千馀年前的西湖的旧景。并且立在环桥上面，北望诸山腰里的人家，南瞻乌石山头的大石，俯听听桥洞下男男女女的行舟，清风不断，水波也时常散作鳞文，以地点来讲，这桥上当是西湖最好的立脚地。桥头东西，是许世氏于“五四”那一年立“击楫”碑的地方，此时此景，恰也正配。

主观描写

福州西湖的游船，有一种像大明湖的方舟，有一种像平常的舢板，设备倒也相当的富丽，但终因为湖面太小了一点，使人鼓不起击楫的勇气；又因为湖水不清，码头太少，四岸没有可以上去游玩的别墅与丛林，所以船家与坐船的人，并没有杭州那么的多。可是年年端午，西湖的里里外外，上上下下，总是人多如鲫，挤得来寸步难移；这时候这些船家，便也可以借吊屈原之名而扬眉吐气，一只船的租金，竟有上二三元一日的；八月半的晚上，当然也是一样。

对于福州的西湖，我初来时觉得她太渺小，现在习熟了，却又觉她的楚楚可怜。在《西湖志》的附录里，曾载有一位湖上的少女，被人买去作妾，后来随那位武弁到了北京，因不容于大妇，发配厮养卒以终。少女多才，赋诗若干绝以自哀，所谓“为问生身亲父母，卖儿还剩几多钱”，以及“嫁得伧父双脚健，报人夫婿早登科”等名句，就是这一位福州冯小青之所作。诗的全部，记得《随园诗话》和《两般秋雨庵随笔》里都抄登着在。她，这一位可怜的少女，我觉得就是福州西湖的化身；反过来说，或者把西湖当作她的象征，也未始不可。

旅行笔记

林则徐修浚福州西湖

从18世纪末期开始，英国就向中国输出大量鸦片，导致中国白银外流，银价飞涨，财政困难。1838年底，道光皇帝任命林则徐为钦差大臣，去广东查禁鸦片。1839年3月，林则徐到达广州开始禁烟，在虎门海滩销毁鸦片237万余斤，史称“虎门销烟”。林则徐还擅治水。他曾修治黄河，兴修白茆、浏河等水利，修海塘、建堤坝。福州西湖就是他主持修浚的。

清代乾隆、嘉庆以来，福州西湖长达四十余年未得修整，湖身渐渐堰塞。道光七年（1827年），林则徐因父丧，回福州守制丁忧三年。他看到堰塞的西湖，非常忧心，于是向闽浙总督、福建巡抚提出重浚西湖的建议。建议被采纳后，道光八年（1828年），林则徐开始主持修浚西湖，指挥所设在宛在堂。修浚完工后，林则徐在湖堤上种植梅树；又改建了画舫，供文士游湖咏唱之用；重修宋代名臣李纲之祠，把近乎坍塌的“李公祠”移建于西湖荷亭旁，又在新祠前种植了两株桂树，补以李纲旧宅“桂斋”的旧额。重浚后的西湖焕然一新，风景如画。“新潮拍岸添瓜蔓，小艇穿桥宿藕花”，这是林则徐的诗作，描绘的就是西湖新景。

闽游滴沥之二

郁达夫

涌泉寺的建筑布置，原也同其他的佛地丛林一样，有头山门、二山门、钟鼓楼、天王殿、大雄宝殿、后大殿、藏经楼、方丈室、僧寮、客舍、戒堂、香积厨等等，但与别的大寺院不同的，却有三个地方。第一，是大殿右首厢房上的那一株龙爪松，据说未有寺之先，就有了这一株树，那么这棵老树精，应该是五代以前的遗物了，这当然是只好姑妄听之的一种神话；可是松枝盘曲，苍翠盖十馀丈周围，月白风清之夜，有没有白鹤飞来，我可不能保，总之以躯干来论它的年纪，大约总许有二三百岁的样子。第二，里面的一尊韦驮菩萨，系跷起了一只脚，坐在那里的。关于这镇坐韦驮的传说，也是一个很有趣味的故事，现在只能含混的重述一下，作未曾到过鼓山的人的笑谈，因为和尚讲给我听的话，实际上我也听不到十分之二三，究竟对与不对，还须去问老住鼓山的人才行。

——从前，一直在从前，记不清是那一朝的那一年了，福建省闹了水荒呢也不知旱荒；有一位素有根器的小法师，在这涌泉寺里出了家，年龄当然还只有十一二岁的光景。在这一个食指众多的大寺院里，小和尚当然是要给人家虐待、奚落、受欺侮的。荒年之后，寺院里的斋米完了，本来就待这小和尚不好的各年长师兄们，因为心里着了急，自然更要虐待虐待这小师弟，以出出他们的气。有一天风雨雷鸣的晚上，小和尚于吞声饮泣之馀，双目合上，已经朦胧睡着了，忽而一道红光，照射斗室，在他的面前，却出现了那位金身执杵的韦驮神。他微笑着对小和尚说，“被虐待者是有福的，你明天起来，告诉那些虐待你的僧侣罢，叫他们下山去接收谷米去；明天几时几刻，是有一个人会送上几千几百担的米来的。”第二天天明，小和尚醒了，将这一个梦告诉了大家；大家只加添了些对他的揶揄，那里能够相信？但到了时候，小和尚真的绝叫着下山去了，年纪大一点的众僧侣也当作玩耍似的嘲弄着他而跟下了山。但是，看吓！前面起的灰尘，不是运米来的车子么？到得山下，果然是那位城里的最大米商人送米来施舍了。一见小和尚合掌在候，他就下车来拜，嘴里还喃喃的说：“活菩萨，活菩萨，南无阿弥陀佛，救了我的命，还救了我的财。”原来这一位大米商，因鉴于饥馑的袭来，特去海外贩了数万斛的米，由海船运回到福建来的。但昨天晚上，将要进口的时候，忽而狂风大雨，几几乎把海船要全部的掀翻，他在舱里跪下去热心祈祷，只希望老天爷救救他的老命。过了一会，霹雳一声，桅杆上出现了两盏红灯，红灯下更出现了那一位金身执杵的韦驮大天君。怒目而视，高声而叱，他对米商人说：“你这一个剥削穷民、私贩外米的奸商，今天本应该绝命的；但念你祈祷的诚心，姑且饶你。明朝某时某刻，你要把这几船米的全部，送到鼓山寺去。山下有一位小法师合掌在等的，是某某菩萨的化身，你把米全交给他罢！”说完不见了韦驮，也不见了风云雷雨，青天一抹，西边还现出一规残夜明时的月亮。

众僧侣欢天喜地，各把米搬上了山，放入了仓；而小和尚走回殿来，正

想向韦驮神顶礼的时候，却看见菩萨的额上，流满了辛苦的汗，袍甲上也洒满了雨滴与浪花。于是小和尚就跪下去说："菩萨，你太辛苦了，你且坐下去歇息罢！"本来是立着的韦驮神，就突然地跷起了脚，坐下去休息了……

涌泉寺的第三个特异之处，真的值得一说的，却是寺里宝藏着的一部经典。这一部经文，前两年日本曾有一位专门研究佛经的学者，来住寺影印，据说在寺里寄住工作了两整年，方才完工，现在正在东京整理。若这影印本整理完后，发表出来，佛学史上，将要因此而起一个惊天动地的波浪，因为这一部经，是天上天下，独一无二的宝藏，就是在梵文国的印度，也早已绝迹了的缘故。此外还有一部血写的《金刚经》，和几叶菩提叶画成的藏佛，以及一瓶舍利子，也算是这涌泉寺的寺宝，但比起那一部绝无仅有的佛典来，却谈不上了。我本是一个无缘的众生，对佛学全没有研究，所以到了寺里，只喜欢看那些由和尚尼姑合拜的万佛胜会，寺门内新在建筑的回龙阁，以及大雄宝殿外面广庭里的那两枝由海军制造厂奉献的铁铸灯台之类，经典终于不曾去拜观。可是庙貌的庄严伟大，山中空气的幽静神奇，真是别一个境界，别一所天地；凡在深山大寺，如广东的鼎湖山，浙江的天目山、天台山等处所感得到的一种绝尘超世、缥缈凌云之感，在这里都感得到，名刹的成名，当然也不是一件偶然的事情。

客观描写

旅行笔记

中国佛教的发展

佛教是世界三大宗教之一，相传产生于公元前6—前5世纪（一说前7—前6世纪）的古印度迦毗罗卫国，创始人是悉达多·乔答摩，即释迦牟尼。

佛教传入中国内地的时间，一说为西汉元寿元年（前2年），一说为东汉永平十年（67年），最早仅被视为神仙方术的一种。到了东汉末年，随着安世高和支谶（Chèn）首译汉文本佛经的问世，佛教教义开始与中国传统伦理和宗教观念相结合。经三国两晋到南北朝，佛教寺院广为建造，佛经的翻译与研究日渐发达，到隋唐达到鼎盛。

移山填海话厦门

郑振铎（1898—1958），笔名西谛、郭源新，作家、文学史家。他曾任燕京大学、暨南大学等校教授，致力学术研究，主编《文学季刊》《世界文库》。代表作品有《取火者的逮捕》《插图本中国文学史》《中国俗文学史》《中国版画史图录》《中国古本戏曲丛刊》等。

到了厦门，觉得街道整洁，沿街的房子，以洋式的为多。公园是一座很幽深的园林。在那里，有一座很大的文化馆，外表是宫殿式的建筑。我所见到过的文化馆，恐怕要算这一座是最漂亮的了。可惜内部正在整理，没法进去参观。

“厦门大学”是一所著名的南方的大学，就建筑在海边。站在海边就可以隐隐约约地望得见尚为敌人所占领的大小金门岛。奇怪的是，一点战争的气氛也没有。我们看不出她是坐落在国防最前线。“弦歌之声”不绝，教职员们和学生们完全按时工作，按时上课，和内地的任何大学没有什么不同。更奇怪的是，这所大学，那时正在大兴土木，建筑一座可以容纳五千多人的大礼堂；还在建筑一个大运动场，它的露天的四周的圆座，足足可以坐上观众近五万人，那气魄是够宏大的。

我们在厦门住了好几天。除了工作之外，还能有时间到几个名胜古迹的地方去游览。那里的名胜“南普陀寺”，就在厦门的附近的五峰山上。

我们登上了五峰山顶，心旷神怡地恣意吸取着四周的风景。海水是那么无穷的广大、深远，它拥抱着大大小小的无数的岛屿，白色的浪沫在澎澎湃湃地有节奏而徐缓地扑向海边的赭（zhě）苍色的古老的岩石上来，仿佛是摔碎在岩下，却又像是有节奏而徐缓地引退了。这时，有微风在吹拂着。白

拟人手法

色的帆船在安稳地驶进或驶出港口。绿水和青山在这里是最和谐地构成了不止一幅两幅的好图画。是那样地山环水抱的海湾。是那样地轻云微罩，白波细跳的水面。是那样地重重叠叠的山峰，一层又一层的显露地雄峙于海上。是那样地像南方所特有的润湿温暖的山水画。我们想，在晚霞斑斓的夕阳西下的时候，或在曙红色的黎明带着紫黑色的云片从东方升起的时候，或是银白色的月亮朦朦胧胧地映照在这平静的夜的海湾上的时候，或那样地蒙蒙细雨，像轻烟薄雾似的笼罩着这些海上的群峰的时候，那些景色的变幻，是更会十分迷人的。就在这晴天白日的时候，我们也为这四围的风光所沉醉而舍不得下山。

排比手法

这里的物产丰富极了，特别是香蕉，整年地都有得卖。家家有一株或好几株的墨绿色的荔枝树或龙眼树，就像北京那里家家有棵枣子树似的。不时的有暗暗的浓香，扑鼻而来，那不是月桂花——在那里，桂花是四季皆开放着的，故名月桂——就是香橼花在喷射出它的香气来。在那里，几乎没有冬天。许许多多的花卉，此开彼谢，从没有停止过“花朝”。元人张养浩有诗道：“山无高下皆行水，树不秋冬尽放花”，正道着这里的特色。

是这样仙岛似的厦门岛，而如今却已经不再是一个岛屿，而是和大陆连接在一起了。从今年的元旦起，鹰潭铁路已经可以运载旅客了。移山填海的大工程，不再是幻想，不再是空想，而已是活生生的现实了！再要到厦门去

的时候，我们可以乘坐着火车直达厦门港了。这样宏伟的建设，只有在社会主义社会里才会有可能实现。我们正在做着许许多多前人从未做过的大事业。这一番移山填海的足以使洛阳桥或其他的那些闽南的大石桥都黯然无色的大工程，就是空前的建设事业之一。洛阳桥的故事，已成为“神话”，已播为戏曲。这远远地超过洛阳桥的移山填海的海上长堤的故事，难道不会也变成了现代的“传说”，而被写入诗歌、小说和戏曲里去?

旅行笔记

厦门为什么要“移山填海”

很久以前，厦门岛因常有成群的白鹭栖息，故名鹭岛。西晋时，置同安县。明代时，筑厦门城。1933年，改设厦门市（省辖）。1980年，辟设经济特区。

厦门曾经是个海岛，地理位置较为特别。从国防方面考虑，兵力调动、物资补给，要靠海上运输的话困难会很多，必须要有便捷的交通；从交通方面考虑，修筑海堤后，能够有效地使用岛上的海港，陆路交通也能够畅通厦门岛，增强海陆联运，推动经济的发展；从经济方面考虑，中华人民共和国成立前的厦门拥有的产业太少，只有一些商业和服务行业，居民谋生机会少，生活贫苦，修建海堤可以解决当时的失业问题。于是，1953年6月，海堤建设工程开工了。

1955年10月，长达2212米的高集海堤建成。1957年，长达2820米的集杏海堤建成。厦门海堤的建成，使厦门岛变成了与内陆连接的半岛。1960年秋，朱德在视察厦门时，为海堤纪念碑题写“移山填海”四个大字。

几十年来，南来北往的火车、汽车日夜不息地奔驰在长堤上，厦门海堤肩负着每年运载几百万吨货物和不计其数的旅客的重任，成为厦门建设史上的一座丰碑。

饮食男女在福州

郁达夫

福州的食品，向来就很为外省人所赏识；前十馀年在北平，说起私家的厨子，我们总同声一致的赞成刘崧生先生和林宗孟先生家里的蔬菜的可口。当时宣武门外的忠信堂正在流行，而这忠信堂的主人，就系旧日刘家的厨子，曾经做过清室的御厨房的。上海的小有天以及现在早已歇业了的消闲别墅，在粤菜还没有征服上海之先，也曾盛行过一时。面食里的伊府面，听说还是汀洲伊墨卿太守的创作；太守住扬州日久，与袁子才也时相往来，可惜他没有像随园老人那么的好事，留下一本食谱来，教给我们以烹调之法：否则，这一个福建萨伐郎（Savarin）的荣誉，也早就可以驰名海外了。

福建菜的所以会这样著名，而实际上却也实在是丰盛不过的原因，第一当然是物产的富足。福建全省，东南并海，西北多山，所以山珍海味，一例的都贱如泥沙。听说沿海的居民，不必忧虑饥饿，大海潮回，只消上海滨去走走，就可以拾一篮海货来充作食品。又加以地气温暖，土质腴厚，森林蔬菜，随处都可以培植，随时都可以采撷。一年四季，笋类菜类，常是不断；野菜的味道，吃起来又比别处的来得鲜甜。福建既有了这样丰富的天产，再加上以在外省各地游宦营商者的数目的众多，作料采从本地，烹制学自外方，五味调和，百珍并列，于是乎闽菜之名，就喧传在饕餮家的口上了。清初周亮工著的《闽小纪》两卷，记述食品处独多，按理原也是应该的。

福州海味，在春三二月间，最流行而最肥美的，要算来自长乐的蚌肉，与海滨一带多有的蛎房。《闽小纪》里所说的西施舌，不知是否指蚌肉而言；色白而腴，味脆且鲜，以鸡汤煮得适宜，长圆的蚌肉，实在是色香味俱佳的神品。听说从前有一位海军当局者，老母病剧，颇思乡味，远在千里外，欲得一蚌肉，以解死前一刻的渴慕，部长纯孝，就以飞机运蚌肉至都。从这一件轶事看来，也可想见这蚌肉的风味了。我这一回赶上福州，正及蚌肉上市的时候，所以红烧白煮，吃尽了几百个蚌，总算也是此生的豪举，特笔记此，聊志口福。

蛎房并不是福州独有的特产，但福建的蛎房，却比江浙沿海一带所产的，特别的肥嫩清洁。正二三月间，沿路的摊头店里，到处都堆满着这淡蓝色的水包肉，价钱的廉，味道的鲜，比到东坡在岭南所贪食的蚝，当然只会得超过。可惜苏公不曾到闽海去谪居，否则，阳羡之田，可以不买，苏氏子孙，或将永寓在三山二塔之下，也说不定。福州人叫蛎房作“地衣”，略带“挨”字的尾声，写起字来，我想只有“蚳”字，可以当得。

在清初的时候，江瑶柱似乎还没有现在那么的通行，所以周亮工再三的称道，誉为逸品。在目下的福州，江瑶柱却并没有人提起了，鱼翅席上，缺少不得的，倒是一种类似宁波横脚蟹的蟳（xún）蟹，福州人叫作“新恩”，《闽小纪》里所说的虎蟳，大约就是此物。据福州人说，蟳肉最滋补，也最容易消化，所以产妇病人以及体弱的人，往往爱吃。但由对蟹类素无好感的我看来，却仍赞成周亮工之言，终觉得质粗味劣，远不及蚌与蛎房或香螺的来得干脆。

福州海味的种类，除上述的三种以外，原也很多很多，但是别地方也有，我们平常在上海也常常吃得到的东西，记下来也没有什么价值，所以不说。至于与海错相对的山珍哩，却更是可以干制、可以输出的东西，益发的没有记述的必要了，所以在这里只想说一说叫作肉燕的那一种奇异的包皮。

初到福州，打从大街小巷里走过，看见好些店家，都有一个砧头摆在店中，一两位壮强的男子，拿了木锥，只在对着砧上的一大块猪肉，一下一下的死劲地敲。把猪肉这样的乱敲乱打，究竟算什么回事？我每次看见，总觉得奇怪；后来向福州的朋友一打听，才知道这就是制肉燕的原料了。所谓肉燕者，就是将猪肉打得粉烂，和入面粉，然后再制成皮子，如包馄饨的外皮一样，用以来包制菜蔬的东西。听说这物事在福建，也只是福州独有的特产。

福州食品的味道，大抵重糖，有几家真正福州馆子里烧出来的鸡鸭四件，简直是同蜜饯的罐头一样，不杂入一粒盐花。因此福州人的牙齿，十人九坏。有一次去看三赛乐的闽剧，看见台上演戏的人，个个都是满口金黄；回头更向左右的观众一看，妇女子的嘴里也大半镶着全副的金色牙齿。于是天黄黄，地黄黄，弄得我这一向就痛恨金牙齿的偏执狂者，几乎想放声大哭，以为福州人故意在和我捣乱。 比喻手法

将这些脱嫌糖重的食味除起，若论到酒，则福州的那一种土黄酒，也还勉强可以喝得。周亮工所记的玉带春、梨花白、蓝家酒、碧霞酒、莲须白、河清、双夹、西施红、状元红等，我都不曾喝过，所以不敢品评。只有会城各处在卖的鸡老（酪）酒，颜色却和绍酒样的红似琥珀，味道略苦，喝多了觉得头痛。听说这是以一生鸡，悬之酒中，等鸡肉鸡骨都化了后，然后开坛饮用的酒，自然也是越陈越好。福州酒店外面，都写“酒库”两字，发卖叫发扛，也是新奇得很的名称。以红糟酿的甜酒，味道有点像上海的甜白酒，不过颜色桃红，当是西施红等名目出处的由来。莆田的荔枝酒，颜色深红带黑，味甘甜如西班牙的宝德红葡萄，虽则名贵，但我却终不喜欢。福州一般宴客，喝的总还是绍兴花雕，价钱极贵，斤量又不足，而酒味也淡似沪杭各地，我觉得建庄终究不及京庄。

福州的水果花木，终年不断，橙柑、福橘、佛手、荔枝、龙眼、甘蔗、香蕉，以及茉莉、兰花、橄榄等等，都是全国闻名的品物；好事者且各有谱谍之著，我在这里，自然可以不说。

饮食处的有名处所，城内为树春园、南轩、河上酒家、可然亭等。味和小吃，亦佳且廉；仓前的鸭面，南门兜的素菜与牛肉馆，鼓楼西的水饺子铺，都是各有长处的小吃处；久吃了自然不对，偶尔去一试，倒也别有风味。城外在南台的西菜馆，有嘉宾、西宴台、法大、西来，以及前临闽江、内设戏台的广聚楼等。洪山桥畔的义心楼，以吃形同比目鱼的贴沙鱼著名；仓前山的快乐林，以吃小盘西洋菜见称，这些当然又是菜馆中的别调。至如我所寄寓的青年会食堂，地方清洁宽广，中西菜也可以吃吃，只是不同耶稣的飨（xiǎng）宴十二门徒一样，不许顾客醉饮葡萄酒浆，所以正式请客，大感不便。

总之，福州的饮食男女，虽比别处稍觉得奢侈，而福州的社会状态，比别处也并不见得十分的堕落。说到两性的纵弛，人欲的横流，则与风土气候有关，次热带的境内，自然要比温带、寒带为剧烈。而食品的丰富，女子一般姣美与健康，却是我们不曾到过福建的人所意想不到的发见。

旅行笔记

地方菜风味的形成

饮食，是饮和食的组合，饮是指茶、酒之类的饮品，食是指饭、菜、果一类的食物。中国饮食种类繁多，随之产生的饮食文化也博大精深，到如今已经传承了几千年。

中国地大物博，各个地方都有自己的风味流派，这些风味流派的形成是与政治、经济、地理、物产、习俗等因素密切相关的。从周朝开始，就已经有了风味的区别："周朝八珍"代表北方菜的特点，"楚宫名食"代表南方菜的特点。秦汉以后，区域性地方风味的区别更明显，各地方的风味流派先后出现雏形。唐宋时期，各地的饮食烹饪发展迅速，有史料记载，北食、南食和川食等地方风味流派在两宋的京城就已经出现了。清朝中晚期，主要的地方风味流派趋于稳定。清朝人徐珂记载："北人嗜葱蒜，滇、黔、湘、蜀人嗜辛辣品，粤人嗜淡食，苏人嗜糖。"此外，他还记载："肴馔之有特色者，为京师、山东、四川、广东、福建、江宁（即南京）、苏州、镇江、扬州、淮安。"

在清朝形成的稳定的地方风味流派中，具有代表性的有京味菜、上海菜、山东菜、四川菜、广东菜、江苏菜。这些菜系对清朝以后的中国饮食烹饪有着深远的影响。如今习惯上被称为"四大菜系"的川菜、鲁菜、粤菜、苏菜，就是在清朝形成的稳定的地方风味流派的基础上进一步发展起来的。

高甲戏的艺术特色

邓拓（1912—1966），原名子健、云特，笔名马南邨、丁曼公、向阳生等，新闻工作者。1949年后，任《人民日报》社社长兼总编辑、中华全国新闻工作者协会主席、中共北京市委书记处书记等职。曾主持编辑出版第一部《毛泽东选集》。代表作品有《燕山夜话》《三家村札记》等。

在五月的首都舞台上，人们越来越多地争相观看泉州高甲戏剧团的每一场演出。作为一个优秀的地方剧种，高甲戏之所以能够吸引住广大的北方观众，显然是因为它具有鲜明突出的艺术特色。

高甲戏这个名称，与京剧、昆曲等因地得名的剧种不同，它是由于剧种本身形成的特点而得名的。它起源于福建南部地区，最初的诞生地是南安县，后来以泉州为中心，流行于晋江、龙溪的农村和厦门等地，在华侨较多的东南亚各国也相当流行。据说，距今二百年前，在闽南农村，每当农闲季节，农民们往往化装游行，扮演梁山泊的英雄故事，并且逐渐搬上了“野台子”去演出，当时叫做“宋江仔”。因为演的都是武戏，演员手拿干戈，身穿铠甲，所以又叫做戈甲戏，戈字在闽南的读音为高，因此转称高甲戏。这个戏种在产生的过程中，又与当地的“梨园戏”、“木偶戏”等互相影响，在内容和形式上不断丰富和发展，不但演武戏，同时也演文戏；并且吸收了外来的京剧和徽调的某些长处，终于形成了它自己独特的艺术风格，为其他剧种所罕见。

最引起人们注意的是高甲戏的丑角。现在如果有人说，高甲戏的舞台，主要是丑角的舞台，这决非过甚其词。因为它几乎把丑角的戏演绝了，丑角在高甲戏中差不多达到了登峰造极的地步。

也许有些人一听说丑角就不大喜欢，以为舞台上的丑角总不会是好人，其实不然，高甲戏的丑角有许多是演善良的人物，称为“善良丑”。例如，《许仙谢医》中的医生徐乾，便是这种典型。丑角在高甲戏中有许多类型。无论男丑、女丑、文丑、武丑都还细分为许多名目，如文丑和武丑中各有长衫丑和短衫丑之分，而长衫丑中又分为公子丑、员外丑、袍带丑等等。这些显然是其他剧种所少有的。

丑角的表演艺术，在高甲戏的舞台上，真叫人越看越喜欢。比如这一次在京演出的剧目中有一出《笋江波》。青年演员李珍磊在这出戏里扮演花花公子吴世荣，他的演技可以算得是公子丑中绝妙的成就。笋江是泉州的一条江，这个故事在泉州民间普遍流传。故事的情节很简单，它描写明代泉州知府吴淳夫的儿子吴世荣，仗势欺人，企图强占渔家女江春姑为妾，春姑与其母设计将吴世荣骗至江心，推入水中；吴府家丁抬来抢亲的花轿，而春姑母女已飘然远走，在水里淹得半死的吴世荣被家丁救起，用花轿狼狈地抬回家去。当这出戏刚开始的时候，吴世荣尚未出场，先见他的一只手从幕后伸出，手里拿着大扇子，晃晃摇摇地自下而上扇了一阵，接着一跄步才全身出现。只见他宽袍大袖，举手迈步极尽其夸张之能事。他的舞蹈动作是那样轻捷、娴熟、飘逸而自然，放得开，收得起，毫无拘束，又非常有节奏。他

动作描写

的一言一笑，竟然会引起全身的每个关节都互相配合，处处都有戏，连眉毛和胡子也尽是戏，淋漓尽致地表现了一个花花公子的面目。这样的公子丑，真是得未曾有。听说李珍磊是高甲戏名丑、现任剧团副团长许仰川的得意弟子，而许仰川的演技更加成熟，这从他在《连升三级》一剧中相士吴铁口的一段表演中，就可以得到证明。

《连升三级》中的丑角更多，品类也更齐全。其主角贾福古是另一青年演员蔡友辉扮演的，他也是许仰川的弟子，在舞台艺术创造上有新的成就。有的人最初看见贾福古的形象和举动，觉得有些别扭，但是这种印象很快就发生了变化，逐渐感觉到他的表演是适合于角色要求的。演员在这个剧中人的表演方面付出了很大的劳动，经过了认真的研究和不断的改进，才能取得如此的成就。这个剧中的其他演员也都配合得很好。

今天高甲戏剧团的演员有老年的，有中年的，也有青年的，这是十分可喜的现象。老年的像团长董义芳、副团长吴远宋、许仰川等都有了四五十年的舞台生活经验，每人都会一二百出戏；中年的如蔡秀英、洪英年等也有二十年左右或更多的艺龄，每人也会近百出戏；青年演员如董仁雪、蔡友辉、李珍磊、施培明等，虽然参加演出的时间有的才几年，多的也不过十几年，但是也会二三十出戏。只要好好加以整理或改编，旧的剧目一定还有相当一批可以获得新的艺术生命，同新编的剧目一起成为高甲戏的保留剧目，这也是可以预期的。

在整理旧的剧目方面，现在已有的成绩是十分值得重视的。例如《织锦回文》这出戏本来是元曲大家关汉卿的作品，但是它的原作早已失传，只剩下一个名目，而高甲戏却整理了这出戏，很可能这里头还保存着关汉卿原作的某些遗迹。至于高甲戏保存的民间乐曲遗产显然也很丰富。它不但以梨园戏的南曲为主调，并且还吸收了龙虎调、傀儡调、笼吹、十音和闽南民歌的曲子。不仅如此，它的唱词和说白中也保存着许多古代中原的音韵。当然，为了改进和提高剧本的艺术性，在继续保留许多古代中原音韵的前提下，我希望高甲戏的唱词和说白还要加以修改，使它们更加接近于今天在全国通行的文学语言。

这一次，高甲戏剧团来京演出，我很高兴地看了几出好戏。为了表示内心的喜悦和祝贺，我写了一首小诗送给高甲戏剧团的同志们，作为纪念：

二百年前唱宋江，闽南村社梨园腔。
泉州处处传高甲；水浒家家话晚窗。
莫怪舞台常有丑；从知技艺本无双。
远来京国殷勤意，相祝何须倒一缸！

旅行笔记

《连升三级》艺术高

高甲戏又称戈甲戏、九角戏，主要流行于福建省闽南话地区和台湾省。《连升三级》是高甲戏的经典剧目，郭沫若、田汉、老舍、邓拓等为之题诗撰文，盛赞高甲戏丑角表演艺术“登峰造极”。

《连升三级》根据布袋戏改编，故事背景设在明朝。明末崇祯年间，无赖贾福古听从相士的劝说，进京赶考。误打误撞中，魏忠贤把贾福古送入考场。魏忠贤位高权重，考官以为贾福古是魏忠贤的亲信，特将贾福古点为状元。琼林宴上，崇祯皇帝很看重贾福古，又将其封为翰林院修撰。魏忠贤寿辰将近，贾福古想向魏忠贤祝寿，便肯求甄似雪代写对联。甄似雪借对联揭示魏忠贤有篡位之意，贾福古并不懂对联的意思，直接将对联献给了魏忠贤。崇祯皇帝得知此事之后，下令抄杀魏忠贤，贾福古被视为同党，一起遭受处罚。然而丞相却大赞贾福古用对联揭发魏忠贤，崇祯皇帝临时改变主意，将贾福古连升三级，并把甄似雪许配给他。甄似雪与贾福古会文，当众揭穿了这荒唐的一切，讽刺了众人之后愤然离去。《连升三级》发挥了高甲戏丑行的特长，节奏明快，情节奇巧，语言诙谐。

其他推荐

关于福建的文章还有：

《鼓浪屿情思》（梅洁）

《初访福建》（汪曾祺）

《籍贯在泉州》（舒婷）

百越之地

广东

省会
广州

简称
粤

气候
亚热带湿润季风气候

地理位置
东临福建，西部与广西相邻，南临南海，北部与江西、湖南相连。

主要山脉
南岭、罗浮山脉、莲花山脉

主要水系
珠江、韩江

世界遗产
丹霞山、开平碉楼与村落

本站停靠

海滨城市

广州

从化

小鸟天堂

文学导游

（无肖像）林遐

赵君豪

杨朔

巴金

老舍

海滨城市

林遐（1921—1970），原名江林，笔名苏夫、刘爽军、江水心等。曾任《南方日报》副刊部主任、《羊城晚报》社秘书长等职。代表作品有《风雷小记》《山水阳光》《撑渡阿婷》等。

这是一座海滨城市，它被大海包围着。走下一条街，就可以看见汪洋的大海。真是海天一色呐！在海天交界的水平线上，有棕色的帆船，有银色的军舰，有白色的、灰色的海鸥，还有和海鸥一样颜色的云朵。

早晨，这些帆船，这些军舰，这些海鸥，这些云朵，都被太阳镀上了一层金黄的颜色。帆船上的渔夫，军舰上的水兵，他们的脸，他们的胳臂，也都落在金黄色的网络里。

海与城市的交界线是一片沙滩。沙滩上有着各种颜色和各种花纹的贝壳。孩子们对贝壳已经司空见惯，不去理睬，于是贝壳寂寞地躺在那里。它做着海洋的梦，希望黄昏潮来把它带回大海，去找寻它的伙伴。沙滩边上时不时有小船靠岸，满载着银色的鱼，青色的虾蟹，有时候也有几个金黄色的海螺。船才一靠岸，就有人担着担子抢上前去，他们把这些“海鲜”担到市场上去，供人选择。

拟人手法

每一天，这小城市都是从海上、从海边开始它的生活。

小城里每一个庭院里都有很多树。有相思树，有椰子树，尤加利树，凤凰树，还有许多不知名的树。初夏，尤加利树飘散着香味，飘得满街满院都是；凤凰树开了花，开得那么热闹，那么灿烂；乍看去，这座小城像是被从天际飘落来的片片红云笼罩住了。花开得太美丽了，使人不禁想起许多缥缈的、童话一样的、带着浪漫气息的故事。

小城的花园更美。里面有无数棵像北京龙爪槐一样的小叶榕，树的叶子密得连风丝儿都不透，夜里躺在它下面仰望天空，看不见一颗星星，真像是张在花园里的绿绒一样的天幕。天幕下面可以避太阳、遮风雨。在那里摆着石凳，年轻的母亲们把石凳做自己孩子的摇篮，忙了一天工作的人们把它作无上的憩地。假日、下班时候，石凳上坐满了人，青年人谈理想，谈爱情，老年人讲古谈今。

小城的街道是异常整洁的。不是沥青的，就是用沙滩上的沙铺成的。铺得那么厚，那么匀称，踩上去，咯吱咯吱地响，像是踩在沙滩上往大海里走去一样。小城的居民打扫街道几年来已养成习惯，每当夜里或清晨，他们把自己住的附近打扫得异常干净，连一枚落叶甚至都不遗留。于是，凑起来，就是一条条整洁的街了，就是一座整洁的海滨城市了。

人们说：最能显示这小城市特色的是黄昏，尤其是远航的渔民回来了，出现在街头的时候。

肖像描写

渔民们才从海上回来，就在太阳西斜的当儿进城来了。他们的身上还散发着海洋的咸味；他们的面孔，胳臂，胸膛，曾浴过北部湾的雨，栉过北部湾的风，晒过北部湾的太阳。浑身上下都泛着健康的古铜色，只有牙齿是白的，眼球是白的。

他们有的穿着整齐，像是过什么节日一样，两三个月的海上生活，这小

城市显得对他们有些陌生，他们走起路来也有点儿拘谨。

他们也有的敞开胸怀，把他们古铜色的胸膛袒露着，满不在乎地，吹着口哨，哼着小调，像是故意似的，又像是被大海养成特有性格的表现似的，歪歪扭扭地走着。

他们是成群成伙到这小城市里来的。但是来了以后，马上就离散了，像是大海里的浪花撞在岩石上或沙滩上一样。他们有的径直撞入新华书店，问有什么新书；有的先跑到电影院，订好了晚场七点半的《上甘岭》的票子；有的到百货公司买一筒牙膏，买一条新花色的毛巾，买一件丝织品的衬衫；有的挤入理发店，理一理过长的头发，修饰一下面容，使自己今晚更年青；有的就坐在食堂里的竹椅上，悠闲地吸着烟，饮着浓茶，考虑着叫一个可口的菜。

这些渔民，使这个小城市更活泼，更年青，更有生气。

夜幕降临，繁星满天的当儿，小城市电影院里放出了《上甘岭》，影片里“指导员！指导员！”的喊声，然后是哭声，然后是静穆庄严而又悲哀的音乐，从影院里飞出，飘散到小城市每一个角落，飘散到大海，飘散到每一个人的心里。

于是，人们的心里联想起这座滨海城市的今昔。心里有悲哀的泪，也有欢愉的泪。

音乐也照亮了人们的心。使人更奋发，更想前进。

旅行笔记

珠三角和粤港澳大湾区

广东濒临南海，岛屿众多，海岸曲折，多港湾，沿海一带有狭小平原，其中以珠江三角洲为最大。珠江三角洲是由珠江及其支流冲积而成的三角洲的总称，简称“珠三角”，位于中国南部沿海，与东南亚地区隔海相望，地理位置优越，海陆交通便利，是中国的“南大门”。其范围由珠江沿岸的广州、深圳、佛山、珠海、东莞、中山、惠州、江门、肇庆九个城市（珠三角中心区域），逐渐向粤东、粤西、粤北，以及湖南、广西、江西与广东接壤的周边地区扩展（环珠三角地区）。珠三角是全国重要的经济中心之一，带动了环珠三角和泛珠三角区域经济的发展。

粤港澳大湾区包括香港特别行政区、澳门特别行政区和广东省多个城市，是世界级城市群。粤港澳大湾区是中国开放程度最高、经济活力最强的区域之一。

广州名胜

赵君豪（1903—1966），著名报人、新闻工作者。毕业于上海交通大学，曾任《申报》记者、编辑、编辑主任等，还担任过复旦大学、上海商学院、暨南大学等校教授，创办并主持《旅行杂志》。代表作品有《游尘琐记》《中国近代之报业》《上海报人的奋斗》。

翌晨八点钟，托中国旅行社雇了一辆汽车，去游览广州的名胜。

先到粤秀山——就是观音山，经过中央公园和对面的广州市政府。我最爱中央公园的古树，和满园苍碧的花草。园中石凳，多系商店捐赠，上镌广告词句，殊觉不雅。园的中央，有一个大喷水池，池中竖立一个观音大士像，大士手执一瓶，泉水便从瓶中喷出。这园的故址，是旧巡抚署，后来改成了公园。广州市政府的基地，原是公园的后部。市府的外观，和上海市中心的新市府差不多，规模稍为小一点，然而环境的美丽和交通的便捷，却非上海市府所可及。

出了公园，便到中山纪念堂，矞皇典丽的伟大建筑，令人肃然起敬。我以为纪念堂的壮丽，固然是建筑得法，但是最大的原因，还是因为堂的四周，有极广阔的空地，和青翠成行的树木，远远地向纪念堂看，格外显出庄严崇高的格局。所以研究建筑者，除了建筑本身以外，应该注意四周的布置……

粤秀山的五层楼，名镇海楼，是广州最古的建筑物，据说是南越王赵佗所建，当龙济光据城之役，毁弃已尽，最近才把它重建，里面用铁筋洋灰，外面涂红色，完全恢复旧观，我们竟然看不出是新建筑。从这一点，我们可以窥知粤省市政当局的苦心，比较湖北人把黄鹤楼改成洋房要高明万倍。镇海楼全部现已改为市立博物院，陈列标本不少。在楼的左面，建有纪念邓仲元先生的仲元图书馆，是具体而微的宫殿建筑，藏有图书不少，我们因时间匆促，也不去浏览了。此外还有粤秀酒家，位置在山腰，是一座三层的房子，楼上品茗，可以眺远。

空间描写

中山纪念碑在粤秀山的最高峰，碑下有石门，由此入内登塔。塔顶有四个铁窗，可鸟瞰广州市四面的景色，郁郁苍苍，无限雄壮。广州市的圆形水塔，是在我们的足下。

广州住宅区在东山一带，树木幽倩，道路整洁，家家都有小园圃，碧绿的草，鲜艳的花，柳丝拂到短墙以外，一切静悄悄的。我们的汽车，在东山兜了一个圈子，看了不少阔人的住宅，这里很有点像上海西区的静安寺路和霞飞路，不过范围较小，而且这许多高等住宅并不甚壮丽，不过是小小结构而已。

自东山折赴花塔街的六榕寺，门首匾额，系苏东坡亲笔所写的“六榕”二字。寺内庭院中，建着极高耸的六榕塔，最近修葺（qì），焕然如新。游人登塔，须买门券。寺内素筵茶点，极著盛名。

旅行笔记

孙中山与辛亥革命

孙中山是我国近代伟大的民主革命家，生于广东香山（今中山），1892年（光绪十八年）于香港西医书院毕业后，在澳门、广州行医。1894年，中日甲午战争全面爆发，清政府卖国投降，以及经济、技术落后导致战争失败，签订丧权辱国的《马关条约》，使外国侵略势力进一步深入中国，加深了中国的半殖民地化和民族危机。同年11月，孙中山给李鸿章上书，提出政治要革新，但是被李鸿章拒绝了。随后，孙中山在檀香山创办兴中会，提出“振兴中华”的口号，号召“驱除鞑虏，恢复中国，创立合众政府”。次年，孙中山在香港设机关，准备在广州起义，但未成。

1905年，孙中山在日本东京组建中国同盟会，被推为总理，确定“驱除鞑虏，恢复中华，建立民国，平均地权”的革命政纲，提出民族主义、民权主义、民生主义，即“三民主义”学说，创办《民报》，为革命做宣传。此后，他多次发动武装起义。1911年10月10日，武昌起义爆发，各省响应，两个月内，多省宣布独立，清王朝解体。孙中山于12月回国，被推举为临时大总统。1912年2月12日，清帝宣告退位。因1911年为农历辛亥年，因此历史上也称这次革命为“辛亥革命”。辛亥革命推翻了清王朝的统治，结束了中国两千多年的封建君主专制制度，极大地推动了中华民族的思想解放。

荔枝蜜

杨朔（1913—1968），作家。1937年，他开始文学创作，之后参加全国文艺界抗敌协会组织的作家战地访问团，随后又到延安中央党校学习。代表作品有《海市》《东风第一枝》等。

今年四月，我到广东从化温泉小住了几天。四围是山，怀里抱着一潭春水，那又浓又翠的景色，简直是一幅青绿山水画。刚去的当晚，是个阴天，偶尔倚着楼窗一望：奇怪啊，怎么楼前凭空涌起那么多黑黝黝的小山，一重一重的，起伏不断。记得楼前是一片比较平坦的园林，不是山。这到底是什么幻景呢？赶到天明一看，忍不住笑了。原来是满野的荔枝树，一棵连一棵，每棵的叶子都密得不透缝，黑夜看去，可不就像小山似的。

比喻手法

荔枝也许是世上最鲜最美的水果。苏东坡写过这样的诗句：“日啖荔枝三百颗，不辞长作岭南人”，可见荔枝的妙处。偏偏我来的不是时候，满树刚开着浅黄色的小花，并不出众。新发的嫩叶，颜色淡红，比花倒还中看些。从开花到果子成熟，大约得三个月，看来我是等不及在从化温泉吃鲜荔枝了。

吃鲜荔枝蜜，倒是时候。有人也许没听说这稀罕物儿吧？从化的荔枝树多得像汪洋大海，开花时节，满野嘤嘤嗡嗡，忙得那蜜蜂忘记早晚，有时趁着月色还采花酿蜜。荔枝蜜的特点是成色纯，养分大。住在温泉的人多半喜欢吃这种蜜，滋养精神。热心肠的同志为我也弄到两瓶。一开瓶子塞儿，就是那么一股甜香；调上半杯一喝，甜香里带着股清气，很有点鲜荔枝味儿。喝着这样的好蜜，你会觉得生活都是甜的呢。

我不觉动了情，想去看看自己一向不大喜欢的蜜蜂。

荔枝林深处，隐隐露出一角白屋，那是温泉公社的养蜂场，却起了个有趣的名儿，叫“蜜蜂大厦”。正当十分春色，花开得正闹。一走进“大厦”，只见成群结队的蜜蜂出出进进，飞去飞来，那沸沸扬扬的情景，会使你想：说不定蜜蜂也在赶着建设什么新生活呢。

养蜂员老梁领我走进“大厦”。叫他老梁，其实是个青年人，举动很精细。大概是老梁想叫我深入一下蜜蜂的生活，小小心心揭开一个木头蜂箱，箱里隔着一排板，每块板上满是蜜蜂，蠕蠕地爬着。蜂王是黑褐色的，身量特别细长，每只蜜蜂都愿意用采来的花精供养它。

老梁叹息似的轻轻说：“你瞧这群小东西，多听话。”

我就问道：“像这样一窝蜂，一年能割多少蜜？”

老梁说：“能割几十斤。蜜蜂这物件，最爱劳动。广东天气好，花又多，蜜蜂一年四季都不闲着。酿得蜜多，自己吃得可有限。每回割蜜，给它们留一点点糖，够它们吃的就行了。它们从来不争，也不计较什么，还是继续劳动、继续酿蜜，整日整月不辞辛苦……”

我又问道：“这样好蜜，不怕什么东西来糟害么？”

老梁说：“怎么不怕？你得提防虫子爬进来，还得提防大黄蜂。大黄蜂

这贼最恶，常常落在蜜蜂窝洞口。专干坏事。”

我不觉笑道：“噢！自然界也有侵略者。该怎么对付大黄蜂呢？”

老梁说：“赶！赶不走就打死它。要让它待在那儿，会咬死蜜蜂的。”

我想起一个问题，就问：“可是呢，一只蜜蜂能活多久？”

老梁回答说：“蜂王可以活三年，一只工蜂最多能活六个月。”

我说：“原来寿命这样短。你不是总得往蜂房外边打扫死蜜蜂么？”

老梁摇一摇头说：“从来不用。蜜蜂是很懂事的，活到限数，自己就悄悄死在外边，再也不回来了。”

我的心不禁一颤：多可爱的小生灵啊，对人无所求，给人的却是极好的东西。蜜蜂是在酿蜜，又是在酿造生活；不是为自己，而是在为人类酿造最甜的生活。蜜蜂是渺小的；蜜蜂却又多么高尚啊！

透过荔枝树林，我沉吟地望着远远的田野，那儿正有农民立在水田里，辛辛勤勤地分秧插秧。他们正用劳力建设自己的生活，实际也是在酿蜜——为自己，为别人，也为后世子孙酿造着生活的蜜。

这黑夜，我做了个奇怪的梦，梦见自己变成一只小蜜蜂。

旅行笔记

三百多岁的荔枝皇

广东从化地处北回归线上，气候温和，黄土壤居多，特别适合荔枝生长，出产的荔枝品质优良，色味双佳。从化人种植荔枝历史悠久，早在清朝时就有记载。从化荔枝主要产区在从化的中南部，是从化农民重要的经济来源之一。

从化荔枝分早熟、中熟、迟熟品种。早熟品种有妃子笑、黑叶、圆枝、状元红等，中熟品种有桂味、米枝、井岗红糯、中山状元红等，迟熟品种有槐枝、香荔、雪怀子等。其中，早熟品种中的妃子笑因唐代诗人杜牧的“一骑红尘妃子笑，无人知是荔枝来”而得名，被大众所熟知；中熟品种的米枝是从化首个实施国家地理标志产品保护的农产品，因果肉雪白，与糯米糍类似，当地人又把它叫作“糯米糍”；迟熟品种中的槐枝有一棵被称为“荔枝皇”，这棵大槐枝长在神岗木棉村的龟咀石塘岭上，据记载，此荔枝树种于康熙元年（1662年），至今已有三百多岁。2004年7月，上海大世界基尼斯总部经过测量，确认了该荔枝树的基础数据，颁发给其“大世界基尼斯之最——最大的荔枝树——荔枝皇”的铭牌。

从化荔枝还有深厚的文化底蕴，每当荔枝成熟的时节，游人遍布，沉浸在荔枝构建的世界里。荔枝也是众多文人墨客创作的源泉之一，杜甫、苏轼、陆游、白居易等文人都写过关于荔枝的诗词。

鸟的天堂

巴金（1904—2005），原名李尧棠，字芾甘，笔名王文慧、黑浪、黄树辉、余一等，作家。1929年，他第一次以“巴金”的笔名在《小说月报》上发表长篇小说《灭亡》。中华人民共和国成立后，他历任平明出版社总编辑、中国作家协会主席、中国文联副主席等职，2003年被国务院授予“人民作家”荣誉称号。代表作品有《家》《春》《秋》等。

我们在陈的小学校里吃了晚饭。热气已经退了。太阳落下了山坡，只留下一段灿烂的红霞在天边，在山头，在树梢。

“我们划船去！”陈提议说。我们正站在学校门前池子旁边看山景。

“好。”别的朋友高兴地接口说。

我们走过一段石子路，很快地就到了河边。那里有一个茅草搭的水阁。穿过水阁，在河边两棵大树下我们找到了几只小船。

我们陆续跳在一只船上。一个朋友解开绳子，拿起竹竿一拨，船缓缓地动了，向河中间流去。

三个朋友划着船，我和叶坐在船中望四周的景致。

远远地一座塔耸立在山坡上，许多绿树拥抱着它。在这附近很少有那样的塔，那里就是朋友叶的家乡。

河面很宽，白茫茫的水上没有波浪。船平静地在水面流动。三只桨有规律地在水里拨动。

在一个地方河面变窄了。一簇簇的绿叶伸到水面来。树叶绿得可爱。这是许多棵茂盛的榕树，但是我看不出树干在什么地方。

我说许多棵榕树的时候，我的错误马上就给朋友们纠正了，一个朋友说那里只有一棵榕树，另一个朋友说那里的榕树是两棵。我见过不少的大榕树，但是像这样大的榕树我却是第一次看见。

我们的船渐渐地逼近榕树了。我有了机会看见它的真面目：是一棵大树，有着数不清的桠枝，枝上又生根，有许多根一直垂到地上，进了泥土里。一部分的树枝垂到水面，从远处看，就像一棵大树躺在水上一样。 空间描写

现在正是枝叶繁茂的时节（树上已经结了小小的果子，而且有许多落下来了）。这棵榕树好像在把它的全部生命力展览给我们看。那么多的绿叶，一簇堆在另一簇上面，不留一点缝隙。翠绿的颜色明亮地在我们的眼前闪耀，似乎每一片树叶上都有一个新的生命在颤动，这美丽的南国的树！

船在树下泊了片刻，岸上很湿，我们没有上去。朋友说这里是“鸟的天堂”，有许多只鸟在这棵树上做窝，农民不许人捉它们。我仿佛听见几只鸟扑翅的声音，但是等到我的眼睛注意地看那里时，我却看不见一只鸟的影子。只有无数的树根立在地上，像许多根木桩。地是湿的，大概涨潮时河水常常冲上岸去。“鸟的天堂”里没有一只鸟，我这样想道。船开了。一个朋友拨着船，缓缓地流到河中间去。

在河边田畔的小径里有几棵荔枝树。绿叶丛中垂着累累的红色果子。我

们的船就往那里流去。一个朋友拿起桨把船拨进一条小沟。在小径旁边，船停住了，我们都跳上了岸。

两个朋友很快地爬到树上去，从树上抛下几枝带叶的荔枝，我同陈和叶三个人站在树下接。等到他们下地以后，我们大家一面吃荔枝，一面走回船上去。

第二天我们划着船到叶的家乡去，就是那个有山有塔的地方。从陈的小学校出发，我们又经过那个“鸟的天堂”。

这一次是在早晨，阳光照在水面上，也照在树梢。一切都显得非常明亮。我们的船也在树下泊了片刻。

直接描写

起初四周非常清静。后来忽然起了一声鸟叫。朋友陈把手一拍，我们便看见一只大鸟飞起来，接着又看见第二只，第三只。我们继续拍掌。很快地这个树林变得很热闹了。到处都是鸟声，到处都是鸟影。大的，小的，花的，黑的，有的站在枝上叫，有的飞起来，有的在扑翅膀。

我注意地看。我的眼睛真是应接不暇，看清楚这只，又看漏了那只，看见了那只，第三只又飞走了。一只画眉飞了出来，给我们的拍掌声一惊，又飞进树林，站在一根小枝上兴奋地唱着，它的歌声真好听。

“走罢。”叶催我道。

小船向着高塔下面的乡村流去的时候，我还回过头去看留在后面的茂盛的榕树。我有一点的留恋的心情。昨天我的眼睛骗了我。“鸟的天堂”的确是鸟的天堂啊！

旅行笔记

小鸟天堂

你知道巴金笔下“鸟的天堂”在哪里吗？其实巴金写的就是广东省江门市新会区的“小鸟天堂”，它是闻名中外的生态旅游景点，天然赏鸟胜地。“小鸟天堂”聚集了众多鸟类，是什么能将这么多鸟聚集在一起呢？这就要从一棵榕树说起了。

几百年前，一棵榕树经过长期生长，最终独木成林，其枝叶覆盖了一万多平方米的地方。榕树为什么能长这么大呢？这与榕树本身的特性有关，榕树在尚未死亡腐烂之前，通过露出地面的茎或叶所生出的根可繁衍出第二代树体，第二代树体上的气根又繁衍出第三代树体，众多树体最终形成一个庞大的“树家族”，生态极好，小鸟们喜欢在这里栖息，于是形成了小鸟天堂的壮阔景观。

小鸟天堂里不仅有小鸟，还有很多大型鸟类，最常见的有夜鹭、池鹭、牛背鹭和小白鹭。小鸟天堂还设有鸟博馆、鸟趣园、观鸟楼、观鸟长廊等，这些都可以帮助人们了解并观赏鸟类。

春来忆广州

老舍（1899—1966），原名舒庆春，字舍予，文学家。他获得北京市人民政府授予的“人民艺术家”称号，其作品善于刻画市民阶层的生活和心理，具有浓郁的京派风味，语言幽默、生动。代表作品有《四世同堂》《骆驼祥子》《茶馆》《龙须沟》等。

我爱花。因气候、水土等等关系，在北京养花，颇为不易。冬天冷，院里无法摆花，只好都搬到屋里来。每到冬季，我的屋里总是花比人多。形势逼人！屋中养花，有如笼中养鸟，即使用心调护，也养不出个样子来。除非特建花室，实在无法解决问题。我的小院里，又无隙地可建花室！

一看到屋中那些半病的花草，我就立刻想起美丽的广州来。去年春节后，我不是到广州住了一个月吗？哎呀，真是了不起的好地方！人极热情，花似乎也热情！大街小巷，院里墙头，百花齐放，欢迎客人，真是“交友看花在广州”啊！

在广州，对着我的屋门便是一株象牙红，高与楼齐，盛开着一丛丛红艳夺目的花儿，而且经常有些很小的小鸟，钻进那朱红的小“象牙”里，如蜂采蜜。真美！只要一有空儿，我便坐在阶前，看那些花与小鸟。在家里，我也有一棵象牙红，可是高不及三尺，而且是种在盆子里。它入秋即放假休息，入冬便睡大觉，且久久不醒，直到端阳左右，它才开几朵先天不足的小花，绝对没有那种秀气的小鸟作伴！现在，它正在屋角打盹，也许跟我一样，正想念它的故乡广东吧？

春天到来，我的花草还是不易安排：早些移出去吧，怕风霜侵犯；不搬出去吧，又都发出细条嫩叶，很不健康。这种细条子不会长出花来。看着真令人焦心！

好容易盼到夏天，花盆都运至院中，可还不完全顺利。院小，不透风，许多花儿便生了病。特别由南方来的那些，如白玉兰、栀子、茉莉、小金桔、茶花……也不怎么就叶落枝枯，悄悄死去。因此，我打定主意，在买来这些比较娇贵的花儿之时，就认为它们不能长寿，尽到我的心，而又不作幻想，以免枯死的时候落泪伤神。同时，也多种些叫它死也不肯死的花草，如夹竹桃之类，以期老有些花儿看。

夏天，北京的阳光过暴，而且不下雨则已，一下就是倾盆倒海而来，势不可挡，也不利于花草的生长。

秋天较好。可是忽然一阵冷风，无法预防，娇嫩些的花儿就受了重伤。于是，全家动员，七手八脚，往屋里搬呀！各屋里都挤满了花盆，人们出来进去都须留神，以免绊倒！

真羡慕广州的朋友们，院里院外，四季有花，而且是多么出色的花呀！白玉兰高达数丈，干子比我的腰还粗！英雄气概的木棉，昂首天外，开满大红花，何等气势！就连普通的花儿，四季海棠与绣球什么的，也特别壮实，叶茂花繁，花小而气魄不小！看，在冬天，窗外还有结实累累的木瓜呀！真没法儿比！一想起花木，也就更想念朋友们！朋友们，快作几首诗来吧，你们的环境是充满了诗意的呀！

优美语句

春节到了，朋友们，祝你们花好月圆人长寿，新春愉快，工作顺利！

旅行笔记

食在广州

广州是中国对外通商最早的城市之一，唐代即设市舶司，今外港黄埔可泊万吨远洋海轮，有航线通往国内沿海各大城市及国外，成为华南地区经济、文化、交通中心，是粤港澳大湾区及珠三角城市群的中心城市。

其简称“穗”和别称“羊城”都因“五羊衔穗”的传说而得名。广州属亚热带湿润季风气候，横跨北回归线，夏无酷暑，冬无严寒，雨量充沛，四季如春，花卉繁茂，因而也有“花城”的美誉。

除了花美，广州的吃食也美。粤菜是中国八大菜系之一，与本土的饮食风俗和丰富的物产结合，清中求鲜、淡中求美，其精细的早茶文化、点心文化闻名全国，民间也素有“食在广州”之说。粤菜由广州菜、潮州菜、东江菜组成，以广州菜为代表。粤菜口味上以清、鲜、嫩、脆为主，名菜有麒麟鱼、白切鸡、蛇羹、清蒸海鲜、烧雁鹅、清汤蟹丸、盐鸡、梅菜扣肉等。

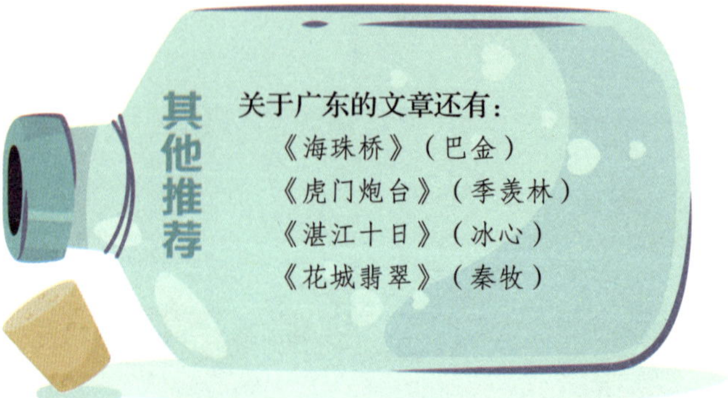

天涯海角

海南

省会
海口

简称
琼

气候
热带季风气候

地理位置
位于中国最南端，濒临南海。

主要山脉
五指山、黎母岭

主要水系
南渡江、昌化江、万泉河

著名景点
三亚南山文化旅游区、三亚热带海滨风景区

本站停靠

天涯海角
铜鼓岭

文学导游

茅盾

舒婷

海南杂忆

茅盾（1896—1981），原名沈德鸿，字雁冰，笔名茅盾、止敬等，作家、社会活动家。他早年与郑振铎、王统照等人发起成立文学研究会，随后主编《小说月报》，发表了大量文学评论和社会评论。中华人民共和国成立后，他曾任文化部部长，当选为中国文联副主席和中国作协主席，曾任全国政协副主席。代表作品有《子夜》《林家铺子》《蚀》《虹》等。

我们到了那有名的“天涯海角”。

从前我有一个习惯：每逢游览名胜古迹，总得先找些线装书，读一读前人（当然大多数是文学家）对于这个地方的记载——题咏、游记等等。

后来从实践中我知道这不是一个好办法。

当我阅读前人的题咏或游记之时，确实很受感染，陶陶然有卧游之乐；但是一到现场，不免有点失望（即使不是大失所望），觉得前人的十分华赡的诗词游记骗了我了。例如，在游桂林的七星岩以前，我从《桂林府志》里读到好几篇诗、词以及骈四骊六的游记，可是一进了洞，才知道文人之笔之可畏——能化平凡为神奇。

这次游“天涯海角”，就没有按照老习惯，皇皇然作“思想上的准备”。

然而仍然有过主观上的想象。以为顾名思义，这个地方大概是一条陆地，突入海中，碧涛澎湃，前去无路。

但是错了。完全不是那么一回事。

所谓“天涯海角”就在公路旁边，相去二三十步。当然有海，就在岩石旁边，但未见其“角”。至于“天涯”，我想象得到千数百年前古人以此二字命名的理由，但是今天，人定胜天，这里公路是环岛公路干线，直通那大，沿途经过的名胜，有盐场，铁物等等：这哪里是“天涯”？

空间描写

出乎我的意外，这个“海角”却有那么大块的奇拔的岩石；我们看到两座相偎相倚的高大岩石，浪打风吹，右面已颇光滑；两石之隙，大可容人，细沙铺地；数尺之外，碧浪轻轻扑打岩根。我们当时说笑话：可惜我们都老了，不然，一定要在这个石缝里坐下，谈半天情话。

然而这些怪石头，叫我想起题名为《儋耳山》的苏东坡的一首五言绝句：

突兀隘空虚，他山总不如。君看道旁石，尽是补天遗！

感慨寄托之深，直到最近五十年前，凡读此诗者，大概要同声浩叹。我翻阅过《道光琼州府志》，在“谪宦”目下，知谪宦始自唐代，凡十人，宋代亦十人；又在“流寓”目下，知道隋一人，唐十二人，宋亦十二人。明朝呢，谪宦及流寓共二十二人。这些人，不都是“补天遗”的“道旁石”么？当然，苏东坡写这首诗时，并没料到在他以后，被贬逐到这个岛上的宋代名

臣，就有五个人因为反对和议、力主抗金而获罪的，其中有大名震宇宙的李纲、赵鼎与胡铨。这些名臣，当宋南渡之际，却无缘“补天”，而被放逐到这“地陷东南”的海岛作“道旁石”。千载以下，真叫人读了苏东坡这首诗同声一叹！

我们的车子在一边是白浪滔天的大海、一边是万顷平畴的稻田之间的公路上，扬长而过。时令是农历岁底，北中国的农民此时正在准备屠苏酒，在暖屋里计算今年的收成，筹划着明年的夺粮大战吧？不光是北中国，长江两岸的农民此时也是刚结束一个战役，准备着第二个。但是，眼前，这里，海南，我们却看见一望平畴，新身芊芊，嫩绿迎人。这真是奇观。

旅行笔记

天涯海角

天涯海角位于海南省三亚市，是海南岛的著名景点。在古代，海南交通闭塞，也没有多少人，还时有瘟疫。从唐代、宋代起，统治者直把这里当成贬谪罪臣、充军发配的地方。北宋文学家苏轼就曾经被流放到海南，在海南待了很长一段时间。被流放的人来到这里，看到海角似尽头，还有天涯关山隘，故称其为“天涯海角”。

天涯海角海畔的石头形态各异、千奇百怪，其中有三块石头最有特点：一块刻着“天涯”二字，一块刻着“海角”二字，一块刻着“南天一柱”四字。“天涯”二字，是清朝雍正年间崖州知州程哲的手迹；“海角”二字，是清朝宣统年间崖州知州范云梯的手迹；“南天一柱”四字，是清末文人所书。

除了天涯海角，海南还有其他著名的景点，如：东坡书院、五公祠、五指山、三亚热带海滨风景区、西沙群岛风景区等。海南还建有海南自贸试验区、海口江东新区和文昌卫星发射中心。

一棵老椰子树的平凡传奇

舒婷（1952—），原名龚佩瑜，后改名龚舒婷，诗人、作家。她早期以诗歌创作为主，后来开始创作散文，历任福建省文联、作协副主席和厦门市文联主席等职。代表作品有《致橡树》《双桅船》《神女峰》《惠安女子》《这也是一切》《祖国啊，我亲爱的祖国》等。

海南。文昌。铜鼓岭。

一棵历尽沧桑的老椰子树，被遗留在海陆交界处的高岗上，像一位年迈却堪称健硕的王者。捋着晨风迎着初日，永不疲倦地，鞠身做虔诚的礼拜。拟人手法

海浪一重一重涌来，又一波一波退去。那一行行稍纵即逝的隐形文字，记录着传说中，椰子家族的迁徙之路。据人们研究，椰子的老家在炎热的马来群岛，成熟后的椰子掷落海中，随波逐流（想象中有点载歌载舞的样子哦），最幸运的那一颗或者几颗也许数百颗，终于成功登陆海南，落地生根。

然后，蔚然成林。就像离乡背井的打工仔，寻找到更加热烈适宜的气候更加肥力旺盛的土壤，它们简直“乐不思蜀”呢，包括海南人抑扬顿挫的方言？须知椰子与人类息息相关呢。

唉，铜鼓岭高岗上这棵老树王，十分怀念集体生活的欢乐岁月。它驻足的地方原先是一片村庄，屋前院后，椰子兄弟们幸福成长。它们跟人类一样，喜欢三代四代或者五六代同堂；它们也跟人类一样，离不开盐的味道；它们总是尽可能靠近厨房，任软软的树梢不厌其烦地与炊烟纠缠，不经意就把几粒跳跃的星子，掸落在农家的大饭锅里，然后哧哧偷着乐；它们容忍儿童们绕圈奔跑嬉戏，俯瞰老人们借林荫饮茶纳凉，吸引妇女拨开脚下的草

丛，采摘马齿苋、水芫花和草豆蔻。海南一年到头季风浩荡，从未听过有椰子掉下来，砸到谁的脑袋上。

人类经常说“沧海桑田”，真是很有道理啊。村庄一点一点往陆地迁移，犬牙交错的珊瑚礁岸，顺应时势变成风景迷人的旅游胜地。忠实的椰子树跟驼群一样，随着村庄往后节节撤退，在宋氏祖居，在溪北书院，在七星抱月般的民居村落周边，随遇则安迅速崛起，浓荫遮天蔽日；继续贡献清洌的乳汁和馥（fù）郁的椰香；继续日夜跳着广场舞，摇过来摆过去，潮水一般放肆地喧响着。

排比手法

曾经有极品“椰粉”动议，在海南荒山遍植椰子树，既可绿化又有产益。但是椰子树并不领情，一旦远离人烟，就感觉被流放被疏离被拉黑了，郁郁寡欢，终于溃不成林。此事只好罢了。

离群索居，老树王有轻微抑郁症。它时常那样眺望海平线。

每每至此，老树王不免为之感叹，同时又十分庆幸。是祖辈们明智的选择还是命运的眷顾？在中国，在海南，在文昌，经济飞速发展，人民安居乐业。海南风情，海南物产，海南假日，海南的购房热有增无减。文昌发射中心、八门湾红树林、槟榔谷、东郊椰林……中外游客蜂拥而来。人们吮吸椰汁，喝着椰味咖啡，提着大包小包椰糖椰饼椰果片，甚至椰叶笠、椰木雕、

椰壳画。这些海南特有的伴手礼，让海南椰子名扬四海。

海南。文昌。铜鼓岭。

一棵老椰子树，见证并参与了海南故事每一进程，感觉责任重大。顷刻间被日午三十九度高温的魔咒唤醒，忽然挺直了树干。

阳光浇铸，羽翼贲张，朝着钢蓝的天际，如被定格着的不甘不休的火焰鸟，嘶声长鸣。

直至暮色苍茫。

熙风徐来，明月高悬，过往中万千曼妙，千万苦楚，均漂渺于氤氲之中。这棵老椰子树遂轻歌曼舞，于高岗上，于天地间，于无知无觉中，演绎最后一段霓裳。 语句优美

旅行笔记

文昌铜鼓岭

海南省位于中国的最南部，包括海南岛和西沙群岛、中沙群岛、南沙群岛的岛礁及其海域，是中国最大的海洋大省，也是中国最大的经济特区省。海南是中国最大的热带作物基地，以产椰子、菠萝、咖啡、胡椒、橡胶、剑麻、香茅、油棕等热带作物著称。文昌就盛产椰子。

文昌别称“椰乡”，椰子的种植面积占海南全省椰林面积的50%以上，东郊镇的椰林面积又占全市椰子种植面积的一半。绿椰林、白沙滩、蓝海湾构成东郊椰林独特的热带自然风光。椰子文化是东郊最吸引人的地方。椰肉，富含脂肪，可供食用或榨油；椰

子胚乳内部的汁液可制成饮料；平时人们用的桌、椅、门、窗等物件，很多是由椰树、椰壳制成的。这里的居民娶妻的时候，要种椰子，生子要种“满月椰”，待客要吃“椰子饭”，处处离不开椰子。

铜鼓岭位于文昌市龙楼镇，是海南的名山，铜鼓岭主峰有“琼东第一高峰”的美誉。铜鼓岭三面都是海，植被茂盛，地貌奇特，不仅景色优美，还有丰富的自然资源，有珍禽异兽、名贵药材及大面积的青皮林，是集森林生态系统、珊瑚礁生态系统、珍稀物种资源、地质地貌资源和海洋生物资源于一体的自然保护区。

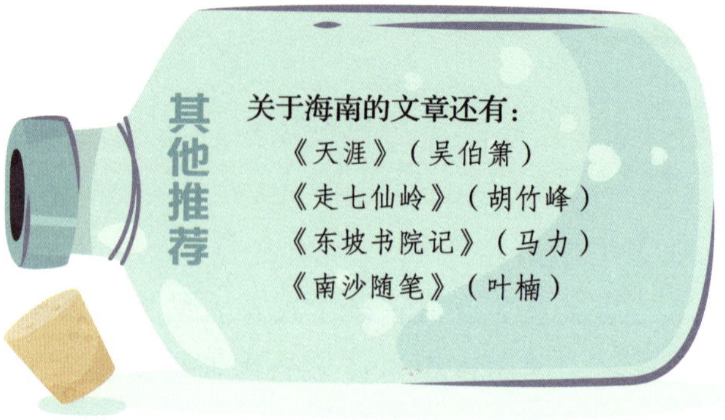

祖国胜地

港澳台地区

香港特别行政区简称
港

气候
亚热带季风气候

地理位置
位于华南沿海，在珠江口东侧、深圳市之南。

著名景点
太平山、浅水湾、香港海洋公园、九龙城寨公园等

澳门特别行政区简称
澳

气候
亚热带季风气候

地理位置
位于华南沿海，在珠江口西岸。

世界文化遗产
澳门历史城区

台湾省简称
台

气候
热带、亚热带气候

地理位置
西隔台湾海峡和福建省相望，东临太平洋。

著名景点
日月潭、阿里山、阳明山等

本站停靠

香港九龙
澳门孙中山故居
台湾北投温泉

文学导游

赵君豪

梁得所

易君左

香港游观

赵君豪

我们自广州乘广九车到九龙，下了车，看车站和码头的形势，不能不赞叹水陆交通联络计划的精密。出了车站后，公共汽车云集，好像每一条路线都以这里为出发点似的。过海的渡轮，也就在这海滨，当旅客纷纷下车时，渡轮早已停在码头，每一个人付一毫港洋，进了转栏，便走上渡轮去。总而言之，水陆的交通，在这里是联络得极密切了，旅客丝毫没有受着不便之处。

渡轮的格局，和上海市轮渡一样，自上午五时到晚间九时，每十分钟对开一次，夜里一时又多开一次。早中晚上落办公房的时间，因往返者多，每五分钟各对开一次，这样，香港和九龙的交通，从早到夜，几乎时时刻刻有渡轮，可谓便利达于极点了。

我们到香港后，便乘爬山电车，到山顶去看夜景，由旅行社彭致祥君导引。爬山电车是用铁缆绞上去的，上下同时对开，同时停靠，上山的车到了山顶，同时下山的车便也到山脚，因为铁缆互绞，两车实有连带关系。自山下到山顶，不过五分钟的光景，绝对没有危险，更没有害怕的必要。我们上到山顶，天空有薄薄的微雾，山下的灯光，像一点点的星，躲在云雾之间，似明似灭，美丽的景色，因天公不作美，竟然未能领略。这一千八百尺的山，名叫域多利，又名扯旗山，不过所扯的旗，是英国的米字旗而已。在山顶上，不许中国人居住，据说何东爵士原有一住宅在山顶，后来经英国政府的商请，把半山的一宅洋房，和他交换，在何东爵士本来没有问题，也就答应了。

拟人手法

香港本来是一个小岛，范围极狭，山下最大的马路，不过三条，就是皇后大道、德辅大道和爱德华大道。路旁多是高大的洋房，屋基已接连山脚，至于再后面房子，已经是山地了。在干路中，有许多很短的支路，上高下低，或者做成一层一层的石级。香港虽然车辆极多，往来便利，但老于香港者多喜步行，因为穿行小路，比较乘车，尤为便捷。有一次，我从思豪酒店到上海银行和旅行社去，走了一段路才到，第二次彭沈两君来，也是和我同到上海银行，从思豪出发，他们只须走进一座高房子，穿出一条小路，上海银行是已经在望了。

每一个人初到香港，总想买一点便宜东西，因为这里是自由港，各国的货品，是不抽税的，所以价钱也就便宜了。但是金价时有高低，港洋折合沪洋，也出入很大，并且讨价还价之间，相差极巨，非有熟人引导，难免上当。

“不二价”这三个字，在香港是完全失效了。无论在中国铺子，或者外国铺子，规模大的或者小的商店，总有还价的必要。普通的日常用品，照码洋可以打一个八折，倘使有熟人，还可以格外从廉。先施、永安和大新三公司，我们都去买过东西，在柜台上和店伙讨论价格，他们一面摇头叹着不景气，一面拿算盘计算成本，如果不亏本的话，也就卖了。除了三大公司以外，尚有一家中华百货公司，规模不小，搜罗的东西也不少。其余印度人所开的丝绸店，到处皆是，丝绒和绸，总有千百种花样陈列在橱窗里，店里雇着女子，殷勤招待，竭力为顾客设计，卖成以后，并可于二十四小时以内，将衣服做好。不过印度店的价钱，高低相差甚巨，譬如定价六毫一码的丝绸，如果还价得法，准可以三毫一码成交。

这里普通人所住的房子，都是借一个楼面，或者租一两个房间，像上海弄堂房子，每一家有单幢房子住，在香港是绝对没有这种福气。好在香港的天气，没有奇寒酷热，白天在外面做事，晚上回来一睡，空闲的时间，有的是茶室，尽可以在此中盘桓岁月，不但香港如此，就是广州亦然，其实仔细一想，我们都是天地间的过客，讲究居室之美，夜眠还是七尺，看透了一切，世间事不过如是而已。香港既然无可发展，于是一般人便搬到九龙去住。九龙有许多新建的外国公寓Apartment，布置得精雅绝伦，爱静的人，便于此间租小楼一角，好在过海渡轮，往返不绝，和住在香港简直没有分别。九龙还有许多精美的小洋房，沿着海滨，我们在广九车中可以看得到的，淡灰色的房屋，门前长满了花草，一派幽静安闲的样子，俨然是世外桃源。

我们到香港后，气候可真暖了，卸下了笨重的大衣，行动轻松得多，天气是晴朗的，到处感觉着南国之春。在万分匆忙中，抽出三小时的光阴，在这岛国环游一周。当汽车盘旋着柏油马路上山的时候，我们都惊叹筑路工程的浩大，像这样浓荫四覆，平坦幽静的大道，如果不看见海，谁都不相信汽车是在离地千尺的山上经行。

我最爱浅水湾了！在浅水湾饭店的长廊上，望着明静如镜的海水，和蔚蓝的天空，四周静悄悄的，一点声息都没有，整个的心灵，是在碧海青天怀抱之中。尤其是饭店前一片广大的草坪，绿得令人爱煞，东北角上有一段花棚，上面都是垂着一束一束的黄花，处处显出浓艳的春光。小楼露台上，坐着一位英国老者，头发已上了霜，他痴望着海，那一副似睡非睡的样，是为春光所醉了。

饭店的下面，是海水浴场，更衣的小屋，布满在浅水浅滩上，在夏天的

时候，这里游泳的热狂，是一般人所津津乐道的。香港游泳的地方，有好几处，不过以浅水湾为最佳胜。我也曾去过青岛大连，总觉得汇泉和星个浦是雄旷，哪里赶得上浅水湾的明媚！

我们离别香港的那一夜，承欧伟国先生招宴于金龙酒家，饭后坐着欧先生的汽车过海，由彭致祥君陪伴。过海的渡轮，大得像一座栈房，同时可载十辆汽车，人便坐在车上，这只渡轮因为太重的缘故，所以行驶得很慢，但是也不过花了二十分钟的光景，便从香港把汽车驶到九龙的岸上。

空间描写

香港的夜景，是要在九龙看的，当我们立在渡轮码头上向香港望，灯火满山，从堤岸散布到山顶，好像几千万颗的繁星，是在吐露着光芒。英国诗人说，香港的夜景，是镶满宝石的王冠，散着星儿的仙岛，在九港远望，是的确有这样的气概。我们在码头上伫立了多时，对香港的夜色，大有依依不舍的心情。

从香港坐杰佛逊总统轮回上海，舟中无可记载，但是海行畅适，一无风浪，精神上极感着愉快的。

旅行笔记

香港印象

由于拥有优越的地理位置和深水良港，香港是以转口贸易为主的商业中心，自开埠以来，一直是自由港。自由港，即进出口贸易自由，外来的商品不收取关税，少数已经收取进口税的商品，如再出口可以退还进口税。正因为香港实施自由贸易政策，各国商品在这里流通，性价比也非常高，所以香港的经济一直在繁荣发展。

香港的建筑比较有特色，既有中式的，也有西式的，还有中西结合的。香港早期的建筑主要有三种风格：南粤地方建筑、下铺上居的三四层唐楼、英国风格建筑。随着经济的飞速发展，香港的建筑风格越来越丰富，这都跟香港的贸易和文化是分不开的。

浅水湾是香港最具代表性的海湾，三面环山，沙滩上有古典的镇海楼公园，旁边还有长寿桥等。浅水湾因为景色优美，成为高级住宅区之一。

九龙的夜景是香港的一大特色，其中最著名的要数庙街了。庙街位于九龙油麻地，名字取自街上的天后庙。这里以售卖平价货物而闻名，被喻为香港的平民夜总会。壁画、紫砂壶，还有尼泊尔的饰品，在这里都能买到。很多电影也在庙街取景，如《食神》《庙街故事》等。

香港印象记

梁得所（1905—1938），作家、美术出版家、翻译家。深耕编辑出版专业，又擅长美术和音乐，曾担任《良友》画报月刊主编。代表作品有《中华景象》《中国建筑美》《中国雕刻美》《若草》等。

明媚的夏威夷，亲爱的夏威夷，
你是南海可爱的岛屿。
明媚的夏威夷，亲爱的夏威夷，
你使我把往事追怀不已！

倘若你旅行太平洋，经过檀香山的时候，大概可以听闻海岸的土人，弹拨Gitar①的丝弦，奏着荡人魂魄的柔婉乐调，而唱上面所写的一节歌曲。

我是未到过檀香山的，然而前几个月偶作南行，当我乘着的亚洲皇后入香港的时候，不知不觉联想起那段夏威夷的歌曲。现在，忆起这歌曲，又联想到香港了。

香港是南海的一个小岛，所谓南海，是指中国南边的海，但同时广东有个县名南海，据父母说我的故乡是在这县，然而当我未出世前，父母到了粤省北境的连县，而我出世后不及半岁，父亲又因就香港一间学校聘任教职，于是搬到香港来，在那里住过四年。前几个月南行，没有到南海县，更没有回到父母所生的粤北的连城，只到香港而已。然而有什么关系，到香港岂不像返故乡吗？“四海为家”，这就是我几年来聊以自解的一句话啊。

---

①Gitar：吉他。——编者注

香港所给我的印象，是最早不过的了，因我那时才开始懂得看东西，她告诉我窗外街上的电车有两层楼，告诉我海上的汽船有烟囱，告诉我远望海水是绿色。这都是真的，到如今十多年还是一样真。这十多年来，有人曾给我以天使一般的好印象，日子过了，证明我的眼睛分不出真伪，惟有香港所给我的印象，并没有欺诈——两层的电车，有烟囱的汽船，碧绿的海，虽久别重逢，却使我一见如故。

我还记得，当我五岁离港回粤的时候，搭的轮船名叫哈德安，后来欧战发生，哈德安回英国运兵载粮去，服完战役再回香港，这回我又见她泊在港中。她是上了年纪的了，带有几分老态；然而她的神气矜豪，仿佛微笑地对我说：“我除了为旅客服务之外，更曾效劳祖国了，你呢，十多年来做成了什么事情？”

拟人手法

由沪到港的船，停泊九龙，再乘小轮渡海，才到负山面水的香港，踏上码头，像与上海的黄浦滩无大分别，但巡捕似乎特别多，其中有山东老兄，而大部分是印度么罗差——粤语叫印度人的混号做“么罗差”，带有几分轻蔑的意思，但据朋友傅彦长先生说，这名称的原音，系印度古语之“皇帝”。粤语又叫外省人做“老兄”，也是当作粗俗的绰号，原来这两个字是最恭敬的，半点轻慢也没有。

且说踏上香港岸，入大马路，就可以趁电车。上面说过是两层的，楼上头等，只收一角，便可坐全条路程，横贯香港廿余里了。至于上山，倘你不愿步行，也不愿坐轿，就可以趁山顶电车。这种用铁缆绞上山顶的电车，坐着颇觉危险，实际可以不怕。

上到山顶，远望海洋的水平线，使人觉得世界何其大。俯视滨岸船只和屋宇，却又渺小得很了……

乘兴而来，兴尽而返，这回我南行正是如此。在香港逗留六天，乘麦利坚总统船回上海来。那天清晨，朝雾尚未尽散的时候，船开行了。回望雾中的港岛，仿佛罩着纱幕的颜容，此别又不知何日再相见。

旅行笔记

香港和粤语

香港位于中国南海之滨，主要由三部分组成，分别是香港岛、九龙和“新界”。

1840年，英国发动侵华的鸦片战争；1842年，英国强迫清政府签订《南京条约》，割占香港岛；1860年，英国强迫清政府签订《北京条约》，割占九龙半岛界限街以南地区；1898年，英国强迫清政府签订《展拓香港界址专条》，强租“新界”（九龙半岛界限街以北、深圳河以南的九龙半岛北部大片土地和附近岛屿），租期99年，1997年6月30日期满。直到1997年7月1日，香港才回归祖国，中国政府恢复对香港行使主权，实行“一国两制”制度。

香港拥有优越的地理位置，旅游资源非常丰富，如：港珠澳大桥、宋城、太平山、香港海洋公园、维多利亚港、香港太空馆等。通行的语言主要是粤语、英语、普通话。

粤语在香港社会是强势的口头语言，流通范围非常广，远超普通话、英语。粤语是香港社会的工作语言、传媒语言、交际语言，大部分香港人在日常生活中都使用粤语进行交流。

澳门中山

赵君豪

十二日下午四时许，我们乘港粤澳汽艇公司的轮船出发，票价并不很贵，来回票还打了一个折扣。船的大小和长江轮差不多，也有两层台甲，大菜间及吸烟室也布置得楚楚可观。每个房间有两只铺位，床毯及其他一切设备，似乎比长江轮还要精致。在船上玩了二小时的扑克，吃了一回茶，谈天说地若干时，不知不觉地便把时间消耗，澳门是到了。

所谓岐关车路者，是从石岐（即中山）到关闸的长途汽车路，全长约三十八英里左右，公共汽车，一天到晚，络绎不绝地开行着。现在岐关车路公司和港粤澳汽艇公司办联运，从石岐上车到澳门，接着轮船开行的班次，便可以直达香港，这是非常便利的。自此一路以下，古树清溪，风光入画。途中经过一处，有几千万棵的芭蕉，种列成行，好像椰子林，天上铺着淡淡的云，远望起来，异常好看，这是南国特有的景色。

比喻手法

在荒僻的田野间，尝可以看见高耸的洋楼，四无依靠，都是当地富户的住宅。这些房子，方向不一，我相信中山县的人士，或者欢喜研究风水的。

路既平稳，汽车又走得快，不到一小时，已到了石岐。中山县政府，前几年已迁到唐家湾，不知如何，现在又迁回石岐。此地的马路，极其宽阔整洁，商业非常繁盛，商店的规模均不小，比较江苏的无锡，浙江的湖州，还要热闹，这真出乎我们意料之外。中山县政府便在闹市商店的中间，一点没有衙署气概，左面还有一家影戏院。我们在路上游览一周，便乘车到翠亨，瞻谒总理的故乡。

汽车停在总理故居的门首，谁都不相信这是总理生前的住宅。小小的门，穿过一个庭院，便是一座两层楼的旧洋房。室内的布置，尤其简陋，桌椅都是极老式的。壁上挂满了照片，在历史上极有价值，不过因年代较久，有几张已经变成暗黄色了。总理的老姊（zǐ），很殷勤地招待我们，命仆人治茗。我们在题名簿上各人签了一个名，便退至室外，在庭前眺赏一番。庭前有老树一株，据说是总理手植的，此外，有少许花木点缀着。我相信这一切的一切，和总理生前一样。

像这种简陋的住宅，便是中等人家也不如，然而总理的一生，便从这陋室中格外显出他的伟大崇高。

昨天是三月十二日，是总理逝世纪念，我们便在次日瞻谒他的故居，这是何等巧合的事！汽车离开这革命伟人的故乡，心中有说不尽的景仰之情。

前进四五里，途过总理故乡纪念学校，建筑宏伟，学生甚多。这校的建筑费，据说是孙哲生先生长铁道部时，从车路征收附加费而来，去职后，此款无着，向中山民众实业公司借款十六万元，方把学校建筑完成。此校的常年经费，规定十二万元，由国库、省库和县库三方分任，有董事会主持一切。进校有一段甬道，树木多已长成，气势雄伟。我想，这里的学生，个个

学总理好学不倦的精神，将来一定有伟大的成就。

归途中经过一个地方，地名是“雍陌”，这里有几个温泉，岐关车路已辟一条支路直达其地，我们遂乘便一游。支路口有温泉站的路牌，路基尚未十分坚固，汽车驾驶极难，不过路程是很短的。所谓温泉者，并不是从山上流下来的泉水，因为这里根本就没有山。这里的温泉，是从地上喷出来的，一共有五六处之多。附近有两间小屋，置备铅桶浴盆，看情形未必能取水沐浴，仅可在此田间，取一些水洗洗脚而已。

返澳门后，时已中午，尚有余暇，仍乘汽车绕游全澳。

澳门的房屋，外表漆成各种淡雅的颜色，掩映在绿树浓荫中，异常美丽。……

午后四时，乘金山轮返港。

旅行笔记

澳门孙中山纪念馆

澳门位于珠江三角洲，别名濠江、镜湖等，由澳门半岛、氹（dàng）仔岛和路环岛组成。

1553年，葡萄牙人通过贿赂守澳官吏，得以上岸并聚居。鸦片战争之后，葡萄牙人侵占了澳门半岛、氹仔岛和路环岛。直到1999年12月20日，澳门才回归祖国，中国政府恢复对澳门行使主权，实行“一国两制”制度。

澳门是旅游的绝佳去处，文物古迹众多，具有代表性的有：澳门历史城区、大三巴牌坊、妈阁庙、金莲花广场等。澳门孙中山纪念馆就坐落在文第士街上。

澳门孙中山纪念馆原为砖木结构二层楼，建于1918年，是由孙中山之兄孙眉出钱加上革命党人的捐助修建的，本是孙中山的原配卢慕贞居住的“孙府”。1930年，由于松山的军火库发生大规模爆炸，“孙府”变成了危楼。1932年，重建为现址。重建后的风格与之前有了明显的不同，为三层五开间，左侧有一座花园，里边矗立着孙中山全身铜像。1958年，“孙府”重修开放，馆内陈列着孙中山在澳门的相关物件，包括行医时所用的物品、照片和手稿等。

北投与草山

易君左（1898—1972），名家钺，字君左，号意园，散文家。他早年留学于日本早稻田大学，回国后任上海泰东书局编辑，参加了文学研究会。代表作品有《闲话扬州》《中国文学史》等。

北投这个地方，距台北市不过四公里，位于大屯山麓，以温泉出名，我到北投去专为的是洗澡，去过两次，即洗了两次澡，很简单。我洗过黄山的温泉，汤山的温泉，和华清池的温泉等等。每次洗温泉，就联想到杨贵妃，再联想到白乐天。古人做诗运辞一字不苟，如《长恨歌》里“温泉水滑洗凝脂”，因为温泉水质很浓，所以很“滑”，洗到皮肤上有黏性，所以很“凝”，没到台湾前，震于北投温泉的盛名，还听说北投的“杨贵妃”很多。既到北投之后，一见满地都喷温泉，却很难遇着一个“杨贵妃”。但一般爱游北投的人不同于我这种见解，他们眼里的“杨贵妃”很多，到北投并不是专为洗澡，而是来欣赏“杨贵妃”的。甚至于浪荡地同“杨贵妃”共浴，以度其亚热带的周末。于是北投的温泉和北投的杨贵妃成为不解的名辞。而这些，鄙人敬告不敏。

引用典故

照我们这般寒而且酸的书生的想法，每周到北投洗一次温泉，确很舒适，亦有必要。但因台湾的天气很热，我们既没有小汽车乃至吉普车前往，只好乘汽车、火车。挤在游人群里一身臭汗，到达北投洗一个澡，洗得文雅一点真是“尘虑尽消”，若说得现实一点，则洗澡以后仆仆回来，仍然一身臭汗，加上所花车费浴费以及冷饮热食等等，恐怕总有点不合算吧！我们既不去找“杨贵妃”，洗澡以外则无目的，则何如蹭在家里洗淋水浴或随时擦擦身，不费分文，而怡然自得，甚且清风徐来呢？

然而北投终竟是台北的名胜，没有洗过温泉的人，自然不可不去。若是你来了台北而不去北投，提防将来回去的时候有人问起你，就很难答复了，就是为着这一点，所以我两投北投。

很多人都这样说：草山比北投清静，这大概是因为草山没有“杨贵妃”吧！草山比北投远一点，在士林车站东十一公里许，位于七星山纱帽山之间，海拔四四三公尺。汽车上草山曲曲折折，很有些象（像）重庆的老鹰岩。草山的温泉与北投齐名，就因为远一点，清静一点，游人比北投少，就因为游人比较少，所以清静一点，远一点。

既到草山，也不能不洗洗澡，在草山洗澡，决计想不到“杨贵妃”。相反地，令你会想到“黄天霸”。草山温泉的硫磺气味，使你喉管里发呛。我告诉你：这里过去有火山的喷火口，火口里一团热浆，听说台湾①愤世的人士有投进这火口里表演一番的，日本人向来喜欢“心中”（情死）……大家说起草山，却不见得为的洗温泉，或为的看“草”、看“山”，而竟说这里的樱花太好了，比西北兰州郊外安宁堡的桃林更一片灿烂鲜艳。春天的游人“剃头”（台语②游玩音似“剃头”）多趋于此。我在兰州办《和平日报》

①原文如此。此处应为中国台湾。——编者注
②原文如此。此处应为“台语”。——编者注

两年，安宁堡桃花盛开的季节，我飞京沪。两度桃花，无缘欣赏。看来明年春天的“台湾樱花”一定会去游赏的。

旅行笔记

台湾的温泉

台湾是中国的一个省，陆地面积3.6万平方千米，居民以汉族为主，少数民族主要是高山族。

台湾是旅游资源非常丰富的省份，比如：耳熟能详的日月潭、承载历史文化的台北故宫博物院、风景秀丽的阿里山等。此外，还有淡水河、八仙山、北港妈祖庙、大屯火山群等。

从地质学上看，台湾位于两个板块的交接处，板块之间曾经发生过剧烈推挤，地质学称之为板块隐没带。约在280万年前，大屯火山区就位于此处，地下的岩浆顺着已经断裂的缝隙喷发，形成了火山爆发。火山爆发直到20万年前才停止，爆发期间共造出20座火山，这就是大屯火山群的成因。

由于长时间的火山运动，大屯火山区形成了很多温泉，其中以北投温泉为代表。北投温泉是台湾四大名泉之一，泉源主要来自地热谷和龙凤谷，泉质可分为白黄泉、青黄泉、铁黄泉。地热谷又有“玉泉谷”之称，因为涌出的热泉澈绿似玉，当地人把北投温泉叫作磺水头。北投温泉属于盐酸酸性泉，又叫“镭温泉”，因为泉水中含有少量的放射性元素镭，水温可高达90摄氏度。龙凤谷接管引出来的白磺又叫作“星汤”，颜色呈白色，水温在45摄氏度左右，属于酸性硫酸盐泉。不管是地热谷还是龙凤谷，涌出的泉水不仅具有沐浴、观光等作用，而且还有治疗保健作用，对慢性关节炎、肌肉酸疼、慢性皮肤炎等均有疗效。

草山即阳明山，草山是旧称，是台湾北部规模最大的山林公园。分为前山温泉和后山温泉两部分，周边景色宜人。阳明山温泉泉质分白磺泉、青磺泉两种，以白磺泉为主。阳明山温泉就在阳明山风景区里，与北投温泉一样，阳明山温泉也有治疗保健的作用。

其他推荐

关于港澳台地区的文章还有：

《歌声》（以群）

《在澳门喷水池旁》（秦牧）

《淡水河随思》（蒋勋）

《雨港基隆》（谢冰莹）

《合欢山印象》（林清玄）

跟着名家去旅行

文学旅行团

锦绣河山

沈从文 等 著

中国经济出版社
CHINA ECONOMIC PUBLISHING HOUSE
·北京·

图书在版编目（CIP）数据

文学旅行团：跟着名家去旅行 . 锦绣河山 / 沈从文等著 . —北京：中国经济出版社，2024.8
ISBN 978-7-5136-7721-9

Ⅰ . ①文… Ⅱ . ①沈… Ⅲ . ①散文集—中国—现代②散文集—中国—当代③游记—作品集—中国—现代④游记—作品集—中国—当代 Ⅳ . ① I266

中国国家版本馆 CIP 数据核字（2024）第 069911 号

责任编辑　张娟娟
责任印制　马小宾
封面设计　刘　洋　丫丫书装

出版发行　中国经济出版社
印 刷 者　玖龙（天津）印刷有限公司
经 销 者　各地新华书店
开　　本　710mm × 1000mm　1/16
印　　张　10
字　　数　141 千字
版　　次　2024 年 8 月第 1 版
印　　次　2024 年 8 月第 1 次
定　　价　168.00 元（全四册）
广告经营许可证　京西工商广字第 8179 号

中国经济出版社 **网址** www.economyph.com **社址** 北京市东城区安定门外大街 58 号 **邮编** 100011
本版图书如存在印装质量问题，请与本社销售中心联系调换（联系电话：010-57512564）

编者的话

游记是散文的一种，主要记述旅途见闻，如：某地的历史沿革、现实状况、社会习俗、风土人情、山川景物、名胜古迹等。游记是运用写作技巧描写美丽的景色，表达作者的思想感情，给我们丰富的美学享受，同时能够开拓视野、陶冶性情的一种文学体裁。优秀的游记更能成为写作的范文。

《文学旅行团·跟着名家去旅行》分为《广袤之地》《辽阔之境》《锦绣河山》《海滨风光》四册，由老舍、鲁迅、茅盾、巴金、朱自清、郁达夫、徐志摩、郭沫若、郑振铎、林徽因等名家组成“文学旅行团”，以名家为“导游”，通过名家游记带领我们畅游祖国山水，领略人文风光。

全书覆盖中国34个省级行政区，包括23个省、5个自治区、4个直辖市、2个特别行政区，所选篇目保持作家原文不变，不对原文做任何修改（作家主要创作时间在中华人民共和国成立以后的，对原文做了个别修改）。文章多为节选，只有个别文章全部选用，不仅包含名家笔下的名胜古迹，还包含他们对各地历史、地理、饮食、曲艺、民俗等的感悟和研究，多角度地展现大美中国。

每章节前的地区概况，方便我们对各个地区进行了解，构建地理概念；文章前的作者介绍方便我们了解名家生平，储备文学知识；文中画波浪线的部分方便我们感受名家的写作手法，提升写作水平；精美的水彩插图营造良好的阅读氛围，提升美学素养；“旅行笔记”拓展多学科知识，丰富认知体系；“推荐阅读”分享更多名家游记，引导阅读，提升阅读量。这是一套不可多得的“大语文”读物、科普读物，也是不可或缺的美文欣赏读物、作文参考读物。

现在，让我们跟着“文学旅行团”出发吧！和文学名家一起旅行，一起走遍中国！

目录

CONTENTS

芙蓉潇湘　湖南

箱子岩 / 003
郴山郴水 / 006
长沙一日 / 010
花鼓戏 / 014
衡阳闻见 / 017

荆楚纵情　湖北

黄龙滩 / 023
武昌的名胜 / 026
黄鹤楼 / 029

赣江源流　江西

庐山游记 / 035
看灯有味忆儿时 / 038
鄱阳湖的画面 / 041

江淮胜地　安徽

屯溪夜泊记 / 047
看看黄山有多美 / 051
徽腔 / 056

八桂壮游　广西壮族自治区

桂林三宝及其他 / 063
画山绣水 / 067
令人怀恋的漓江 / 072

山城雾都　重庆

去年今日别巴山 / 079
长安寺 / 082
巫山巫峡气萧森 / 086

巴蜀之地　四川

可爱的成都 / 091
四川风俗言名的一斑 / 095
都江堰工程 / 099
青蓉略记 / 102
四川剧 / 106
峨眉山下 / 109

黔之览胜　贵州

贵阳巡礼 / 115
全国第一大瀑布 / 120

滇之怡情　云南

滇行短记 / 125
茶花赋 / 131
蒙自杂记 / 135
翠湖心影 / 139
滇池边上的报春花 / 145
火把节 / 148
山歌应答 / 150

芙蓉潇湘

湖南

省会

长沙

简称

湘

气候

亚热带湿润季风气候

地理位置

位于我国中南部、长江中游，东部与江西相邻，西部与贵州相邻，西北部与重庆相邻，南部与广东、广西相邻，北部与湖北相邻。

主要山脉

衡山、武陵山、雪峰山

主要水系

湘江、资水、沅江、澧水

世界遗产

崀山、武陵源、老司城遗址

本站停靠

箱子岩

郴州

长沙

衡阳

文学导游

沈从文

赵君豪

曹聚仁

箱子岩

沈从文（1902—1988），原名沈岳焕，作家。早年从事文学创作工作，先后在多家刊物上发表作品。中华人民共和国成立后，曾在中国历史博物馆、故宫博物院、中国社会科学院历史研究所从事历史文物及工艺美术图案等研究工作。代表作品有《边城》《长河》《湘行散记》等。

十五年以前，我有机会独坐一只小篷船，沿辰河上行，停船在箱子岩脚下。一列青黛崭削的石壁，夹江高矗，被夕阳烘炙成为一个五彩屏障。石壁半腰约百米高的石缝中，有古代巢居者的遗迹，石罅（xià）隙间横横的悬撑起无数巨大横梁，暗红色长方形大木柜尚依然好好的搁在木梁上。岩壁断折缺口处，看得见人家茅棚同水码头，上岸喝酒下船过渡人也得从这缺口通过。那一天正是五月十五，河中人过大端阳节。箱子岩洞窟中最美丽的三只龙船，早被乡下人拖出浮在水面上。船只狭而长，船舷描绘有朱红线条，全船坐满了青年桨手，头腰各缠红布。鼓声起处，船便如一支没羽箭，在平静无波的长潭中来去如飞。河身大约一里路宽，两岸皆有人看船，大声呐喊助兴。且有好事者，从后山爬到悬岩顶上去，把“铺地锦”百子鞭炮从高岩上抛下，尽鞭炮在半空中爆裂，形成一团团五彩碎纸云尘。嘭嘭嘭嘭的鞭炮声与水面船中锣鼓声相应和，引起人对于历史回溯发生一种幻想，一点感慨。

空间描写

十五年后我又有了机会乘坐小船沿辰河上行，应当经过箱子岩。我想温习温习那地方给我的印象，就要管船的不问迟早，把小船在箱子岩下停泊。这一天是十二月七号，快要过年的光景。没有太阳的阴沉酿雪天，气候异常寒冷。停船时还只下午三点钟左右，岩壁上藤萝草木叶子多已萎落，显得那一带斑驳岩壁十分瘦削。悬岩高处红木柜，只剩下三四具，其余早不知到哪里去了。小船最先泊在岩壁下洞窟边，冬天水落得太多，洞口已离水面两三丈以上，我从石壁裂罅爬上洞口，到搁龙船处看了一下，旧船已不知坏了还是早被水冲去了，只见有四只新船搁在石梁上，船头还贴有鸡血同鸡毛，一望就明白是今年方下水的。出得洞口时，见岩下左边泊定五只渔船，有几个老渔婆缩颈敛手在船头寒风中修补鱼网。上船后觉得这样子太冷落了，可不是个办法，就又要船上水手为我把小船撑到岩壁断折处有人家地方去，就便上岸，看看乡下人过年以前是什么光景。

四点钟左右，黄昏已逐渐腐蚀了山峦与树石轮廓，占领了屋角隅。我独自坐在一家小饭铺柴火边烤火。我默默的望着那个火光煜煜的枯树根，在我脚边很快乐的燃着，爆炸出轻微的声音。铺子里人来来往往，有些说两句话又走了，有些就来镶在我身边长凳上，坐下吸他的旱烟。有些来烘烘脚，把穿着湿草鞋的脚去热灰里乱搅。看看每一个人的脸子，我都发生一种奇异的乡情。这里是一群会寻快乐的正直善良乡下人，有捕鱼的，打猎的，有船上水手和编制竹缆工人。若我的估计不错，那个坐在我身旁，伸出两只手向火，中指节有个放光顶针的，肯定还是一位乡村里的成衣人。这些人每到大端阳时节，都得下河去玩一整天的龙船。平常日子特别是隆冬严寒天气，却在这个地方，按照一种分定，很简单的把日子过下去。每日看过往船只摇橹扬帆来去，看落日同水鸟。虽然也同样有人事上的得失，到恩怨纠纷成一

团时，就陆续发生庆贺或仇杀。然而从整个说来，这些人生活却仿佛同“自然”已相融合，很从容的各在那里尽其性命之理，与其他无生命物质一样，惟在日月升降寒暑交替中放射，分解。而且在这种过程中，人是如何渺小的东西，这些人比起世界上任何哲人，也似乎还更知道的多一些。

旅行笔记

红色张家界

箱子岩位于湖南张家界。张家界因旅游建市，是我国著名的旅游城市之一，也是湘鄂边、湘鄂西、湘鄂川黔革命根据地的策源地和中心区域，为长征的胜利和中国革命的胜利做出了不可磨灭的历史贡献。

张家界少数民族风情浓郁，非物质文化遗产众多，其中桑植民歌就是贺龙元帅的故乡桑植县的特色。张家界桑植县，是红二方面军长征出发地，桑植民歌也因长征多了许多红色印记，当地的老人几乎都能哼上几首与红军长征有关的山歌。“一送红军下南山，秋风细雨扑面寒，树树梧桐叶落完，红军几时再回山……十送红军转回来，武陵山顶搭高台，盼望红军打胜仗，盼望亲人早回来”，这首《十送红军》正是源自桑植县。“红漆桌子四四方，不打胜仗不回乡”“要吃辣椒不怕辣，要当红军不怕杀”，曾经有过“一首歌打退一个军”的比喻，可见桑植民歌鼓舞士气、团结民心的感染力。

郴山郴水

赵君豪（1903—1966），著名报人、新闻工作者。毕业于上海交通大学，曾任《申报》记者、编辑、编辑主任等，还担任过复旦大学、上海商学院、暨南大学等校教授，创办并主持《旅行杂志》。代表作品有《游尘琐记》《中国近代之报业》《上海报人的奋斗》等。

郴州有山有水，山则南凭骑田之脉，水则有郴水纵贯中央，至于四围的小山，尤重重叠叠，一望不绝。唐韩愈文中，有“地益高，山益峻，水清而益驶”。又有“其水清泻，汩沙倚石”。于此可以知郴州是一个山清水淑的所在。这里的名胜，有东山书院，在州之东郊，系唐宰相刘瞻读书故址，东塔和南塔拱峙在书院左右，近年来因失于修葺，书院有倾圮（pǐ）的危险。濂溪书院，在西塔街濂溪巷，现改为学校。

郴州最著名的苏仙岭，差不多大家都知道，其实这山原名马岭山。苏仙岭有一段神话，是这样的：相传在汉朝时代，郴州人苏耽，幼时丧父，事母至孝，言语虚无，人家都称他是一个癫子。耽和许多儿童去牧牛，轮流为帅，当耽为帅时，牛总是在他的左右徘徊，众儿叩以原因，耽言非汝曹所知。后来耽哭别了他的母亲，说去成仙，遂到马岭山学道，其母登山窥探，见耽乘白马飘然而去，所以又名此山为白马岭，现在大家只知道是苏仙岭了。此外还有一个橘井观，在城东半里苏耽旧宅，传说耽将别母时，说明年郴州大疫，死亡过半，如取橘叶和井水饮之，当可保全。后来郴州果大疫，阖城的人，忽忆耽言，纷以橘叶和井水饮之，竟活了无数性命，医家所常用的“橘井”二字，实发源于此。

苏仙岭上还有一个白鹿洞，洞旁有座护碑亭，亭里所藏的是三绝碑，其中有一件哀感顽艳的掌故。相传长沙有一义妓，爱慕秦少游的词名，愿以身相许，这时少游在郴州，遂寄以小词，后来秦谪岭海不返，妓相思极苦，竟以缢殉。这首词就刻在碑上：

雾失楼台，月迷津渡。桃源望断无寻处。可堪孤馆闭春寒，杜鹃声里斜阳暮。　　驿寄梅花，鱼传尺素。砌成此恨无重数。郴江幸自绕郴山，为谁流下潇湘去。

所谓三绝碑者，是秦少游作词，苏子由跋①，米南宫书，所以称为三绝，不过碑文已极漫漶（huàn）了。

义帝墓在西塔街之极西，是楚义帝的陵寝，古树丛生，荒芜不治，郴州人拟在墓之左右，建一公园，但尚未实现。

唐韩愈赴潮州时，亦曾路过郴州，经北湖，赋诗有“叉鱼春岸阔”之句，郴人因建一叉鱼亭，现在西城外，亭前有韩公祠。

我认为郴州最有希望的名胜，是一个温泉，距离粤汉铁路车站，不过六

①原文如此。当作“苏子瞻跋”。——编者注

华里的光景。我们虽在极短促的时间中，也决心往游。承四总段工程员谭议君的引导，乘工程汽车前往，下车后步行二十分钟，已到达了。温泉左近，一片平畴，前后有几个很苍碧的小山，树木也很茂盛，风景着实使人迷恋。空间描写 泉之三面，有短墙围绕，东西设两门，一面就傍住小山，泉水便从这山脚下不断地汩汩流出。泉分三池，外面两个，里面一个，不过设备极其简陋，完全是公开的，任何人都可以进去一试。水质的温度，约为摄氏四十度。我们到温泉时，有许多人正在里面上下浮沉，悠然自得，不过这些浴客，都是劳工阶级，并且混杂在一个大池里，大家赤身裸体，很不雅观，爱体面的人，或者不情愿下池同浴。现在粤汉铁路正计划自车站开辟一条马路到此，如果成功后，将来一定可以吸引不少游客。至于浴池的设备，也应该大加整理，最低限度，要像南京汤山陶庐的布置，建一个简单的宿舍，将泉水用铁管引到屋里来，分为几个小池，如是方足以歆（xīn）动游侣呢！

郴州的温泉，据《水经注》所载：“温泉在便县之西北，左右有田数十亩，资之以溉，常以十二月下种，明年三月谷熟，温水所溉，年可三登，其余波散流入于耒水也。”《元和志》：“温水在高亭县北，常溉田。”《舆地纪胜》：“平地涌出如汤，沐浴可以已疡，东流合郴水。”从上面记载看来，温泉的历史，似已很久，不过不为世人所注意而已。

游温泉后，仍乘工程汽车前进，这时我们已在山上驶行，坡度极陡，盖湘粤边境的山岭极多，公路随山转移，形势甚觉壮观。自车中四望，小山都在足底，大的峰峦，绵延不绝。

旅行笔记

一次重要的起义

郴州不仅旅游资源丰富，而且还是见证革命的地方。1928年1月，朱德、陈毅率南昌起义军余部进抵湘南地区，在中共湘南特委和宜章县委的协助下，发动农民在旧历年关举行起义，于1月12日占领宜章（郴州市辖县），揭开了湘南起义的序幕。1928年3、4月间，在国民党军队的重兵进攻下，朱德、陈毅率领起义部队撤离湘南地区，向井冈山转移，与毛泽东率领的秋收起义部队会师。

湘南起义具有伟大的历史意义。湘南起义把武装斗争与工农运动紧密结合起来，大范围发动群众，组织大批工农武装，保存并发展了工农革命军的力量。

为缅怀湘南起义革命先烈，纪念湘南起义，1988年，郴州市政府修建了湘南起义纪念塔，塔的正西面为邓小平题“湘南起义纪念塔”七个大字。

长沙一日

赵君豪

岳麓山是长沙唯一的名胜，在湘江西岸。我们从旅馆坐人力车到公路汽车站，购了八个人的车票，就可渡两次河而开一次专车到岳麓山的山脚下。

为什么要渡两次河呢？因为湘江中有淤沙积起来的一块地——水陆洲，横亘在水中央。水陆洲的面积很长，上面有许多精致房舍，郁郁苍苍的树木，在长沙的外侨，多于此卜居，的确是一块幽静的地方。我们坐了公路局的小汽船，先渡到水陆洲，走了几十步路，再乘另外一艘小汽船渡到对岸，虽然渡河两次，其实还是渡一个湘江，不过横跨这水陆洲而已。

直接描写

上岸后，就是公路，坐上汽车，驰行十分钟，到了山麓。

第一个接触到眼帘的，是房舍崇闳（hóng）的湖南大学。校舍是一座一座地排立着，有很好的马路，很好的树木，和平坦整洁的红土网球场。这真是修学良所，学生时代的往事，不禁浮泛在心头！

湖南大学的前身，是朱熹讲学的岳麓书院，建自北宋时代，是中国四大书院之一。朱熹所写的忠孝节廉四个大字，到现在还竖立在湖南大学的大厅上。

我们到了大学门首，看到一副对联，写的是：惟楚有材，于斯为盛。

入门后，有广袤的庭院，绿阴阴的树木，显出庄严幽静的气概。这里校舍很大，教室有几十间，多是中国式的屋宇而加以修葺者。据学生说，岳麓书院的旧址，现在是大学的文学院，至于外面所看到的洋房，是工学院和理学院的院址。

我们在大学里参观一周，说不尽欣羡之情！

岳麓山的名胜古迹，是数不尽的，最著名的要算大禹碑，在峰顶上，是宋朝何贤良从南岳访得原碑，在岳麓摹刻的。碑共七十七个字，皆蝌蚪文。我们因为路远天寒，没有上去，现在把明朝杨慎所译得大禹碑文，抄录于次：

承帝曰嗟，翼辅佐卿，洲渚与登，鸟兽之门，参身洪流，而明发尔兴。久旅忘家，宿岳麓庭，智营形折，心罔弗辰。往求平定，华岳泰衡。宗疏事裒（póu），劳余伸禋（yīn），郁塞昏徙，南渎衍亨。衣制食备，万国其宁，窜舞永奔。

岳麓寺在山的半腰，晋太始元年建，门外有“汉魏最初名胜，湖湘第一道场”的门联，走到寺内一看，是太荒芜了。我们向一个和尚询问庙内有什么名胜，和尚瞠目不能答，返身向房里跑，且将门关上，我们有些茫然，后来在外面一听，始知四僧方作竹林之游，我们只得彼此相顾一笑。

云麓宫在山右云麓峰上，由何主席斥资修建，焕然一新。从云麓宫纵览，湘江如带，极烟水迷茫之致。此处最可笑的是飞来钟，是一个极小的钟，挂在树枝上，不知如何飞来，大概是道士用以吸引游客而已。

自云麓宫下山，仍坐公共汽车，两渡湘江而返长沙。

湖南的市面，可以说比杭州都好。灯火辉煌的街道，往来拥挤的群众，流行的歌曲，从无线电中播送出来，马路上显露出一派歌舞升平的气象。最繁盛的街市，如八角亭、红牌楼等处，似乎丝毫没有遭逢着不景气的侵袭。

旅行笔记

橘子洲与岳麓山

湘江中的水陆洲又称橘子洲，相传晋惠帝永兴二年（305年）始成此洲，以产佳橘得名。1925年，毛泽东重游橘子洲，写下了《沁园春·长沙》：“独立寒秋，湘江北去，橘子洲头。看万山红遍，层林尽染；漫江碧透，百舸争流。……”1972年，长沙湘江大桥建成后，橘子洲与长沙市区、岳麓山连为一体。

岳麓山有“岳麓之胜，甲于楚湘”之称，因南北朝刘宋时《南岳记》“南岳周围八百里，回雁为首，岳麓为足”而得名。山腰有亭，原名红叶亭，又名爱枫亭，后来取唐代诗人杜牧“停车坐爱枫林晚，霜叶红于二月花”之句改为爱晚亭。1952年，毛主席题写了“爱晚亭”亭额。山下岳麓书院前身为唐末五代僧人智璿为儒生所建的读书处。北宋开宝九年（976年），潭州太守朱洞在原僧人办学的基础上，由官府捐资兴建，正式创立岳麓书院。1015年，宋真宗亲书“岳麓书院”匾额，使岳麓书院成为宋代著名书院之一。此后，历代皇帝多次赐匾赐书，名儒讲学不断。1903年，岳麓书院与湖南省城大学堂合并为湖南高等学堂，沿用书院旧址。1926年，湖南高等学堂定名为湖南大学。岳麓书院南面的护碑亭内还有唐代著名文学家、书法家李邕撰文并书写，黄仙鹤篆刻的《麓山寺碑》。

花鼓戏

曹聚仁（1900—1972），记者、作家。曾在爱国女中、暨南大学、复旦大学等校任教，主编过《涛声》《芒种》等杂志，报道过淞沪抗战、台儿庄大捷。代表作品有《万里行记》《现代中国通鉴》《中国学术思想史随笔》等。

直接描写

过去十年中，中国戏曲，由俗而登大雅之堂的，花鼓戏乃是一支重要的支流，正如越剧一样，最富地方色彩，最能反映现实社会政治问题，最年轻的腔调，最多接受其他剧种的技术。不过，花鼓戏散布的地区很广阔，不仅湖南、湖北有花鼓戏，也不仅凤阳花鼓到处卖艺，今日的申曲，本来就是花鼓戏。

湖南花鼓戏是很有名的，但在城市戏台上就难于演出（所谓不登“大雅之堂”）。一九四九年后，在北京会演中，演出了《刘海砍樵》，反映

劳动人民的善良性格，一新听者的耳目。有一位女演员徐瑞萍，她是扮演《三里湾》中的玉梅的，非常成功。据她说，十五岁时，她参加业余剧团，演过《刘海砍樵》和《葛麻》中的小姑娘，颇为观众所爱好。后来，浏阳剧团改为花鼓戏艺术团，她还老大不愿意。她说："唱花鼓戏多丑呀。这种戏班子，别人看不起的，叫我老演丫鬟彩女没出息。"可见，她的心头还是给传统观念蒙住了。后来，她的观念改变了，也爱上这活跃有生气的民间剧种了。我看见若干剧种的《三里湾》，她所扮演的玉梅，也可说是最成功的一个。

友人顾仲彝先生，他也搞了几十年的话剧运动（近年在上海担任戏剧教育工作）。他这回看了沪剧的《借黄糠》，郑重加以介绍。他说："这回，使我大吃一惊，原来沪剧里有这么丰富而优秀的传统，并且有它的独特风格，值得我们好好来继承学习的。""在编剧技巧上，这本戏是朴素、单纯而又丰富、深刻。剧情发展自然而又步步深入。剧中几个人物的性格是鲜明的，并且性格的揭露不是通过叙述，而是通过行动和事件。这出戏有一特点：语言生动丰富，生活气息非常浓厚，看来简单朴素，但讽刺尖刻，意义深长，有许多是农民口头语，用得那么恰当。"这位戏剧家的话也正是对于花鼓戏的赞许呢！

我的戏曲论点是——"雅不如俗"。

旅行笔记

刘海砍樵的传说

湖南花鼓戏是湖南的一个戏曲剧种，是湖南各地花鼓戏流派的总称，源出于民歌，初期是以民间小调和牌子曲边唱边舞的生活小戏，后来逐渐出现故事性较强的民间传说题材剧目。湖南花鼓戏的表演艺术朴实、明快、活泼，步法和身段比较丰富，长于扇子和手巾的运用，拥有表现农村生活的各种程式，如：划船、挑担、捣碓、砍柴、打铁、磨豆腐、摸泥鳅、放风筝、捉蝴蝶等，以反映民间生活为主，多以生产劳动、男女爱情或家庭矛盾为题材，语言生动，乡土气息浓厚，人们熟知的湖南花鼓戏就是《刘海砍樵》。

传说常德城内住着刘海母子俩，刘母因思念亡夫，哭瞎了双眼，刘海勤劳、孝顺，每天上山砍柴，下山侍奉老母。在刘海砍柴的地方有一只狐狸，自名胡秀英，多年修炼，炼得一粒宝珠，可助其化身人形。她仰慕刘海的人品，执意要与刘海成婚，刘海因家贫怕连累胡秀英，见胡秀英一片真心，遂答应成婚。刘海家附近有正在修炼的罗汉和金蟾，罗汉已成半仙之身，若能得到胡秀英的宝珠就能成仙，于是他抢走了胡秀英的宝珠。刘海知情后，拿起石斧，在胡秀英的姐妹们和斧头神的帮助下，打败了罗汉和金蟾。从此，刘海与胡秀英过上了幸福的生活。

衡阳闻见

赵君豪

衡阳为湘南大邑，适当粤汉全线的中心，是株韶段工程局的所在地，人口稠密，商业繁盛，所有名胜古迹，在历史上极有价值，将来全线通车后，衡阳地位的重要，是不待言的。

衡阳的城门，矮小得令人发笑，当我们的汽车开进城时，我很替汽车担心，恐怕车顶和门拱相撞，后来汽车开进时，车身向下面一沉，竟然很平稳地开了进去，原来城内的地较城外稍低，所以无需作杞人之忧的。

城内的市面极好，马路即将放宽，两旁的房屋，已大半拆去，不过路面尚未做，闻衡阳县政府准备拿全县的粪捐作筑路的经费，大概一年即可得数万金。

株韶段工程局的局址，在衡阳的江东岸蔡家堰，这里地面辽阔，居户极少，便于规划。我们的汽车开到江边的太子码头，即乘渡船过江，不过五分钟，便至江东岸。

上岸后，望见一切建设，是一个新辟的市区，规模极大，有纵横坦荡的马路，许多明灿的电灯，在空中显耀。十字街头，还竖立着新式的岗警亭，或圆或方，亭的底脚，且映放红灯，以便行车，总之一切建设，好像小规模的上海市中心，显出蓬勃的新气象。（比喻手法）

衡阳的名胜，举我所知的，有回雁峰，在城南里许。相传雁不渡衡阳，唐杜荀鹤有句云：“猿到夜深啼岳麓，雁知春信别衡阳。”盖雁畏寒，至南已暖，故回雁峰之得名由于此。或谓此山的形状，如雁翼的姿态，不知孰是？山上有雁峰寺，寺下有烟雨池，天如欲雨，则池中有烟雾上升，衡阳八景中的“雁峰烟雨”即指是。按南岳周回八百里，有七十二峰，以衡阳的回雁峰为首，长沙的岳麓山为足。

石鼓山在城北二里，朱子所谓“一郡佳处”者即指是。山前有潭，深不可测，《水经注》“临烝县有石鼓，高六尺，湘水所经”。石鼓山的形胜，可与回雁峰相颉（xié）颃（háng）。石鼓书院亦建在此山，与嵩阳、岳麓、白鹿，号称四大书院，历代的学者，多在此治学。又传山上有诸葛亮的故宅。

此外有思杜亭，是纪念唐杜甫的。杜甫葬在耒（lěi）阳，宋郡守刘清之登花光山（在城南十里），望耒阳慨然有感，因建思杜亭祀甫，更以黄庭坚为配。

衡阳的古迹，大半有历史上的价值，我因病不能畅游，至今犹有余恨！

此外，湘省的公路，可从衡阳通至广西，湘省方面，已筑至边境，唯广西公路，因沿途高山极多，尚未展筑，所以衡阳的前途，是不可限量的。

八日早晨，天气晴朗，我们在车站前，坐工程汽车，离别了衡阳。

旅行笔记

人杰地灵

我国的五大名山又称为五岳，即东岳泰山（位于山东省泰安市）、西岳华山（位于陕西省华阴市）、南岳衡山（位于湖南省衡阳市）、北岳恒山（位于山西省大同市）、中岳嵩山（位于河南省登封市）。传说五岳为群神居住之地，历代帝王多前往祭祀。

衡山主体部分位于衡阳市南岳区、衡山县和衡阳县东部，又名“寿岳”“南山”，著名山峰七十二座，主峰祝融峰海拔1300.2米，因传说远古的祝融曾游憩于此而得名。“祝融峰之高，方广寺之深，藏经殿之秀，水帘洞之奇”，称为“南岳四绝”。衡山有“五岳独秀”之称。

蔡伦是东汉桂阳郡（今湖南耒阳）人，字敬仲。汉明帝时，蔡伦入宫为宦官。汉和帝时，蔡伦任中常侍兼尚方令，掌管制造兵器及宫内器用。他看到大家写字很不方便，竹简和木简太笨重，丝帛太贵，丝绵纸不可能大量生产，都有缺点，于是他开始研究改进造纸的方法。他总结了前人造纸的大量经验，带领工匠们用树皮、麻头、破布和破渔网等原材料来造纸。他们先把这些材料剪碎、切断，放在水里浸渍一段时间，再捣烂成浆状物，经过蒸煮，在席子上摊成薄片，放在太阳下晒干，这样就制作出一种既轻又薄的纸。元兴元年（105年），蔡伦把这种纸呈报朝廷，受到汉和帝的称赞，并下令在全国推广使用。元初元年（114年），蔡伦被封为龙亭侯。后人将蔡伦改进制造的纸称为“蔡侯纸”。到了公元3~4世纪，纸成了我国唯一的书写材料，竹简、木简和丝帛逐渐退出历史舞台。

造纸术、印刷术、指南针和火药均由古代中国人发明，至宋代相继传到域外各地，为世界文明的发展做出了巨大贡献。

其他推荐

关于湖南的文章还有：

《桃源与沅州》（沈从文）
《爱晚亭》（谢冰莹）
《岳阳楼记》（汪曾祺）
《洞庭纪游》（费孝通）
《高高的天子山》（碧野）

荆楚纵情

湖北

省会

武汉

简称

鄂

气候

亚热带湿润季风气候

地理位置

位于我国中部、长江中游的洞庭湖以北，东部与安徽相邻，南部与江西、湖南相邻，西部与重庆相邻，西北部与陕西相邻，北部与河南相邻。

主要山脉

武当山、大巴山、神农架、大别山

主要水系

长江、汉江

世界遗产

明显陵、神农架、武当山古建筑群、唐崖土司城遗址

本站停靠

黄龙滩

武昌

黄鹤楼

文学导游

李广田

石评梅

曹聚仁

黄龙滩

李广田（1906—1968），号洗岑，作家。毕业于北京大学，后在西南联合大学、南开大学、清华大学等校任教。中华人民共和国成立后，任清华大学中文系主任、云南大学校长等职。其诗文风格质朴浑厚，具有深刻的人文关怀。代表作品有《画廊集》《银狐集》《雀蓑集》《灌木集》等。

在暮色苍茫中，我们到了黄龙滩。

“黄龙滩”！好名色，为什么叫黄龙滩呢？这颇引起我们的幻想。这是一个很大的镇店，人烟稠密，商业也相当繁盛。我们以为就要宿在这里了吧，然而不行，没有地方可宿，到处是军队，军队，军队。经过大街时，看见我们的狂飚剧团所贴的标语和演出的通告。经过一个大庙时，看见里边挤

满了人，并听到喧闹声，知道他们正在那里开演了。

大队走出了街市，出乎意外地拦路横着一条绿水，那水绿得浓浓的，像汉江一样。有急湍声，有摇橹声，有呼喝声，有搬运声，彼岸已有人高高地举起了灯火。“汉江！汉江！”大队里边有人这样招呼，仿佛遇到了旧日的相识。我们离开汉江也不过才三天，却觉得已经隔开了很久，觉得已相去遥遥了……

天已经晚了，我们的住处却还在远远的一座古庙里。我们过一条水，过一片沙，又登一坡高崖，才到达宿营地。第一队已留下了铺草，前站队员也把饮食预备好了，我们只负向本队队员发放的责任。拜会过庙里的主持僧，觉得那人虽不讨厌，但仿佛没有什么人情，想同他多谈几句也不可能。而最使我觉得难忘的却是一个挑水的老人。他住在古庙附近，站在庙门口，可以看到他的破烂的家屋。他身体衰弱，衣服褴褛，眼睛通红像血布袋，走起路来好像不敢下脚似的，一步一步地向前试探。他来回挑开水不知已挑过多少次了，他使我们这些远行人有充足的水喝，这是在其他地方不曾有过的情形。我很难忘记这个人的好性情。他褴褛，他衰弱，他赤贫，然而他不使我们有可怜之感，因为他自己不表示出令人可怜的样子。他显得正直、热心，令人起敬。虽然天已经完全黑了，虽然他也曾说过“柴草缺乏，烧不开锅”，然而他总不愿让任何一人口渴。“我们将如何感谢这个老人呢？”差不多每个人都这样说了。

比喻手法

旅行笔记

武当与太极

武当山位于湖北十堰市丹江口市。它东接襄阳市，西靠十堰市。

武当山，古称“太和山”，有七十二峰、三十六岩、二十四涧等胜景。主峰是天柱峰，峰顶建有金殿，俗称“金顶”。相传，东汉阴长生、晋谢允、唐吕洞宾、五代宋初陈抟、明张三丰等曾修炼于此；真武帝君于此修炼，得道飞升。武当山宫观众多，以紫霄、太和、玉虚、南岩、五龙、遇真六宫，以及复真、元和二观有名。

武当山是武当派拳术发源地。相传，明张三丰在此创立太极拳。太极拳动作柔和缓慢，连贯圆活。练习时要求形神合一，呼吸和动作配合，对调摄精神、促进气血流通、改善内脏器官的功能都有良好作用。太极拳已成为一项世界性体育运动，2000年国际武术联合会将每年5月定为“世界太极拳月”。2020年，“太极拳”项目被列入联合国教科文组织人类非物质文化遗产代表作名录。

武昌的名胜

石评梅（1902—1928），原名汝璧，曾用笔名漱雪、冰华、心珠等，作家、革命活动家。创作了大量诗歌、散文、游记、小说，代表作品有《偶然草》《涛语》《红鬃马》等。

拟人手法

天晴后空中幻出五色彩云，捧着一轮赤日，慢慢地披开了砌垒的云幕，撒开了朦胧的愁网，冉冉走出，在宇宙中当时焕着耀日的奇彩！我们参观团在这时光，遂踱过莲池，经过鄂园，向着抱冰堂而来。

抱冰堂建在蛇山上，由下边一级一级地上去，绿树荫蒙中，隐现着红绯娇白和画楼雕梁。一阵惠风披襟，花香浮动，只见万紫千红涌现眼底。我们进了抱冰堂的大厅，壁上悬着古画屏联，中间放着古瓶二个，高约四尺；凡武昌雅人伟士都在这个地方宴会。地周围约有一万二千九百四十八方丈，

“抱冰”系张之洞的别号，张之洞督鄂的时候，鄂人感公盛德，故建此堂，为公生祠。大厅的西面，相距约五十步，有很庄严的五间大厅，双门锁闭甚严，推开门只见灰尘满地，蛛丝满壁，中间的神龛供着张文襄公的牌位，旁边有黎元洪立的碑。

晴后小径中青石粘土，十分泥滑，两旁千条垂柳，常绾鬓角，再上去是十桂堂，张叶如幕，桂树林立，可惜这不是秋高月圆时。站在十桂堂的中间，由树缝里看见长江如练，民房似栉，可以看见纺纱厂的烟筒，黑云萦绕，烟雾笼罩，凉风过处，心神为之一爽！这是何等舒适逍遥的境界啊！可惜上去了一大群丘八，我们只得远避。从石砌的道上过去，有小亭，有假山，怪石奇岩，嶙峋无状。我们在这里照了一个游像作纪念。他们都走过去了，我坐在小石上，听着小鸟的啁啾，布谷的婉转，一声声都令人感到一种超然神游的景象。碧天的游云，阶前的落叶，飘萍无踪，荣枯靡常。转瞬间我又车声帆影，飘游于何处何乡？人生如逆旅，在我的心里常印着这点模糊的追忆迹象……在我思想深入的时候，忽然有人在我肩头一拍，吓得我跳起来，回头一看，原来是惠和，她笑嘻嘻地手里拿着一束草花，我遂携了她的手，由小径中穿出，浓茵铺地，碧草拂鞋，一阵草香扑鼻欲醉。地址虽不大，但结构异常精巧合度，风景如画，涌现千里，而且寂寞荫蒙幽雅最宜人。比较黄鹤楼的术士乞丐汇集者，当然有雅俗的分别了。

二十六号的上午，我们乘着汉阳兵工厂的武胜轮破浪直进，在烟波江上，只见风帆上下，浪花飞溅，放眼望去，龟山临左，蛇山旁右，武昌、汉阳、汉口鼎足相向，湖北形势为历史上最著名，实在诚然。船入汉水未久，而汉阳已在目前，两岸树木林立，浓绿荫深，不觉忆及古人诗：“晴川历历汉阳树，芳草萋萋鹦鹉洲。日暮乡关何处是？烟波江上使人愁。”

旅行笔记

武昌起义

1911年（清宣统三年），清政府以铁路国有为名，将已归民办的川汉、粤汉铁路收归国有，并以铁路修筑权为抵押，向英、法、德、美四国银行团借款，激起川、鄂、湘、粤各省人民的反抗。四川成立保路同志会，举行请愿活动，遭到镇压，发展为各县人民的武装反抗。清政府派督办大臣端方从湖北率新军入川镇压。

10月10日上午，湖广总督瑞澂（chéng）和第八镇统制张彪将按名册捕人，革命党人暗中联络，在当晚起义。10月11日，武昌全城光复，革命取得胜利。武昌起义胜利后，全国各地陆续响应，多省宣布独立，形成全国规模的辛亥革命，清王朝迅速解体。辛亥革命推翻了清朝的统治，结束了中国两千多年的封建君主专制制度，推动了民族思想解放。

黄鹤楼

曹聚仁

黄鹤楼，在黄鹄矶上，俯临大江；我们心目中，仿佛走上杭州城隍山（吴山），也仿佛南京的燕子矶。仙人跨鹤飞去的传说，于是逐渐演变，从仙人王子安扯到三国蜀相费祎，再扯到比李白迟了一百年的吕洞宾；群众说他是吕洞宾，也就成为千来年的祭奉人物，黄鹤楼旁就有吕祖庙，庙中也还有费仙像。庙中香火很盛，楼阁系木构，因此，几度失火，黄鹤楼也就化为乌有，得群策群力，重新建构，照样香火祭奉，照样有道士做庙祝，沿廊都是看相、算命以及卖吃食、玩耍物品的小贩，跟着游客讨钱的叫化子。上一世纪末期，张之洞做湖广总督，许多文士在他的幕府，附庸风雅，因此，黄

比喻手法

鹤楼中有着他们的吟咏联句。

近三四十年，汉口和武昌间的轮渡，半小时、一小时开行一班，北来客从京汉路来，北上客从粤汉路到，就这么交流着。我第一回到北京去，就是乘了轮渡，平安过江的，可是，第三回北行（1957年），我们已经用不着轮渡；汽车从汉口经过汉阳龟山头上直驶往武昌蛇山，火车在大桥中层隆隆往来。因为武汉长江大桥，一头安在蛇山头上，即黄鹄矶边，一头扣在龟山矶上，于是，黄鹤楼又从蛇山头上消失，该休息一些年月了。

先前黄鹤楼地段，修建了广大的蛇山公园，我们往日在黄鹤楼上俯瞰江流的，而今可以凭大桥的铁栅远望了。黄鹤楼左边那些古迹，如奥略楼、抱膝亭、纯阳楼、陶公亭、涌月亭、禹碑亭，分别到各处公园中去，还是一一可以找到。只是那位要爬上黄鹤楼去举旗响应的“忠贞之士”，只有空中楼阁可走了。

新的黄鹤楼，筹划十年后建成，仍在黄鹄矶头。

旅行笔记

天下绝景——黄鹤楼

黄鹤楼位于今湖北省武汉市长江南岸武昌区蛇山，享有“天下绝景”的盛誉，与湖南岳阳楼、江西滕王阁并称“江南三大名楼”。相传，黄鹤楼始建于三国时期吴黄武二年（223年），最初作为夏口城西南角瞭望守戍的军事楼。至唐朝，黄鹤楼渐渐成为名胜景点，文人墨客到此游览，留下不少脍炙人口的诗篇。“昔人已乘黄鹤去，此地空余黄鹤楼。黄鹤一去不复返，白云千载空悠悠。”“日暮乡关何处是？烟波江上使人愁。”这些诗句都使黄鹤楼名声大噪。

唐永泰元年（765年），黄鹤楼已具规模，成为不少江南名士必游之地。但是战火不断，黄鹤屡建屡废。清同治七年（1868年），黄鹤楼被重建，毁于清光绪十年（1884年），此后近百年未曾重修。

1981年，黄鹤楼重建，1985年落成。主楼以清同治年间楼式为蓝本，比其更雄伟、高大。楼层内外绘有以仙鹤为主体，云纹、花草、龙凤为陪衬的图案，楼外有铸铜黄鹤、胜像宝塔、牌坊、轩廊、亭阁等建筑，将主楼烘托得非常壮丽。

黄鹤楼的形制自创建以来，各朝都不一样，但都显得高大雄伟，极富个性。黄鹤楼主楼为四边套八边形体，谓之“四面八方”。这些数字透露出古建筑文化中数目的象征和伦理表意功能。从楼的纵向看，各层排檐与楼名直接相关，形如黄鹤，展翅欲飞。

整座楼雄浑中又不失精巧，富于变化的韵味和美感。

黄鹤楼公园分为四个区，分别是东区、西区、南区、北区。东区的景点有岳飞亭、岳飞功德坊等，西区的景点有宝铜顶、千禧钟、胜像宝塔等，南区的景点有跨鹤亭、白龙池、古碑廊、黄鹤古肆等，北区的景点有涌月台、白云阁、吕仙洞等。这些景点都比较著名，是游人多去之地。

其他推荐

关于湖北的文章还有：

《珞珈山下四人行》（金克木）

《五祖寺》（废名）

《香溪》（菡子）

《朝“武当”》（臧克家）

《黄鹤归来》（端木蕻良）

赣江源流

江西

省会

南昌

简称

赣

气候

亚热带湿润季风气候

地理位置

位于中国中南部、长江中下游南岸，东、西、南三面环山，东部与浙江、福建相邻，南部与广东相邻，西部靠近湖南，北部与湖北、安徽相邻。

主要山脉

庐山、武夷山、怀玉山、大庾岭、三清山

主要水系

赣江、信江、修水、抚河、饶河

世界遗产

庐山、龟峰、三清山、龙虎山

本站停靠

庐山

景德镇

鄱阳湖

文学导游

胡适

张恨水

曹聚仁

庐山游记

胡适（1891—1962），原名洪骍，字适之，文学家、思想家、哲学家。早年留学于美国，就读于康奈尔大学和哥伦比亚大学。回国后，任北京大学教授，是新文化运动的代表人物。代表作品有《中国哲学史大纲》（上卷）、《白话文学史》（上卷）、《胡适文存》等。

昨夜大雨，终夜听见松涛声与雨声，初不能分别，听久了才分得出有雨时的松涛与雨止时的松涛，声势皆很够震动人心，使我终夜睡眠甚少。

早起雨已止了，我们就出发。从海会寺到白鹿洞的路上，树木很多，雨后清翠可爱。满山满谷都是杜鹃花，有两种颜色，红的和轻紫的，后者更鲜艳可喜。去年过日本时，樱花已过，正值杜鹃花盛开，颜色种类很多，但多在公园及私人家宅中见之，不如今日满山满谷的气象更可爱。因作绝句记之：

长松鼓吹寻常事，最喜山花满眼开。
嫩紫鲜红都可爱，此行应为杜鹃来。

到白鹿洞。书院旧址前清时用作江西高等农业学校，添有校舍，建筑简陋潦草，真不成个样子。农校已迁去，现设习林事务所。附近大松树都钉有木片，写明保存古松第几号。此地建筑虽极不堪，然洞外风景尚好。有小溪，浅水急流，铮淙可听；溪名贯道溪，上有石桥，即贯道桥，皆朱子起的名字。桥上望见洞后诸松中一松有紫藤花直上到树杪，藤花正盛开，艳丽可喜。

直接描写

白鹿洞本无洞；正德中，南康守王溱开后山作洞，知府何濬凿石鹿置洞中。这两人真是大笨伯！

白鹿洞在历史上占一个特殊地位，有两个原因。第一，因为白鹿洞书院是最早的一个书院。南唐升元中（九三七—九四二）建为庐山国学，置田聚徒，以李善道为洞主。宋初因置为书院，与睢阳石鼓岳麓三书院并称为“四大书院”，为书院的四个祖宗。第二，因为朱子重建白鹿洞书院，明定学规，遂成后世几百年“讲学式”的书院的规模。宋末以至清初的书院皆属于这一种。到乾隆以后，朴学之风气已成，方才有一种新式的书院起来；阮元所创的诂经精舍、学海堂，可算是这种新式书院的代表。南宋的书院祀北宋周邵程诸先生；元明的书院祀程朱；晚明的书院多祀阳明；王学衰后，书院多祀程朱。乾嘉以后的书院乃不祀理学家而改祀许慎郑玄等。所祀的不同便是这两大派书院的根本不同。

庐山有三处史迹代表三大趋势：（一）慧远的东林，代表中国“佛教化”与佛教“中国化”的大趋势。（二）白鹿洞，代表中国近世七百年的宋学大趋势。（三）牯岭，代表西方文化侵入中国的大趋势。

从万杉寺西行约二三里，到秀峰寺……

寺中虽颓废令人感叹，然寺外风景则绝佳，为山南诸处的最好风景。寺址在鹤鸣峰下，其西为龟背峰，又西为黄石岩，又西为双剑峰，又西南为香炉峰，都嵚奇可喜。鹤鸣与龟背之间有马尾泉瀑布，双剑之左有瀑布水；两个瀑泉遥遥相对，平行齐下，下流入壑，汇合为一水，迸出山峡中，遂成最

著名的青玉峡奇景。水流出峡，入于龙潭。昆山与祖望先到青玉峡，徘徊不肯去，叫人来催我们去看。我同梦旦到了那边，也徘徊不肯离去。峡上石刻甚多。有米芾书“第一山”大字，今钩摹作寺门题榜。

旅行笔记

白鹿洞书院和朱熹

白鹿洞书院，位于江西省九江市庐山五老峰南麓。唐代江州（今九江市）刺史李渤曾在此隐居读书，因驯养白鹿自娱，人称“白鹿先生”。他任江州刺史后，在曾隐居处建造台榭，称白鹿洞。南唐时，李善道、朱弼等人在此置田讲学，称庐山国学，又称白鹿国学。北宋初年，这里扩建为书院，改名为白鹿洞书院，为当时著名的书院之一。其后屡废屡建，历代朝廷多次赐书赐匾，直至清末。

宋孝宗淳熙六年（1179年），朱熹造访白鹿洞书院旧址，见书院残垣断壁，杂草丛生，责令官员修复，并自任洞主，订立学规，聘请名师，招收学生，置办学田，苦心经营。朱熹所撰的《白鹿洞书院揭示》含“五教之目”“为学之序”“修身之要”“处事之要”“接物之要”五部分，均采自历史上圣贤及经典言论，并作简要说明。多教诲、劝喻之意，无教训、警恶之言。宋理宗视察太学，手书《白鹿洞书院揭示》赐太学生，并颁行天下学校。它也成为后世官私学校的规约，并传播于朝鲜、日本。

看灯有味忆儿时

张恨水（1895—1967），原名心远，作家。早年任《皖江报》总编辑，之后任《益世报》《世界日报》等编辑。其一生致力于通俗文艺的创作，以写章回体小说见长。代表作品有《春明外史》《金粉世家》《啼笑因缘》等。

让我把陆放翁那句诗，“青灯有味忆儿时”，改去第一个字。为着同时让我把生命史揭过去四十二年。

形象描写

我穿着一件枣红色的棉袍，外罩着雪青缎子一字琵琶襟背心。头上戴着青缎子瓜皮帽，上面有个酒杯大的红疙瘩，瓜皮帽前面，绽着一块碧玉牌。

腰里系着一条湖水色纺绸腰带，在背心下面，拖出了两截。我脚蹬白竹布袜，红缎起乌云头的棉鞋，很潇洒地走向我的砚友傅秋凤家里，目的是邀她看灯去。

我的学堂里，只有三个女同学，那两个人我忘了，我只记得秋凤。她和我同年。瓜子脸，雪白，很大的眼睛。头上一大把辫子，辫子梢扎着一大把红丝线。我也觉得她很好看。她脸上虽有三四颗小碎麻子，抹了粉就看不见。尤其是她在眉毛中间，将胭脂点上几个梅花点，我觉得真够俏的。

我到了傅家，秋凤穿着一件蓝布印白花的褂子，齐平了膝盖。外罩着一般长的青缎子大镶大滚，中嵌紫摹本缎大花背心。正提着一只螃蟹灯，和拖兔子灯的小弟弟玩耍。她看见我来了，笑着叫我的学名："心远，你才来，等的我急死了。你听，锣鼓响到后街了。"我笑说："我们走罢，傅伯伯要你去？"傅伯母站在堂屋里烛光下，笑说：早些回来。这是个依允的暗号。我们手挽着手走上后街。

景德镇看龙灯，并没有什么稀奇。稀奇是接龙灯的商家，放烟火（即花盒子）放花筒，一家赛一家，越看越爱看。我挽着秋凤的手，跟着龙灯，走一条街又一条街。熟识的商家，拿出果子年糕茶叶蛋，招待这两个小孩。有人问主人，这男孩子是谁？"张老爷的少爷。""这是小姐？""不！是傅家的姑娘，将来的少奶奶。"秋凤脸上一阵红，低了头，撒开互牵着的手。但是，过一会儿，我们又牵上了。我记得，牵得太久了，手心里出着汗。

大半夜，我把秋凤送回家。她家堂屋里灯火通明在打纸牌。傅伯伯也在牌桌上，看到我们双双回来，回过头对看牌的傅伯母说：这两个小家伙倒很和气。同桌的人一齐笑道：你们两家，几时过礼？秋凤笑着跑了。又是元宵，这一切都在眼前，但我最小的男孩子，已将近我那时看灯的年龄。让我祝福秋凤健在罢，也许有人喊祖母了。

那些玩大炮的人，可惜没有时间，体会陆放翁那句话："青灯有味忆儿时。"几十年光阴，一混就完，何若乃尔！

旅行笔记

景德镇瓷器文化

瓷器是我国古代的伟大发明之一，一说“早期瓷器”形成于西晋或东汉时期，一说“原始瓷器”出现于商代，以青瓷、白瓷和彩瓷为主要品种。唐代，青瓷的发展逐渐成熟，越窑以产青瓷驰名，邢窑以产白瓷著称。宋代，汝窑、钧窑的青瓷，定窑的白瓷，景德镇窑的影青（釉色名，也称青白瓷），建窑黑瓷，均享有盛誉。

景德镇原名新平，因居昌江的东南，又名昌南镇。北宋景德年间改称景德镇，以产瓷器出名，有“瓷都”之称。据记载，景德镇窑始于南朝陈；五代时已烧造白瓷，白瓷有“白如玉，明如镜，薄如纸，声如磬”之称；宋代景德年间，烧造官窑器，所产影青瓷器质地优良；明代时，开始成为我国瓷业中心；清代时，彩釉更有改进和创造，能烧制粉彩、珐琅彩等，其中以康熙、雍正、乾隆年间烧造的最为精美。明清两代，景德镇就有御器厂，专为供应宫廷所需的瓷器而设。景德镇御器厂始设于明代洪武年间，一般由宦官充任督陶官；清初由工部、内务府派官员管理，或由江西巡抚主管；清代乾隆以后，以榷九江关使管理，并以饶州同知、景德镇巡检司监造督运，遂成定制。景德镇御器厂所产的瓷器被称为“官窑器”，又称“御窑器”。

鄱阳湖的画面

曹聚仁

笔者进入江西，乃是从浙东沿着浙赣路西进的，这和中原文化自北南迁的路向，并不相同。经过了两晋南北朝、五代十国，以及辽、金两宋的长时期民族战争，北方人士，包括河北、河南、山西、山东一带的汉人，就带着中原文化（生产工具、方式）到东南一带生了根，而且抽了条，长了叶，开花结果。男耕女织，本来是农业社会的基本条件；天下财富，本来是集中在关中，泾渭流域的粮食，乃是帝业的基础。而今则天下粮食，以太湖流域为中心，鄱（pó）阳盆地、洞庭盆地和成都盆地次之，宋、元、明、清各代的赋税，北方变成不足轻重了。古代的农业，河南、山东的麻桑，乃是丝布的主要产品，而今蚕桑首推江浙，鄱阳湖盆地大量产麻，也是纺织的主要原料。西方人心目中的东方物产，丝茶素来并称；鄱阳湖的四周，正是产茶的地区。浮梁在它成为“瓷都”以前，早已成为“茶都”了。

中国的陶瓷器，到了唐宋，已经进步到手工业的顶峰；北宋的定窑（在河北定县），出品已经十分精细。南宋以后，瓷器就移到鄱阳盆地来。说起来，浮梁（景德镇）是瓷都，其实星子、祁门的泥土，配上了浮梁的釉，这样才完成了瓷器的体系，而沿信江及鄱阳东岸，都是陶器的世界。代表近代中国文明的印刷（刻板及活字），鄱阳湖南边的浒湾（属抚州），就是刻板的中心地区之一。江西省内的四大镇，浮梁系瓷都，其他三镇，河口镇系米粮中心，樟树镇系药物中心，吴镇系木材中心；在农业手工业社会，鄱阳湖盆地显然居于最重要的地位。那位写手工业技术经典——《天工开物》的宋应星，他便是江西人。

中原人士渡江而南，在江南各地定居下来，有一线索是很明显的。那位语言学家罗常培氏，在山东青岛碰到一位江西临川青年学生，他一听这学生的语音，就知今日的临川音，正是古代的中原语音。于是，从客家的语音，追寻客家人迁移的路向。原来，南迁的中原人士，在鄱阳盆地定居以来，沿着赣江而南，到赣州以后，又沿贡水以上到了瑞金，越山到了闽西、闽南，再由粤东沿海南下，发展到广东各地的。我们说鄱阳湖乃是近代中国文化的摇篮，并不为过。

直接描写

欧阳予倩先生说：“弋阳腔源出江西，它传布的地域很广，所有的大型的戏曲，可以说没有不受弋阳腔影响，没有不包含弋阳腔成分的。现存的高腔也就是弋阳腔系统。另外，弋阳腔和安徽的各种曲调相结合，便又起了各种不同的变化，从吹腔、四平、拨子等曲调，还看得出一些衍变的痕迹，弋阳腔跟安徽的曲调相结合，便由独唱帮腔而为笛子伴奏。后来用笛子伴奏的腔调，如四平，拨子之类，又都改用胡琴伴奏。这样的变迁，使弋阳腔原来的面貌逐渐模糊，可是它因此而传播更广，它和陕西、山西的梆子腔也结了姻缘。至于昆腔，尽管它曾和弋阳腔对立争霸，可是，它还是接受了弋阳腔的成分；乱弹方面，那就更不用说了。”在笔者心目中，认为在太湖流域那充裕的农业经济条件中，孕育了昆腔，而在鄱阳盆地这样的农业社会孕育了弋阳腔，并不是偶然的！

笔者在赣东巡游时期，曾经到过朱（熹）、陆（九渊）论道的鹅湖，也曾到过道教圣地（张天师家乡）龙虎山，前年又到了朱熹讲道的白鹿洞，王阳明证道的天池。当年也曾到陆九渊的家乡金溪，王安石的家乡临川，洪迈的家乡鄱阳。原来，一部近代中国思想史，正是一部鄱阳盆地文化发展史。我到临川那一个月，踯（zhí）躅（zhú）于玉茗堂前，恍然有所悟；所以就借一处军官座谈会把我一肚子的话说出来，不管他们对社会人生作何种看法，我总要一吐所怀而后快。（我那回夜宿鹅湖，晨登峰顶山回来，就在信江中学讲演现实主义的人生哲学。）鄱阳盆地，乃是孕育我的思想体系的新天地。

旅行笔记

鄱阳湖区域的陶瓷文化

鄱阳湖，古称“彭蠡”“彭湖”，位于江西省北部，地处九江、南昌、上饶三市，是中国最大的淡水湖，也是中国淡水渔业主要基地之一。鄱阳湖多白鹤、灰鹤、天鹅等珍贵鸟类，素有“珍禽王国”之称。鄱阳湖的陶瓷文化更是令人瞩目。

鄱阳湖区域自然资源丰富，有丰富的陶瓷原料。早在新石器时代，万年仙人洞的先民已经开始制作原始的粗砂陶器，这是至今在我国发现的最古老的陶器之一。商周时期，生活在鄱阳湖区域的人大量使用各种陶器，并开始制作原始青瓷器，推动了陶瓷技艺的发展。隋唐时期，这里还出现了专业的制瓷窑场。元明时期，鄱阳湖区域自然资源的开发、陶工资源的扩大对景德镇瓷业发展的影响愈加明显。星子、鄱阳、余干、都昌、湖口、万年等县在明代以后成为景德镇制瓷原料及燃料的重要产地。同时，都昌、鄱阳等县大量人口涌至景德镇，推动了景德镇瓷业的发展。他们带去灵气和活力，以执着的精神，使古朴的陶瓷器具变成了精美绝伦的艺术，并创造出辉煌灿烂的陶瓷文化。

其他推荐

关于江西的文章还有：

《滕王阁渺不可寻》（张恨水）

《登庐山》（季羡林）

《三清山漫记》（秦牧）

《游石钟山记》（季羡林）

江淮胜地

安徽

省会

合肥

简称

皖

气候

温带湿润半湿润季风气候、亚热带湿润季风气候

地理位置

位于华东腹地，跨长江、淮河中下游，东部与江苏、浙江相连，西部与湖北、河南相邻，南部与江西相邻，北部倚靠山东。

主要山脉

大别山、黄山、九华山、天柱山

主要水系

长江、淮河、新安江、巢湖

世界遗产

黄山、大运河、宏村

本站停靠

屯溪

黄山

文学导游

郁达夫

邓拓

曹聚仁

屯溪夜泊记

郁达夫（1896—1945），名文，作家。早年在日本留学，回国后从事新文学创作，先后在北京大学、武昌大学、中山大学等校任教。早期创作小说，后期以创作散文、游记为主，文风清秀洒脱。代表作品有《沉沦》《达夫散文集》等。

屯溪是安徽休宁县属的一个市镇，虽然居民不多，——人口大约最多也不过一二万——工厂也没有，物产也并不丰富，但因为地处在婺源、祁门、黟县、休宁等县的众水汇聚之乡，下流成新安江，从前陆路交通不便的时候，徽州府西北几县的物产，全要从这屯溪出去，所以这个小镇居然也成了一个皖南的大码头，所以它也就有了小上海的别名。“生意兴隆通四海，财源茂盛达三江”，这一副最普通的联语，若拿来赠给屯溪，倒也很可以指示出它的所以得繁盛的原委。

我们的飘泊到屯溪去，是因为东南五省交通周览会的邀请，打算去白岳、黄山看一看风景；而又蒙从前的徽州府现在的歙县县长的不弃，替我们介绍了一家徽州府里有名的实在是龌龊得不堪的宿夜店，觉得在徽州是怎么也不能够过夜了，所以才夜半开车，闯入了这小上海的屯溪市里。

屯溪的街市，是沿水的两条里外的直街，至西面而尽于屯浦，屯浦之上是一条大桥，过桥又是一条街，系上西乡去的大路。（直接描写）走在这屯浦桥附近的几条街上，由他们屯溪人看来，觉得是完全毛色不同的这一群丧家之犬，尽在那里走来走去的走。其实呢，我们的泊船之处，就在离桥不远的东南一箭之地，而寄住在船上，却有两件大事，非要上岸去办不可，就是，一、吃饭，二、大便。

况且，人又是好奇的动物，除了睡眠、吃饭、排泄以外，少不得也要使用使用那两条腿，于必要的事情之上，去做些不必要的事情。于是乎在江边的那家饭馆延旭楼即紫云馆，和那座公坑所，当然是可以不必说，就是一处贩卖破铜烂铁的旧货铺，以及就开在饭馆边上的一家假古董店，也突然地增加了许多顾客。我在旧货铺里，买了一部歙县吴殿麟的《紫石泉山房集》，语堂在那家假古董店里，买了些桃核船、翡翠、琥珀，以及许多碎了的白磁。大家回到船上研究将起来，当以两毛钱买的那些点点的磁片，最有价值，因为一只纤纤的玉手，捏着的是一条粗而且长，头如松菌的东西，另外的一条三角形的尖粽而带着微有曲线的白柄者，一定是国货的小脚。这些碎磁，若不是康熙，总也是乾隆，说不定，恐怕还是前朝内府坤宁宫里的珍藏……

早午饭吃后，光旦、秋原等又坐了车上徽州去了，语堂、增嘏（gǔ）歪身倒在床上看书打瞌睡，只有被鬼附着似的神经质的我，在船里觉得是坐立都不能安，于是乎只好着了雨鞋，张着雨伞，再上岸去，去游屯溪的街市。

雨里的屯溪，市面也着实萧条。从东面有一块枪毙红丸犯处的木牌立着的地方起，一直到西尽头的屯浦桥附近为止，来回走了两遍，路上遇着的行人，数目并不很多，比到大上海的中心街市，先施、永安下那块地方的人海

人山，这小上海简直是乡村角落里了。无聊之极，我就爬上了市后面的那一排小山之上，打算对屯溪全市，作一个包罗万象的高空鸟瞰。

回到了残灯无焰的船舱之内，向几位没有同去的诗人报告了一番消息，馀事只好躺下去睡觉了，但青衫憔悴的才子，既遇着了红粉飘零的美女，虽然没有后花园赠金、妓堂前碰壁的两幕情景，一首诗却是少不得的；斜依着枕头，合着船篷上的雨韵，哼哼唧唧，我就在朦胧的梦里念成了一首“新安江水碧悠悠，两岸人家散若舟；几夜屯溪桥下梦，断肠春色似扬州”的七言绝句。这么一来，既有了佳人，又有了才子，煞尾并且还有着这一个有诗为证的大团圆，一出《屯溪夜泊》的传奇新剧本，岂不就完全成立了么？

旅行笔记

徽文化

屯溪老街由不同年代建造的三百余幢徽派建筑构成，街道两旁鳞次栉比的店铺叠致有序，全为砖木结构，窗棂门楣上有砖雕木刻，技艺精湛，屋与屋之间是高高的马头墙，构成了徽派建筑的群体美。徽派建筑是在我国古代社会后期成熟的建筑流派，民居一般有天井，各屋都向天井排水，当地人称为“四水归堂”，含有财不外流的寓意。建筑黛瓦白墙，色彩典雅大方，十分独特。

屯溪老街的形成与发展，与徽商有很大关系。徽商是徽州府（今安徽歙县）籍的商帮，在宋代时逐渐形成，明清时商业活动遍及全国，主要经营盐、米、生丝、茶叶、墨、纸、木材等，其中以盐商、文具商、典当商最为出名。明代洪武年间，有一个叫程维宗的商人，他十九岁乡试落第后发奋苦读，都未能得中，于是开始另谋出路。在父亲的指点下，他经商成功，在屯溪八家栈建造店房四所，共有四十七间屋子，用来放置货物，这就是屯溪老街的雏形。出生在安徽的胡适先生曾经说过："一个地方如果没有徽州人，那这个地方就只是个村落。徽州人住进来了，他们就开始成立店铺，然后逐渐扩张，就把个小村落变成个小市镇了。"徽商通过商业贸易活动，对市镇的形成和发展起到了重要的作用，屯溪老街就是徽文化最好的诠释和佐证。

看看黄山有多美

——黄山风景摄影展览观后

邓拓（1912—1966），原名子健、云特，笔名马南邨、丁曼公、向阳生等，新闻工作者。1949年后，任《人民日报》社社长兼总编辑、中华全国新闻工作者协会主席、中共北京市委书记处书记等职。曾主持编辑出版第一部《毛泽东选集》。代表作品有《燕山夜话》《三家村札记》等。

黄山到底有多美呢？历来有许多著名的画家，企图从艺术形象方面回答这个问题。他们曾经描绘过黄山的美妙景色，做出了很大的成绩，但是，他们的作品还远远不足以表现黄山的天然美景。同样，近代有许多摄影家也到过黄山，拍下了无数的镜头。他们的成绩也是不可否认的。然而，就我们今天的眼光看来，我国当代的摄影艺术家们关于黄山的作品，却是在前人已有的基础上，大大地前进了一步。他们把黄山的壮丽景物，更充分更丰富地表现出来了。

摄影，这个以现代高度发展的科学技术为凭借的造形艺术部门，当它被掌握到人民群众手里的时候，它就跟广大人民的生活发生了更密切的联系，为鼓舞人民的斗志、美化人民的生活而发挥了更积极的作用。全国解放以来，摄影的题材和领域日益丰富和扩大了。对于伟大的祖国山川，特别是像黄山这样突出的名胜，进行充分的反映，当然是非常需要的。最近，中国摄影学会举行了“黄山风景摄影展览”。参加展出的有二十二位摄影艺术家的九十五幅摄影艺术作品。这就使我们有机会看到了黄山的新面貌。通过这次展览，我们就能够更清楚地懂得黄山到底有多美了。

在我国所有的山川名胜之中，黄山是有重要地位的。黄山成为名胜至少有一千二百多年的历史。据史籍记载，黄山曾因道家传说是黄帝同容成子、浮丘公炼丹之处，所以得名。原先它叫做黟山，并不出名；唐明皇于天宝六年，即公元七四七年，阴历六月十七日，敕令改名为黄山，从此远近游人不绝。虽然，过去也有人认为，从汉代以来，这座山就叫做黄山，唐代改名之说不可信。持这种见解的人有一个根据，即相传为汉代著名学者刘向所作的《列仙传》中有云："陵阳子明，上黄山，采石芝。"这个说法还有一个理由，就是认为黄山又名北黟山，在黟山之上加个北字，可见它不是黟山，而黟山则被认为是黟县的另一座山。但是，无论如何，黄山成为著名游览胜地却是在唐代天宝以后，这一点当无疑义。唐代大诗人李白的诗篇就是最好的证据。

人们知道，在李白以前简直没有人写过歌颂黄山的诗文，只有李白头一个为黄山写了两首诗：一首七言古诗，题为《夜泊黄山闻殷十四吴吟》；一首五言古诗，题为《送温处士归黄山白鹅峰旧居》。后一首便是人们时常称道的"黄山四千仞，三十二莲峰"的那一首。这些文字上的描写有很大的好处，因为人们可以根据文字做种种想象，不必拘泥于某种固定的形象，似乎更适合于黄山风景多变的特点。

的确，黄山的风景是多变的，几乎一个人看一个样子，一个时候看一个

样子，各不相同，甚至于有许多是文字所不能表现的。在这一点上说，文字描写又比不上摄影的逼真了。这次展出的许多摄影艺术作品，恰恰表现了黄山风景多变的特点，抓住了各种变化的具体形象，因此，摆在我们眼前的这许多形象艺术作品，反而比古诗中没有固定形象，可以做种种设想的描写方法要进步得多了。

在千变万化的黄山景物中，最突出的有三件东西，就是：白云，苍松，奇峰。而这三者又都变幻无常，形态不一，难于捉摸。但是，我们的摄影艺术家往往不顾一切困难，研究山上气候变化的规律，极其耐心地守着一个风景点，等待抓取某一刹那出现的奇景，摄入镜头。在这中间，我们的摄影艺术家们正不知付出了多大的辛勤劳动的代价，才能换得一点收获啊！

为了表现黄山的云海，你知道吴印咸同志费了多少工夫才拍下了一张奇妙的镜头！可是也正因为这样，他的作品才更令人喜爱。他自己在一张照片上题了《妙在非海，而确又似海》。这是饶有诗情画意的艺术作品。看那画面上浮现于云海之滨的几个山峰，仿佛同北戴河海滨的岩石一样。一望无际的白云，起伏荡漾，也好像海水漫没了岩畔的沙洲。如果不说这是黄山的云海，谁会想到这白蒙蒙的一片却是去不得的万丈峭壁和空谷呢？与此相似的画面还有陈勃的《西海云潮》，也很像是正在涨潮时候的海滨景色。黄翔的《黄山后海》和《纵观云涛》，以及刘旭沧的《黄山云雾》、鲍萧然的《云横天都》、苏湘的《群峰初露》《云烟浩渺》等几张画面也有同样的效果。

比喻手法

至于黄山的松树，在摄影镜头中的表现，更是姿态万千的。陈勃同志的《松林烟雨》，把雨中的松树林，分析出远近好多个层次，即便是最远的那一层，在淡淡的烟雨中也能看出它们的苍劲挺拔之势，衬托着远处屏列着的山峦，更显得气势雄浑，令人神往。大概作者在不同的气候条件下，都曾经对于黄山的松树做了比较的研究，所以他能够拍出迥然不同的各种松树来。例如在《蒲团倾盖》这一个镜头中，作者摄取了与《松林烟雨》几乎完全相反的另一种情景。在这里，他利用阳光透过松针发出的闪光，拍出了蒲团松的独特风姿。还有黄翔的《翠盖笼烟》（见《中国摄影》一九六二年第五期，题为《古松》）也很别致，这一棵松树生长在近处的岩边，树身并不大，可是作者运用了特殊的取景法，却使它与远处的松林相衬托而显得格外的雄伟。这比起人们常见的迎客松等画面似乎更要新鲜一些。还有张印泉的《黄山轻雾》、杨光远的《岩松干霄》、冯四知的《雪后石笋矼》也都表现了松石掩映的奇景。

特别应该提起，黄山的奇峰层出不穷，不但是画家笔下的重要题材，而且更是摄影艺术家镜头中最主要的对象。黄翔同志的《云笼石笋》和《玉柱凌云》两幅作品，在这里是十分突出的。你看这么多的奇峰怪石和远近的山峦，明显处固然毫发毕露，隐约处仍然依稀可辨。那些山岩的石质和纹理的复杂性，只有在摄影的镜头中才能看得这样清晰。这是我国传统的山水画中一般的皴（cūn）法所难于表现的。无论是大小斧劈皴、披麻皴、游丝皴、折带皴、荷叶皴等等，恐怕都不容易单独用来表现这些山峦的面貌的吧！吴印咸的《仙人踩高跷》（见《中国摄影》一九六二年第五期）和《雨沙沙、雾重重、轻描黄山景》这两幅画面，摄取了典型的奇峰形象，也很可贵。郑北渭的《天都绝顶》把天都峰的层叠怪石集中于一个镜头中，效果很好。陈勃的《远岫轻烟笼万松》《云山飘渺》（见《中国摄影》一九六二年第三期）和程默的《莲峰映雪》等同样表现了变幻离奇的山峦的面貌。

当然，这次展出的作品中，精美之作还很多，这里提到的只是一些例子而已。并且有一些作品在摄影艺术上属于一种大胆的尝试，也应该引起人们相当的重视。例如卢施福同志的许多作品，大胆地把距离很远的景物连接到一张照片中来，因此，往往使观众意外地看到了特异的风景。这种艺术手法本身的意义和它的运用范围及其效果，值得大家继续加以研究和进行必要的尝试。

摄影艺术的发展是很快的，我们从这次黄山摄影展览中完全可以看出它的光辉前途，只要我们的摄影艺术家们能够不断地钻研，精益求精，努力不懈，这个艺术的最高峰一定会被我们所占领，我们将不但能够完全表现黄山的各种美妙景色，而且还能够充分表现整个大自然的一切美妙景色。

旅行笔记

黄山画派

黄山画派是指一群扎根黄山，潜心体味黄山真景，将黄山作为描绘题材，并在山水画上勇于创新的画家群。其中，清初的梅清、弘仁、石涛是该画派的代表人物，被称为“黄山画派三巨子”。

梅清是安徽宣城人，以擅长画山水、松石、梅花著称。他多次游历黄山，陶醉于黄山云雾变幻、奇伟瑰丽的迷人景色，创作出许多关于黄山的山水作品。在描绘黄山时，他多用淡远飘逸的笔墨，把黄山的奇、美、怪、秀展现于作品之中，风格清俊、高逸。梅清是画黄山奇松的高手，人们把他画的黄山奇松列为神品。

弘仁本姓江，名韬，字六奇，歙县（今属安徽）人，明亡后为僧，名弘仁，字渐江。他死后，人称梅花古衲。他师法倪瓒、黄公望，经常游历黄山，多画黄山松石。他的作品笔墨苍劲，富有秀逸之气，呈现出孤寂、清雅、宁静、空旷的审美趣味。他与髡残、朱耷、石涛合称“清初四僧”。

石涛本名朱若极，家中遭遇变故后削发为僧，法名原济，亦作元济，字石涛。他一生饱览名山大川，多次游历黄山。在石涛早期的一幅《黄山图》的题跋中，他写道：“黄山是我师，我是黄山友。心期万类中，黄山无不有。”石涛所画的黄山，布局新奇，意境翻新，一反当时的仿古之风。

徽腔

曹聚仁

我在北京看戏，脑子里明白，这是徽腔作底子的戏。清末京戏老生汪桂芬、谭鑫培、孙菊仙三大派，都是从徽班大老板程长庚脱胎而来。徽班虽吸收其他剧种的唱腔、乐调、舞步而成京戏，但骨子里是徽腔。徽腔是从弋阳腔发展而来，我的家乡金华也有徽腔。我所了解的徽腔，并不以京戏为主，而是以金华徽调为主的，所以我所谈的是徽腔不是京戏。近十年的安徽戏也是百花齐放的，盛极一时的有黄梅戏（湖北戏而在皖北盛行），但庐州戏、泗州戏，也精彩得很。（前晚，我就录了一段泗州戏的音，和淮扬戏相近，而别有风味。）在皖南，青阳戏、太平戏、徽州戏，也从旧的根株上开出花朵来。因此，我所说的徽腔，就兼皖南皖北而言，也就合着皖北各剧种来看的。

直接描写

从南曲的演进过程看，余姚腔渡海而为海盐腔（昆腔的先祖），却也流行在皖南池州太平一带。明嘉靖年间，弋阳腔从赣东北进入皖南，先成为徽州腔，后来也流行到池州太平一带，与余姚腔合流形成一支新剧种，称为青阳腔。当时有“太平梨园遍天下”之语，却也流行于江浙皖赣闽各省。当时所演剧本，尚可见于《徽池雅调》、《青阳时调》二书。其后又向北发展，到了枞阳、石牌一带，与乱弹相结合，吸取了乱弹中的“二凡”，演化而成为“高拨子”。高腔部分大多变为吹腔，名为枞阳腔、石牌腔，乃徽腔的主要曲调，后来就到了扬州，那个南方的戏曲中心，成为花部的权威了。（南方的徽班在吹腔拨子、二黄之外，吸收了汉剧的西皮，有时兼唱昆曲，到了北京，就成为京剧。）

周贻白先生也说：徽班在明代，声腔上是弋阳腔的底子，逐渐发展成为太平腔、四平腔、青阳腔、石埭腔。清代入京时，其本腔是二黄调，又名黄腔，乃由四平腔发展而来的一种声调。其字音则全依昆山腔的韵辙。同时，他们又兼有梆子腔的唱腔，当时叫安庆梆子。他们的剧目中，还有唱昆曲的老节目。他们到北京就因为身兼数长，观众要听什么，他们就能唱什么，京中流行过的腔调，他们也能唱；一种音调不行，他们就唱别种音调，这是他们在京中戏行的主角之一。他们有散出，有小本戏，有连台多少本的大轴子，可说投观众之所好了。（芝兰室主人《都门新竹枝词》有云："乱弹巨擘属长庚，字谱昆山鉴别精。"长庚，即程长庚，徽班大老板，以其字谱昆山，许为精于鉴别也。）

《品花宝鉴》第四回有云："你一个雅人，如何不爱听昆腔，倒爱听'乱弹'？"这几句话，可以看到京中的观众意向，和《金台残泪记》中所说"今都下徽班，皆习乱弹，偶演昆曲亦不佳"完全吻合的。

（"乱弹"和"昆腔"，成为一相对的名词。"乱弹"盖指用综合的乐器，唱时不一定用笛，有时也用胡琴，也有用唢呐和胡琴相配的，故称乱弹。）

我这个外行人谈戏，战战兢兢，只怕说错，闹笑话；幸而没闹笑话，就在触类旁求，时有会心。几年前，安徽戏剧工作者曾作有系统的发掘，据他们的调查研究，知道徽戏发展到后来，受了皮黄倒流的影响，已形成京徽不分的状况。唱戏必抄，这是徽州群众的传统习惯。徽州三十岁以下的人，爱唱京戏，四十以上的京徽兼唱，六十以上的人，才真正唱一口老徽调。我看了这一报告，真是十分高兴，因为他们所得的结论，和我说的几乎完全相同的。（他们这一队，搜集了名演员生平经历，凡四十六人，追查四十三个班社，最早是乾隆年间的三庆、庆升、四喜班，一直到抗日战争前后。）

据行家说法：徽路子淳朴粗犷，京路子美丽灵巧。徽戏中，各路的演法也不相同，皖南有皖南的路子，高淳有高淳的路子，金华徽班也有他们的特殊风格（也就是我幼年所看的徽班）。只有里下河的路子和京班差不多（即是说：京戏是从这一路演变开去的）。安徽剧团所演的，乃是皖南的路子，依照高淳的路子稍有修改，古色古香，淳朴动人。

徽班，本来包容并蓄，吸收民间杂技，旌德青阳一带艺人，都以“剽轻精悍能扑跌打”见长。世人有“昆山唱口安徽打”之语，即是说昆曲以唱调动人，徽班则武艺擅胜，一般观众对武戏更是感兴趣。《金台残泪记》云：“近日乐部登场，必有扑跃一出，而嵩祝部又必有二出，使歌台之上尘土昏然，尤为可厌。”这是文士的看法，一般观众，和他的说法不会相同的。也可见徽班在京，以杂技胜，为了卖座，有时连演二场武戏。

武剧来源，当然不只是徽班，在徽班以外，昆曲武工，也是出色。（昆腔有文班武班之分，武班流行于农村，在草台演出。）到了徽班，可说是集大成。京剧又从这一脉传下去，加以变化，如著名的谭鑫培，他是文武老生，他演的“秦琼耍锏”、“石秀舞刀”，都是有真功夫的。梅兰芳演穆桂英，也是以刀马旦应工，技击是支流，但结合着剧情，在“把子”上出色，就高人一招了。

我先先后后把徽腔的演变和京戏的血缘关系说了，我们不妨说，京剧便是“徽腔”的发展。近十年间，京剧也和其他剧种一般正在发展中，而且如《白毛女》一般，结合了现实的题材。但徽腔本身也在发展中，也在结合了现实的题材，如这回我们所看的《牛郎织女笑颜开》，便是徽腔的新戏。

据看过安徽团汇演的朋友告诉我：用新题材来演出的，如《双赶车》（梆子）、《接女婿》（沪剧）、《铁花怒放》（黄梅戏）、《晨钟之夜》（黄梅戏）、《两面红旗》（泗州戏），都是很好的，《牛郎织女笑颜开》（沪剧）该说得是最好的一出。余耘先生曾说，成功的现代戏，就是既继承了戏曲艺术传统，又在传统基础上进行创造发展，并吸收了民间艺术来丰富自己的结果（徽戏的特色也正是如此）。如《两面红旗》中表现用小车推矿石，就是在泗州戏"压花场"舞蹈的基础上吸收民间小车舞而成；《红色三少女》吸收了当地流行的抬轿舞来表现抬大棉花模型；《河网颂》中的插秧舞，《百里江水过昭关》中的劈山舞等，都是根据传统的表现方法，从现代生活中提炼出来的。从种种角度，新的徽剧，也正是综合的发展。

旅行笔记

四大徽班进京

四大徽班是从清代乾隆五十五年（1790年）起，在北京演出的三庆、四喜、春台、和春四个徽班的合称。四大徽班以安徽籍（特别是安庆地区）艺人为主，开始多活动于安徽、江西、江苏、浙江诸省，尤其在扬州地区，更以"安庆色艺最优"。

乾隆五十五年，为给乾隆皇帝祝寿，从扬州征调了三庆徽班入京，成为徽班进京的开始。此后，四喜、启秀、霓翠、和春、春台等徽班相继进京。渐渐地，这些徽班合并成著名的三庆、四喜、春台、和春四大徽班。当时正是地方戏曲蓬勃发展的时期，一些新兴的地方剧种，如高腔（时称京腔）、秦腔等已先行进京，四大徽班在原来兼唱多种声腔戏的基础上，又融合京、秦二腔，逐渐形成了各自不同的艺术风格。嘉庆、道光年间，汉调（又称楚调）艺人进京，参加徽班演出。徽班融合汉调，为之后向京剧衍变奠定了基础。四大徽班进京，是京剧诞生的前奏，在京剧发展史上具有重要的意义。

其他推荐

关于安徽的文章还有：

《黄山印象》（丰子恺）
《皖南一到》（汪曾祺）
《琅琊山游记》（丰子恺）
《烟雨醉翁亭》（何为）
《徽州如梦如醉》（袁鹰）

八桂壮游

广西
壮族自治区

自治区人民政府驻地

南宁

简称

桂

气候

亚热带季风气候

地理位置

位于中国南部，南临南海北部湾，东南部与广东相邻，东北部与湖南相邻，北部与贵州相邻，西部与云南相邻。

主要山脉

大容山、大瑶山、云开大山

主要水系

浔江、郁江、南流江

世界遗产

花山岩画、桂林喀斯特、环江喀斯特

本站停靠

桂林

阳朔

漓江

文学导游

熊佛西

杨朔

邓拓

桂林三宝及其他

熊佛西（1900—1965），原名福禧，字化侬，戏剧教育家、剧作家。早期留学于美国，在哥伦比亚大学研究院攻读戏剧与教育，回国后，长期致力于戏剧教育。代表作品有《佛西论剧》《写剧原理》《山水人物印象记》等。

任何名胜地方总有几样特具风味的土产或小吃，游人在游览风景之余，更可以饱餐当地滋味。据闻桂林有三宝：曰马蹄（荸荠），豆腐乳，三花酒。

马蹄，的确是全国第一，又嫩、又脆、又甜，水份多，细嚼而无滓渣。倘若你要买，最好到花桥，因为那里是“集”，比较新鲜、便宜。

豆腐乳，更是名不虚传，非常细嫩、纯香，有一点儿辣味而不吃辣椒的人也能吃，是佐稀饭最好的妙品。近来有人以之代牛油佐面包吃，其实以热呵呵的烧饼抹上一层豆腐乳，亦必别有风味。以豆腐乳的卤水炖肉，其味更是鲜美无比。记得北平的山东馆，不管你饮酒或吃饭，堂倌必端上四碟小菜，其中必有一样是腐乳卤水浇嫩豆腐。可惜桂林的饭馆没有这样菜；若有，其味必较北平的鲜美。据说桂林豆腐乳只有几家老铺子做得特别好，而尤以正阳路大华饭店斜对门的天一栈最著名。二十四年我游桂林，什么东西都没有带走，只带了一大坛豆腐乳回北平分赠各亲友，他们食后无不啧啧称为美味。

直接描写

三花酒，我因不善饮，故不辨其好处，但偶一试饮，亦颇觉清香适口，然较之贵州的茅台，四川之大曲，山西之汾酒，似有逊色。然“三花”之名却极美，不知此名由何而来，我曾问及熟悉此道的朋友，他们说酒从壶内倾入杯中时，杯面必浮起数点酒花（其实是酒的泡沫）。大约三花则指此而言。此外，我想一定还有别的来历，但我敢保证此名与一般时髦妇女用的“三花粉”或“三花口红”决无关也。据朋友说：三花酒有一特点，即其原料是米，而不像其他白酒大都以麦制成。

除此三宝，桂林还有几样小吃是我个人特别喜欢的。夏天的“绿豆沙”真是价廉物美，两毫钱一碗，吃了又解渴又清暑，是一般劳苦大众夏季主要的食品。其次是米粉，堪与贵阳的肠肝粉媲美，我最喜悦新华戏院隔壁又益谦的牛肉汤粉，真是鲜美绝伦！而此间闻名的马肉粉我倒觉得其味平平，不过其吃法颇特别：小碗里放着稀稀的几根米粉，清汤中清着两片薄薄的马肉，一点葱花，少许胡椒，一角五分钱一碗，一人有时可以吃三四十碗。

桂林的米粉担子特别多，几乎到处都是，假使你在晴天的夜晚到中正桥巡礼一趟，你必发见桥头马路旁边尽陈列着米粉担子或果摊，每个担子上挂着一盏油灯，远远的望去非常美观。

月牙山的豆腐也很值得介绍，据该山住持巨赞法师云，月牙豆腐所以精美，完全由于做法不同。我们很希望法师大发慈悲，将制作月牙豆腐的秘诀公诸于世，使芸芸众生都能享受豆腐的美味，法师功德无量矣！

桂林的柚子也很不错，比较其它各省所产的味道要好，最低限度是不苦不酸。不过桂林的柚虽是沙田之种，但不是真正的沙田柚；真正的沙田柚要比桂林的鲜美多矣。四川梁山的柚其味也极鲜美，但较之沙田似有逊色。不过真正的沙田柚颇不易吃到，甚至到了沙田也买不到真正的沙田柚。有一年我路过沙田，在那里买了三十几个柚子，满以为是真正的沙田柚，结果大失所望，几乎无一能入口者。原因是沙田柚虽好，但产量不多，据闻每年仅产数千个而已，且在开花之时早已为商人或官家包去。所以虽到沙田，也许还吃不到真正的沙田柚，正如在绍兴饮不到顶好的绍兴酒一样！

这几天桂林的金橘正上市，买了一点吃，味道非常鲜美。金橘任何省份都有，但像桂林的这样大，这样甜，的确少见。我觉得在桂林三宝之外应该多加一宝——金橘。不知老居桂林的朋友以为如何？

旅行笔记

桂林喀斯特地貌

广西壮族自治区南临南海北部湾，西南与越南毗邻，少数民族众多，壮族约占三分之一。境内地形呈盆地状，丘陵散布，河谷纵横，有大明、大瑶、勾漏、越城、都庞、萌渚及十万大山等山岭。多热带、亚热带植物，有大片原始林，北部湾水产资源丰富，沿海盛产珍珠。

桂林在广西壮族自治区的东北部、西江支流桂江上游，历史上是广西政治、文化中心和军事重镇，现为桂东北经济、文化和交通中心。桂林地处南岭山系的西南部，为中低山地形，有喀斯特山地、丘陵和台地，是典型的岩溶地貌地区。

喀斯特地貌也称岩溶地貌，是指地表可溶性岩石受水的溶解作用，以及伴随的机械作用所形成的地貌，如石芽、溶沟、石林、峰林、溶斗、落水洞、暗河、溶洞等。喀斯特地貌在碳酸盐岩地区分布最广，地面往往奇峰林立，地表水较缺乏，地下水系较充足。

画山绣水

杨朔（1913—1968），作家。1937年，他开始文学创作，之后参加全国文艺界抗敌协会组织的作家战地访问团，随后到延安中央党校学习。代表作品有《海市》《东风第一枝》等。

自从唐人写了一句“桂林山水甲天下”的诗，多有人把它当做品评山水的论断。殊不知原诗只是出力烘衬桂林山水的妙处，并非要褒贬天下山水。本来天下山水各有各的特殊风致，桂林山水那种清奇峭拔的神态，自然是绝世少有的。

尤其是从桂林到阳朔，一百六十里漓江水路，满眼画山绣水，更是大自然的千古杰作。瞧瞧那漓水，碧绿碧绿的，绿得像最醇的青梅名酒，看一眼也叫人心醉。再瞧瞧那沿江攒聚的怪石奇峰，峰峰都是瘦骨嶙嶙的，却又那样玲珑剔透，千奇百怪，有的像大象在江边饮水，有的像天马腾空欲飞，随着你的想象，可以变幻成各种各样神奇的物件。这种奇景，古往今来，不知有多少诗人画师，想要用诗句、用彩笔描绘出来，到底谁又能描绘得出那山水的精髓？ 比喻手法

凭着我一枝钝笔，更无法替山水传神，原谅我不在这方面多费笔墨。有点东西却特别触动我的心灵。我也算游历过不少名山大川，从来却没见过一座山，这样凝结着劳动人民的生活感情；没有过一条水，这样泛滥着劳动人民的智慧的想象。只有桂林山水。

如果你不嫌烦，且请闭上眼，随我从桂林到阳朔去神游一番，看个究竟。最好是坐一只竹篷小船，正是顺水，船稳，舱里又眼亮，一路山光水色，紧围着你。假使你的眼福好，赶上天气晴朗，水面平得像玻璃，满江

就会画着一片一片淡墨色的山影，晕糊糊的，使人恍惚沉进最恬静的梦境里去。

这种梦境往往要被顽皮的鱼鹰搅破的。江面上不断漂着灵巧的小竹筏子，老渔翁戴着尖顶竹笠，安闲地倚着鱼篓抽烟。竹筏子的梢上停着几只鱼鹰，神气有点迟钝，忽然间会变得异常机灵，抖着翅膀扑进水里去，山影一时都搅碎了。一转眼，鱼鹰又浮出水面，长嘴里咬着条银色细鳞的鲢（lián）子鱼，咕嘟地吞下去。这时渔翁站起身伸出竹篙，挑上鱼鹰，一捏它的长脖子，那鱼便吐进竹篓里去。你也许会想：鱼鹰真乖，竟不把鱼吞进肚子里去。不是不吞，是它脖子上套了个环儿，吞不下去。

可是你千万不能一味贪看这类有趣的事儿，怠慢了眼前的船家。他们才是漓江上生活的宝库。那船家或许是位手脚健壮的壮族妇女，或许是位两鬓花白的老人。不管是谁，心胸里都贮藏着无数迷人的故事，好似地下的一股暗水，只要戳个小洞，就要喷溅出来。

你不妨这样问一句：“这一带的山真绝啊，都有个名儿没有？”那船家准会说：“怎么没有？每个名儿还都有来历呢。”

这以后，横竖是下水船，比较消闲，热心肠的船家必然会指点着江山，一路告诉你那些山的来历：什么象鼻山、斗鸡山、磨米山、螺蛳山……大半是由山的形状得到名字。譬如磨米山头有块岩石，一看就是个勤劳的妇女歪着身子在磨米，十分逼真。有的山不但象形，还流传着色彩极浓的神话故事。

迎面来了另一座怪山，临江是极陡的悬崖，船家说那叫父子岩。悬崖上不见近似人的形象，为什么叫父子岩，就难懂了。你耐心点，且听船家说吧。

船家轻轻摇着橹，会告诉你说：古时候有父子二人，姓龙，手艺巧，最会造船，造的船装得多，走起来跟箭一样快。不料叫圩子上一个万员外看中了，死逼着龙家父子连夜替他赶造一条大船，准备把当地粮米都搜括起来，到合浦去换珠子，好献给皇帝买官做。粮米运空了，岂不要闹饥荒，饿死人么？龙家父子不肯干，藏到这儿的岩洞里，又缺吃的，最后饿死了。父子岩就这样得了名，到如今大家还记得他们的义气……前面再走一段水路，下几个险滩，快到寡婆桥了，也有个故事……

究竟从哪年哪代传下来这么多故事，谁也说不清。反正都说早年有这样个善心的老婆婆，多年守寡，靠着种地打草鞋，一辈子积攒几个钱。她见来往行人从江边过，山路险，艰难得很，便拿出钱，请人贴着江边修一座桥。修着修着，一发山水，冲垮了，几年也修不成。可巧歌仙刘三姐路过这儿，敬重寡婆婆心地善良，就亲自参加砌桥，一面唱歌，唱得人们忘记疲乏，一鼓气把桥修起来。刘三姐展开歌扇，扇了几扇，那桥一眨眼变成石头的，永久也不坏。

……前边那不就是寡婆桥？你看临江拱起一道石岩，下头排着几个岩洞，乍一看，真像桥呢。岩上长满绿盈盈的桉树、杉树、凤尾竹，清风一吹，萧萧飒飒的，想是刘三姐留下的袅袅的歌音吧？

船到这儿，渐渐接近阳朔境界，江上的景色越发奇丽。两岸都是悬崖峭壁，累累垂垂的石乳一直浸到江水里去，像莲花，像海棠叶儿，像一挂一挂的葡萄，也像仙人骑鹤，乐手吹箫……说不定你忘记自己是在漓江上了呢！觉得自己好像走进一座极珍贵的美术馆，到处陈列着精美无比的石头雕刻。可不是嘛，右首山顶那块石头，简直是个妙手雕成的石人，穿着长袍，正在侧着头往北瞭望。下边有个妇人，背着娃娃，叫做望夫石。不待你问，船家又该对你说了：早年闹灾荒，有一对夫妇带着小孩，背着点米，往桂林逃荒。逃到这里，米完了，孩子饿得哭，哭得夫妇心里像刀绞似的。丈夫便爬上山顶，想瞭望瞭望桂林还有多远，妻子又从下边望着丈夫。刚巧在这一刻，一家人都死了，化成石头。这是个神话，却又是多么痛苦的事实。

江山再美，谁知道曾经洒过多少劳动人民斑斑点点的血泪。假如你听见船家谈起媳妇娘（新娘）岩的事情，你更能懂得我的意思。媳妇娘岩是阳朔境内风景绝妙的一处，杂乱的岩石当中藏着个洞，黑黝黝的，洞里是一潭深水。

船家指点着山岩，往往叹息着说："多可怜的媳妇娘啊！正当好年龄，长得又俊，已经把终身许给自己心爱的情郎了，谁料想一家大财主仗势欺人，强逼着要娶她。那姑娘坐在花轿里，思前想后，赶走到岩石跟前，她叫花轿停下，要到岩石当中去拜神。一去，就跳到岩洞里了。"

到这儿，你兴许会说："这都是以往的旧事了，现在生活变了样儿，山也应该改改名儿，别尽说这类阴惨惨的故事才好。"

为什么要改名儿呢？就让这极美的江山，永久刻下千百年来我们人民艰难苦恨的生活吧，这是值得引起我们的深思的。今后呢，人民在崭新的生活里，一定会随着桂林山水千奇百怪的形态，展开他们丰富的想象，创造出新的神话，新的故事。你等着听吧。

旅行笔记

阳朔山水传说多

阳朔属广西桂林市，有两座山峰在城北并立，名为羊角山，阳朔的名字是根据山名的谐音而来的。俗话说“桂林山水甲天下，阳朔山水甲桂林”，阳朔的山水在桂林是最出名的，而且众多山水还有很多传说。

这些传说中最有意思的要数绣山石壁上的八仙过江了。相传，八仙在蓬莱仙岛待烦了，就想一起到人间游玩，他们游玩了很多地方都不满意，最后在绣山脚下停了下来，认为这里不错。八仙游玩了一会儿，有些累了，于是他们一边喝酒一边奏乐。这时，村里有个喜欢音乐的年轻人，听到乐曲声就往绣山石壁方向走，八仙见有人来就躲到了石壁里。年轻人来了之后什么也没看到，但是能听见乐曲声，于是就回去告诉全村人，村民们来了之后看见石壁上的八仙，便恳求八仙再弹奏几曲，但是八仙没有任何反应，村民们再仔细一瞧，发现原来那是八仙在石壁上留下的影像，真的八仙不知道什么时候已经走了。后来，只要江水涨到八仙壁画所在的地方，就能听见美妙的乐曲声，人们就知道八仙来了。当地人说八仙之所以选择在江水上涨的时候来，是因为他们喜欢在海里大展神通，江水连着海水，在涨水期间八仙就来到阳朔了，于是人们就把这个地方叫八仙过江。

令人怀恋的漓江

邓拓

苍苍森八桂，兹地在湘南。
江作青罗带，山如碧玉篸。
户多输翠羽，家自种黄甘。
远胜登仙去，飞鸾不假骖。

这是唐代大文学家韩愈（公元七六八至八二四年）写的一首著名的律诗。他只用了寥寥的八句，就把广西桂林漓江两岸的风光，充分地描绘出来了。特别是其中的“江作青罗带，山如碧玉篸”这一联，更是受到人们普遍传诵的名句。

的确，桂林山水的秀丽，所以闻名于天下，是与漓江分不开的。漓江别名桂江，或称海阳江。它的水源就在广西和湖南交界的海阳山。从发源地往北流入湖南境，便是湘江；往南流入广西境，便是漓江。

整个漓江流域风景最美丽的地方是在桂林到阳朔的一段。所以，人们说：“桂林山水甲天下，阳朔山水甲桂林。”关于阳朔的风景，唐代另一位诗人沈彬的诗写道：

陶潜彭泽五株柳，潘岳河阳一县花。
两处争如阳朔好，碧莲峰里住人家。

碧莲峰耸立在漓江岸畔，可以当做阳朔山水的标志。它像一朵含苞未放的莲花，清翠欲滴，许多人家环绕在这个山峰的周围，并且有许多商店形成了一条街道。在这山峰的半腰，就是有名的唐代“鉴寺”的遗址。现时有“鉴山楼”建立在那边，可以眺望周围的美丽景物。这个碧莲峰是来到阳朔的游人们必经之处，所以人人都可以直接感受到碧莲的芬芳。而实际上整个阳朔也正如一朵碧莲，在它的四周，翠绿的山峰层层叠叠，好像许多花瓣抱住了阳朔城。

从碧莲峰顺着漓江向下游去，不多远就到了书童山。这座山的侧影特别好看，也特别像个书童，我们在画家的作品中常常看见它的形象。宛如一个恬静而秀慧的书童兀坐吟诗。也有人说，它的样子像是垂手拱立在那里，等待着接受新的任务。不管说它是坐着或是站着，它像一个书童是肯定的，于是它的身份和称呼就被人们所公认了。

比喻手法

在书童山对面，那两个并列着的山峰，乃是有名的“铁岭双狮”。你看它们两个很像雌雄一对，蹲在那里，十分幽闲。它们的形象非常魁伟，但是样子并不凶暴，看上去倒还比较驯良似的。

这一带江水澄澈，清可见底。而水底完全是天然的岩石所构成。可以想见在地球发展的初期，在所谓“造山运动”的过程中，这一带的岩层两侧隆起，中间下陷，因此形成了现在的山峰和河床。当地的群众传说，这一带有“九龙竞渡”的故事，至今还留下了遗迹。我曾亲自去细看，果然在江底的

岩石上面，有蜿蜒曲折的九道石脊，俨然是九条龙的样子。它们由江底横穿过去，大有竞渡之势。

再向下游，江流出现一个大曲折，两岸山峰峭立，迎面又有一山，水从夹谷中流去。在高处眺望，前面有一片白色的岩壁，名为白壁山；紧接着又有一片红色的岩壁，名为赤壁山。在周围葱翠碧绿的群山之中，夹杂着这些白色和红色的岩壁，真是太好看了。

还有兴坪的一段风景也非常有名。那里有五指山、画山等动人的景色。所以，也有人说："阳朔山水在兴坪"。这些话自然有一定的道理。那么，为什么美妙的风景都集中到漓江岸畔来呢？这就因为这里是我国著名的喀斯特地带，千百座石灰岩的山峰掩映在清碧的流水中，四处烟霭迷蒙，群峰临流倒影。无论是多远的山峰，只要游人的眼睛看得见的，它就一定会在水中留下了倒影。如果坐在船上，静静地泛游江心，俯看水底的卵石和游鱼荇（xìng）藻，一一可辨，这时候你会觉得连远山的倒影也和真的山峰一样，水底如同天空，水天溶而为一了。

怪不得我国历代有许多著名的诗人和学者，都以游历漓江流域为平生一大快事。唐宋几大家，如韩愈、柳宗元、黄庭坚、米芾、范成大等人都到过这里。明清以来的文人和旅行家来过的更多得很。如明代的解缙到阳朔的时候就曾徘徊吟诗。他曾写道：

阳朔江城据石头，唐碑独自枕寒流。
素王庙貌临阛上，晓日苍苍照画楼。

由此不难想见古时阳朔山城的面貌。有的书上记载阳朔一带山岚瘴气很厉害，其实瘴气是可以防除的。明代钱一斋的诗便是证明，他说："莫言岚气能为瘴，一道清风即扫除。"而且，他对于这一带的人文发达的程度，给予了很高的评价，认为可以与山水相媲美。所以他说："县仍隋代名阳朔，岩自唐人号读书。十室有贤吾足取，千峰横碧画难如。"

显然，这个地方的经济和文化都是相当发达的。特别是解放后的今天，我们到处可以看见，漓江之美不仅在于山水，更重要的是如此美妙的山水间，生活着可爱的人民。现在，在人民公社化的优越条件下，这里的人民生产建设积极性日益提高。他们进行农业、林业、渔业和各种副业生产，一年四季都可获得丰富的收成。因为这一带气候温暖，特别有利于作物的生长。

你即使在严寒的季节到桂林阳朔一带去，也能看到漓江两岸和春天一样。各种生产照旧进行。江山渔民仍然在水里来来去去，驾着渔船捕鱼，这里有一种四五根竹子编成的竹筏，具有浓厚的地方特色。由于漓江两岸到处生长着茂密的竹林，所以这一带的人们习惯于以竹筏为水上运输工具，载着农、林、牧、副、渔的各种产品，运到各处去支援国家的建设。

在这样美丽的地方，有这样可爱的人民，进行着这样巨大的劳动，这就使人们对于美好的未来增加了无限的信心，更加热爱我们祖国的大好河山了。

旅行笔记

漓江与灵渠

桂林以山水闻名于世，而这水，就要数漓江为最美了。漓江，也称漓水，在桂江上游，蜿蜒荡漾，有“九十九道湾”之说，与湘江上源海洋河间有灵渠（湘桂运河）相通。

灵渠也叫湘桂运河、兴安运河，在广西兴安境内，是我国古代著名的水利工程之一。秦始皇令史禄修建，唐后称灵渠，亦称零渠，或秦凿渠。灵渠分南、北二渠，南渠注入漓江，北渠汇入湘江。

公元前221年，秦始皇统一六国，建立了秦朝。随着国土的扩张，秦朝面临严峻的运输问题。为了解决国内的运输问题，加强对长江流域和珠江流域的控制，巩固国家的统治，秦始皇命令史禄劈山凿渠。灵渠全长三十四千米，把湘江和漓江连接了起来，打通了长江水系和珠江水系，促进了南北政治、经济、文化的交流。

其他推荐

关于广西的文章还有：

《桂林山水》（陈森）

《独秀峰》（谢冰莹）

《梦也似的榕湖》（柳嘉）

《风物还是东兰好》（曹靖华）

山城雾都

重庆

简称

渝

气候

亚热带湿润季风气候

地理位置

位于长江上游、四川盆地东部边缘，东部与湖南、湖北相邻，南部与贵州相邻，西部靠近四川，北部与陕西相邻。

主要山脉

大巴山、巫山、武陵山

主要水系

长江、嘉陵江、乌江、涪江

世界遗产

大足石刻、武隆喀斯特、金佛山喀斯特

本站停靠

长安寺

巫峡

文学导游

张恨水

萧红

黄炎培

去年今日别巴山

张恨水

去年今日（十二月二日），我开始离开七年倚居的重庆。当日冒着风雨渡江，夜宿南岸海棠溪。海棠溪这个名词，多么富有诗意呀！况是风雨海棠溪呢？其实那里是毫无足取的，只是重庆对江，一个公路站起点。西边一片黄草童山，护着一条水泥面路，直到江滩。东边是群乱七八糟的民房，夹着一条小街。车站旁边，两面童山，带着一片坟堆，和一些歪倒的民房，夹了一条秽水沟，在很深的土谷里，流向长江，实在找不到一点诗意。（空间描写）

不过这天我带家小到了海棠溪，却是悲喜交集，说不出来是一种什么滋味。我家住南温泉六年多，城乡来去，必须在海棠溪上下公共汽车，车站员工，几乎无人不熟。这次上车，变了长途，直赴贵阳。我从此离开四川，也就离开六年来去的海棠溪。久客之地，成了第二故乡，说到离开，倒有些舍不得似的。

这晚，正值斜风细雨。我走出旅馆，站在江边码头上。风吹着我的衣襟和头发，增加一种凄凉意味，满眼烟雾凄迷，看不到什么。深陷在两岸下的扬子江空荡荡的一片黑影。隔岸重庆，一家屋影不见，只是烟雨中万点灯火像堆大灯塔，向半空里层层堆起。我暗喊着梦里的重庆，从此别了。这烟雨灯火中，多少我的朋友啊。当时得诗一律：

壮年入蜀老来归，
老得生归哭笑齐。
八口生涯愁里过，
七年国事雾中迷。
虽逢今夜巴山雨，
不怕明春杜宇啼。
隔水战都浑似梦，
五更起别海棠溪。

旅行笔记

重庆——巴文化的代表

“君问归期未有期，巴山夜雨涨秋池。何当共剪西窗烛，却话巴山夜雨时。”重庆曾经是古代巴人的活动中心，具有巴文化的特点。在远古时代，西南地区生活着巴氏、樊氏、瞫（shěn）氏、相氏和郑氏五个氏族部落，他们为了建立更强大的部落，由冲突逐渐走向谈判。他们以掷剑比赛的方式选出盟主，获胜的是巴人的首领——廪（lǐn）君。

在廪君的领导下，部落逐渐强盛，开始向外扩张。他们渡过夷水（今湖北清江）向西部进发，制造木船抵达盐阳（今湖北恩施），打败了掌控盐业的盐阳女部落，实力大增，成为川鄂交界一带最大的部族。随后，他们进入长江流域，控制了包括今天的涪陵和重庆在内的广大地区。周武王时，巴人的部落被封于今天的重庆一带，巴国建立了。公元前316年，秦国灭了巴国。

长安寺

萧红（1911—1942），原名为张迺莹，作家。文学创作始于1933年，同年与萧军合出小说、散文集《跋涉》，后在鲁迅的帮助下，发表小说《生死场》。其文笔细腻，感情色彩比较强烈。代表作品有《呼兰河传》《马伯乐》等。

接引殿里的佛前灯一排一排的每个顶着一颗小灯花燃在案子上。敲钟的声音一到接近黄昏的时候就稀少下来，并且渐渐地简直一声不响了。因为烧香拜佛的人都回家去吃着晚饭。

拟人手法

大雄宝殿里，也同样哑默默地，每个塑像都站在自己的地盘上忧郁起来，因为黑暗开始挂在他们的脸上。长眉大仙，伏虎大仙，赤脚大仙，达摩，他们分不出哪个是牵着虎的，哪个是赤着脚的。他们通通安安静静地同叫着别的名字的许多塑像分站在大雄宝殿的两壁。

只有大肚弥勒佛还在笑眯眯地看着打扫殿堂的人，打扫殿堂的人把小灯放在弥勒佛脚前的缘故。

厚沉沉的圆圆的蒲团，被打扫殿堂的人一个一个地拾起来，高高地把它们靠着墙堆了起来。香火着在释迦摩尼的脚前，就要熄灭的样子，昏昏暗暗地，若不去寻找，简直看不见了似的，只不过香火的气息缭绕在灰暗的微光里。

接引殿前石桥下的池里的小龟，不再像日里那样把头探在水面上。用胡芝麻磨着香油的小石磨也停止了动转。磨香油的人也在收拾着家具。庙前喝茶的都戴起了帽子，打算回家去。冲茶的红脸的那个老头，在小桌上自己吃着一碗素面，大概那就是他的晚餐了。

过年的时候，这庙就更温暖而热气腾腾的了，烧香拜佛的人东看看，西望望，用着他们特有的悠闲，摸一摸石桥的栏杆的花纹，而后研究着而想多发现几个桥下的乌龟。有一个老太婆背着一个黄口袋，在右边的胯骨上，那口袋上写着“进香”两个黑字。她已经跨出了当门的殿堂的后门，她又急急忙忙地从那后门转回去。我很奇怪地看着她，以为她掉了东西。大家想想看吧！她一翻身就跪下，迎着殿堂的后门向前磕了一个头。看她的年岁，有六十多岁，但那磕头的动作，来得非常灵活，我看她走在石桥上也照样的精神而庄严。为着过年才做起来的新缎子帽，闪亮的向着接引殿去朝拜了。佛前钟在一个老和尚手里拿着的钟锤下当当地响了三声，那老太婆就跪在蒲团上安详地磕了三个头。这次磕头却并不像方才在前面殿堂的后门磕得那样热情而慌张。我想了半天才明白，方才，就是前一刻，一定是她觉得自己太疏忽了，怕是那尊面向着后门口的佛见怪，而急急忙忙地请他恕罪的意思。

卖花生糖的肩上挂着一个小箱子，里边装了三四样糖：花生糖，炒米糖，还有胡桃糖。卖瓜子的提着一个长条的小竹篮，篮子的一头是白瓜子，一头是盐花生。而这里不大流行难民卖的一包一包的“瓜子大王”。青茶，素面；不加装饰的，一个铜板随手抓过一撮来就放在嘴上磕的白瓜子，就已经十足了。所以在这庙里吃茶的人，都觉别有风味。

耳朵听的是梵钟和诵经的声音，眼睛看的是些悠闲而且自得的游庙或烧香的人，鼻子所闻到的，不用说是檀香和别的香料的气息，所以这种吃茶的地方确实使人喜欢。又可以吃茶，又可以观风景看游人，比起重庆的所有的吃茶店来都好。尤其是那冲茶的红脸的老头，他总是高高兴兴的，走路时喜欢把身子向两边摆着，好像他故意把重心一会放在左腿上，一会放在右腿上。每当他掀起茶盅的盖子时，他的话就来了，一串一串的，他说：我们这四川没有啥好的，若不是打日本，先生们请也请不到这地方。他再说下去，就不懂了。他读的和诗句一样。这时候他要冲在茶盅的开水，从壶嘴如同一条冰落进茶盅来。他拿起盖子来把茶盅扣住了，那里边上下游着的小鱼似的茶叶也被盖子扣住了。反正这地方是安静得可喜的，一切都是太平无事。

××坊的水龙就在石桥的旁边和佛堂斜对着面，里边放置着什么，我没有机会去看。但有一次重庆的防空演习我是看过的，用人推着瓦瓦地山响的水龙，一个水龙大概可装两桶水的样子，可是非常沉重，四五个人连推带挽。若着起火来，我看那水龙到不了火已经着落了。那仿佛就写着什么××坊一类的字样。堆有这些东西，在庙里算是一个不调和的设备，而且也破坏了安静和统一。庙的墙壁上，不是大大的写着，观自在菩萨吗？庄严静妙，这是一块没有受到外面的侵扰的重庆的惟一的地方。佛说，一花一世界，这是一个小世界，应作如是观。

旅行笔记

重庆谈判

重庆简称渝，是我国西南地区和长江上游最大的经济中心，是长江经济带、成渝城市群中心城市，也是我国面积最大、人口最多的中央直辖市。重庆市曾为四川省辖市，1997年3月设为中央直辖市。

重庆是近代军政重地。“七七事变”后，我国开始了全国性的抗日战争，当时平津基本沦陷，国民政府迁都重庆。抗日战争胜利后，在重庆又发生了近代重要的标志性事件——重庆谈判。

抗日战争胜利后，国民党政府为欺骗国内外舆论，争取时间发动内战，在1945年8月，由蒋介石出面三次电邀毛泽东到重庆共商国是。中国共产党为争取和平、民主、团结，于28日派毛泽东、周恩来、王若飞等从延安赴重庆，同国民党谈判。谈判中，蒋介石被迫承认中国共产党提出的和平建国的基本方针，但是在解放区政权和军队等根本问题上，仍坚持所谓军令、政令“统一”，以致双方在这些问题上无法达成一致。10月10日，双方签订了《政府与中共代表会谈纪要》（即《双十协定》）；11日，毛泽东返回延安，周恩来、王若飞仍留在重庆继续与国民党代表商谈。《双十协定》公布不久，蒋介石便撕毁协议，挑起内战。

巫山巫峡气萧森

黄炎培（1878—1965），字任之，中国民主革命家、教育家。他早年在上海创办中华职业教育社，任理事长。中华人民共和国成立后，任中央人民政府委员、政务院副总理兼轻工业部部长、第一至三届全国人大常委会副委员长、第二至四届全国政协副主席等职。代表作品有《延安归来》《八十年来》等。

过了第四段兵书宝剑峡，出香溪口，便入巫峡。两岸峰势更奇峭雄伟。吾生平游过的山，以黄山和雁宕为最。一睹巫峡，便觉黄山只天都、连华两峰可观，而这里奇峰无数。雁宕灵峰灵岩一带，峰峦不能说不多，而这里给大江把它们隔做两下。江水又来得急激。在整个的奇峭雄伟的环境中间，添上阴森幽险的意境，杜少陵诗“巫山巫峡气萧森”，“萧森”两字形容得不

错，能使人心突起一种变化，由可爱进于可怖。所苦在看了南岸，舍不了北岸，使全部乘客，奔走于左右两舷间，虽老于川江者，到此也跟着忙个不了。累得护航兵士，高声唤起大众注意，勿偏站一边，使船失了重心闯祸！纷扰了多时，奇峭雄伟的峰峦，萧森的气息，并没有断顿，不过人心久而渐习，慢慢地变成相安的局面。吾所最感为遗憾的，就是船役来招吃饭，未免太煞风景。民生公司管理法，事事改良，最好将来须就两舷旁或船顶设餐，一面吃，一面看，妙哉！妙哉！

屈原庙，秭归城，巴东白塔，都早过去了。北岸鳊鱼溪，南岸碚石，皆为川鄂两省交界处，巫山十二峰，南北岸各六。天色向晚，船就停泊在巫山县城的西边，而十二个峰，就在疑云疑雨中间，昏沉沉地睡着。县城下有神女庙，“朝为行云，暮为行雨，朝朝暮暮，阳台之下”。吾并没有上去登“阳台”一度，不是我无情，因为已经知道这边的神女，都奔向大都市马路旁边，或小屋子里……

拟人手法

旅行笔记

三峡与巫峡

长江三峡西起重庆市奉节县的白帝城，东至湖北省宜昌市的南津关，由瞿塘峡、巫峡、西陵峡组成，跨奉节、巫山、巴东、秭归、宜昌五县市，全长一百九十三千米。三峡两岸悬崖峭壁，水力资源丰富，是世界上最大的峡谷之一。三峡建有长江三峡水利枢纽工程，这是开发和治理长江的关键性水利枢纽工程，具有防洪、发电、航运等功能。除了长江三峡水利枢纽工程，三峡峡谷东口还建有葛洲坝水利枢纽工程。

“巴东三峡巫峡长，猿鸣三声泪沾裳”，巫峡也称大峡，因巫山得名，西起巫山大宁河口，东到湖北官渡口。峡两岸是最著名的巫山十二峰，十二峰中登龙峰最高，神女峰最秀丽，人们通常把神女峰看作巫山的象征。此外，巫峡还有孔明碑、铁棺峡等景点。巫峡曾是巴人重要的领地，是主要的盐道。

其他推荐

关于重庆的文章还有：

《游小三峡》（季羡林）

《领略巫山》（周涛）

《重庆值得留恋》（郭沫若）

《乳花洞》（冰莹）

巴蜀之地

四川

省会

成都

简称

川（或蜀）

气候

亚热带湿润季风气候，暖温带、亚热带高原气候

地理位置

位于西南腹地、长江上游地区，东部与重庆相邻，南部与贵州、云南相邻，西部与西藏相邻，北部与青海、甘肃、陕西相邻。

主要山脉

横断山脉、龙门山脉、大巴山脉

主要水系

金沙江、岷江、嘉陵江

世界遗产

九寨沟、峨眉山—乐山大佛、青城山—都江堰

本站停靠

成都

都江堰

青城山

峨眉山

文学导游

老舍

黄炎培

曹聚仁

郭沫若

可爱的成都

老舍（1899—1966），原名舒庆春，字舍予，文学家。他获得北京市人民政府授予的“人民艺术家”称号，其作品善于刻画市民阶层的生活和心理，具有浓郁的京派风味，语言幽默、生动。代表作品有《四世同堂》《骆驼祥子》《茶馆》《龙须沟》等。

到成都来，这是第四次。第一次是在四年前，住了五六天，参观全城的大概。第二次是在三年前，我随同西北慰劳团北征，路过此处，故仅留二日。第三次是慰劳归来，过此小住，留四日，见到不少的老朋友。这次——第四次——是受冯焕璋先生之约，去游灌县与青城山，由山上下来，顺便在成都玩几天。

成都是个可爱的地方。对于我，它特别的可爱，因为：

（一）我是北平人，而成都有许多与北平相似之处，稍稍使我减去些乡思。到抗战胜利后，我想，我总会再来一次，多住些时候，写一部以成都为背景的小说。在我的心中，此地方好像也都很像人似的，有个性格。我不喜上海，因为我抓不住它的性格，说不清它到底是怎么一回事。我不能与我所不明白的人交朋友，也不能描写我所不明白的地方。对成都，真的，我知道的事情太少了；但是，我相信会借它的光儿写出一点东西来。我似乎已看到了它的灵魂，因为它与北平相似。

（二）我有许多老友在成都。有朋友的地方就是好地方。这诚然是个人的偏见，可是恐怕谁也免不了这样去想吧。况且成都的本身已经是可爱的呢。八年前，我曾在齐鲁大学教过书。七七抗战后，我又由青岛移回济南，仍住齐大。我由济南流亡出来，我的妻小还留在齐大，住了一年多。齐大在济南的校舍现在已被敌人完全占据，我的与朋友们的一切书籍器物已被劫一空，那么，今天又能在成都会见共患难的老友，是何等的快乐呢！衣物，器具，书籍，丢失了，有什么关系！我们还有命，还能各守岗位的去忍苦抗敌，这就值得共进一杯酒了！抗战前，我在山东大学也教过书。这次，在华西坝，无意中的也遇到几位山大的老友，“惊喜欲狂”一点也不是过火的形容。一个人的生命，我以为，是一半儿活在朋友中的。假若这句话没有什么错误，我便不能不“因人及地”的喜爱成都了。啊，这里还有几十位文艺界的友人呢！与我的年纪差不多的，如郭子杰，叶圣陶，陈翔鹤，诸先生，握手的时节，不知为何，不由的就彼此先看看头发——都有不少根白的了，比我年纪轻一点的呢，虽然头发不露痕迹，可是也都显着削瘦，霜鬓瘦脸本是应该引起悲愁的事，但是，为了抗战而受苦，为了气节而不肯折腰，瘦弱衰老不是很自然的结果么？这真是悲喜俱来，另有一番滋味了！

（三）我爱成都，因为它有手有口。先说手，我不爱古玩，第一因为不懂，第二因为没有钱。我不爱洋玩艺，第一因为它们洋气十足，第二因为没有美金。虽不爱古玩与洋东西，但是我喜爱现代的手造的相当美好的小东西。假若我们今天还能制造一些美好的物件，便是表示了我们民族的爱美性与创造力仍然存在，并不逊于古人。中华民族在雕刻，图画，建筑，制铜，造瓷……上都有特殊的天才。这种天才在造几张纸，制两块墨砚，打一张桌子，漆一两个小盒上都随时的表现出来。美的心灵使他们的手巧。我们不应随便丢失了这颗心。因此，我爱现代的手造的美好的东西。北平有许多这样

直接描写

的好东西，如地毯，珐琅，玩具……但是北平还没有成都这样多。成都还存着我们民族的巧手。我绝对不是反对机械，而只是说，我们在大的工业上必须采取西洋方法，在小工业上则须保存我们的手。谁知道这二者有无调谐的可能呢？不过，我想，人类文化的明日，恐怕不是家家造大炮，户户有坦克车，而是要以真理代替武力，以善美代替横暴。果然如此，我们便应想一想是否该把我们的心灵也机械化了吧？次说口：成都人多数健谈。文化高的地方都如此，因为“有”话可讲，但是，这且不在话下。

这次，我听到了川剧，洋琴，与竹琴。川剧的复杂与细腻，在重庆时我已领略了一点。到成都，我才听到真好的川剧。很佩服贾佩之①，萧楷成，周企何诸先生的口。我的耳朵不十分笨，连昆曲——听过几次之后——都能哼出一半句来。可是，已经听过许多次川剧，我依然一句也哼不出。它太复杂，在牌子上，在音域上，恐怕它比任何中国的歌剧都复杂的好多。我希望能用心的去学几句。假若我能哼上几句川剧来，我想，大概就可以不怕学不会任何别的歌唱了。竹琴本很简单，但在贾树三的口中，它变成极难唱的东西。他不轻易放过一个字去，他用气控制着情，他用“抑”逼出“放”，他由细嗓转到粗嗓而没有痕迹。我希望成都的口，也和它的手一样，能保存下去。我们不应拒绝新的音乐，可也不应把旧的扫灭。恐怕新旧相通，才能产出新的而又是民族的东西来吧。

还有许多话要说，但是很怕越说越没有道理，前边所说的那一点恐怕已经是胡涂话啊！且就这机会谢谢侯宝璋先生给我在他的客室里安了行军床，吴先忧先生领我去看戏与洋琴，“文协”分会会员的招待，与朋友们的赏酒饭吃！

①贾佩之：应为“贾培之”。——编者注

旅行笔记

成都历史文化多

四川简称“川”或“蜀”，位于我国西南部，长江上游。四川具有悠久的历史文化，省会成都是我国的历史文化名城。

三国时期，诸葛亮效忠于蜀国，他去世后，人们为纪念他，在成都修建了武侯祠。武侯祠有大门、二门、刘备殿、过厅、诸葛亮殿五重，最后面是刘备墓。刘备殿和诸葛亮殿，均是四合院式的殿宇建筑。武侯祠现存大量的碑刻题记，其中最著名的是“三绝碑”。此外，隶书《草庐对》、楷书《诸葛传》、草书《出师表》在书法艺术上具有相当高的造诣，是研究我国书法艺术的宝贵资料。

唐朝诗人杜甫因安史之乱流亡成都，759年，他在朋友严武的帮助下于浣花溪畔盖起了一座茅屋，在此居住了四年。为纪念杜甫，后人在成都西郊的浣花溪公园旁修建了杜甫草堂。杜甫草堂分为大雅堂、诗史堂、柴门、工部祠、少陵草堂碑亭等展览区。大雅堂展览了大幅壁画《茅屋为秋风所破歌》《兵车行》，以及屈原、李白、苏东坡、李清照、陆游等十二位诗人、词人的雕像。

四川风俗言名的一斑

黄炎培

把成都和重庆比，恍惚等于把苏州和上海比。重庆是工商世界，成都的社会却完全不同，是很和缓的、很幽雅的、很安闲舒适的。街上第一多是茶馆——坐上客常满，杯中茶不空。——但看店铺招牌，已够代表他们的特殊精神了。普通商业牌号用两个字，无非是昌盛、利益、久大、兴发、隆茂、吉祥一类字样，但四川用三个字，银行“聚与诚”就是代表。而成都商号来得潇洒别致：“允执中”“竹有�”“大不同”“人人悦”“斯觅斯”。很寻常的茶馆，叫“涴秋”；很寻常的菜馆，叫“味腴”；很小的一家饭馆，叫“临时维持生活处”；其中一座稀小的账台，上题三字，叫“经济学”；一家中等的酒馆，叫“不醉无归小酒家”；一家卖豆乳羊乳的，叫“万里桥边卖乳家”；多么漂亮呀！这不过举几个例。怕连北平、杭州、扬州等等，都还比不上它们风雅哩。

排比手法

初到成都，第一种感想，只觉房屋、器具、物品、商店陈设、人们衣服，一切一切反映到吾眼帘里，和长江下游很少两样。然而东西相距已五千余里了，把这五千余里，由东西转为南北，如广州、福州，和江浙、和平津，彼此间便绝对不同了，就为是一条长江关系，东西几千里间“道一风同”，可知河流于民族的迁流、特性的陶冶、风俗的融化上有极大力量。

原来四川自经明末张献忠大屠杀后，土著已很少很少。今时的四川人，多从各省迁去的。每遇会飨，合座一个个问原来籍贯，没有一个不是从外省迁来的。所以语言特别普通。但有许多特用的字句，和他处不同，例如，说“第一件以外，还有第二件，第三件”，四川人说来，还有第二“一件”，第三“一件”；“第一批货到了，现在到第二批第三批”，四川人说来，现在到第二“一批”，第三“一批”。还有“时候”两字，意思不一定作普通解释。例如“今天谈得很好，明天得闲‘的时候’，再谈一下”，这是普通用“时候”二字的句法。四川人却有特种用法，例如，说：“上海人口有三百万，成都‘的时候’……怕不到三十万吧！”“灌县第四区很大，青城山‘的时候’，倒占二分之一以上。”这是四川人对“时候”二字的特种用法。

还有特用的名词，商家广告大便宜，称“硬相因”；说故事，称“摆龙门阵”；事情做完，称“煞个”，小孩子称“老少”，恰和江苏无锡一样，也许和民族迁流有关系吧。民间每月初二、十六两日吃肉，叫“祭牙”，又叫“打野鸡”。贪得非分浮费，叫“抬包袱”。茶馆、酒馆、旅馆仆役称“幺师”。理发师称“待诏”。重庆一带妇女称“堂客”。但成都当作贱称。如误称了一下，对方势必大大动气。有一天，游成都花会，见门首立一石柱，上写“专锁翚神流氓”，“翚神”二字不知什么解释？后问友人，才知调戏妇女的意思。闻各地迎神赛会演剧，都有这种设备。违犯这项信条的流氓，遇大暑天，晒在烈日中，竟可以活活地送命。这种花会，由来甚久。

在清光宣间，周善培当劝业道，经过一番提倡，陈列各种农具，听乡农来购取。附设其他物品，略如劝业场式样。花木不过其中一部分。会设道观旁。鼎鼎大名特别菜馆“姑姑筵”与花会为邻。主人黄晋龄由仕途退隐，每年撰写一滑稽春联。今年联语：

由锅边镇守使加封炖煨将军，这个好头衔，硬比他们阔气。
有庙上李老君保佑饮食菩萨，今年开花市，该显一点神通。

承诸位好友假座招餐，即席赠诗一首。我素食十九年了，主人格外要好，自调一羹饷我。

天府珍奇数两川，即论蔬食亦新鲜。
野香无过弟弟菜，别制争夸姑姑筵。
白果甜心银杏老，青城大脚玉姑圆。
更怜米并松江美，乡思莼鲈不用牵。

旅行笔记

四川方言的形成与民俗影响

远古时期，四川境内主要有巴蜀二国。蜀与中原不同族，语言文字和中原地区大不相同。巴和中原楚国很早就有密切往来，巴文化深受楚文化的影响。公元前316年，秦国相继灭掉了蜀国和巴国。此后，秦国为了政治、经济、军事的需要，采用移民的方法，推行“车同轨，书同文”的同化政策。渐渐地，巴蜀地区的人便改说华夏语了。

汉初，由于战乱和自然灾害，不少人迁到巴蜀地区，他们的语言同当地的语言相融合。但由于巴蜀地区位于我国的西南部，交通不便，从而形成了当地很有特色的方言。

明清时期，是四川方言的形成时期，当时的四川方言与现代四川方言大致一样。

四川民俗对四川方言的影响是极大的，民俗的发展会影响方言的发展。四川有大量的民俗方言，包括婚姻、生育、饮食、游艺、岁时等方面。随着时间的推移，很多四川民俗如今已经不存在了，四川方言中却保留着民俗的称呼，如摆龙门阵等。

都江堰工程

黄炎培

天下大利必归农。四川的富，凡百多属于未来，其属于现时的唯有农。全省面积四十万零三千余平方公里，地势四面高，中间低，形成一般所称的“四川盆地”。盆地中多数为高度不足一百米的丘陵性小山所占有，唯有偏在西北的“成都平原”是由岷江的水冲积而成的三角洲，包括成都、华阳、广汉、金堂、新都、新繁、郫、彭、崇宁、双流、温江、崇庆、新津及灌县共十四县，占三千五百余平方公里，合五百余万亩。从灌县到成都仅六十公里，而地势高下相差竟及三百米。岷江上流行山谷中间，一到灌县，因都江堰工程，分为内外二江。外江即岷江正流，分若干支；内江亦分若干支，下游入沱江。此都江堰工程，相传为秦时蜀太守李冰携他的儿子二郎所筑。

晨七时坐汽车从公路行。同行者（卢）作孚外，内子纠思，儿方刚等。沿途农田皆黑土，景物和吾乡无异，唯多高大树木。过郫县，到灌县。入水利局，见局长张子聪（沅），工程师周郁如。从离堆公园至伏龙观，观在离堆上，祀李冰及范寂。堆东北角有石股伸入江中如象鼻，称象鼻嘴。江水即从这里过，水大时如万马奔腾，称宝瓶口。县长罗伯宏（远猷）导从离堆经过飞沙堰，直至都江堰鱼嘴施工处，工事正在紧张中。经玉垒关至二郎庙，午后二时顷回灌县城。

岷江从西北来，先在上游以百丈堤护岸，而以挑水坝逼大部分水量使入正道，行至新工鱼嘴，是为内江与外江分水的尖端。因其像金字形，亦名金堤。与上游的沙洲相对如门，造成内江引水口。这引水口并无闸门，用杩杈来调节水量。水小时用以隔断江水而便下游修理。杩杈，就是木制三脚架，

比喻手法

许多三脚架连接排列，把满装卵石的竹笼，左右夹定，上堆泥土，便成完美的挡水坝。每年十二月初，先筑杩杈于外江，使江水全部流入内江，待外江淘深，护岸工程修理完毕，将杩杈移置引水道口，使水出外江，从事修理内江工程。内江之水沿金刚堤、飞沙堰下行。在金刚堤旁，尚有一平水漕，亦称湃水缺，备内江水量过多时，泄余水入外江之用。飞沙堰亦有鱼嘴（即挑水坝）五道，逼水出宝瓶口，并有滚水坝一道，备内江水量过多时，从坝顶流回外江之用。附近河底，有铁桩二支，所以表示每年淘滩应到的深度。宝瓶口凿山而成，右边山石即名离堆。成都平原的水，都从这里经过。都江堰工程到为止。

在二郎庙前见一碑——“深淘滩，低作堰。六字旨，精可鉴。挖河沙，堆堤岸，砌鱼嘴，安羊圈。立湃阙，留漏罐。笼编密，石装健。分四六，平潦暵。水画符，铁桩见。岁勤修，预防患。遵旧制，毋擅变”。所谓“分四六，平潦暵”，枯水时期，内六外四；洪水时期，内四外六。就靠拆去杩杈多或少，拿来调节水量。又有一碑——“深淘滩，低作堰。遇弯截角，逢正抽心”。我于两碑，都能了解它的用意，唯“低作堰”一语认为不无疑义。因内外四六，正须借堰的高低来调节，并非作堰一味从低的。

罗县长告我，“都江堰工程，有县修，由县水利会主持；有岁修、有大修，均由省水利局主持。每年清明即须开堰，故仅有一百二十天可施工。但民国十五年以后无大修，直到今年才办。此次十七县征工，灌县征三千人，每人做工十五天，合四万五千工，每工给三角。田主出代工金，每粮一两，担任十一工，合三元三角。政府筹工程费六十万元，今年先筹二十万。绳桥连跨内外之上，长一百二十丈。每年重修一次，用巨竹绠纽结而成，上覆木板，费七八百元”。我来时旧桥已卸，新桥未成，仅见三个桥座。

旅行笔记

李冰修筑都江堰

都江堰位于四川都江堰市西北的岷江中游，是我国古代著名的水利工程之一。

在古蜀国开明王朝时期，岷江上就已修建了较为简单的水利工程。后来秦国灭了蜀国，蜀郡太守李冰对岷江的地形和水情作了实地勘察，开始大规模修筑都江堰。为了凿穿玉垒山引水，李冰使用火烧石头的方法，使岩石爆裂，在玉垒山凿出了一个大大的山口——宝瓶口，这样就能使岷江流向东方，避免水患。李冰还在岷江江心用竹笼装满鹅卵石，堆砌成鱼嘴状的分水堤，下接金刚堤，把岷江分成外江、内江两支，一支灌溉成都平原，一支流向下游。都江堰建成后，成都平原成为沃野，四川被称为“天府之国”。

都江堰充分利用当地西北高、东南低的地理条件，无坝引水，两千多年来一直发挥着防洪、灌溉、水运等巨大作用。

青蓉略记

老舍

十一日早六时向灌县出发，车行甚缓，因为路上有许多小桥。路的两旁都有浅渠，流着清水；渠旁便是稻田；田埂上往往种着薏米，一穗穗的垂着绿珠。往西望，可以看见雪山。近处的山峰碧绿，远处的山峰雪白，在晨光下，绿的变为明翠，白的略带些玫瑰色，使人想一下子飞到那高远的地方去。还不到八时，便到了灌县。城不大，而处处是水，像一位身小而多乳的母亲，滋养着川西坝子的十好几县。住在任觉五先生的家中。孤零零的一所小洋房，两面都是雪浪激流的河，把房子围住，门前终日几乎没有一个行人，除了水声也没有别的声音。门外有些静静的稻田，稻子都有一人来高。远望便见到大面青城诸山，都是绿的。院中有一小盆兰花，时时放出香味。

比喻手法

灌县的水利是世界闻名的。在公园后面的一座大桥上，便可以看到滚滚的雪水从离堆流进来。在古代，山上的大量雪水流下来，非河身所能容纳，故时有水患。后来，李冰父子把小山硬凿开一块，水乃分流——离堆便在凿开的那个缝子的旁边。从此双江分灌，到处划渠，遂使川西平原的十四五县成为最富庶的区域——只要灌县的都江堰一放水，这十几县便都不下雨也有用不完的水了。城外小山上有二王庙，供养的便是李冰父子。在庙中高处可以看见都江堰的全景。在两江未分的地方，有驰名的竹索桥。距桥不远，设有鱼嘴，使流水分家，而后一江外行，一江入离堆，是为内外江。到冬天，在鱼嘴下设阻碍，把水截住，则内江干涸，可以淘滩。春来，撤去阻碍，又复成河。据说，每到春季开水的时候，有多少万人来看热闹。在二王庙的墙上，刻着古来治水的格言，如深淘滩，低作堰……等。细细玩味这些格言，再看着江堰上那些实际的设施，便可以看出来，治水的诀窍只有一个字——“软”。水本力猛，遇阻则激而决溃，所以应低作堰，使之轻轻漫过，不至出险。水本急流而下，波涛汹涌，故中设鱼嘴，使分为二，以减其力；分而又分，江乃成渠，力量分散，就有益而无损了。作堰的东西只是用竹编的筐子，盛上大石卵。竹有弹性，而石卵是活动的，都可以用“四两破千斤”的劲儿对付那惊涛骇浪。用分化与软化对付无情的急流，水便老实起来，乖乖的为人们灌田了。拟人手法

竹索桥最有趣。两排木柱，柱上有四五道竹索子，形成一条窄胡同儿。下面再用竹索把木板编在一处，便成了一座悬空的，随风摇动的，大桥。我在桥上走了走，虽然桥身有点动摇，虽然木板没有编紧，还看得到下面的急流——看久了当然发晕——可是绝无危险，并不十分难走。

灌县城不大，可是东西很多。在街上，随处可以看到各种的水果，都好看好吃。在此处，我看到最大的鸡卵与大蒜大豆。鸡蛋虽然已卖到一元二角一个，可是这一个实在比别处的大着一倍呀。雪山的大豆要比胡豆还大。雪白发光，看着便可爱！药材很多，在随便的一家小药店里，便可以看到雷震子，贝母，虫草，熊胆，麝香，和多少说不上名儿来的药物。看到这些东西，使人想到西边的山地与草原里去看一看。啊，要能到山中去割几脐麝

香，打几匹大熊，够多威武而有趣呀！

在灌县住了十天，才到青城山去。山在县城西南，约四十里。一路上，渠溪很多，有的浑黄，有的清碧：浑黄的大概是上流刚下了大雨。溪岸上往往有些野花，在树荫下幽闭的开着。山口外有长生观，今为荫堂中学校舍；秋后，黄碧野先生即在此教书。入了山，头一座庙是建福宫，没有什么可看的。由此拾阶而前，行五里，为天师洞——我们即住于此。由天师洞再往上走，约三四里，即到上清宫。天师洞上清宫是山中两大寺院，都招待游客，食宿概有定价，且甚公道。

不过，不管庙宇如何，假若山林无可观，就没有多大意思，因为庙以庄严整齐为主，成不了什么很好的景致。青城之值得一游，正在乎山的本身真好；即使它无一古迹，无一大寺，它还是值得一看的名山。山的东面倾斜，所以长满了树木，这占了一个“青”字。山的西面，全是峭壁千丈，如城垣，这占了一个“城”字。山不厚，由“青”的这一面转到“城”的那一面，只须走几里路便够了。山也不算高，由脚至顶不过十里路。既不厚，又不高，按说就必平平无奇了。但是不然。它“青”，青得出奇，它不像深山老峪中那种老松凝碧的深绿，也不像北方山上的那种东一块西一块的绿，它的青色是包住了全山，没有露着山骨的地方；而且，这个笼罩全山的青色是竹叶，楠叶的嫩绿，是一种要滴落的，有些光泽的，要浮动的，淡绿。这个青色使人心中轻快，可是不敢高声呼唤，仿佛怕他那似滴未滴，欲动未动的青翠惊坏了似的。这个青色是使人吸到心中去的，而不是只看一眼，夸赞一声便完事的。当这个青色在你周围，你便觉出一种恬静，一种说不出，也无须说出的舒适。假若你非去形容一下不可呢，你自然的只会找到一个字——幽。所以，吴稚晖先生说：“青城天下幽”。幽得太厉害了，便使人生畏；青城山却正好不太高，不太深，而恰恰不大不小的使人既不畏其旷，也不嫌它窄；它令人能体会到“悠然见南山”的那个“悠然”。

山中有报更鸟，每到晚间，即梆梆的呼叫，和柝声极相似，据道人说，此鸟不多，且永不出山。那天，寺中来了一队人，拿着好几枝猎枪，我很为那几只会击柝的小鸟儿担心，这种鸟儿有个缺欠，即只能打三更——梆，梆梆——无论是傍晚还是深夜，它们老这么叫三下。假若能给它们一点训练，教它们能从一更报到五更，有多么好玩呢！

白日游山，夜晚听报更鸟，“悠悠”的就过了十几天。寺中的桂花开始放香，我们恋恋不舍的离别了道人们。

返灌县城，只留一夜，即回成都。过郫县，我们去看了看望丛祠；没有什么好看的，地方可是很清幽，王法勤委员即葬于此。

旅行笔记

青城山

“青城山下白素贞，下凡来报许仙恩”，白素贞是我国古代民间四大爱情传说之一《白蛇传》的主人公，是一条修行千年的白蛇精，出生于四川青城山，于青城山和峨眉山修炼得道，法术高强。她虽是蛇精，却天性善良，用医术造福黎民百姓，功德无量，后经观音菩萨点化，与许仙邂逅于西湖断桥，他们一见钟情，结为夫妻。

青城山位于都江堰西南，属于邛（qióng）崃（lái）山脉南段的东支，因山形如城，山上林木四季常青，故得名。青城山有三十六峰一百零八胜景，有“青城天下幽”之称。天师宫是青城山的主庙，规模宏大，结构精美，建于隋代。山中有唐玄宗手诏碑、试剑石、天师“降魔”的掷笔槽、杜光庭读书台等文物遗迹。相传，东汉张道陵曾在青城山修道，这给青城山增添了很多神秘色彩。

四川剧

曹聚仁

在北京的四川戏迷，并不少，却不一定是四川人。这回，国庆献礼中，有了四川剧团，即是演《白蛇传》的这一团；较早一种，也有了四川青年剧团到了北京，八月间就出国访问东欧各国去了。分量上，显得川剧是重一点；可是，川剧确有其特殊风格。张真说：川剧的演出，动作性十分强烈，故事进行迅速，布局紧凑。白蛇刚与许仙结成眷属，王老道立刻就来窥伺；刚刚破了灵符，吊打了王老道，许仙就被骗上金山，表现出她的爱情生活，总是在惊涛骇浪中，很少和平宁静的时刻。川剧很讲究舞台动作，舞台调度，强烈有力，如白蛇见许仙晕倒，她把帐子一掀蹿出，帐子飞向空中，她一个“窜毛”，扑向许仙，使观众精神一震，感到发生了重大事故。铙钹

神的几次变脸，让人感觉这家伙阴险莫测。白蛇几次盘在小青身上，窥探金山寺和在水漫中被救下场，显示了在群仙阵中，这两个蛇妖相依为命。这都是川剧的特色。依我的说法：川剧在丑角上最显功夫，而生旦的细腻表现，还在昆曲之上，再加上小技巧的出神入化，确乎老少咸宜，连我的一个八岁的孙女也看了十分满意。（卫明说："从人物性格出发，挖掘人物的复杂微妙的心理状态，是川剧的特色。因此，许多比较普通的场面，如《游湖借伞》，在川剧演来，也是与众不同。"）

我所看的川剧，从重庆市川剧院的《拜月记》开头，吴辉新饰蒋士隆、蘋萍饰王瑞兰，开场《踏伞》那一幕舞姿之美，在我也算开了眼界。而笑依饰温医生，可真笑破了观众的肚皮；可惜笑料太多，有点妨碍全剧的完整。这回到北京，又在政协礼堂看了青年川剧团的《芙奴传》（为着出国准备的预演）。够得上"生动细腻而构成其特有的风格的"。张真又说："表演，作为一种艺术而言，它离不了集中、提炼、概括的创造法则。川剧的演员们充分理解这一点。他们完全懂得如何区别剧本的主要和次要的方面，着重地刻画其某些重要的细节，有分寸有选择地通过丰富的舞台动作去发展原作中的中心思想，从而造成层次分明、脉络清楚的效果。"我曾在各个场合看了各展所长的《秋江》，如杜近芳的京戏，陈伯华的汉戏，而看了川剧陈书舫扮演陈妙常，只能拍手叫绝，自是不凡。 夸张手法

川剧的《秋江》，由周慕莲扮陈妙常，周企何扮艄翁，铢两相称，真是满场都是戏。我这个后起的川剧迷，曾买了一本《周慕莲舞台艺术》，把他的自叙传看了又看。这一份民间艺术传统是可宝贵的。

旅行笔记

川剧概况

川剧流行于四川省、重庆市，以及贵州、云南两省的部分地区，是我国主要的地方剧种之一。明代，四川已有地方戏班流行，到清代雍正、乾隆年间，昆腔、高腔、梆子腔、皮黄腔相继与四川方言及人们的欣赏习惯相结合，演变成具有四川地方特色的“川昆”、“高腔”、“胡琴”（即皮黄）、“弹戏”（即梆子腔）。再加上民间流行的“灯戏”，构成后来川剧的昆、高、胡、弹、灯五种声腔。这五种声腔艺术原是以五个不同的剧种分别在各地活动的，后逐渐合并。到辛亥革命前后，戏班不断涌入城市，五种声腔逐步同台，形成川剧。川剧大致有四个支派：川西派、资阳河派、川北河派、下川东派。

川剧的表演艺术有深厚的生活基础，真实细腻，生活气息浓郁。此外，川剧还创造了不少绝技，有变脸、托举、开慧眼、钻火圈、藏刀等。变脸是川剧演员常用的表演特技，可以表现人物情绪的变化，增强艺术效果，表演手法有抹脸、吹脸、扯脸等几种。

峨眉山下

郭沫若（1892—1978），原名郭开贞，笔名郭鼎堂等，作家、诗人、历史学家、考古学家、古文字学家、社会活动家。他早年留学于日本，先学医，后从事文艺运动。中华人民共和国成立后，历任中央人民政府委员、政务院副总理兼文化教育委员会主任、中国科学院院长兼哲学社会科学部主任等职。代表作品有《星空》《女神》《屈原》等。

我的故乡是在峨眉山下，离嘉定城有七十五里路。大渡河从西南流来，在峨眉山的第二峰和第三峰之间打了一个大湾，又折而向东北流去。因此我的家所在地，就名叫沙湾。地在山与水之间，太阳是从大渡河的东岸出土，向峨眉山的背后落下去。

空间描写

山很高，除掉时为浓雾所隐藏，或冬天来很早就戴上雪帽之外，一片青苍，没有多么大的变化。

水流虽然比起上游来已经从群山之中解放了，但依然相当湍激，因此颇有放纵不羁之概。河面相当辽阔，每每有大小的洲屿，戴着新生的杂木。春夏虽然青翠，入了冬季便成为疏落的寒林。水色，除夏季洪水期呈出红色之外，是浓厚的天青。远近的滩声不断地唱和着。

拟人手法

外边去的人每每称赞这儿的风景很好。有山有水，而且规模宏大，胜过江南。论道理是该有它的好处，但不知怎的，我自己并不感觉着它的美。这或许是太习惯了的缘故吧？我到十三岁下乐山城读书为止，每天朝夕和它相对。足足十三年，怕因此使我生出了感觉上的麻木吧？

真的，就是现在，我对于它也没有留恋。旧时代的思乡情绪，在我是完全枯涸了。或许是不应该，但我不想掩饰。倒是乐山城的风物，多少还有使我留恋的地方，那便是乌尤山附近和那对岸的大坝。其所以使我留恋者倒并不因为故，而是因为新。

我在乐山城住小学、中学，一共住了四年，奇妙的是和城仅隔一衣带水的乌尤山，我却一次也不曾去过。

乐山城本身并没有什么好处。虽然王渔洋说过“天下之山水在蜀，蜀之山水在嘉州”，但这所说的应该不是指的城的本身吧。

大渡河和南下的岷江在城的东北隅合流而东行，和城相对的北岸有凌云山、乌尤山、马鞍山，鳞次而立，与西南面的峨眉三峰遥遥相对。在凌云山上有唐代韦皋镇蜀时海通和尚所凿成的与山等高的石佛，临江而坐。山顶又有苏东坡的读书楼。因此这个地方一向便成为骚人墨客所好游的名地。

乌尤山本名乌牛山，以山木葱茏、青翠之极有类于乌，而形则似牛，故名乌牛。一说秦时蜀郡太守李冰所凿离堆即此。它是与岸隔绝了的一座孤耸的岛屿。由乌牛而乌尤，是王渔洋使它雅化了的。山上有乌尤寺，有汉代郭舍人注《尔雅》处的尔雅台。论山境的清幽，乌尤实在凌云之上。

奇怪的是我在乐山读书的四年间，正是我十三岁至十六七好游的少年时期，我虽然常常往游凌云，而却不曾去乌尤一次。游乌尤，是在抗战期中回乡，离开了故乡二十六年后的一九三〇年。

凌云是彻底俗化，而且颓废了。石佛化了装，一个面孔被石灰涂补得不成名器。东坡楼住着些散兵游勇。洗砚池是一池的杂草。但乌尤山却给予了我新鲜的感触。毫无疑问，是要感谢我是第一次的来游。

乌尤寺同样带着浓厚的俗气，并不佳妙。但山的本身好，树木好，山道好。尔雅台在危崖头，下临大江，在林深箐密中只能听得下面的滩声，而看不出流水，那也恰到好处。我就喜欢这些。晚间或凌晨，在那山下浮舟，有一种清森的净趣，也很值得玩味。

王渔洋所赏识的应该是这些地方吧？只有这些还使我有些系念。那山对岸的胡家坝，一片空阔也令人有心胸开朗之感。但这情趣也是我在一九四〇年回乐山时才领略了的，学生时代也不曾前去玩味过。

假使要把范围放宽些，乐山城也应该可以说是我的故乡，但不应该得很，我对于它怎么也引不起我的怀乡病了。是我自己的感情枯涸了吗？还是时代使然呢？

峨眉山对我倒还保持着它的神秘性，我虽然在那山下活了十几年，但不曾上过山去。因此它的好处，实在我也不知道。专为好奇心所驱遣，如有机会去游游金顶，我倒也并不反对。峨眉山之于我，也仿佛泰山之于我一样了。

旅行笔记

峨眉山

峨眉山位于四川省峨眉山市西南，是中国佛教四大名山之一，普贤菩萨道场。峨眉山的主要山峰是大峨山、二峨山、三峨山和四峨山，其中大峨山最高，海拔3099米。峨眉山中寺庙林立，以报国寺、万年寺、伏虎寺、清音阁、洗象池、洪椿坪、仙峰寺、华藏寺八大寺庙最为著名。峨眉山还有金顶日出、金顶云海、峨眉佛光、圣灯四大奇观。山中植物、动物众多。

峨眉山的猴子十分有名，属于峨眉藏酋猴，简称“峨眉猴”，以野果、植物嫩叶、昆虫为主食，通常出没在峨眉山的洗象池、遇仙寺、仙峰寺等地，能与游人和平相处。

其他推荐

关于四川的文章还有：

《入川小记》（贾平凹）

《雅舍》（梁实秋）

《九寨沟纪行》（林非）

《镜海神韵》（毛承志）

黔之览胜

贵州

省会

贵阳

简称

黔（或贵）

气候

中亚热带湿润季风气候

地理位置

位于云贵高原东部，东部靠近湖南，西部与云南相邻，南部与广西相邻，北部与四川、重庆相邻。

主要山脉

大娄山、苗岭、乌蒙山、梵净山

主要水系

乌江、赤水河、南盘江、北盘江

世界遗产

荔波喀斯特、施秉喀斯特、赤水丹霞、海龙屯遗址

本站停靠

贵阳

黄果树瀑布

文学导游

（无肖像）薛子中

贵阳巡礼

薛子中（1907—1937），原名薛作枢，革命家、烈士。毕业于西安军官学校，曾任中共济源县委书记、济源县红军游击队军事委员等职。代表作品有《黔滇川旅行记》。

贵阳是山国中的都市，因其位于贫瘠的贵州高原上，交通又异常的不便，这样使它和别的都市比较起来，一切都是有点落后。

贵阳的学校在数量上还算不少。有省立高级中学一所，学生三百余人。省立师范学校一所，学生五百余人。省立初级中学一所，学生百余人。省立女子师范一所，学生三百余人。省立女子中学一所，学生百余人。此外尚有私立中学六所，小学二十余所。不过学校虽不少，但教员却是有数的几个人，每个教员都是担任三个以上学校的功课，每周授课时间，竟有能在三十六小时以上者。原因为教员待遇太低，并且还打折扣，高级中学教员待遇每小时大洋一元，初级中学每小时大洋七角五分，小学每小时大洋二角，但实发都是打六折，月终所能领到的，是六折中的二成。一个教员每周不担任三十六小时以上的功课，就无法维持最低限度的生活。其上课办法，是一周的功课，一天或两天授完，如某教员在某校每周任英文六小时，则于一日连上三小时或六小时，如此可免于几个学校来往奔跑。以前省立各学校经费都是直接在二十五军军部金库领取，军费尚拖欠，教育经费当更谈不到。过去贵州全省教育经费，每年为三十万元，此仅及江苏吴县县教育经费之一半，如此焉能有教育成绩可言。近黔局鼎新，新任教育厅长叶元龙氏，现正着手整顿教款，闻将来每年可增至八十万元，其中划定十万元为苗民教育经费。并拟在贵阳安顺设省立民众教育馆两处，于贵阳设省立图书馆及公共体育场各一处，并设法使教育经费独立，教员待遇改良。今后贵州教育或可走上了新的阶段。

贵阳从前无一家报馆，自黔局变改后，现有报馆四家：《革命日报》，为绥靖公署及省政府合办，每日出一大张，销数在二千份以上。其余《黔阳晚报》《黔风报》《民众日报》，俱系小张，销数均在五百份上下。电影院在贵阳有一家，所映之片，多系五六年以前之旧出品，票价大洋二角，每日一场，但仍不能满座。

贵阳物价奇昂，普通日用品较香港差不多贵二倍半，较梧州、柳州亦贵一倍。原因除交通不便运费太高外，还有广州、梧州及本省三次的饷捐。盐价尤昂，大洋一元仅可购二斤半，其原因亦为运输不便附加税过重。在贵阳价最低者为白米，每大洋一元可购三十余斤。农民们以食粮来换日用必需品，出的虽多，而所换得到的东西却是太少了。

在贵阳街上不时可以看到苗民来往。苗民男子和汉人农民装束无大差别，妇女仍保持着她们固有的装束。她们服装是各色各样，不过都是束着裙，赤着脚，发髻在头的一边偏挽着。她们态度很活泼大方，谈起话来用手作种种姿势，比起汉人妇女来，倒天真得多。

贵阳因在高原上，且在山丛中，所以夏日气候是格外的凉爽，最高热度为华氏表八十五度，终天用不到扇子，若是在雨天的早晨和晚上，仅穿一件单衣，还会把你冻得索索呢！

贵阳城附近，名胜古迹很多，城东扶风山有阳明祠，内供有王阳明像，壁上多石刻之阳明手迹。阳明祠东南有东山，峭壁耸峙，形势危峻，上有佛屋三重，清雅幽静。其东北之仙人洞，石崖峻拔，岩穴奇异。城东南隅之甲秀楼，飞阁挹翠，风光清秀。城西北之黔灵山，群峰环立，树木茏葱，上有报国寺，建筑宏伟，梵宇幽邃。诸名胜均形势天然，风景优美，惜人工布置太差，未免为美中之不足也。

空间描写

旅行笔记

贵州——长征的足迹

贵州，是红军长征时活动时间最长、活动范围最广的省份。遵义会议是中国共产党历史上一次具有伟大转折意义的重要会议。

1935年1月，中共中央政治局扩大会议在遵义召开，史称遵义会议。遵义会议集中解决了当时具有决定意义的军事问题和组织问题。经过激烈的争论，多数人同意以毛泽东为代表的正确意见，批评了博古、李德在第五次反“围剿”中的错误。会议增选毛泽东为中央政治局常委，取消了博古、李德的最高军事指挥权。遵义会议确立了毛泽东在党中央和红军的领导地位，在极端危急的关头挽救了中国共产党，挽救了红军，挽救了中国革命，成为中国共产党历史上一个生死攸关的转折点。遵义会议以后，在毛泽东的指挥下，通过采用灵活的战略战术，中央红军赢得了四渡赤水之战，摆脱了敌人的围追堵截，取得了中央红军战略转移中具有决定意义的重大胜利。

1934年10月至1936年10月，中国共产党领导的中央红军（后恢复红一方面军番号），红二十五军，红四方面军，红二、红六军团（后编为红二方面军）主力，为粉碎国民党军队的军事“围剿”，保存有生力量，实现北上抗日，陆续离开原革命根据地进行战略转移，经过艰苦的万里行军（中央红军长征二万五千里），胜利前进至陕甘宁地区，实现红军主力大会师，以陕甘宁根据地为大本营和出发点，开启了中国革命的新阶段。历史上把中国工农红军的这一伟大壮举称为“长征”。

“长征”这个词最早是什么时候出现的呢？1935年5月，中央红军进入大凉山冕宁地区彝民区，红军总司令朱德发布《中国工农红军布告》，提及“红军万里长征，所向势如破竹”。在成立冕宁县革委会大会上，朱德在讲话中又提到“长征”一词。

为纪念长征，毛泽东写了一首《七律·长征》。贵州设立了相关的纪念馆纪念长征精神：在遵义设立遵义会议纪念馆，在习水县土城镇设立四渡赤水纪念馆，在铜仁市设立红二、红六军团长征贵州纪念馆。长征精神永存。

全国第一大瀑布

薛子中

七日发镇宁，出南门西南行，公路时续时断。十八里至安庄坡，又十二里至黄果树，有居民百余户，饭店十余家。时已中午，休息进午餐。

黄果树虽然是一个山中小镇，但在贵州却是一个出名的地方，提起了黄果树大瀑布，贵州人是很多都晓得。大瀑布就在黄果树镇西南隅的悬崖上，在镇内就听到隆隆的巨声。饭后同慕霞往观，在相距百余丈外，其飞溅之水点已洒到人身上，而路已泞滑难行。其高约二十丈，宽十余丈，水势之凶，声音之巨，在百丈外即使人感觉有山崩地裂之势。前在周西成时代，曾聘用美国工程师拟利用此水力，设一磨电厂，估计其所发之电，足供黔滇两省所

用。周西成死后，黔省多事，此天然大利源，已无人注意怎样来利用它了。

由黄果树西南行，约十里路旁有周西成衣冠冢，民国十九年（1931年）[①]周西成与李肖炎战，中流弹死于此。在黔省的督军主席中周西成算是一个较好的人，如整顿军纪，绥靖地方，整理财政，开发交通，都有相当成绩。周死后，六七年来，黔省迄无宁日，以故黔民至今多思之。

前行数里下一山，高七里，下至山底，越一河，复登山，即为关索岭。山高八里，形势险要，相传诸葛亮征孟获时，关羽第三子关索守此岭以拒蛮兵。山腰有关索庙，附近有跑马泉，行人多于此休息饮水。下午四时抵关岭，本日计行程六十里。 引用典故

①原文如此。此处应为民国十九年（1930年）。

旅行笔记

黄果树瀑布美如画

说到贵州，很多人都会想到黄果树瀑布。它是世界上唯一能从上、下、前、后、左、右观看的大瀑布。

黄果树瀑布位于贵州省镇宁布依族苗族自治县西南15千米的白水河上，这里的石灰岩地层长期受到白水河的溶蚀，河床在这里忽然断落，形成七股瀑布，夏季洪峰时汇成巨瀑，泻入犀牛潭，非常壮观。黄果树瀑布是亚洲最大的瀑布，也是世界上最壮观的瀑布之一。

黄果树瀑布的名称几经演变。明代著名旅行家徐霞客在游记中，称其为白水河瀑布。到清代咸丰年间，有“黄葛墅（shù）瀑布”之称。根据推测，黄葛墅瀑布可能是因为瀑布周边长着许多黄葛树（即榕树）而得名。之后，《黔记》中记载“白水河，其地多黄果，故以树命名村市”，于是“黄果树瀑布”这个称呼就出现了，一直沿用到今天。

黄果树风景名胜区景区很多，加上当地的喀斯特岩溶地质，形成了洞穴密布、瀑布众多、怪石林立的奇特景色。

其他推荐

关于贵州的文章还有：

《花溪一日间》（陈伯吹）

《遥念山乡》（叶辛）

《记阳明洞》（蹇先艾）

滇之怡情

云南

省会

昆明

简称

滇（或云）

气候

亚热带、热带高原型湿润季风气候

地理位置

位于西南边疆，东部与贵州、广西相邻，东北部与四川相邻，西北部与西藏相邻。

主要山脉

高黎贡山、玉龙雪山、梅里雪山

主要水系

怒江、澜沧江、金沙江

世界遗产

丽江古城、澄江化石地、石林喀斯特、红河哈尼梯田

本站停靠

昆明
蒙自
翠湖
滇池

文学导游

老舍

杨朔

朱自清

汪曾祺

曾昭抡

滇行短记

老舍

一

总没学会写游记。这次到昆明住了两个半月，依然没学会写游记，最好还是不写。但友人嘱寄短文，并以滇游为题。友情难违；就想起什么写什么。另创一路，则吾岂敢，聊以塞责，颇近似之，惭愧得紧！

四

昆明的建筑最似北平，虽然楼房比北平多，可是墙壁的坚厚，椽柱的雕饰，都似“京派”。

花木则远胜北平。北平讲究种花，但夏天日光过烈，冬天风雪极寒，不易把花养好。昆明终年如春，即使不精心培植，还是到处有花。北平多树，但日久不雨，则叶色如灰，令人不快。昆明的树多且绿，而且树上时有松鼠跳动！入眼浓绿，使人心静，我时时立在楼上远望，老觉得昆明静秀可喜；其实呢，街上的车马并不比别处少。

至于山水，北平也得有愧色，这里，四面是山，滇池五百里——北平的昆明湖才多么一点点呀！山土是红的，草木深绿，绿色盖不住的地方露出几块红来，显出一些什么深厚的力量，教昆明城外到处使人感到一种有力的静美。

四面是山，围着平坝子，从高处看稻田万顷。海田之间，相当宽的河堤有许多道，都有几十里长，满种着树木。万顷稻，中间画着深绿的线，虽然没有怎样了不起的特色，可也不是怎的总看着像画图。

十四

在昆明两月，多半住在乡下，简直的没有看见什么。城内与郊外的名胜几乎都没有看到。战时，古寺名山多被占用；我不便为看山访古而去托人情，连最有名的西山，也没有能去。在城内靛花巷住着的时候，每天我必倚着楼窗远望西山，想像着由山上看滇池，应当是怎样的美丽。山上时有云气往来，昆明人说："有雨无雨看西山"。山峰被云遮住，有雨，峰还外露，虽别处有云，也不至有多大的雨。此语，相当的灵验。西山，只当了我的阴晴表，真面目如何，恐怕这一生也不会知道了；哪容易再得到游昆明的机会呢！

到城外中法大学去讲演了一次，本来可以顺脚去看筑竹寺的五百罗汉塑像。可是，据说也不能随便进去，况且，又落了雨。

连城内的圆通公园也只可游览一半，不过，这一半确乎值得一看。建筑的大方，或较北平的中山公园还好一些；至于石树的幽美，则远胜之，因为中山公园太"平"了。

同查阜西先生逛了一次大观楼。楼在城外湖边，建筑无可观，可是水很美。出城，坐小木船。在稻田中间留出来的水道上慢慢的走。稻穗黄，芦花

已白，田坝旁边偶尔还有几穗凤眼兰。远处，稻田之外，万顷碧波，缓动着风帆——到昆阳去的水路。

大观楼在公园内，但美的地方却不在园内，而在园外。园外是滇池，一望无际。湖的气魄，比西湖与颐和园的昆明池都大得多了。在城市附近，有这么一片水，真使人狂喜。湖上可以划船，还有鲜鱼吃。我们没有买舟，也没有吃鱼，只在湖边坐了一会看水。天上白云，远处青山，眼前是一湖秋水，使人连诗也懒得作了。作诗要去思索，可是美景把人心融化在山水风花里，像感觉到一点什么，又好像茫然无所知，恐怕坐湖边的时候就有这种欣悦吧？在此际还要寻词觅字去作诗，也许稍微笨了一点。

二十一

下关的风，上关的花，苍山的雪，洱海的月，为大理四景。据说下关的风虽多，而不进屋子。我们没遇上风，不知真假。我想，不进屋子的风恐怕不会有，也许是因这一带多地震，墙壁都造得特别厚，所以屋中不大受风的威胁吧。

早晨，车子都开了走，下关便很冷静；等到下午五六点钟的时候，车子都停下，就又热闹起来。我们既不愿白日在旅馆里呆坐，也不喜晚间的嘈杂，便马上决定到喜洲镇去。

由下关到大理是三十里，由大理到喜洲镇还有四十五里。看苍山，以在大理为宜；可是喜洲镇有我们的朋友，所以决定先到那里去。我们雇了两乘滑竿。

这里抬滑竿的多数是四川人。本地人是不愿卖苦力气的。

离开车站，一拐弯便是下关。小小的一座城，在洱海的这一端，城内没有什么可看的。穿出城，右手是洱海，左手是苍山，风景相当的美。可惜，苍山上并没有雪；据轿夫说，是几天没下雨，故山上没有雪——地上落雨，山上就落雪，四季皆然。

到处都有流水，是由苍山流下的雪水。缺雨的时候，即以雪水灌田，但是须向山上的人购买；钱到，水便流过来。

沿路看到整齐坚固的房子，一来是因为防备地震，二来是石头方便。

在大理城内打尖。长条的一座城，有许多家卖大理石的铺子。铺店的牌匾也有用大理石作的，圆圆的石块，嵌在红木上，非常的雅致。城中看不出怎样富庶，也没有多少很体面的建筑，但是在晴和的阳光下，大家从从容容的作着事情，使人感到安全静美。谁能想到，这就是杜文秀抵抗清兵十八年的地方啊！

太阳快落了，才看到喜洲镇。在路上，被日光晒得出了汗；现在，太阳刚被山峰遮住，就感到凉意。据说，云南的天气是一岁中的变化少，一日中的变化多。

二十二

洱海并不像我们想像的那么美。海长百里，宽二十里，是一个长条儿，长而狭便一览无余，缺乏幽远或苍茫之气；它像一条河，不像湖。还有，它的四面都是山，可是山——特别是紧靠湖岸的——都不很秀，都没有多少树木。这样，眼睛看到湖的彼岸，接着就是些平平的山坡了；湖的气势立即消散，不能使人凝眸伫视——它不成为景！

湖上的渔帆也不多。

喜洲镇却是个奇迹。我想不起，在国内什么偏僻的地方，见过这么体面的市镇，远远的就看见几所楼房，孤立在镇外，看样子必是一所大学校。我心中暗喜；到喜洲来，原为访在华中大学的朋友们；假若华中大学有这么阔气的楼房，我与查先生便可以舒舒服服的过几天了。及仔细一打听，才知道那是五台中学，地方上士绅捐资建筑的，花费了一百多万，学校正对着五台高峰，故以五台名。

一百多万，是的，这里的确有出一百多万的能力。看，镇外的牌坊，高大，美丽，通体是大理石的，而且不止一座呀！

比喻手法

进到镇里，仿佛是到了英国的剑桥，街旁到处流着活水：一出门，便可以洗菜洗衣，而污浊立刻随流而逝。街道很整齐，商店很多。有图书馆，馆前立着大理石的牌坊，字是贴金的！有警察局。有像王宫似的深宅大院，都是雕梁画柱。有许多祠堂，也都金碧辉煌。

不到一里，便是洱海。不到五六里便是高山。山水之间有这样的一个镇市，真是世外桃源啊！

旅行笔记

云南——梦幻般的地方

云南简称“滇”或“云”，在我国的西南部，风景优美，名胜古迹众多，省会是昆明。

路南石林位于昆明市石林彝族自治县，是石灰岩地层长期被水溶蚀、冲刷、切割而形成的，陡峭林立，从远处看像石头森林，有石峰、石柱、石芽、石钟乳、石笋等。石林的主要景点有阿诗玛、观音石、望夫石、犀牛望月、剑锋池等。

大理在云南的西部，洱海沿岸。大理有著名的苍山、洱海，还有大理古城。苍山即“点苍山”，海拔4122米，有十九峰、十八溪及悬瀑飞泉等名胜，山顶终年积雪，“苍山雪”是大理“风花雪月”四景之一。洱海古称“叶榆泽”，是云南第二大湖，因湖形如耳得名，水产丰富，以产弓鱼出名。“洱海月”也是大理“风花雪月”四景之一。苍山与洱海风光绮丽，合为国家级自然保护区。大理古城位于苍山之下，洱海之滨，历史可追溯至唐代天宝年间，有四座城门楼及四座角楼，城内房屋皆为土木结构，街道大多由青石板铺设而成。古城布局为棋盘式，文化遗址众多。

丽江在云南的西北部，名胜古迹有丽江古城、云龙雪山等。丽江古城位于丽江坝中部，始建于宋末元初，地处云贵高原。丽江古城不筑城墙，四方街是古城的中心，从四方街四角延伸出四大主街，又从主街岔出众多街巷，交通发达。街道全用五彩石铺砌，雨不积水，几乎每条街道的一侧都伴有流水。玉龙雪山位于丽江城北，由12座山峰组成，由北向南长35千米，山顶终年积雪，宛如一条玉龙。

西双版纳位于云南的南部，西双版纳风景区是我国极少数得以保存的热带原始森林区之一。原始森林中有高等植物5000多种，有高达80米的望天树、独木成林的高山榕树等；动物种类也非常丰富，有250多种珍稀动物，如：亚洲象、蜂猴、太阳鸟等。

茶花赋

杨朔

久在异国他乡，有时难免要怀念祖国的。怀念极了，我也曾想：要能画一幅画儿，画出祖国的面貌特色，时刻挂在眼前，有多好。我把这心思去跟一位擅长丹青的同志商量，求她画。她说："这可是个难题，画什么呢？画点零山碎水，一人一物，都不行。再说，颜色也难调。你就是调尽五颜六色，又怎么画得出祖国的面貌？"我想了想，也是，就搁下这桩心思。

今年二月，我从海外回来，一脚踏进昆明，心都醉了。我是北方人，论季节，北方也许正是搅天风雪，水瘦山寒，云南的春天却脚步儿勤，来得快，到处早像催生婆似的正在催动花事。

花事最盛的去处数着西山华庭寺。不到寺门，远远就闻见一股细细的清香，直渗进人的心肺。这是梅花，有红梅、白梅、绿梅，还有硃砂梅，一树一树的，每一树梅花都是一树诗。白玉兰花略微有点儿残，娇黄的迎春却正当时，那一片春色啊，比起滇池的水来不知还要深多少倍。

究其实这还不是最深的春色。且请看那一树，齐着华庭寺的廊檐一般高，油光碧绿的树叶中间托出千百朵重瓣的大花，那样红艳，每朵花都像一团烧得正旺的火焰。这就是有名的茶花。不见茶花，你是不容易懂得"春深似海"这句诗的妙处的。

比喻手法

想看茶花，正是好时候。我游过华庭寺，又冒着星星点点细雨游了一次黑龙潭，这都是看茶花的名胜地方。原以为茶花一定很少见，不想在游历当中，时时望见竹篱茅屋旁边会闪出一枝猩红的花来。听朋友说："这不算稀奇。要是在大理，差不多家家户户都养茶花。花期一到，各样品种的花儿争奇斗艳，那才美呢。”

我不觉对着茶花沉吟起来。茶花是美啊。凡是生活中美的事物都是劳动创造的。是谁白天黑夜，积年累月，拿自己的汗水浇着花，像抚育自己儿女一样抚育着花秧，终于培养出这样绝色的好花？应该感谢那为我们美化生活的人。

普之仁就是这样一位能工巧匠，我在翠湖边上会到他。翠湖的茶花多，开得也好，红通通的一大片，简直就是那一段彩云落到湖岸上。普之仁领我穿着茶花走，指点着告诉我这叫大玛瑙，那叫雪狮子；这是蝶翅，那是大紫袍……名目花色多得很。后来他攀着一棵茶树的小干枝说：“这叫童子面，花期迟，刚打骨朵，开起来颜色深红，倒是最好看的。”

我就问：“古语说：看花容易栽花难——栽培茶花一定也很难吧？”

普之仁答道：“不很难，也不容易。茶花这东西有点特性，水壤气候，事事都得细心。又怕风，又怕晒，最喜欢半阴半阳。顶讨厌的是虫子。有一种钻心虫，钻进一条去，花就死了。一年四季，不知得操多少心呢。”

我又问道：“一棵茶花活不长吧？”

普之仁说："活的可长啦。华庭寺有棵松子鳞，是明朝的，五百多年了，一开花，能开一千多朵。"

我不觉噢了一声：想不到华庭寺见的那棵茶花来历这样大。

普之仁误会我的意思，赶紧说："你不信么？大理地面还有一棵更老的呢，听老人讲，上千年了，开起花来，满树数不清数，都叫万朵茶。树干子那样粗，几个人都搂不过来。"说着他伸出两臂，做个搂抱的姿势。

我热切地望着他的手，那双手满是茧子，沾着新鲜的泥土。我又望着他的脸，他的眼角刻着很深的皱纹，不必多问他的身世，猜得出他是个曾经忧患的中年人。如果他离开你，走进人丛里去，立刻便消逝了，再也不容易寻到他——他就是这样一个极其普通的劳动者。然而正是这样的人，整月整年，劳心劳力，拿出全部精力培植着花木，美化我们的生活。美就是这样创造出来的。

正在这时，恰巧有一群小孩也来看茶花，一个个仰着鲜红的小脸，甜蜜蜜地笑着，唧唧喳喳叫个不休。

我说："童子面茶花开了。"

普之仁愣了愣，立时省悟过来，笑着说："真的呢，再没有比这种童子面更好看的茶花了。"

一个念头忽然跳进我的脑子，我得到一幅画的构思。如果用最浓最艳的硃红，画一大朵含露乍开的童子面茶花，岂不正可以象征着祖国的面貌？我把这个简单的构思记下来，寄给远在国外的那位丹青能手，也许她肯再斟酌一番，为我画一幅画儿吧。

旅行笔记

昆明，鲜花之城

昆明有“春城”“花城”之称，是东南亚重要的花卉出口基地。昆明的气候四季宜人，鲜花常开，美不胜收。

春城知春始于云南山茶。云南山茶又称南山茶，是世界闻名的花卉，原产云南，栽培品种多达100多种。云南山茶花型大，花色多样，有白、粉红、桃红、玫瑰红至深紫色，花瓣多达15～20片，花期一般从12月开始，渐次开放到翌年3月，是云南八大名花之首，有着1500年以上的栽培史，1983年被定为昆明市市花。

昆明四季处处鲜花，除了山茶，还有玫瑰、百合、郁金香、玉兰、牡丹、桃花、杜鹃花、蓝花楹、薰衣草、向日葵，等等，鲜花已成为昆明人生活中不可缺少的存在。

昆明斗南花卉市场是亚洲最大的鲜切花交易市场，有117类、1600多个品种的鲜花，中国市场的鲜切花，每10枝中至少有7枝来自云南。“中国花卉看云南，云南花卉看昆明”，近年来，昆明花卉品牌的影响力不断提升，花卉产业总量不断扩大。

昆明的鲜花不仅香飘四海，更吸引着广大游客，向人们展示着昆明的勃勃生机。

蒙自杂记

朱自清（1898—1948），原名自华，字佩弦，散文家、诗人、古典文学学者。曾任清华大学、西南联合大学等校教授。其散文风格朴素，文笔秀丽。代表作品有《雪朝》《踪迹》《背影》等。

我在蒙自住过五个月，我的家也在那里住过两个月。我现在常常想起这个地方，特别是在人事繁忙的时候。

蒙自小得好，人少得好。看惯了大城的人，见了蒙自的城圈儿会觉得像玩具似的，正像坐惯了普通火车的人，乍踏上个碧石小火车，会觉得像玩具似的一样。但是住下来，就渐渐觉得有意思。城里只有一条大街，不消几趟就走熟了。书店，文具店，点心店，电筒店，差不多闭了眼可以找到门儿。城外的名胜去处，南湖，湖里的崧岛，军山，三山公园，一下午便可走遍，怪省力的。不论城里城外，在路上走，有时候会看不见一个人。整个儿天地仿佛是自己的；自我扩展到无穷远，无穷大。这教我想起了台州和白马湖，在那两处住的时候，也有这种静味。

大街上有一家卖糖粥的，带着卖煎粑粑。桌子凳子乃至碗匙等都很干净，又便宜，我们联大师生照顾的特别多。掌柜是个四川人，姓雷，白发苍苍的。他脸上常挂着微笑，却并不是巴结顾客的样儿。他爱点古玩什么的，每张桌子上，竹器瓷器占着一半儿；糖粥和粑粑便摆在这些桌子上吃。他家里还藏着些“精品”，高兴的时候，会特地去拿来请顾客赏玩一番。老头儿有个老伴儿，带一个伙计，就这么活着，倒也自得其乐。我们管这个铺子叫“雷稀饭”，管那掌柜的也叫这名儿；他的人缘儿是很好的。

城里最可注意的是人家的门对儿。这里许多门对儿都切合着人家的姓。

别地方固然也有这么办的，但没有这里的多。散步的时候边看边猜，倒很有意思。但是最多的是抗战的门对儿。昆明也有，不过按比例说，怕不及蒙自的多；多了，就造成一种氛围气，叫在街上走的人不忘记这个时代的这个国家。这似乎也算利用旧形式宣传抗战建国，是值得鼓励的。眼前旧历年就到了，这种抗战春联，大可提倡一下。

蒙自的正式宣传工作，除党部的标语外，教育局的努力，也值得记载。他们将一座旧戏台改为演讲台，又每天张贴油印的广播消息。这都是有益民众的。他们的经费不多，能够逐步做去，是很有希望的。他们又帮忙北大的学生办了一所民众夜校。报名的非常踊跃，但因为教师和座位的关系，只收了二百人。夜校办了两三个月，学生颇认真，成绩相当可观。那时蒙自的联大要搬到昆明来，便只得停了。教育局长向我表示很可惜；看他的态度，他说的是真心话。蒙自的民众相当的乐意接受宣传。联大的学生曾经来过一次灭蝇运动。四五月间蒙自苍蝇真多。有一位朋友在街上笑了一下，一张口便飞进一个去。灭蝇运动之后，街上许多食物铺子，备了冷布罩子，虽然简陋，不能不说是进步。铺子的人常和我们说，“这是你们来了之后才有的呀”。可见他们是很虚心的。

蒙自有个火把节，四乡是在阴历六月二十四晚上，城里是二十五晚上。那晚上城里人家都在门口烧着芦秆或树枝，一处处一堆堆熊熊的火光，围着些男男女女大人小孩；孩子们手里更提着烂布浸油的火球儿晃来晃去的，跳

着叫着，冷静的城顿然热闹起来。这火是光，是热，是力量，是青年。四乡地方空阔，都用一棵棵小树烧；想像着一片茫茫的大黑暗里涌起一团团的热火，光景够雄伟的。四乡那些夷人，该更享受这个节，他们该更热烈的跳着叫着罢。这也许是个袚除节，但暗示着生活力的伟大，是个有意义的风俗；在这抗战时期，需要鼓舞精神的时期，它的意义更是深厚。

南湖在冬春两季水很少，有一半简直干得不剩一点二滴儿。但到了夏季，涨得溶溶滟滟的，真是返老还童一般。湖堤上种了成行的由加利树；高而直的干子，不差什么也有“参天”之势。细而长的叶子，像惯于拂水的垂杨，我一站到堤上禁不住想到北平的什刹海。再加上菘岛那一带田田的荷叶，亭亭的荷花，更像什刹海了。菘岛是个好地方，但我看还不如三山公园曲折幽静。这里只有三个小土堆儿。几个朴素小亭儿。可是回旋起伏，树木掩映，这儿那儿更点缀着一些石桌石墩之类；看上去也罢，走起来也罢，都让人有点余味可以咀嚼似的。这不能不感谢那位李菘军长。南湖上的路都是他的军士筑的，菘岛和军山也是他重新修整的；而这个小小的公园，更见出他的匠心。这一带他写的匾额很多。他自然不是书家，不过笔势瘦硬，颇有些英气。

比喻手法

联大租借了海关和东方汇理银行旧址，是蒙自最好的地方。海关里高大的由加利树，和一片软软的绿草是主要的调子，进了门不但心胸一宽，而且周身觉得润润的。树头上好些白鹭，和北平太庙里的“灰鹤”是一类，北方叫做“老等”。那洁白的羽毛，那伶俐的姿态，耐人看，一清早看尤好。在一个角落里有一条灌木林的甬道，夜里月光从叶缝里筛下来，该是顶有趣的。另一个角落长着些芒果树和木瓜树，可惜太阳力量不够，果实结得不肥，但沾着点热带味，也叫人高兴。银行里花多，遍地的颜色，随时都有，不寂寞。最艳丽的要数叶子花。花是浊浓的紫，脉络分明活像叶，一丛丛的，一片片的，真是“浓得化不开”。花开的时候真久。我们四月里去，它就开了，八月里走，它还没谢呢。

旅行笔记

蒙自——西南联大分校旧址

蒙自是云南南部的小城，靠近红河，它是中国知识分子云集的大学分校旧址，这个大学就是名震四海的西南联合大学。

西南联合大学，简称西南联大。抗日战争爆发后，北京大学、清华大学、南开大学三所大学迁往长沙，合并成立长沙临时大学，设文、理、工、法商四个学院。长沙临时大学成立后，过了不久南京被日本侵占，武汉震动，长沙危急，为了能让学校继续办下去，1938年4月，学校再迁至昆明，更名为国立西南联合大学，并增设师范学院。由于师生众多，短时间内昆明校舍无法容纳，便在蒙自成立分校，文学院和法商学院的学生在这里上课。

西南联大成立后，除了维持长沙临时大学时期的院系设置，还进行了一些变动，最终的设置是5个学院、26个学系、4个专修科、1个先修班，成为当时国内规模最大的高等学府之一。1946年5月，西南联大停止办学，三校北返。

西南联大在非常艰苦的条件下，顺应国家需要，凝聚了我国从社会科学到自然科学的一流大师，如：傅斯年、钱钟书、朱自清、闻一多、梁思成、林徽因、冯友兰、华罗庚、叶企孙、周培源等。他们具有浓厚的家国情怀，不计报酬，在民族和国家危难之际，保存了学脉，为国家培养了一批优秀的青年学子，锻造了时代的脊梁。西南联大已走进历史，却永远留存在中国人的精神世界中。

翠湖心影

汪曾祺（1920—1997），小说家、散文家、戏剧家。毕业于西南联合大学，曾任《北京文艺》《民间文学》等刊编辑，1962年到北京京剧团任编剧，参与改编京剧《沙家浜》。所作小说以短篇为主。代表作品有《大淖记事》《受戒》《蒲桥集》等。

有一个姑娘，牙长得好。有人问她：

“姑娘，你多大了？”

“十七。”

“住在哪里？”

“翠湖西。”

“爱吃什么？”

“辣子鸡。”

过了两天，姑娘摔了一跤，磕掉了门牙。有人问她：

“姑娘多大了？”

“十五。”

“住在哪里？”

“翠湖。”

“爱吃什么？”

“麻婆豆腐。”

这是我在四十四年前听到的一个笑话。当时觉得很无聊（是在一个座谈会上听一个本地才子说的）。现在想起来觉得很亲切。因为它让我想起翠湖。

昆明和翠湖分不开，很多城市都有湖。杭州西湖、济南大明湖、扬州瘦西湖。然而这些湖和城的关系都还不是那样密切。似乎把这些湖挪开，城市也还是城市。翠湖可不能挪开。没有翠湖，昆明就不成其为昆明了。翠湖在城里，而且几乎就挨着市中心。城中有湖，这在中国，在世界上，都是不多的。说某某湖是某某城的眼睛，这是一个俗得不能再俗的比喻了。然而说到翠湖，这个比喻还是躲不开。只能说：翠湖是昆明的眼睛。有什么办法呢，因为它非常贴切。

翠湖是一片湖，同时也是一条路。城中有湖，并不妨碍交通。湖之中，有一条很整齐的贯通南北的大路。从文林街、先生坡、府甬道，到华山南路、正义路，这是一条直达的捷径。——否则就要走翠湖东路或翠湖西路，那就绕远多了。昆明人特意来游翠湖的也有，不多。多数人只是从这里穿过。翠湖中游人少而行人多。但是行人到了翠湖，也就成了游人了。从喧嚣扰攘的闹市和刻板枯燥的机关里，匆匆忙忙地走过来，一进了翠湖，即刻就会觉得浑身轻松下来；生活的重压、柴米油盐、委屈烦恼，就会冲淡一些。人们不知不觉地放慢了脚步，甚至可以停下来，在路边的石凳上坐一坐，抽一支烟，四边看看。即使仍在匆忙地赶路，人在湖光树影中，精神也很不一样了。翠湖每天每日，给了昆明人多少浮世的安慰和精神的疗养啊。因此，昆明人——包括外来的游子，对翠湖充满感激。

翠湖这个名字起得好！湖不大，也不小，正合适。小了，不够一游；太大了，游起来怪累。湖的周围和湖中都有堤。堤边密密地栽着树。树都很高大。主要的是垂柳。“秋尽江南草未凋”，昆明的树好像到了冬天也还是绿的。尤其是雨季，翠湖的柳树真是绿得好像要滴下来。湖水极清。我的印象里翠湖似没有蚊子。夏天的夜晚，我们在湖中漫步或在堤边浅草中坐卧，好像都没有被蚊子咬过。湖水常年盈满。我在昆明住了七年，没有看见过翠湖干得见了底。偶尔接连下了几天大雨，湖水涨了，湖中的大路也被淹没，不能通过了。但这样的时候很少……翠湖不种荷花，但是有许多水浮莲。肥厚碧绿的猪耳状的叶子，开着一望无际的粉紫色的蝶形的花，很热闹。我是在翠湖才认识这种水生植物的。我以后再也没看到过样大片大片的水浮莲。湖中多红鱼，很大，都有一尺多长。这些鱼已经习惯于人声脚步，见人不惊，整天只是安安静静的，悠然地浮沉游动着。有时夜晚从湖中大路上过，会忽然拨剌一声，从湖心跃起一条极大的大鱼，吓你一跳。湖水、柳树、粉紫色的水浮莲、红鱼，共同组成一个印象：翠。

一九三九年的夏天我到昆明来考大学，寄住在青莲街的同济中学的宿舍里，几乎每天都要到翠湖。学校已经发了榜，还没有开学，我们除了骑马到黑龙潭、金殿，坐船到大观楼，就是到翠湖图书馆去看书。这是我这一生去过次数最多的一个图书馆，也是印象极佳的一个图书馆。图书馆不大，形制有一点像一个道观。非常安静整洁。有一个侧院，院里种了好多盆白茶花。这些白茶花有时整天没有一个人来看它，就只是安安静静地欣然地开着。图书馆的管理员是一个妙人。他没有准确的上下班时间。有时我们去得早了，他还没有来，门没有开，我们就在外面等着。他来了，谁也不理，开了门，走进阅览室，把壁上一个不走的挂钟的时针“喀拉拉”一拨，拨到八点，这就上班了，开始借书。这个图书馆的藏书室在楼上。楼板上挖出一个长方形的洞，从洞里用绳子吊下一个长方形的木盘。借书人开好借书单，——管理员把借书单叫做“飞子”，昆明人把一切不大的纸片都叫做“飞子”，买米

比喻手法

的发票、包裹单、汽车票，都叫“飞子”，——这位管理员看一看，放在木盘里，一拽旁边的铃铛，“哨唧唧”，木盘就从洞里吊上去了。——上面大概有个滑车。不一会，上面拽一个铃铛，木盘又系了下来，你要的书来了。这种古老而有趣的借书手续我以后再也没有见过。这个小图书馆藏书似不少，而且有些善本。我们想看的书大都能够借到。过了两三个小时，这位干瘦而沉默的有点像陈老莲画出来的古典的图书管理员站起来，把壁上不走的挂钟的时针“喀拉拉”一拨，拨到十二点：下班！我们对他这种以意为之的计时方法完全没有意见。因为我们没有一定要看完的书，到这里来只是享受一点安静。我们的看书，是没有目的的，从《南诏国志》到福尔摩斯，逮着什么看什么。

翠湖图书馆现在还有么？这位图书管理员大概早已作古了。不知道为什么，我会常常想起他来，并和我所认识的几个孤独、贫穷而有点怪癖的小知识分子的印象掺和在一起，越来越鲜明。总有一天，这个人物的形象会出现在我的小说里的。

翠湖的好处是建筑物少。我最怕风景区挤满了亭台楼阁。除了翠湖图书馆，有一簇洋房，是法国人开的翠湖饭店。这所饭店似乎是终年空着的。大门虽开着，但我从未见过有人进去，不论是中国人还是法国人。此外，大路之东，有几间黑瓦朱栏的平房，狭长的，按形制似应该叫做“轩”。也许里面是有一方题作什么轩的横匾的，但是我记不得了。也许根本没有。轩里有一阵曾有人卖过面点，大概因为生意不好，停歇了。轩内空荡荡的，没有桌椅。只在廊下有一个卖“糠虾”的老婆婆。“糠虾”是只有皮壳没有肉的小虾。晒干了，卖给游人喂鱼。花极少的钱，便可从老婆婆手里买半碗，一把一把撒在水里，一尺多长的红鱼就很兴奋地游过来，抢食水面的糠虾，接喋有声。糠虾喂完，人鱼俱散，轩中又是空荡荡的，剩下老婆婆一个人寂然地坐在那里。

路东伸进湖水，有一个半岛。半岛上有一个两层的楼阁。阁上是个茶馆。茶馆的地势很好，四面有窗，入目都是湖水。夏天，在阁子上喝茶，很凉快。这家茶馆，夏天，是到了晚上还卖茶的（昆明的茶馆都是这样，收市很晚），我们有时会一直坐到十点多钟。茶馆卖盖碗茶，还卖炒葵花子、南瓜子、花生米，都装在一个个白铁敲成的方碟子里，昆明的茶馆计账的方法有点特别：瓜子、花生，都是一个价钱，按碟算。喝完了茶，“收茶钱！”堂倌走过来，数一数碟子，就报出个钱数。我们的同学有时临窗饮茶，磕完一碟瓜子，随手把铁皮碟往外一扔，“Pia——”，碟子就落进了水里。堂倌算账，还是照碟算。这些堂倌们晚上清点时，自然会发现碟子少了，并且也一定会知道这些碟子上哪里去了。但是从来没有一次收茶钱时因此和顾客吵起来过；并且在提着大铜壶用“凤凰三点头”手法为客人续水时也从不拿眼睛“贼”着客人。把瓜子碟扔进水里，自然是不大道德，不过堂倌不那么斤斤计较的风度却是很可佩服的。

除了到翠湖图书馆看书，喝茶，我们更多的时候是到翠湖去“穷遛”。这“穷遛”有两层意思，一是不名一钱地遛，一是无穷无尽地遛。“园日涉以成趣”，我们遛翠湖没有个够的时候。尤其是晚上，踏着斑驳的月光树影，可以在湖里一遛遛好几圈。一面走，一面海阔天空，高谈阔论。我们那时都是二十岁上下的人，似乎有很多话要说，可说，我们都说了些什么呢？我现在一句都记不得了！

我是一九四六年离开昆明的。一别翠湖，已经三十八年了，时间过得真快！

旅行笔记

聂耳为翠湖谱曲

翠湖位于云南昆明，是昆明的著名景点，不仅风景如画，还有一位音乐家专门为它创作过乐曲，这个人就是聂耳。

聂耳，原名聂守信，云南玉溪人。1931年4月，聂耳考入明月歌剧社任小提琴师。1933年初，他加入中国共产党。此后，聂耳为歌剧、话剧和电影谱写了《大路歌》《新女性》《开路先锋》《前进歌》《毕业歌》等主题曲和插曲30多首，对激发民众的抗日救亡热情起到了积极的作用。他编写的《翠湖春晓》《金蛇狂舞》等乐曲，深受人们的喜爱。

1935年，聂耳为电影《风云儿女》创作了主题曲《义勇军进行曲》。歌曲节奏坚定有力，表现了中华民族不屈不挠的战斗精神，激发了中国人民争取自由解放的斗志。这首作品就像插上了翅膀，在中国大地被到处传唱。中华人民共和国成立后，《义勇军进行曲》被定为中华人民共和国国歌。

滇池边上的报春花

杨朔

自古以来，人们常有个梦想，但愿世间花不谢，叶不落，一年到头永远是春天。这样的境界自然寻不到，只好望着缥缥缈缈的半天空，把梦想寄到云彩里。

究其实，天上也找不到这种好地方。现时我就在云里。飞机正越过一带大山，飞得极高，腾到云彩上头去。往下一看，云头铺得又厚又严，一朵紧挤着一朵，好像滚滚的浪头，使你恍惚觉得正飞在一片白浪滔天的大海上。云彩上头又是碧蓝碧蓝的天，比洗的还干净，别的什么都不见。 比喻手法

可是，赶飞机冲开云雾，稳稳当当落到地面上，我发觉自己真正来到个奇妙的地方，花啊，草啊，叫都叫不上名，终年不断，恰恰是我们梦想的四季长春的世界。不用我点破，谁都猜得着这是昆明了。

人家告诉我说，到昆明来，最好是夏天或是冬天。六七月间，到处热得像蒸笼，昆明的天气却像三四月，不冷不热。要是冬天，你从北地来，满身带着霜雪，一到昆明，准会叫起来：“哎呀！怎么还开花呢？”正开的是茶花。白的，红的，各种各样，色彩那么鲜亮，你见了，心都会乐得发颤。

说起昆明的花木，真正别致。最有名的三种花是茶花、杜鹃花，还有报春花。昆明的四季并不明显，年年按节气春天一露头，山脚下，田边上，就开了各种花，有宝蓝色，有玫瑰红，密密丛丛，满眼都是。花好，开的时候也好，难怪人人都爱这种报春花。

还有别的奇花异木：昙花本来是稀罕物件，这儿的昙花却长成大树；象鼻莲（仙人掌一类植物）多半是盆栽，这儿的象鼻莲能长到一丈多高，还开

大花；茶花高得可以拴马；有一种豌豆也结在大树上。

其实昆明也并非什么神奇的地方，说穿了，丝毫不怪。这儿属于亚热带，但又坐落在云贵高原上，正当着喜马拉雅山的横断山脉，海拔相当高，北面的高山又挡住了从北方吹来的寒风，几方面条件一调节，自然就冷热均匀，长年都像春天了。

可惜我是秋天来的。茶花刚开，滇池水面上疏疏落落浮着雪白的海菜花，很像睡莲。我喜欢昆明，最喜欢的还是滇池，也叫昆明湖。那天，我上了昆明城外的西山，顺着石磴一直爬到“龙门”高头，倚着石栏杆一望：好啊！这方圆二百里的高原上的大湖，浩浩荡荡，莽莽苍苍，湖心飘着几片渔帆，实在好看。

在昆明，我看过一次十分出色的晚会。有阿细跳月，有景颇族的长刀舞，有彝族的戽（hù）小细鱼舞，有汉族的采茶花灯，还有许多其他民族的歌舞。这些歌舞是那么有色彩，那么有风情，那么欢乐，而又那么热烈，使你永远也不能忘记。晚会演完谢幕时，所有的演员都站到台前，穿着各式各样的服装，鲜明漂亮，好看极了。

当地一位朋友拉拉我的衣袖笑着说："你不是想看看云南有名的报春花么？这不是，就在你眼前。"

眼前这样多不同民族的青年紧靠在一起，五颜六色，神采飞舞，一定很像盛开的报春花。只是报的并非自然界的春天，却是各民族生活里的春天。

只有今天，古人追求不到的圆满东西，我们可以追求到了。

也只有今天，昆明才真正出现了长年不谢的春天。

旅行笔记

高原明珠——滇池

云南属于高原地区，位于云岭之南，故名云南。云南在我国的西南部，多山间盆地和断层湖，水力资源丰富。省内呈南北向条状分布的断层湖有40多个，如洱海、抚仙湖、程海、泸沽湖等，滇池是其中的代表。

滇池又称昆明湖、昆明池、滇南泽，位于昆明市，是云南第一大湖。滇池是构造陷落湖，它是怎么形成的呢？约在中生代末与新生代初，古盘龙江开始发育，使昆明附近产生断裂，西山—大青山与南部刺桐关上升，古盘龙江南流通路被阻，经长期演变形成积水洼地，这就是滇池。盘龙江、东白沙江、西白沙江、宝象河、梁王河等河流汇入滇池，构成滇池水系。湖滨有海埂公园、大观楼、西山等风景。滇池是天然蓄水池，不仅有供水、防洪、航运、养鱼的作用，还能调节昆明的气候。

火把节

曾昭抡（1899—1967），字叔伟，化学家、教育家。曾任北京大学、西南联合大学等校教授。中华人民共和国成立后，任北京大学、武汉大学教授、教育部副部长、高教部副部长等职。对中国化学名词的统一命名做出了很大的贡献。代表作品有《滇康道上》《东行日记》《元素有机化学》等。

云南地方，以及宁属乡下，盛行“火把节”的风俗。日期是阴历六月二十四日。这种风俗，大约是汉人的风俗；但是或者系由边地夷人学来，亦未可知。举行的方式，是各家门前，点燃火把。其意义一说是“送孽龙”。另一说谓系用火把照苞谷，使其不生虫子。无论如何，这种仪式，总是一种农家风俗，多少与祈祷丰收有关。

在锦川桥的一晚，我们正巧碰上这个有意义的节气。走出公路分段的会客室，下石阶以前，在房前一片小平台上，凭栏下望，安宁河的红泥水，

在两山间怒流作响，景致甚佳，晚饭以后，天黑立平台上，再度欣赏此景。俄顷只见对岸（安宁河西岸）陡峻的多树高山上，火光处处起来，类似烧山一般，不久成为一种稀疏的火径。问人乃知此是山上倮倮人，举行火把节的仪式。（锦川桥一带，向来夷匪闹得最凶，出没无常。不过倮夷全是住在路东山以及山后。至对河西岸山上，则住的并非夷人而是倮倮。）出去跑到街上，可见火炬成列。每家口前，各燃一支巨大的火把。火把以"明枝"（即松柴或松木）扎成，外面用篾皮束起，约高十余尺。点燃后，将大板凳一条，竖立起来，将火把逼住（有时并助以石块），使其直立向空中燃烧。一支火把，不能燃二十分钟左右。但一览全街的火炬列，堪称壮观。这天晚上，街上少有点灯的，可是在火把光下，泡茶馆的不少。向来惯例，这晚街上不许摆摊子卖东西。茶馆以外，别种店铺，也一律不营业。

比喻手法

旅行笔记

火把节送火神

火把节是我国西南地区少数民族的传统节日，一般在农历六月二十四日前后举办，彝族人认为，过火把节是要让谷穗像火把一样粗壮，并保人畜平安。火把节期间，各族青年或点燃火把到田间活动，把松香撒向火把照天祈年；或举办篝火晚会，载歌载舞，赛马，摔跤。

从火把节的前一个月开始，彝族的人们就要从山上砍下干竹子或割下干草，捆扎成火把。火把节的习俗有很多，如：看财喜、祭祖、点火把、斗牛、赛马、送火神等。

山歌应答

曾昭抡

在云南各地，乡下老百姓，都有一种唱山歌的习惯。这种习惯，和所唱的调子，大约原来系由当地土著学来，可是现在业已完全变成一种汉人的风俗，歌词也纯用汉字。每逢农忙，乡下男女，下田工作，往往会自行唱和起来。路过行人，如兵士等，也常会参加。此次途中，我们就亲身碰见过好几次。其中最有趣的一次，是在刚过鹧鸪河以后。

新山寺脱险，渡过了鹧鸪河，我们每个人心里，都不禁轻松起来。此处鹧鸪河，是禄劝县第二区与第三区分界的地方。过河即入第三区，路穿一片坝田前进。走了一里多路，看见田中有女子正在扯草。护送我们的自卫队员，便对她们唱起山歌来。几次挑不动，正要向前走，一位穿着大红袄子的女郎，却自田中突然站起，停止工作，尖音高唱，以作回答。兵士们此番反而不好意思，倒想避开。还是我们做好事，叫他们不要躲，停下对唱一会儿再说，行程耽误一点也不要紧。于是这面开口便是一声“小妹”，那边

空间描写

唤以“冤家”。用一种四句一段的七字唱，彼此搭讪起来，互诉衷肠。女的问男的，是何职业。男的答说，年纪轻轻的，就当了兵，真是可怜。女的便唱：“当兵莫当大理兵，提起大理好寒心。……”（按：滇北传说大理人最风流，所以故意如此唱，以示挑逗。）这种音乐对白，听来怪有意思。不过他们和她们唱这类的歌，正和西洋人爱唱流行的爱情歌曲一般，不过借此消遣，并无任何深刻意义存乎其间。唱完的时候，最后一曲，从此相互答谢，谢对方唱歌，便此罢休。最难得的一点，是许多歌词，都是临时编的，虽则音调老是那一个调子。据他们说，如果“棋逢敌手”，唱个几天不停，并不算难。

旅行笔记

云南山歌

山歌是中国民歌的一种，人们多在田间劳动或抒发情感时即兴演唱。

云南是我国少数民族最多的省，云南各民族都有山歌。山歌演唱的内容非常丰富，曲调大多舒展自由。有的民族的山歌音域宽，起伏大，这类山歌是高腔山歌，一般是彝族、纳西族、普米族、傈僳族、怒族、白族等民族的山歌。有的民族的山歌曲调比较柔和，这类山歌是平腔山歌，这些民族主要生活在平坝地区，如：傣族、德昂族、布朗族、壮族、苗族、瑶族等。

山歌一般采用对唱的形式，双方要保持一定的距离，演唱时，一方会积极调动情绪，先唱一个高亢漫长的引腔引起对方的注意。为了方便即兴创作，曲调结构一般由两个或四个乐句构成。不过也有例外，如彝族民歌“四大腔”，各腔都具有传统的组歌式的结构。云南各民族的山歌，有的以地域来命名，有的以曲调的结构来命名。

云南各民族还有对歌、赛歌的传统，赛的就是山歌，一般在年节时举行。赛歌考验的不仅仅是歌唱能力，还有知识、智慧、应变能力等，是一种综合素质的比拼。

其他推荐

关于云南的文章还有：

《西双版纳礼赞》（季羡林）

《澜沧江边的蝴蝶会》（冯牧）

《山色》（李广田）

《石林风雨》（方纪）

跟着名家去旅行

文学旅行团

辽阔之境

老舍 等 著

中国经济出版社
CHINA ECONOMIC PUBLISHING HOUSE
·北京·

图书在版编目（CIP）数据

文学旅行团：跟着名家去旅行．辽阔之境 / 老舍等著．—北京：中国经济出版社，2024.8
ISBN 978-7-5136-7721-9

Ⅰ．①文… Ⅱ．①老… Ⅲ．①散文集－中国－现代②散文集－中国－当代③游记－作品集－中国－现代④游记－作品集－中国－当代 Ⅳ．① I266

中国国家版本馆 CIP 数据核字（2024）第 069913 号

责任编辑　张娟娟
责任印制　马小宾
封面设计　刘　洋　丫丫书装

出版发行　中国经济出版社
印 刷 者　玖龙（天津）印刷有限公司
经 销 者　各地新华书店
开　　本　710mm × 1000mm　1/16
印　　张　9.25
字　　数　132 千字
版　　次　2024 年 8 月第 1 版
印　　次　2024 年 8 月第 1 次
定　　价　168.00 元（全四册）
广告经营许可证　京西工商广字第 8179 号

中国经济出版社 **网址** www.economyph.com **社址** 北京市东城区安定门外大街 58 号 **邮编** 100011
本版图书如存在印装质量问题，请与本社销售中心联系调换（联系电话：010-57512564）

编者的话

游记是散文的一种，主要记述旅途见闻，如：某地的历史沿革、现实状况、社会习俗、风土人情、山川景物、名胜古迹等。游记是运用写作技巧描写美丽的景色，表达作者的思想感情，给我们丰富的美学享受，同时能够开拓视野、陶冶性情的一种文学体裁。优秀的游记更能成为写作的范文。

《文学旅行团·跟着名家去旅行》分为《广袤之地》《辽阔之境》《锦绣河山》《海滨风光》四册，由老舍、鲁迅、茅盾、巴金、朱自清、郁达夫、徐志摩、郭沫若、郑振铎、林徽因等名家组成“文学旅行团”，以名家为“导游”，通过名家游记带领我们畅游祖国山水，领略人文风光。

全书覆盖中国34个省级行政区，包括23个省、5个自治区、4个直辖市、2个特别行政区，所选篇目保持作家原文不变，不对原文做任何修改（作家主要创作时间在中华人民共和国成立以后的，对原文做了个别修改）。文章多为节选，只有个别文章全部选用，不仅包含名家笔下的名胜古迹，还包含他们对各地历史、地理、饮食、曲艺、民俗等的感悟和研究，多角度地展现大美中国。

每章节前的地区概况，方便我们对各个地区进行了解，构建地理概念；文章前的作者介绍方便我们了解名家生平，储备文学知识；文中画波浪线的部分方便我们感受名家的写作手法，提升写作水平；精美的水彩插图营造良好的阅读氛围，提升美学素养；“旅行笔记”拓展多学科知识，丰富认知体系；“推荐阅读”分享更多名家游记，引导阅读，提升阅读量。这是一套不可多得的“大语文”读物、科普读物，也是不可或缺的美文欣赏读物、作文参考读物。

现在，让我们跟着“文学旅行团”出发吧！和文学名家一起旅行，一起走遍中国！

目录

CONTENTS

驰骋游牧　内蒙古自治区

匆离额济纳 / 003

内蒙古风光（节选）/ 007

昭君墓 / 013

内蒙访古（节选）/ 018

辽金旧址　辽宁

沈阳故宫怀古 / 025

大连印象 / 030

白山松水　吉林

一个恬静的城市——吉林 / 035

由哈尔滨回长春转敦化 / 040

松花江畔　黑龙江

松花江上 / 047

哈尔滨 / 051

塞外江南北大荒 / 057

秦岭之巅　陕西

长安行 / 063

长安道上 / 068

陈仓道上 / 072

关中琐记 / 076

西京胜迹 / 080

秦腔：《游西湖》/ 085

河西走廊　甘肃

敦煌游记 / 091

嘉峪关头 / 096

天水甘谷半旬游 / 099

边塞风光　宁夏回族自治区

石嘴山外 / 105

宁夏地理特性 / 109

宁夏赴青铜峡 / 113

西域风情　新疆维吾尔自治区

天山南北的奇迹 / 119

到哈密大吃哈密瓜 / 123

火焰山构成 / 128

雪域高原　西藏自治区

世界高原第一　全年夜温冰点 / 133

藏民生活　拉萨习俗 / 138

驰骋游牧

内蒙古自治区

自治区人民政府驻地

呼和浩特

简称

内蒙古

气候

温带大陆性气候

地理位置

位于中国最北部的高原地区，地跨“三北”——东北、华北、西北。东北部东侧与黑龙江、吉林、辽宁相邻，东北部西侧与俄罗斯交界，南部、西南部与河北、山西、陕西、宁夏相邻，西部与甘肃相邻，北部与蒙古国交界。

主要山脉

大兴安岭、阴山山脉、贺兰山脉

主要水系

呼伦湖、贝尔湖

世界遗产

元上都遗址

本站停靠

额济纳

大兴安岭

昭君墓

大青山

文学导游

范长江

老舍

郑振铎

翦伯赞

匆离额济纳

范长江（1909—1970），原名希天，笔名长江。曾以《大公报》特约通讯员的身份在西北进行采访，发表了大量的旅行通讯，与邹韬奋等人创办《华商报》。中华人民共和国成立后，他历任新华社副社长、新闻总署副署长、《人民日报》社长等职。代表作品有《中国的西北角》《塞上行》等。

戈壁中无鲜明的道路，只是望着山头走，走过一个山头，又望着另外山头，作为前进的指针。

连续通过两大戈壁滩，骑得乏了，下驼休息。下面是干燥的沙地，寸草不存，四望遥远的天边，有时有山，有时我们的视线，消灭在阴灰的地天相接的气氛里。人是这样的四个，骆驼是这五匹。两个蒙古人和我语言不通，他们三个相互间谈得起劲，我自己除了偶尔和翻译谈几句而外，没有方法可以表达我的思想和感情。我这时才感到戈壁之辽阔，及其给予旅人之空虚。

直接描写

一片戈壁盆地的中心，沙地上存留着灰白色的细泥沉淀块，整个来说，这些沉淀泥块，已经破碎了。远远看去，还保存着蜂巢式的平面。假如回到若干万万年以前，戈壁正是碧蓝海底的平沙，我们如果坐在探海器里，沉坠到汪洋的中心，那时可能遇到许多鲨鱼，乌贼，珊瑚之类，隔着玻璃我们可以和许多水栖动物见面。可惜我迟生了若干万万年，沧海已成荒漠，风沙而外，所余的只有极少的古海征候了。

途次，常遇成堆的白骨，狼藉戈壁中，盖为过去横渡沙漠而牺牲之骆驼，骆驼本生于沙漠，其所恃以生者，以其能食各种杂草，有水囊可以蓄水，有驼峰可以耐饥，故能纵横大漠，独傲群兽。待其一定时期经过之后，一代之生命即告结束，黄沙广漠，即为此漠上英雄白骨之陈列所。过去若干代如此，今后若干代亦莫不如此，此盖为骆驼生存史之本质。然而我们所骑未死骆驼，对于彼等先代之白骨，仍时现惊避之行动。是盖有惧于“死”。生物必不能不死。而生物皆不欲死，此生物之所以特奇也。

午后走过了一个十数里的大沙窝区，黄昏后又走进另一沙窝，我有点不愿意走，一方面是骑驼骑得饿了，一方面是恐怕走进沙窝，夜间走不出来。但是老杜告诉我，苏牧羊的意思是再过了这片沙窝才住下，过了沙窝有草可以喂骆驼，沙里没有办法。我当然只好听话。天是慢慢由太阳的世界，走入月亮的世界，朦胧的月光射在紧密的沙浪上，半明半暗的浪头，无禁的绵连着，起伏着，四望都是茫茫。五匹骆驼在苏牧羊领导之下，转来转去，浮沉在沙浪之中，飘荡，飘荡，到嫦娥小姐都有休息的意思了，我们仍没有发现沙海的边沿。看苏牧羊东张西望的神气无疑的是迷路了！既然丧失了方向，也只好暂时找地住了下来。沙里无水无草，因为沙是松的，帐幕也立不起来，草率的烧些茶吃，我们就露天睡在沙上了。

旅行笔记

地貌多样的内蒙古

内蒙古自治区地处祖国的正北方，北部与俄罗斯、蒙古国接壤，东部、南部、西部依次与黑龙江、吉林、辽宁、河北、山西、陕西、宁夏和甘肃八个省区相邻，是我国邻省最多的省级行政区之一，横跨我国东北、华北、西北地区，被称为“祖国的北大门”。

内蒙古自治区的地貌多种多样，但主要以高原为主体，地势由南向北、由西向东缓缓倾斜。内蒙古高原是中国四大高原之一，它由呼伦贝尔高原、锡林郭勒高原、乌兰察布高原、巴彦淖尔高原、阿拉善高原及鄂尔多斯高原共同构成。内蒙古自治区不仅有高原，还有丘陵、平原、谷地、盆地等地貌。山地是自然地理的重要分界线，内蒙古自治区最重要的山地为大兴安岭、阴山山地和贺兰山。这些山地连贯起来构成了内蒙古高原地貌的脊梁，是内蒙古自治区内、外流河的分界线，将内蒙古自治区分成具有不同地貌特征的北部和南部。

内蒙古自治区的平原分别是位于大兴安岭东麓的嫩江西岸平原、西辽河平原，阴山脚下的土默川平原、河套平原等。这里地势平坦、土质肥沃、光照充足、水源丰富，是内蒙古自治区粮食和经济作物的主要产区。

内蒙古自治区的沙漠有阿拉善盟的巴丹吉林沙漠、腾格里沙漠、乌兰布和沙漠，沙地是位于呼伦贝尔高原的呼伦贝尔沙地。呼伦贝尔沙地有危害较大的流动沙丘；有固定或半固定沙丘；有些地方水草的生长条件较好，可供放牧或种植饲草。

内蒙古自治区拥有丰富的天然草场资源，现有呼伦贝尔、锡林郭勒、科尔沁、乌兰察布、鄂尔多斯五大草原；拥有一条国际公认的优质奶牛饲养带，这一地带的自然条件非常适合奶牛生长，内蒙古自治区的中部地区正好位于这条优质奶牛饲养带上。

内蒙古风光（节选）

老舍（1899—1966），原名舒庆春，字舍予，文学家。他获得北京市人民政府授予的“人民艺术家”称号，其作品善于刻画市民阶层的生活和心理，具有浓郁的京派风味，语言幽默、生动。代表作品有《四世同堂》《骆驼祥子》《茶馆》《龙须沟》等。

林海

这说的是大兴安岭。自幼就在地理课本上见到过这个山名，并且记住了它，或者是因为“大兴安岭”四个字的声音既响亮，又含有兴国安邦的意思吧。是的，这个悦耳的名字使我感到亲切、舒服。可是，那个“岭”字出了点岔子：我总以为它是奇峰怪石，高不可攀的。这回，有机会看到它，并且进到原始森林里边去，脚落在千年万年积累的几尺厚的松针上，手摸到那些古木，才真的证实了那种亲切与舒服并非空想。

对了，这个“岭”字，可跟秦岭的“岭”字不大一样。岭的确很多，高点的，矮点的，长点的，短点的，横着的，顺着的，可是没有一条使人想起“云横秦岭”那种险句。多少条岭啊，在疾驰的火车上看了几个钟头，既看不完、也看不厌。每条岭都是那么温柔，虽然下自山脚，上至岭顶，长满了珍贵的林木，可是谁也不孤峰突起，盛气凌人。

目之所及，哪里都是绿的。的确是林海。群岭起伏是林海的波浪。多少种绿颜色呀：深的，浅的，明的，暗的，绿得难以形容，绿得无以名之，我虽诌了两句：“高岭苍茫低岭翠，幼林明媚母林幽”，但总觉得离眼前实景还相差很远，恐怕只有画家才能够写下这么多的绿颜色来吧？

兴安岭上千般宝，第一应夸落叶松。是的，这是落叶松的海洋。看

“海”边上不是还有些白的浪花吗？那是些俏丽的白桦，树干是银白色的。在阳光下，一片青松的边沿，闪动着白桦的银裙，不像海边上的浪花么？

两山之间往往流动着清可见底的溪河，河岸上有多少野花呀。我是爱花的人，到这里我却叫不出那些花的名儿来。兴安岭多么会打扮自己呀：青松作衫，白桦为裙，还穿着绣花鞋呀。连树与树之间的空隙也不缺乏色彩：在松影下开着各种的小花，招来各色的小蝴蝶——它们很亲热地落在客人的身上。花丛里还隐藏着像珊瑚珠似的小红豆，兴安岭中酒厂所造的红豆酒就是用这些小野果酿成的，味道很好。

拟人手法

就凭上述的一些风光，或者已经足以使我们感到兴安岭的亲切可爱了。还不尽然：谁进入岭中，看到那数不尽的青松白桦，能够不马上向四面八方望一望呢？有多少省份用过这里的木材呀！大至矿井、铁路，小至桌椅、椽柱，有几个省市的建设与兴安岭完全没有关系呢？这么一想，“亲切”与“舒服”这种字样用来就大有根据了。所以，兴安岭越看越可爱！是的，我

们在图画中或地面上看到奇山怪岭，也会发生一种美感，可是，这种美感似乎是起于惊异与好奇。兴安岭的可爱，就在于它美得并不空洞。它的千山一碧，万古常青，又恰好与广厦、良材联系起来。于是，它的美丽就与建设结为一体，不仅使我们拍掌称奇，而且叫心中感到温暖，因而亲切、舒服。

哎呀，是不是误投误撞跑到美学问题上来了呢？假若是那样，我想：把美与实用价值联系起来，也未必不好。我爱兴安岭，也更爱兴安岭与我们生活上的亲切关系。它的美丽不是孤立的，而是与我们的建设分不开的。它使不远千里而来的客人感到应当爱护它，感谢它。

及至看到林场，这种亲切之感便更加深厚了。我们伐木取材，也造林护树，左手砍，右手栽。我们不仅取宝，也作科学研究，使林海不但能够万古常青，而且百计千方，综合利用。山林中已有了不少的市镇，给兴安岭添上了新的景色，添上了愉快的劳动歌声。人与山的关系日益密切，怎能够使我们不感到亲切、舒服呢？我不晓得当初为什么管它叫作兴安岭，由今天看来，它的确含有兴国安邦的意义了。

草原

自幼就见过“天苍苍，野茫茫，风吹草低见牛羊”这类的词句。这曾经发生过不太好的影响，使人怕到北边去。这次，我看到了草原，那里的天比别处的天更可爱，空气是那么清鲜，天空是那么明朗，使我总想高歌一曲，表示我的愉快。在天底下，一碧千里，而并不茫茫。四面都有小丘，平地是绿的，小丘也是绿的。羊群一会儿上了小丘，一会儿又下来，走在哪里都像给无边的绿毯绣上了白色的大花。那些小丘的线条是那么柔美，就像没骨画那样，只用绿色渲染，没有用笔勾勒，于是，到处翠色欲流，轻轻流入云际。这种境界，既使人惊叹，又叫人舒服，既愿久立四望，又想坐下低吟一首奇丽的小诗。在这境界里，连骏马与大牛都有时候静立不动，好像回味着草原的无限乐趣。紫塞，紫塞，谁说的？这是个翡翠的世界。连江南也未必有这样的景色啊！

我们访问的是陈巴尔虎旗的牧业公社。汽车走了一百五十华里，才到达目的地。一百五十里全是草原。再走一百五十里，也还是草原。草原上行车至为洒脱，只要方向不错，怎么走都可以。初入草原，听不见一点声音，也看不见什么东西，除了一些忽飞忽落的小鸟。走了许久，远远地望见了迂回的，明如玻璃的一条带子。河！牛羊多起来，也看到了马群，隐隐有鞭子的轻响。快了，快到公社了。忽然，像被一阵风吹来的，远丘上出现了一群马，马上的男女老少穿着各色的衣裳，马疾驰，襟飘带舞，像一条彩虹向我们飞过来。这是主人来到几十里外，欢迎远客。见到我们，主人们立刻拨转马头，欢呼着，飞驰着，在汽车左右与前面引路。静寂的草原，热闹起来：欢呼声，车声，马蹄声，响成一片。车、马飞过了小丘，看见了几座蒙古包。

直接描写

蒙古包外，许多匹马，许多辆车。人很多，都是从几十里外乘马或坐车来看我们的。我们约请了海拉尔的一位女舞蹈员给我们作翻译。她的名字漂亮——水晶花，她就是陈旗的人，鄂温克族。主人们下了马，我们下了车。也不知道是谁的手，总是热乎乎地握着，握住不散。我们用不着水晶花同志给作翻译了。大家的语言不同，心可是一样，握手再握手，笑了再笑。你说你的，我说我的，总的意思都是民族团结互助！

也不知怎的，就进了蒙古包。奶茶倒上了，奶豆腐摆上了，主客都盘腿坐下，谁都有礼貌，谁都又那么亲热，一点不拘束。不大一会儿，好客的主人端进来大盘子的手抓羊肉和奶酒。公社的干部和我们敬酒，七十岁的老翁向我们敬酒。正是：祝福频频难尽意，举杯切切莫相忘！

我们回敬，主人再举杯，我们再回敬。这时候鄂温克姑娘们，戴着尖尖的帽儿，既大方，又稍有点羞涩，来给客人们唱民歌。我们同行的歌手也赶紧唱起来。歌声似乎比什么语言都更响亮，都更感人，不管唱的是什么，听者总会露出会心的微笑。

饭后，小伙子们表演套马，摔跤，姑娘们表演了民族舞蹈。客人们也舞的舞，唱的唱，并且要骑一骑蒙古马。太阳已经偏西，谁也不肯走。是呀！

蒙汉情深何忍别，天涯碧草话斜阳！

人的生活变了，草原上的一切都也随着变。就拿蒙古包说吧，从前每被呼为毡庐，今天却变了样，是用木条与草秆做成的，为是夏天住着凉爽，到冬天再改装。看那马群吧，既有短小精悍的蒙古马，也有高大的新种三河马。这种大马真体面，一看就令人想起“龙马精神”这类的话儿，并且想骑上它，驰骋万里。牛也改了种，有的重达千斤，乳房像小缸。牛肥草香乳如泉啊！并非浮夸。羊群里既有原来的大尾羊，也添了新种的短尾细毛羊，前者肉美，后者毛好。是的，人畜两旺，就是草原上的新气象之一。

旅行笔记

马背上的荣光

蒙古族是中国的少数民族，最初为室韦一支，与东胡、鲜卑、契丹等有渊源。蒙古族意为“永恒之火”，别称“马背民族”。

13世纪初，蒙古族登上了历史舞台，留下了引人注目的足迹。成吉思汗及其继承者们，为了征服世界，南征西讨，建立了一个横跨欧亚的蒙古帝国。

1206年，铁木真经过十多年的征战统一蒙古各部后，被推举为蒙古大汗，号成吉思汗，建立了大蒙古国。1227年，蒙古军灭西夏。这一年，成吉思汗因病去世。1229年，窝阔台继任大汗，联合南宋灭掉金朝。从成吉思汗到蒙哥，陆续攻灭西辽、西夏、金、大理，并在吐蕃建立行政机构。1260年，忽必烈即大汗位。1271年，忽必烈定国号为“元”，其后攻灭南宋，统一全国，建都大都（今北京）。元朝是我国古代幅员最辽阔的多民族、统一的国家，结束了唐末五代以来辽、宋、夏、金割据对峙的局面，疆域东、南到海，西到今新疆，西南包括西藏、云南，北面包括西伯利亚大部，东北到鄂霍次克海。1367年，朱元璋开始北伐。1368年，徐达率军攻陷大都。元惠宗北逃，仍称元朝，史称“北元”。1402年，北元发生内乱，始去国号。

昭君墓

郑振铎（1898—1958），笔名西谛、郭源新，作家、文学史家。他曾任燕京大学、暨南大学等校教授，致力学术研究，主编《文学季刊》《世界文库》。代表作品有《取火者的逮捕》《插图本中国文学史》《中国俗文学史》《中国版画史图录》《中国古本戏曲丛刊》等。

上午九时半早餐后，出发游昭君墓。墓在绥远城南二十里。希白、雷小姐他们都骑马去，我因为没有骑过马，只好坐轿车。车很干净，三面皆为黑色的纱窗。但道路崎岖不平，车轴又无弹簧，身体颠簸得厉害，只手紧握着车窗或车门，不敢一刻疏忽。一疏忽，不是头被撞痛，便是手臂或腿部嘭地一声，被撞在车门上。有时，猛烈一撞，心胆俱裂，百骸若散。好在车轮很高，相距亦阔，还不至演出覆车的危险。有马队四人，带了手提机关枪，来保护我们，因为前日城内出过抢案。骡夫走得很慢，骑马的人不时休息下来等着我们。十时三刻，才到小黑河。水不深，还不到尺。十一时一刻，到民丰渠。浊流湍急，不测深浅，渡河时，人人皆惴惴危惧。一个从者的马匹倒了下去，骑者浑身俱湿。幸渠身不大宽，河水也至多只有两尺多深。大家都不曾再出危险，骡车也安稳地渡过。据说，春时，汽车可达，此时水深，除马及骡车外，无法渡过。十一时三刻到昭君墓。墓甚高，据说有二十丈，周围数十亩。土色特黑，草色青翠，多半是香蒿，及人腰，香味极烈。墓前列碑七八座，最古者为道光十一年（1831）长白升演①所书之“汉明妃冢”及他的碑阴的题诗。次有道光十三年（1833）长白珠澜的碑。次有戊申年耆英的碑。此外皆民国时代的新碑。民国十二年（1923）立的马福祥的墓碑云：

①升演：似当作“昇寅”。——编者注

“《辽史·地理志》‘丰州’下则曰‘青冢，即王昭君墓’。据此则昭君墓之在丰州，已无疑义。又考清初张文端《使俄行程录》云，归化城南负廓有青冢，冢前石虎双列，白石狮子仅存其一，光莹精工，必中国所制，以赐明妃者也。又有绿琉璃瓦砾狼藉，似享殿遗址。”民国十九年（1930）冯曦的一碑，最为重要：

“岁庚午，清明后十日，涵础李公[②]召集军政各长议定植树冢右。始掘土，获梵文经卷随风湮灭。既而石虎现、木柱现，而零星璃瓦，碧苔叠篆，犹不可更仆数。知古人于冢右实有招提[③]在。”

冯氏所推测的大致很对，张氏所云，享殿遗址，必是大招提的遗址无疑。“中国所制，以赐明妃者也。”语尤无根。唯清初已破败至此，则此遗址至晚必为辽金时代的遗物。惜未获碑文，无从断定。但此冢孤耸于平原上，势颇险峻，如果不是古代一个上瞭望台，则也许是一个古墓。至于是否昭君之墓，则不可知了。他日也许能够发掘一次以定之。此望台或古墓的时代当较右有的庙宇为古。石虎一只，今尚倒在田垄间，极粗朴，似非名贵之物。昭君墓，包头附近尚有一座。（闻西陲更有一座）依常理推之，汉时绥归，尚为中土，明妃绝不会葬在这个地方的。但青冢之说，唐人的王昭君变文里已提及之，有“青冢寂辽，多经岁月”的话。元人马致远有“沉黑江明妃青冢恨，破幽梦孤雁汉宫秋”一剧，黑水青冢，皆见于此。冢南的大黑河殆即所谓黑水（《元曲选》说白中，指黑水为黑龙江万无是理）。其后明人的《和戎记》《青冢记》诸传奇也都坐实青冢之说。究竟有此富于诗意的古址，留人凭吊，也殊不恶。休息了一会，即登冢上。仅有小路，沿山边而上，宽仅容足，一边即为壁立数丈的空际。“一失足成千古恨”，走时，很小心。半山有极小的大仙祠一所。据说，中为一洞，甚深。从前游人们常从大仙借碗汲水喝，今已不能借到了，闻之，为之一笑。冢上白土披离，似为

---

②李公：即绥远都统李培基，字涵础。——编者注

③招提：寺院。——编者注

雨冲刷的结果。仅有此方丈之地不生草，四边仍为黑土及绿草。南望，即大黑河，今已枯浅。北望大青山脉，绵延不断，为归绥的天然屏障。西北方即归绥的新旧城所在。太阳光很猛烈。徘徊了一会，方下山。在碑阴喝水，吃轻便的午饭。我先坐骡车走。骡夫说，青冢一日有三变，一变似馒头，再变为盖碗。第三变则他已忘记了。骡夫为一老头儿，他说，现年五十六岁，十余岁时已业此，至今已四十余年了。他慨叹地道："前清的生意好做，民国时是远不如前了。洋车抢了不少生意去。"他似对一切新事物都抱不忿。有自行车经过，骡为所惊，他便咒诅不已。他又说："这车已经三天不开张了。"我问他："是你自己的车么？"他说："不，我替人赶的；买卖实在不好做。每月薪水二元，吃东家的，有时，客人们赐个一毛五分的。东家一天得费五毛钱养车，净赔，卖了也没人要。从前有七八百辆，如今只存二百九十多辆了。"他脸上满是烟容，我问他："你吃烟么？"他点点头。"一个月两块钱的工钱，如何够吃烟？"他道："对付着来。"

比喻手法

骡车在入城的道上，因骡惊，踢翻了一个水果担子。他道："不要紧，我赔，我赔。"结果赔了一毛钱。他似毫不容心的，还是笑着。水果贩子还要不依，我阻止了他。骡夫却始终从容而迂缓。若不动心的。等到回到公医院，我给了三毛钱的赏钱。

"是给我的么？"他有点惊诧。

"给你做赏钱。"

他现了笑容，谢了又谢，显出感激的样子。

这可爱的人呀！世事在他看来，是怎样简朴而无容思虑。

回望昭君墓，仅见如三角台形似的一堆绿色土阜。同行的王副官说，这青冢，冬天草枯时，也并不显出土色，远望仍是青的。

旅行笔记

昭君出塞

王昭君，名嫱，字昭君，晋避司马昭讳，改称其为"明君"或"明妃"。王昭君出生于西汉南郡秭归（今属湖北）香溪河畔，因为天生丽质，汉元帝时被选入掖庭，成了一名宫女。根据民间传说，王昭君入宫以后，汉元帝命画师毛延寿为宫女画像，貌美者被选入后宫，王昭君不肯贿赂毛延寿，被毛延寿画得并不美丽，因此没有入选汉元帝的后宫。

公元前33年，一件事情的发生改变了王昭君的命运，那就是匈奴呼韩邪单于来长安朝觐汉元帝，自言愿当汉家女婿，与汉朝进一步亲近。在这里，我们不得不提一下汉朝与匈奴的关系。早在战国时期，匈奴骑兵就不时地入侵中原地区。秦始皇统一六国之后，曾经派大将蒙恬率兵三十万北击匈奴。到了西汉初年，匈奴铁骑更深入地侵略到中原地区，骑兵所到之处，掠夺财产，践踏庄稼，给人民带来战乱和痛苦。尽管西汉也采取了积极的防御措施，但匈奴是游牧民族，迁徙无定，很难将其完全制服。公元前60年以后，匈奴发生内乱，先有五单于争立，后有呼韩邪单于与郅支单于的对抗，呼韩邪单于在对抗中失败，被迫投归汉朝。对于汉朝来说，郅支单于仍在塞北威胁汉朝，所以汉朝接纳呼韩邪单于，让其牵制郅支单于。当呼韩邪单于自言愿当汉家女婿时，汉元帝欣然允许。王昭君进宫多年，仍是一名宫女，便自请嫁匈奴。就这样，王昭君肩负着汉匈和亲的重任，别长安，出潼关，过雁门，长途跋涉到达匈奴后，被封为宁胡阏氏。她与匈奴人和睦相处，并将中原文化带到匈奴。王昭君为汉朝和匈奴的和平友好做出了种种努力，使汉朝和匈奴之间维持了半个多世纪的稳定局面，造福于人民。王昭君死后被葬在大青山，匈奴人为其修墓，即为“青冢”。

内蒙访古（节选）

翦伯赞（1898—1968），历史学家。曾任北京大学教授、副校长，《历史研究》《考古学报》编委，中国科学院哲学社会科学部委员。代表作品有《历史哲学教程》、《中国史纲》（第一、二卷）、《中国史论集》、《历史问题论丛》等。

一段最古的长城

早在战国时，大青山南麓，沿黄河北岸的一片原野，就是赵国和胡人争夺的焦点。在争夺战中，赵武灵王击败了胡人，占领了这个平原，并且在北边的国境线上筑起了一条长城，堵住了胡人进入这个平原的道路。据《史记·匈奴传》所载，赵国的长城东起于代（今河北宣化境内），中间经过山西北部，西北折入阴山，至高阙（今乌拉山与狼山之间的缺口）为止。现在有一段古长城遗址，断续绵亘于大青山、乌拉山、狼山靠南边的山顶上，东西长达二百六十余里，按其部位来说，这段古长城正是赵长城遗址。

我们这次访问包头，曾经登临包头市西北的大青山，游览这里的一段赵长城。这段长城高处达五米左右，土筑，夯筑的层次还很清楚。东西纵观，都看不到终极，在东边的城址上，隐然可以看到有一个古代废垒，告诉人们那里在当时是一个险要地方。

我在游览赵长城时，作了一首诗，称颂赵武灵王，并且送了他一个英雄的称号。赵武灵王是无愧于英雄的称号的。大家都知道，秦始皇以全国的人力物力仅仅连接原有的秦燕赵的长城并加以增补，就引起了民怨沸腾。不知从什么时候起，在秦始皇面前就站着一个孟姜女，控诉这条举世闻名的万里长城。甚至在解放以后，还有人把万里长城作为“炮弹”攻击秦始皇。而赵武灵王以小小的赵国，在当时的物质和技术条件下，竟能完成这样一个巨大的国防工程而没有挨骂，不能不令人惊叹。

当然，我说赵武灵王是一个英雄，不仅仅是因为他筑了一条长城，更重要的是因为他敢于发布“胡服骑射”的命令。要知道，他在当时发布这个命令，实质上就是与最顽固的传统习惯和保守思想宣战。

只要读一读《战国策·赵策》就知道当赵武灵王发布了胡服骑射的命令以后，他立即遭遇到来自赵国贵族官僚方面的普遍反抗。赵武灵王击败了那些顽固分子的反抗，终于使他们脱下了那套用以标志他们身分的祖传的宽大的衣服，并且把过了时的笨重的战车扔到历史的垃圾堆里去。敢于这样做的人，难道不是一个英雄吗？可以肯定说是一个英雄，一个大大的英雄。

在大青山下

在大青山与乌拉山之间的峪口中有一条昆都仑河，由北而南流入黄河。昆都仑河就是古代的石门水，石门水大概是古代游牧民族进入阴山以南的沃野最方便的一条道路。在这个通道的外面，已经发现了一些汉代的古城，有一个古城可能就是汉代的当禄城。

我们这次访问内蒙西部，曾经游览了呼和浩特市附近塔布土拉罕的汉城遗址和包头市附近麻池乡的汉城遗址。

塔布土拉罕在呼和浩特市东北三十五里，大青山的南麓。古城作长方形，分内外两城，外城周围约三公里。在内城的地面上到处可以看到汉代的绳纹陶片。在城的附近有五个大土堆，塔布土拉罕就是五个大土堆的意思。这五个大土堆，可能是五个大封土墓，如果把这五个大封土墓打开，很有可能发现这个古城的历史档案。

麻池乡在包头市西三十里。这里的古汉城也是分内外两城，内城也散布着很多汉代砖瓦，外城很少。古城周围有很多古墓，大多数没有封土。在这里的墓葬中，发现了很多古物，其中有汉代的钱币和汉式的铜器、陶器、漆器等等，也有金质和银质的镂空饰片，饰片上的花纹作虎豹骆驼等动物形象。还发现了“单于天降”、“四夷□服”（字迹不清）以及“单于和亲”“千秋万岁”“长乐未央”等文字的瓦当残片。

我不想详细介绍这两个古城的发现，只想指出一个事实，即阴山南北和黄河渡口一带的汉代古城，不是由于经济的原因，而是由于军事的原因建筑起来的。严格地说，这些古城不能称为真正的城市，只是一种驻扎军队和屯积军用粮食武器的营垒。居住在这些城堡中的主要的是军队，也有小商人和手工业者；但这些小商人和手工业者是依靠军队生活的，只要军队撤退，这些城堡也就废弃了。

我还想指出，阴山一带在民族关系紧张的时期是一个战场，而在民族关系缓和时期则是一个重要的文化交流的驿站；甚至在战争的时期，也不能完全阻止文化的交流。关于这一点，我们可以从这一带发现的文物得到说明。例如在当时的汉与匈奴的边境线上到处都发现了汉代的钱币和工艺品，这些工艺品与在内地发现的同一时期的工艺品是一样的，这件事说明汉与匈奴之间的和平往来，并没有完全被万里长城和军事堡垒所遮断。

在大青山脚下，只有一个古迹是永远不会废弃的，那就是被称为青冢的昭君墓。因为在内蒙人民的心中，王昭君已经不是一个人物，而是一个象征，一个民族友好的象征；昭君墓也不是一个坟墓，而是一座民族友好的历史纪念塔。

排比手法

旅行笔记

赵武灵王的“胡服骑射”改革

战国时期，诸侯国之间战争频繁，为了富国强兵，各诸侯国竞相招纳贤士，锐意变法。其中，比较重要的军事改革是赵武灵王的“胡服骑射”。

赵武灵王（？—前295），名雍，是赵国君主。在兼并剧烈的战国时期，赵国被齐国、燕国、中山国、秦国、魏国，以及三胡（林胡、楼烦、东胡）包围着，军备力量比较弱，有亡国的危险。面对这种形势，赵武灵王开始发愤图强，励精图治。一方面，他正视和分析了赵国的艰难处境，开始养精蓄锐；另一方面，他勇敢地打破了中原传统的衣冠制度和战术，学习北方游牧民族军事上的优点，下令军队改穿胡服，学习骑射。他把原来身着宽袍大袖，穿鞋子，驾笨重战车，改成身着短身小袖胡服，穿皮靴，骑快马，持轻弓。

“胡服骑射”作为打破传统的改革，初始阶段并不是一帆风顺的，除了个别大臣理解和支持，朝野一片反对，但是赵武灵王力排众议，对大家进行说服教育，以坚不可摧的信念和毅力，将改革推行了下去。改革在全国范围内迅速展开，一支机动、灵活的强大骑兵训练成功了，他们在战场上迅速扭转了被动局面，在东北攻灭了中山国，在西北打败了林胡、楼烦。赵国的军威，一直保持到了赵武灵王死后若干年。

赵武灵王在打败林胡、楼烦后，在北方修筑长城，并在长城派驻军队，阻止胡人骑兵的侵扰，保护边地人民的农牧业生产和生活。赵武灵王的改革加强了局部地区的统一，为后来秦汉统一北方边疆奠定了基础，也促进了广大边地的开发。

其他推荐

关于内蒙古的文章还有：

《墨城红月》（宗璞）

《可爱的内蒙古》（梁思成）

《青冢随想录》（周彦文）

辽金旧址

辽宁

省会

沈阳

简称

辽

气候

大部属温带大陆性季风气候，南部属暖温带湿润气候

地理位置

位于东北地区南部，南临黄海、渤海，东南部隔鸭绿江与朝鲜相望，东北部与吉林相邻，西南部与河北相邻，西北部与内蒙古相邻。

主要山脉

千山、努鲁儿虎山

主要水系

辽河

世界遗产

沈阳故宫，盛京三陵，高句丽王城、王陵及贵族墓葬

本站停靠

沈阳故宫

大连

文学导游

曹聚仁

赵君豪

沈阳故宫怀古

曹聚仁（1900—1972），记者、作家。曾在爱国女中、暨南大学、复旦大学等校任教，主编过《涛声》《芒种》等杂志，报道过淞沪抗战、台儿庄大捷。代表作品有《万里行记》《现代中国通鉴》《中国学术思想史随笔》。

我们周游了沈阳古城和沈阳故宫。北京故宫，乃是辽、金、元、明、清这五代所累积的皇城，沈阳故宫则是清初二帝所经营的皇城。

故宫在沈阳故城内，占了纵横四条大街，中部为大内宫阙，这都是早期建筑物；为大清门、崇政殿（太宗朝会之所）、清宁宫、关雎宫、麟趾宫、衍庆宫、永福宫（帝及后妃住宅），凤凰楼则是康熙年间改建的。乾隆年间增建的，有东宫的敬典阁、介祉宫、颐和殿；西宫的崇谟阁、继思斋、保极宫、迪光殿；以及中部的日华楼、霞绮楼、师善斋、协中斋。（太庙在大清门东侧。）东部为大政殿，（原为努尔哈赤的八方亭，清太宗加以修建，为集会议事及举行重要典礼的所在。）殿前两侧为左右两翼王亭和八旗亭，合称十王亭。亭南端东西为奏乐亭。西部为文溯阁，庋藏四库全书之所。（四库全书共七部，此其一。我们参观时，文溯阁在整理中，不开放。）阁前为嘉荫堂、戏楼，阁后为仰熙斋、梧桐院。故宫的建筑，从艺术观点来说，那是代表着壮丽雄伟的气氛，和北京的故宫可以媲美的。主要的宫殿楼阁，屋顶都铺着黄琉璃瓦，衬以绿剪边，和朱红“地仗”及檐部彩绘相辉映，突出了绿、红、黄三色，给人以温暖的愉快感受。在造形与结构上，如大政殿那样，为纯木结构的八角形，外部檐柱二十四根，正门为蟠龙柱，屋顶重檐上，铺着黄琉璃瓦，檐间衬托双下昂的“抖拱”，攒尖为塔式相轮，它十足

空间描写

地呈现着一种雄奇的壮观。殿内，顶心藻井，中为俯首龙，环绕着团花水藻和福、禄、寿、喜及卐字的图案，外围“平棋”，更绕以团龙和梵字，绚烂而又高雅。三百年前的人民艺术，其造诣如此。

我在此，不能多讲清初八旗制度的形成。我们且就东部大政殿和十王亭的布局，可以了解清初诸王八旗的军政组织的基本精神，也可以体会到辽金以来的“帐殿”遗意了。

宫中所陈列的历史遗物，使我们缅想三百年前，这个新兴民族的骑射生活。其中有信牌，那是和宋代“金字牌”一样的发布命令的信物，一种是努尔哈赤所用的蒙文信牌。一种是太宗所使用的汉、满两体的信牌，（文为“皇帝之宝”。）又一种是太宗所使用的汉、满、蒙三体文字的信牌，（文为“宽温仁圣帝信牌”。）还有一种叫作“云版”，也叫“点”，为警报用具。（努尔哈赤使用时，凡军中有急事者击云版，《红楼梦》中贾府也用此物。）那儿还有皇帝所坐的九龙宝座，如太宗所坐的鹿角椅。此外玉宝、玉册很多，都是放在太庙里的东西。

乐器部分，分中和韶乐器和丹陛大乐器，此外还有蕃部乐器的琵琶和奚琴，卤簿鼓吹大乐器的金、钲、铜角、画角等。当时主要的宫廷乐，大部分沿用中国的雅乐，也吸取了其他少数民族音乐，所谓蕃部合乐。

我们所最感兴趣的，乃是满人的武器。满人长于骑马射箭，弓箭乃是当时的主要武器。清初阮葵生记清帝用弓，说：“盛京实胜寺藏太祖所御甲胄，数人举之弗能胜。又藏太宗所贻弓，壮士弗能开，矢长四尺余。太宗体丰铠重，乘小白行百里，乘大白止行五十里。今昭陵前，肖其形立石马二，呼曰小白、大白。”话虽说得夸大一点，但就所陈列的甲胄来看，二帝确是十分魁伟的。宫中所陈列的有砒箭（射杀用）、骲箭（狩猎用）、哨箭（传达信号用）、鹿角弓（木、角、筋三者合制而成），有仪刀、朴刀、佩刀、宝剑等。有努尔哈赤所穿的锁子甲（古代的铁衣）、棉甲、铁锞甲以及铁质头盔。（中国历史上，东北或北方来的敌人，都是以骑兵胜，在战术上，乃是骑兵战胜步兵，狩猎民族战胜农民。满清入关。戒其子孙，毋忘骑射，其用意是不错的。《红楼梦》中的公子哥儿，也都会骑射的。）

明清的长期战争中，其始，明将以火药器火炮战胜；后来，满人也就利用明朝铁工铸造铁炮。康熙朝，便设立火器营，（天聪四年，祝世荫从征大凌河，进红衣炮法，攻明兵于子章台，颇显威力，称红衣大将军。）主要条件，还在鞍山铁矿，原料好，制造便的缘故。（我们初以为清兵从明兵手中俘获了红衣大炮，乃是说错的。）

满清服饰，和传统的汉服本不相同，（不仅辮子是特征。）其中也有利用汉人的文饰的。宫中所陈列的箭衣箭袖，原是戎装；把袖头去其下半，上半覆在手背，就便于射箭的。马褂也是满人的外衣，原是马上常穿的。其他有顶戴缨翎及朝珠，那都和官职品位有关的。

我从故宫出来，感慨甚多，曾写了一首诗：

长矛大戟剑飞虹，铁甲铜盔鹿角弓。
遗训叮咛重骑射，儿曹纷沓斗鸡虫；

榆关出入从头算，汉满调和在味中。
三百年间兴废事，高歌空对夕阳红。

——《过沈阳故宫观清帝武器感怀》

旅行笔记

开国两代汗王宫

“大清奠基地，两代汗王都”，这是对沈阳城的描述。沈阳至今仍保留着许多清代历史建筑，皇家建筑群沈阳故宫就是其中之一，是众多建筑中规模最大、历史和艺术价值最高的建筑。

明朝万历年间，中国东北地区的女真族逐渐强大起来。1616年，努尔哈赤即汗位，国号“金”（史称“后金”），建元“天命”。天命三年（1618年），努尔哈赤起兵反明。萨尔浒之战后，努尔哈赤的势力进入辽河流域。天命六年（1621年），努尔哈赤迁都至辽阳；天命十年（1625年），又迁都至沈阳。1626年，在宁远之战中，努尔哈赤被明军守将袁崇焕击退，受伤，不久就病死了，没来得及完成皇宫的建设。努尔哈赤去世后，他的第八个儿子皇太极（清太宗）即汗位，改年号为“天聪”，续建皇宫。天聪八年（1634年），皇太极将沈阳尊为“盛京”，正在修建的宫殿也被称作“盛京皇宫”。1636年，皇太极改金为“清”，并正式命名皇宫中的主要建筑，这时盛京的皇宫才全部修建完工，共历时十一年。

1644年，清世祖福临迁都北京，盛京成为留都。盛京是后金两代汗王御殿理政的地方，它见证了一个少数民族政权发展成了入主中原、实力强大的大清帝国。盛京皇宫作为“开国圣迹”，倍受清朝历代帝王的重视。康熙、乾隆、嘉庆、道光四朝皇帝曾先后十次东巡，拜谒祖先陵墓，瞻仰先皇的圣迹和遗物，以抒发对祖先开国创业功德的仰慕之情。

大连印象

赵君豪（1903—1966），著名报人、新闻工作者。毕业于上海交通大学，曾任《申报》记者、编辑、编辑主任等，还担任过复旦大学、上海商学院、暨南大学等校教授，创办并主持《旅行杂志》。代表作品有《游尘琐记》《中国近代之报业》《上海报人的奋斗》等。

午后三时，船止大连，而大连壮丽之埠头，乃入于吾人之眼帘。下船后，行经一广袤之候船室，其雄伟之大门，令人惊叹，石级三十余，作半圆形，读者识之，此号称东亚第一之大连埠头。……

星个浦面海背山，风景佳绝，为大连唯一胜地。有临海浴场，有水族馆，有优美之旅舍，有幽倩之公园，盛夏避暑最宜。自连至浦，有郊外电车可直达，街道整洁，多为柏油路，途在山麓，初荦确也，……，辟莽戒途，坦荡如砥，夹道植树，苍翠扑人；而山峦起伏，云木蓊翳，尤令人有世外之感。……。山麓多华人别业，拓地数弓，杂莳花木，以幽曲胜……

车行约半小时，止于水族馆，馆临大海，颇擅园林之胜。园多楼，残英遍地，时已四月，而大连气候如春暮，馆人言：早来三日，犹可见樱花盛开也。水族馆初无所见，仅为一游人休憩之地，余侪在此稍进茗点。座中可见大海，唯以浓雾，景物未可悉睹，良用惘怅！有顷，与同游诸子步近海滩，海水击礁，浪花起伏，远者蔚蓝，近者乳白，此处可作海水浴，风日清佳时，若叔雍、独鹤、际安诸子，必将跃跃欲试矣。海滩前有一小肆，售贝壳之属，制作精巧，以贝壳制为戒指耳环水盂之属，光怪陆离，备极美妙……

出水族馆，作龙王塘之游，全市饮料之水源地也。仍环山行，风光旖旋；笑语风生，过温泉，至黑石礁，峰回路转，一水盈盈，山色波光，车驰一瞬，恨未能小作勾留也。车行末几，一峰当前，穿之而过，工程至巨。倏至龙王塘，下车，向守者说明来意，得入观。塘在两山之间，山泉均汇于斯，至澄洁，日人利用天然水源，筑巨堤以障之，复引至大连全市，用之不竭。堤以粗石混凝土筑成，作灰白色，堤身极高，计百二十五尺，底部亦大，建筑最美。自平地登堤，有一欹斜之路，以碎石细沙为之，滑不受趾，不宜疾走，缓步而上，宛然一长桥也。塘中波光潋滟，澄清见底，两山夹峙，水绕峰回，风景不殊，仿佛富春江上。清诗人徐阮邻咏富春江云：江回滩绕百千湾，几日离肠九曲环；一棹画眉声声过，客愁多似富春山。龙王塘虽不逮富春，然山明水媚，浓翠照人，偶诵此诗，令人远忆江南不置。

比喻手法

旅行笔记

认识大连

大连是中国北方著名的海滨城市，地处辽东半岛南端，也是中国东北地区的最南端。大连东临黄海，西濒渤海。大连陆地区域的最南端是旅顺口区的老铁山山角，它与隔海相对的山东半岛蓬莱角的连线成为渤海、黄海的分界线。站在老铁山上，可以看到渤海是黄色的，黄海是蓝色的。

大连是中国北方连通世界的重要海上通道，也是欧亚大陆桥的重要海陆枢纽。大连是渤海圈城市群的一员，是京津门户和渤海经济圈的重要区域。大连全区域的海岸线有两千两百多千米，是全国海岸线最长的城市。大连还是中国最大的出口船舶基地和中国广场最多的城市之一。2017年，中国第一艘国产航母在大连正式下水。

其他推荐

关于辽宁的文章还有：

《辽河口》（王充闾）

《三访鳌滩》（宗璞）

《旅顺怀古》（柯灵）

白山松水

吉林

省会

长春

简称

吉

气候

温带大陆性季风气候

地理位置

位于东北地区中部，东部与俄罗斯接壤，东南部以鸭绿江为界与朝鲜相望，西南部与辽宁相邻，西部与内蒙古相邻，北部与黑龙江相邻。

主要山脉

长白山、吉林哈达岭、大黑山、老岭

主要水系

松花江、辽河

世界遗产

高句丽王城、王陵及贵族墓葬

本站停靠

吉林

敦化

文学导游

曹聚仁

卢作孚

一个恬静的城市——吉林

曹聚仁

车行二小时，我们从长春到达了吉林，住吉林宾馆。第一顿晚餐，主人就招待我们吃了松花江里的大鲫鱼，三斤重，放在大盆里，简直像一只全鸡。我们对之，比对黄河鲤，还惊喜交集的。

吉林，清初称船厂，是造船的所在。风物秀丽，和哈尔滨相比，又是一种风味。我们的寓所，面临松花江，清晨踱出大门，沿江畔走向大桥，回看尖顶的教堂，静静地在晨曦中矗立着，有如画面。吉林这古朴的城市，还带着一百年以前的旧风格，四合院的格局，正和北京院落相仿佛。

关内的城市，我曾举出三个特征：一座远远就看得见的塔，一所城隍庙，和一所孔庙；孔庙很堂皇而冷落，城隍庙香火很甚，很热闹。出了关，就看不见这三种特征。有的城市有关帝庙，那是满洲人所尊崇的大神；满人入关，不识汉字，多读《三国演义》，因此，对关公特别敬仰。至于天主教堂，那是外来的。如哈尔滨的教堂，规模很大。这些地方，使我们体味到东北的文化传统。

吉林产三宝：人参、貂皮、乌拉草。乌拉草在东北几乎遍地皆是，用以织草鞋，踏雪履冰，可以保暖，乃是穷人的恩物。

人参，在中国药品中，几乎带着神秘的色彩。富贵人家，在病危时期，总得乞灵于它，好似吃了人参没有办法，那就绝望了。这种药原有提神作用，和强心针差不多。人参肥而短，产辽宁以东诸山中，名东山货。瘦而长的，产宁古塔诸山中，名北山货。五六月间采得的，名“芽草”，力量较小。七八月间采的，名“黄草”，力量就强大些。总以色红而明润的为

排比手法

上，色黄而坚的次之，色白而中疏的又次之。其有如小孩子样儿的，名“人参王”，不易得。有称为“土木”者，那是混江东土木河畔的产物。有称为清河的，那是当年参市的集散场，并非出产地。（高丽参的大枝，本地人称为“羊角”。）从前本地人采了人参，多用水浸，因此，不能持久。后来汉人教以煮焙法，乃得保持久远。（清宫所制参膏，用原煮参汁，连着根叶制成，功效较胜。）

吉林市正在辟农场，培种人参，所产品，据医生试用，与山参功效相去不远。市价却相差很远，约在二十倍以上。近年，药制人参精，销行得也很广。

关于貂鼠，旧时也有神奇传说，说是这种野鼠很慈仁，看见人冻死在雪地中，它们就围着救护他，因此，猎人故意裸体卧雪中，等到群貂围聚，便扑而杀之。这只是传说而已，并不合乎事实的。

吉林另有一宝是鹿茸，也是顶珍贵的药品。鹿的全身几乎无一不是药用品，养鹿也是吉林山农的主要财富之一。我们过松花江对岸去参观了国营养鹿场，群鹿恰好截掉了鹿角，倒像一群小花狗了。场里正在煮制全鹿，用作

丸药。一对对鹿角挂在墙上，好似德国的咖啡馆似的。

近年来，捕山鹿也已组织成队，不过，原始森林正在采伐，老鹿入山更深，也不容易捕获了。

东北的每一史页，都得重新写过。我个人对于边疆文化，本来很有兴趣。边疆文化研究，即是以“边疆”为历史现象的典型，用“边疆”现象去解释整个历史过程。所谓边疆，是指两个不相等形式的文化互相接触，因而产生相互的影响，造成许多行动或反动，形成特殊的势力，并从其中发展出新的观点来。在某一意义上，中华民族也是一个深具边疆心理的民族。每一边疆社会，两个文化的接触，必然有其力的本身发展，超越另一种文化的企图，已是一个很自然的现象。在古代，中国与高丽文化的接触，后来，辽金与汉人的接触，再后来，满人与蒙古人的接触，再加上满人与汉人的接触，都值得重新加以估计、分析与推断。

我时常提到一句空间概念的话，从北京到深圳，相距二千三百公里，可是从北京到海兰泡，也相距二千三百公里，所以我们必须记住东北是多么大的天地，其大等于德、法两国土地的总和。我们读欧洲的历史，总觉得北欧民族大移转，乃是中古史上最重大的一件事。可是在半世纪中，移民三千万人到东北去，不是比欧洲史上的大移转更多一倍吗？而且，我们可找到的文献，只说东北人口三千多万人。事实上，到了我们在东北时，已经有了五千多万人。

我们在哈尔滨时，张将军和我们说到当年游击根据地的镜泊湖，风物秀丽，是极好的风景区，相约明夏北游，一览胜景。今天才知道镜泊湖便是岳飞口头所说“痛饮黄龙”的黄龙府。其地在吉林与黑龙江的边境。镜泊湖有一大瀑布，名吊水楼，位于镜泊湖入牡丹江处。岩流遮断牡丹江河谷，积储而成镜泊湖，湖面高出江面约十五—二十公尺①，溢泻而成瀑布，终年不息。冬季水涸时，瀑布宽约四十—四十五公尺；夏季水涨，宽度倍之。镜泊

①公尺：“米”的旧称。

湖与牡丹江，鱼产之外，特产蚌珠，谓之“东珠”。吉省东珠与人参并称，谓之“参山珠河”。

旧有的东北房屋，依我们所见，可分几种：一、汉式房屋，以泥造屋为主。抟泥土，使之干燥，成砖状，堆砌成墙，外涂泥土，墙中立柱，柱上架屋。多南向，北面不开门窗。室内有土炕，以之取暖。少则一间，多则十间，以五六间为常。二、满式房屋，以木造屋为主，屋顶用草葺成。侧壁有窗，屋中有炕，亦以冬天取暖。三、狩猎部落房屋，以细长原木横成圆形家屋，上覆兽皮，以御寒风。这一类房屋，以散布于大小兴安岭地区为主。四、游牧式蒙古房屋，蒙古族地区通用，中为柳条架，外围毛毡，也正是蒙古包。蒙古人称之为“移动包”。蒙地汉人，以农耕为主，游牧为副业，所建房屋虽为包形，可是固定的居多，汉人称之为“棚棚儿”。

由这种包形房屋，我想到《红楼梦》中有“某某家的”语词。原来这是满语，即是“包衣”。包，汉语为“家”，“衣”为语助字“的”。“包衣”汉译为“家的”，也就是“家里的”。“包衣”即家里的人，也就是奴隶。满洲初起，各部落之被俘者，皆以为“包衣”，这便是贵族们能当作牲畜来买卖屠杀的会说话的工具。“包衣”除女真人外，有朝鲜人、蒙古人，更多的是汉人。

我们从吉林南归沈阳。至此，为期二旬，巡游了六大城市的东北之行，告一段落。

旅行笔记

吉林秘境

“吉林产三宝：人参、貂皮、乌拉草”，吉林的长白山自然保护区分布着河谷、沼泽、台地、山坡、高原、高山湖泊、火山口等地貌类型，复杂的生态环境构成了植物分布的垂直地带性和多样性。长白山自然保护区是我国三大天然药材宝库之一，也是重要的野生物种基因库和野生药材基地，其中东北虎、梅花鹿、中华秋沙鸭、人参等动植物都是国家重点保护物种。

长白山有“千年积雪万年松，直上人间第一峰”的美誉，是关东第一山，因其主峰多白色浮石与积雪，故名长白山。长白山天池坐落在长白山巅的中心点，是中国最深的湖泊、最高的火山口湖，是中朝两国的界湖，也是世界三大优质矿泉水水源地之一。东北地区主要江河的源头——松花江、鸭绿江、图们江、东辽河和绥芬河五大水系均发源于吉林。

吉林还有被称为四大自然奇观之一的雾凇。雾凇俗称冰花、树挂，是在有雾的寒冷天气里，雾滴冻结附着在草木和其他物体上形成的乳白色冰晶冻结物。

吉林还是黄金玉米带的腹地。乌克兰玉米带、美国玉米带和中国东北黄金玉米带在同一纬度上，是世界“三大黄金玉米带”。吉林的玉米总产量一直居全国首位。

由哈尔滨回长春转敦化

卢作孚（1893—1952），实业家。早年创办民生实业公司，并担任总经理，经营长江内河航运。代表作品有《卢作孚文集》《卢作孚书信集》。

转到车站，搭车到吉林，途中仍是俯首读书，仰首看风景。初系平原，渐入浅山之间，由窗中日光之或出或入，可以看出铁路之蜿蜒。快到吉林了，再发现松花江，此在哈尔滨之上游，比哈尔滨来得秀丽，又有山景之配偶，更觉其于画图中较为充实而耐人欣赏了。

到吉林时，正十二钟，下车步行，沿马路进城。马路很宽，但究竟是中国人经营的，仍自保存有几分特殊的风味。两边有阳沟，沟内自然有可见的污水，铺面仍是北方式，偶有高大洋房相形于许多矮小房屋之间，亦正等于鹤立鸡群了。常有日本商店，深怪日本人之势力，在东三省中，几乎无所不见。比较他处最多而最易引起人注意的事业，便是木材公司，相信吉敦路上的森林一定不小了。进一个书店，买吉林地图，问吉敦路上的森林所在，及其所可见的规模、景物。店里先生告诉我们森林的范围几百里，火车便要常常从森林中穿过。此去敦化车行须七小时，三小时以后便到森林区了。同人听着这般热闹的前途，半数以上主张去游一游。原定今晚回到长春，而且搭夜车回到沈阳，再搭北宁路车转到山海关去。经这一番临时会议便又延长时间，主张今晚宿敦化，明日转来游吉林后，再搭午后的车回到长春了。

于是到岭南饭店吃饭。这饭店是广东人开的。我们笑道：四川人的势力到了沈阳；广东人的势力，却更到了吉林了。电话上问吉敦路开的时间，得消息是午后二钟。吃饭后便赶着车站，恰好车快开了。飞跑到站外换得哈票，才买得车票。

车离市外，略经郊原，渡松花江。水势迂曲，或摩山麓，或淤浅沙中流，很像轻描淡写的川江景物。两岸村树，江心帆船，点缀其间，更使人心目流连。深怅车行之太快，悠忽迎送，不及细玩其味焉。今然后知走马观花之甚难，而况走火车哉！

直接描写

最有味的，是发现了劈木而成之独木舟；大抵是剖木之半而空其中，宽可容人，长或二三丈许。一人撑之，中流容与，打从我们桥边经过，让我们知道此地此时还有此物，而且引我们想象到几千几万年前人们的生活。

由此以往，火车所经，地初平衍。农民大半散居，屋舍远近几点，在绿野间。很少大的村落集成一团，引领远望，发现前面多山，山渐深厚，且渐接近，而且车行渐入山间了。山之深厚都为茂林所笼成。但见蓊郁一片，随山起伏，蜿蜒引申，莫知所届。偶有缺陷，亦大抵绿草如茵，或麦田成行。火车如急流，随山旋绕，常临绝地，而又发现新境。变换离奇，亦正有如乘轮而下夔（kuí）巫三峡间。山之突兀不如，而秀丽过之，可以想见风景之好，和我们此时欣赏之快乐了。

初进大森林时，铁道两旁树木，砍伐很多，但余根干，呈露土中，好像古代屠过的城，还剩得供人凭吊的骷髅，人头可数。如此可恐怖的砍伐，继续下去，再经若干年后，这大的森林，富有宝藏，好的风景，终会为之一洗而空。人力开发，亦应该顾到家屋！

经三几站后，树木渐渐亲近铁路了。车行陵谷之间，林樾茂密，莫能透视。水流清细，从容流转于树下，时隐时现。古干虬枝，亦常伸张于群木之外。我们凭窗骋目，时而跑到车左，时而跑回车右，为了贪看风景。比较什么工作还为忙碌。

自从入山以后，所见车站，都是纯用木料建筑。墙壁不用砖后，而用圆木，排比重叠，留窗留门，整齐古雅，耐人观赏。车站周围，常积有大批木料；路遇一车，相掠而过，见其所运，木料而外，别无货物。可见此条铁路唯一用途了。

过老爷岭，车又渐入平原。山在周围，仍满布森林。平原则半系荒芜之地。到蛟河，竟是一繁盛市场，在荒地中央。房屋大抵泥墙草盖，或用木造；半是新的，可见其为繁盛，都缘铁路造成。

车行不久，又入山中。密林紧接铁路两旁，引领望不见前途；但觉车从林樾中穿去，不知如何深邃。数站之后，又达平原，荒草弥漫，愈少垦辟。渐看景渐模糊，检查时表，已过八点，始知入夜晚了。便又俯首读书。读完一部东北问题，车站到达敦化。

旅行笔记

“九一八”事变——中国抗日战争的起点

“常有日本商店，深怪日本人之势力，在东三省中，几乎无所不见……”中日甲午战争之后，沙俄强迫清政府签订《中俄密约》，借此强筑中东铁路，势力进一步侵入中国东北。1904年，日俄战争爆发，战场主要在中国东北境内，沙俄失败，日本取代俄国在中国东北的支配地位，为进一步侵略中国做准备。1927年，日本东方会议制定了侵略中国的总方针。同时，为摆脱资本主义世界性经济危机造成的困境，1931年上半年，日本政府及其在中国东北的殖民机构加紧进行武装侵略的部署。

1931年9月18日，日本关东军炸毁沈阳柳条湖附近的一段路轨，并嫁祸给中国军队。日军以此为借口，进攻中国东北军驻地北大营，炮轰沈阳城，并于次日占领沈阳，制造了震惊中外的“九一八”事变。国民党政府采取不抵抗政策，至1932年2月，整个东北沦陷。1932年3月9日，日本扶植早已被废黜的清朝末代皇帝溥仪在长春建立伪满洲国，企图把东北从中国分裂出去，同时滥杀无辜、抢夺资源，使东北同胞饱受苦难。在中国共产党的推动与领导下，东北军民奋起抵抗，揭开了中国抗日战争的序幕。

东北沦陷后，日本侵略军开始蚕食侵犯华北地区。日本为侵略华北，蓄意制造了一系列挑衅事件，总称“华北事变”，使中国抗日救国运动进一步高涨。经过全中国人民的浴血奋战，1945年8月15

日，日本宣布投降，9月2日，日本在投降书上签字，中国人民抗日战争胜利结束。

其他推荐

关于吉林的文章还有：

《观天池》（季羡林）

《冰原上的盛事》（王充闾）

《北国书简》（王英琦）

《延吉风情》（季羡林）

松花江畔

黑龙江

省会

哈尔滨

简称

黑

气候

大部属温带大陆性季风气候，北部属寒温带大陆性季风气候

地理位置

位于中国东北地区最北部，东部、北部与俄罗斯为邻，西部与内蒙古相邻，南部与吉林相邻。

主要山脉

大兴安岭、小兴安岭

主要水系

黑龙江、松花江、乌苏里江、嫩江、绥芬河

著名景点

镜泊湖风景名胜区、太阳岛风景名胜区

本站停靠

松花江

哈尔滨

北大荒

文学导游

王统照

靳以

曹聚仁

松花江上

王统照（1897—1957），字剑三，作家、诗人。文学研究会发起人之一，曾主编《文学》杂志。中华人民共和国成立后，历任山东大学中文系主任，山东省文教厅副厅长、文化局局长、文联主席等职。代表作品有《春雨之夜》《黄昏》《童心》《这时代》等。

偶然来到这北方之上海东方之莫斯科的滨江；偶然在这四月中的晴和天气在松花江畔流连，看着那一江粼粼的春水与横亘江面的三千二百尺的铁桥，水上拍浮着的小木筏子，以及江岸上的烟突人语。我同王张两君立在几个洗衣妇女的旁边，岸上的短衣沾土的中国苦力，破褴，无聊，仿佛到处寻觅什么似的，白俄与偶而经过的日本人，搀杂的言语与奇异的行动，点缀着这江面的繁华。我们几次想乘小火轮到江对面的太阳岛去看看那边的海水浴场，与俄人的生活，江流迅急，当中有一段漩流，虽然坐了小木筏也一样过得去，大家却都不肯冒险。问了几次小火轮又没有过江去的。末后我们只好雇了一只木筏放乎中流。究竟没有渡过江去。在江边停着许多中国的小轮都是往松江下游各县去的，正如长江边的扬州班芜湖班一样。其实松花江的水比著名的扬子清丽得多，或者两岸小沙土的缘故，也许是船行较少不挟着很多的泥沙。当此初春，四望微见嫩黄的柳枝与淡碧的小草，在这“北国”中点缀出不少的生趣。

这条铁桥虽没有黄河铁桥长，然而背景太好，不是茫茫的土岸、童山，这里是繁盛街市之一角的突影。由许多雄伟建筑物迤（yǐ）逦（lǐ）着下拢来的清江，像一段碧玉横卧在深灰淡红色的旧时的绮罗层中，古雅中不失其鲜艳。而且因为地带上富有国际趣味的关系，容易使人联想到旧的残灭与新的

比喻手法

发展。从这边溯上或沿流而下可以浏览这“北国”最美丽的沿岸的风物。

以这里特有的气候与特有的自然风物，以及近代的都市文化之发展，与俄罗斯的气氛之浓重，形成一种异常的氛围。我在江中的筏子上感到轻盈也感到雄壮，比起在柔丽的西子湖边荡舟的心情来迥然不同。人所可贵的是联想，而联想乃由环境的不同刺激而成，为各别的异样。是在“北国”的松花江上，这里没有黄河两岸的风沙、童山、土室，也不像扬子江两岸的碧草杂树，与菜圃、农家。然而近代生活的显映在岸上的建筑物与人民的服装中可以看得出。再往远处去，塞外的居民，雄奇的山岭，浩荡与奇突雄壮的景象，是有它自己的面目的。

初暖的春阳，微吻着北国的晴波，
…………
远来，远来，浮动着现代都市的嘈音，
飘过，在活舞着双臂的劳人心中起落。

包头跳足行着过去异国的流亡者，
他是愤怒，惭悔，希冀对望着旧的山河！
诗的趣味，画的搜求，在这里一切付于寥阔，
沉着——烘露出，吟啸出这铁的力量的连索！

旅行笔记

辽阔的黑龙江省

黑龙江省江河湖泊众多，有黑龙江、乌苏里江、松花江、绥芬河四大水系，其中绝大部分属于黑龙江水系。

黑龙江是仅次于长江、黄河的中国第三大河流，是中国四大河流（长江、黄河、黑龙江、珠江）之一，也是世界十大河流之一。黑龙江流经中国东北北部，其支流乌苏里江是中国与俄罗斯的界江。松花江是黑龙江的最大支流，松花江水量丰富，是重要的水运航道。松花江最大的支流是嫩江，嫩江流经黑龙江省的西部，富航运、灌溉之利，并盛产鱼类。绥芬河因其曲折迂回，穿行于崇山密林之中而得名，是独流入日本东海的河流。

黑龙江、乌苏里江、松花江汇流后，冲积形成了一片沃土，这就是三江平原。松花江、嫩江冲积形成松嫩平原。三江平原和松嫩平原如今都是国家重要的商品粮基地。

黑龙江省矿产资源丰富，省内探明储量的矿产有八十多种，其中煤炭、石油、黄金、石墨在中国占有重要地位。大庆油田储油量高居中国首位。黑龙江省还是中国火山遗迹较多的省份之一，如五大连池市的五大连池、镜泊湖的吊水楼瀑布及火山口森林等都是著名的旅游景区。黑龙江省内还生活着许多珍稀动物，有天鹅、丹顶鹤、东北虎、东北豹、麝等。目前全省已建有多处自然保护区，其中扎龙自然保护区被誉为“丹顶鹤故乡”。

黑龙江省的漠河市是中国最北、纬度最高的县级行政区。市北漠河村，一向有“北极村”之称。这里每年夏至前后，从凌晨两点到晚上九点几乎全是白天，黑夜只有五小时，所以漠河又被称为“不夜村”“白夜城”。冬天正好相反，上午九点才见太阳，下午三点又进入黑夜，白天仅有六小时，漠河又被称为“长夜城”。夏天来到漠河，晚上可以看到绚丽而壮观的北极光，所以人们又称它“极光城”。

哈尔滨

靳以（1909—1959），原名章方叙，作家，曾先后主编《文学季刊》《文季月刊》《文丛》等期刊。中华人民共和国成立后，曾任中国作协书记处书记、上海分会副主席等职。早期作品以抨击旧社会的丑恶为主，后期作品热情歌颂新社会。代表作品有《前夕》《红烛》《青山花》《落珠集》等。

小巴黎

哈尔滨是被许多人称为“小巴黎”的。中国人在心目中都以为上海该算是中国最繁华的城市，可是到过了哈尔滨就会觉得这样的话未必十分可信。自然，哈尔滨没有那种美国式的摩天楼，也没有红木铺成的马路；但是，因为住了那么多有钱的人，又是那么一个重要的铁路交叉点，个人间豪华的生活达到更高快地来了，这为一切中国外国女人所喜欢。在那条最热闹的基达伊斯基大街①上，窗橱里都是出奇地陈列了新到的这一类货品。这使女人们笑逐颜开，而男从们紧皱眉头（有的男人也许不是这样的）。钱像是很容易赚进来，可是更容易花出去。当然，这里也像其余的大都市一样，包含了许多人一辈子两辈子也花不光的财产的富人；又有一片大的铁路局，直接地间接地豢养了成千成万的人，使这个城市的繁荣永远不会衰凋下来。住在吉林和黑龙江的人希望到哈尔滨走走，正如内地的人想着到上海观光一样。就是到过多少大都市人，也能为这个都市的一切进展所惊住。尤其是到过外国的人，走在南岗马家沟道里的街上，会立刻引起对异国的追想。一切都仿佛是在外国，来往的行人也多半不是中国人。我就时常惊讶着，当我走在志岗的居住区的一路上，那样的建筑直使我想起一些俄国作家所描写的乡间建筑。

①基达伊斯基大街：俄文（Кидайский проспект）（中国大街）。今中央大街。——编者注

间或有一两个俄国孩子从房里跑出来，更使我想到我不是在中国，轻婉的琴声，如仙乐一样地从房子里飘出来。

多少街上也都是列满了俄国商店，再高贵些的就是法国商店。在那样的街上如果一个人不会说一句中国话，不会感到什么不方便；若是不会说俄文，就有处处都走不通之苦。这正是哈尔滨，被人称为“小巴黎”的一个东方都市。

街路

我很喜欢那里以长方石铺成的街路。不像其他的都市一样，用沥青和沙石来造平滑的路，却多半是七寸长五寸方石块来铺路的。当坐在马车里，马的蹄子打在路上，我十分喜欢谛听着那清脆而不尖锐得厌人的声音，那些路也是平坦的，可并不是像镜子一样的光滑。就是在道外，一条正阳街也是用这样的石块铺成的。

这样的路在冬天经过几月的冰冻之后，可不会就坏掉了，而在夏天，也没有为太阳照得渗出的沥青油来粘着行人的脚。走在这样的路上是爽快的。在深夜我时常喜欢一个人在街心走着，听着自己的鞋跟踏在路上的声音。这样我愈走愈高兴，能独自走着很长的一条路。

街上的车

跑在街上的车，我最喜欢的是一种叫作斗子车的了。那车是驾了一匹马，拖了一个斗一样的车厢，两旁两个大车轮子，上去的时候要从后面把座位掀起来。我坐到那上面，走在清静的街上，我会要御者把鞭子给我，由我来指挥那匹马行走。但是在繁闹的街市，他就拿过去了，为着怕出危险的缘故。因为没有易于上下的地方，许多人是不愿意坐那样的车，若是出了事会有更大的危险。我却不怕，友人告诉我几次斗子车从南岗下坡滚下来出事的事情，我还常是一个人偷偷地去乘坐，因为我是最喜欢那车子的。

那里的电车比起上海来要好出许多许多，第一就看不见那种习于舞弊的讨厌的售票人。而车中的布置，座位的舒适和我自己所坐过的一些都市中的电车来比较，也是要居于第一位。那上面的司机人和售票人都有是初中毕业的青年人，在二十岁左右，穿着合身的制服。没有头等和三等的分别，座位上都是铺了绿绒。乘客是必须从车的后门上来，前门下去，免去一些拥挤。到了每一个停站，售票人用中国话叫一次之后，再用俄文叫一次。他们负责地使电车在街上安顺地驶行。

大汽车也是多的，除开了到四乡去的之外，从道里到道外，南岗、马家沟，都有这样的车。这不是一个公司的营业，可是无数的大汽车联合起来收同一的车价，走着规业的路程，对乘客的人数有一定的限度。更便利的是那些在街上往返走着的小汽车，随时可以停下来，只要花一毛钱，就可以带到很远的地方。

再有的就是马车和人力车，人力车的数量是最少的。

夜之街

到晚上，哈尔滨的街是更美丽的。但是在这里我要说的街是指基达伊斯基大街和与它连着的那些条横街。

无论是夏天和冬天，近晚的时节，在办公室的和家中的人就起始到街上来。只有饮食店、药店是还开着时，其余的商店都已锁好了门，可是窗橱里却明着耀眼的灯。那些窗饰，多是由专家来布置，有着异样引人的力量。渐渐地人多起来了，从左面的行人路顺着走下去，又从右面的行人路上走回来。大家在说着话，笑着沿着这条街往返地散着步。在夏天，有拿了花束在贩卖的小贩，那些花朵照在灯光之下，像是更美丽一些。到了冬天，却是擦得发亮的红苹果，在反衬着白色的积雪。相识的人遇见了，举举帽子或是点点头，仍然不停止他们的行走。有一段路，伫立了许多行人，谛听着扩大器放出来的音乐。在工作之余，他们不用代价而取得精神上的粮食。

直接描写

在一些横的街上，是较为清静一些，路灯的光把树叶的影子印在路上，衰老的俄国人，正在絮絮地说着已经没有的好日子。在那边遮在树影下的长凳上，也许坐了一对年青人，说着年青人的笨话，做着年青人的笨事。在日间也许以为是丑恶的，可是美丽的夜，把美丽的衣裳披在一切的上面，什么都像是很美好的了。

太阳岛

夏日里，太阳岛是人人想去的地方。可是当我的友人说的时候，他却说可以不必去，因为过了江就有盗匪。但是我确实地知道许多俄国男人和女人是仍旧去的，每次走在江边，也看到了许多人是等候着渡船过去。于是我和另外的一个友人约着去一次。

到那边去可以乘坐公共过渡汽船，也能乘坐帆船，还可以坐着瘦小的舢（shān）舨（bǎn）过去。我们是租好一只舨板，要自己摇过去。从江边到太阳岛，也有几里的路程，到了岛，已经费去一小时的工夫。我们把船拴在岸旁，走上岸去。

沿着岸，麇集了许多舨板游船，沙岸上，密密地排满了人。有的坐着，有的睡着，好多女人是用好看的姿式站在那里。那都是俄国人，穿着游人泳衣，女人把绸带束在头上，笑着闹着，一些人在水中游着。有的人，驾了窄小的独木舟，用长桨左右地拨着。随时这独木舟会翻到水中去，驾船的人也会游泳着，把倾覆的船翻过来。又坐到里面去，继续地划着前进。

在岛的尽头有一家冷饮店，装饰成一个大船的样子，有奏乐的人在吹奏。很多穿了美丽游泳衣的女人坐在那里，喝着冷饮。她们的衣服没有一点水，也没有一点沙子，只是坐在那里瞟着来往的男人。没多少远，就有荷枪的卫兵守在那里，这是用以警备盗匪的袭击。

回去的时候，太阳是将近落下了。温煦的阳光在我们的脸上，斜映起江波上的金花闪耀着我们的眼睛。我们一下一下地向着东面划去，留在我们后面的船只能看见黑黑的影子，柔曼的歌声从水上飘到我们这里来。

旅行笔记

冰雪之城哈尔滨

哈尔滨是黑龙江省的省会，位于黑龙江省南部，地处肥沃的松嫩平原，松花江由西向东，缓缓流过市区北部。如果说黑龙江省的版图如一只天鹅，那么哈尔滨就像一颗明珠挂在天鹅的颈项下，所以人们又把哈尔滨称为“天鹅项下珍珠城”。

哈尔滨是黑龙江省的政治、经济、文化和科学技术中心，也是国家历史文化名城。在历史上，哈尔滨是“一国两朝”即金、清两代王朝的发祥地，但是在鸦片战争后，这里成为被沙俄侵占的殖民地。1905年以后，哈尔滨被辟为商埠，日、美、英、法等国资本家相继跑来经商牟利，一些国家还在哈尔滨设立了领事馆。

1932年，日本武装侵占了哈尔滨，哈尔滨人民饱尝了辛酸和苦难，也进行了长期的反抗和斗争。抗日战争胜利后，又开始了解放战争。1946年，东北民主联军解放了哈尔滨。解放后的哈尔滨，成为国家重点建设的城市之一，揭开了城市发展史上崭新的一页。

如今，哈尔滨因为四季分明，寒冷时节较长，每逢元旦到春节期间，都要举办盛大的“冰灯游园会”，因此，哈尔滨又获得了“冰城”的美誉。哈尔滨还是国际著名的冰雪文化和冰雪旅游城市。哈尔滨国际冰雪节是中国历史上第一个以冰雪活动为内容的国际性节日，它与日本札幌雪节、加拿大魁北克冬季狂欢节和挪威奥斯陆滑雪节并称世界四大冰雪节。2022年，中国奥委会还授予哈尔滨“奥运冠军之城”的纪念奖杯。

塞外江南北大荒

曹聚仁

塞外，塞外，塞外江南多可爱。
阔野茫茫，五光十彩，
看，红的高粱，黄的麦，
风吹稻花，香气播送千里外。
……
塞外，塞外，锦绣山河春常在，
马儿健美，羊儿银白，
牧歌起处，姑娘个个多风采！
陕北打扮，福州穿戴，鞭儿轻挥，吹牛喝马追云彩！

——王书怀：《塞外江南曲》

我先来说说北大荒的轮廓。

黑龙江东部，完达山南北有一片富饶美丽的土地，它南濒兴凯湖，东临乌苏里江，与苏联临江相望，这便是全国知名的北大荒。直接描写

“北大荒地势平坦，地质是千万年来腐烂的树叶草根所形成的黑土层。浅的七八寸，深的达一公尺多，适于大规模的机械化耕作。因此，人们把它比作‘黑色的金子’。这里，气候虽酷寒，但，一年中的无霜期有一百三十天；春夏日照时间，长达十四—十六小时，雨量适可，宜种大豆、小麦、水稻、玉米和高粱等。境内水利资源丰富，大小江湖，纵横交织，盛产各种鱼类；乌苏里江出产的大马哈鱼，更是中外驰名的特产。完达山树海苍郁，为

东北三大林区之一，拥有红杉、白桦、水曲柳、黄波萝等名贵木材；森林蓄积量达七千五百万立方米，其中还有许多特产，如人参、猴头、蘑菇、木耳等等，其他如山葡萄、榛子、山梨等，满山皆是。山中有珍禽奇兽：虎、熊、野猪、麅鹿、狐狸、水獭、貂等。又据初步勘察，地下资源，蕴藏丰富，有大量的煤、铁以及油田页岩、石棉、云母、莹石、汞、铜、镍等贵重金属矿藏。”

上述这段话，我相信绝无夸张的成分。我手边恰好有一本汤尔和氏所译的《黑龙江记》（中东铁路局的调查报告）。汤氏浙江人，当代医药专家，和蔡元培氏为至好。他译了这一本调查报告。在序文中说了许多发人深省的话。他说：黑龙江流域，土地肥沃，物产丰富，风景秀丽，更甚于江南。可惜，国人不知道到塞外来做垦殖的事业。他在三十年前，说了和我一样的话。我又看了三百年前，乾隆年间，一位江南人的笔记，他说到那些到完达山林去打猎的人，途中随手把菜子撒在草原上，等到他们从山中回来，那些青菜，都有七八斤重一棵了。他就说北大荒的土地真太肥沃了。

说到北大荒，广义的概念，乃是指过了长春、吉林以北所有地区，包括黑龙江省区在内，即日人所说的“北满”，今日的哈尔滨、齐齐哈尔也是当年的北大荒。今日的北大荒，乃指佳木斯、牡丹江市的东北区而言，其地已

在著名的宁古塔以北。海外朋友，你在地图上找到了兴凯湖，便知道北大荒的所在。那一地区，因为是满洲的发祥地，满清的开国皇帝，是严禁汉人到那里去开发的。北大荒初期的开拓，该追溯到抗日联军在那冰天雪地中的战斗历程，完达山南北，乃是“抗联”在“北满”的根据地。直到东北解放以后，埋藏在森林中的北大荒，才苏醒过来。

旅行笔记

从“北大荒”到“北大仓”

北大荒旧指中国黑龙江省三江平原、黑龙江谷地及嫩江流域的广大荒芜地区。新中国成立前，这里沼泽遍布，人烟稀少，所以又被称为“北大荒”。

从1958年起，党和国家号召开发北大荒。数万名解放军复员官兵、知识青年和革命干部，怀着建设边疆的豪情壮志来到这里。人们在北大荒初期的工作，就是开垦荒地。他们排干沼泽，开垦荒原。荒原里荆棘丛生，没有伙房，就露天打灶；没有水井，就简单地过滤湖水；没有蔬菜，就挖野菜吃。在大家的艰苦奋斗下，这里建立了许多国营农场和军垦农场，为国家生产了大量的粮食，过去的“北大荒”被建设成了“北大仓”。

如今，这里已经成为我国现代化程度较高的商品粮生产基地，盛产小麦、大豆、玉米、甜菜等优质粮食作物和经济作物。但在建设中，由于过量开垦，使这里的湿地面积减少了很多，导致大量稀有动物失去了栖息地。现今，国家已停止开发三江平原的荒地，并设立了自然保护区，保护三江平原的荒地。

其他推荐

关于黑龙江的文章还有：

《冰城忆》（王充闾）

《哈尔滨访雪记》（阿来）

《镜泊湖》（臧克家）

《中央大街之夜》（王统照）

秦岭之巅

陕西

省会

西安

简称

陕（或秦）

气候

南部秦岭、巴山间属亚热带，中南部为暖温带，北部为中温带

地理位置

位于中国西北地区东部、黄河中游，东部与山西相邻，西部与甘肃、宁夏相连，南部与四川、重庆相连，北部与内蒙古相邻，东南部与河南、湖北相邻。

主要山脉

秦岭、华山、终南山

主要水系

渭河、泾河、无定河

世界遗产

秦始皇陵、兵马俑坑、丝绸之路

本站停靠

长安

黄河

宝鸡

华山

华清池

武家坡

大雁塔

文学导游

郑振铎

孙伏园

邓拓

鲁彦

张恨水

曹聚仁

长安行

郑振铎

住的地方，恰好在开陕西省先进生产者代表会议，碰到了不少位在各个生产战线上的先进工作者的代表们，个个红光满面，喜气洋洋，看得出是蕴蓄着无限的信心与决心，蕴蓄着无穷的克服任何困难的力量。社会主义的工业建设是一日千里地在进展着，眼看见的将是一个崭新的大西安城，一个空前的宏大的工业城市。灰色的破落的西安，将一去不复返。我想，明年今天再来时，将很难认识现在的街道了。许多久住在这个古城里的朋友们和我一同出城一趟，便说："变得多了，已经连道路也认不出来了。前几个月来时，哪里有那么多的建筑物！新房子叫人连方向也辨不清了。"的确，这最年轻的工业城市，就建筑在一座中国最古老的文化城市的基础上。

说起长安，谁不联想到秦皇、汉武来，谁不联想起汉唐盛世来，谁不联想到司马相如和司马迁就在这里写出他们的不朽的大作品来，谁不联想到李白、杜甫、王维、韩愈、白居易、杜牧来，他们的许多伟大的诗篇就是在这里吟成的。站在少陵塬上的杜公祠远眺樊川，一水如带，绕着以浓绿浅绿的麦苗和红馥馥的正大放着的杏花，组成绝大的一幅锦绣的高高低低的大原野，那里就是韦曲、杜曲的所在，也就是一个大学的新址的所在。杜甫的家宅还有痕迹可找到么？每一寸土，每一个清池的遗迹，都可以有它们诗般的美丽的故事给人传诵。相隔不太远的地方，就是蓝田县，就是辋川，也就是有名的诗人兼画家的王维所留恋久住的地方。就是有名的《辋川图》，和裴迪联吟的"诗中有画，画中有诗"的地方。从少陵塬再过去，就是兴教寺的所在了。那是三藏法师玄奘的埋骨之地，一座高塔建筑在他的墓地上，旁有二塔，较小，那是他的大弟子圆测和窥基的墓塔；关于窥基曾流传过很美丽而凄恻的一段故事。这个地方的风景很好，远望终南山白云封绕，唐代的诗人们曾经产生出许多诗的想象来。

站在长安城的中心——钟楼的最高层上，向北看是大冢累累的高原。刘邦、吕雉的坟，以及他们的子孙的坟都在那里，晓雾初消的时候，构成了一幅像烽火台密布似的沧荒的奇景。向南向东望，是烟囱林立，扑扑突突地尽往天空上吐烟，仿佛蕴蓄着无限的热与力；就在那儿，十分重要的仰韶文化（新石器时代）遗址是相当完整地被保存着。再向东望，隐隐约约地可指出骊山的影子来，秦始皇帝就埋身其下，华清池依旧是最好的温泉之一。七月七夕，唐明皇和杨贵妃站在那里私誓“在天愿为比翼鸟，在地愿为连理枝”的长生殿也就在那里。向南望，双塔屹立，尖细若春笋的是小雁塔，壮崛而稳坐在那里似的是大雁塔。终南山在依稀仿佛之间。新建筑的密密层层地一幢幢的高楼大厦，密布在那里。向西望，那就是周文王、武王的奠立帝国的根据地丰京和镐京遗址所在地。灵台和灵囿的残迹还可寻找呢。读着《诗经》，读着《孟子》，不禁神往于这些古老的地方了。就在这些最古老的地方，新的建筑物和工厂，纷纷地被布置在丰水的两岸。还可望到汉代的昆明

空间描写

池，大的石雕的牛郎、织女像还站在那里，隔着水遥遥相望呢。——当地称为石公、石婆，并各有庙。

没有一个城市比之今天的西安，更为显著地糅合着“古”与“今”的了。在没有一寸土没有历史的古老文化的基础上，建立起了新的社会主义工业和新的社会主义文化。新的长安城，毫无疑问地，将比汉唐盛世的长安城，更加扩大，更加繁华。点缀在这个新的工业大城市里的是处处都可遇到的赫赫有名的名胜古迹和古墓葬、古文化遗址。从新石器时代的仰韶文化起，中国历史的整整大半部，是在这个大都城里演出的。它就是历史的本身，就是历史的具体例证。这些，将永远不会埋灭。社会主义社会里的人民都知道将怎样保护自己的光荣的古老的文化和其遗存物。在林林总总的大工厂附近，在大的研究机构和学校的左右，有一处两处甚至许多处的古迹名胜或古墓葬或古代文化遗址，将相得益彰，而绝对不会显得有什么“不调和”。他们在休假日，将成群结队地去参观半坡村的仰韶遗址，那是四千多年以前的原始社会人民的居住区域。他们看到那些圆形的、方形的住宅，葬小孩子的瓮棺。他们看到那个时代的艺术家们，怎样在红色陶器的上面，画出活泼泼两条鱼在张开大嘴追逐着，画出几只鹿在飞奔着，画出一个圆圆的大脸，却在双耳之旁加画了两条小鱼，仿佛要钻进人的耳朵里去。他们看到那时候人民所用的钓鱼钩、渔叉、渔网坠。他们会想象得到：在那个时候，半坡这地方是多水的、多鱼的——那时候的人从事农业生产，但似以捕鱼为副业。他们看到骨制的鱼钩，已经发明了“倒钩”，会惊诧于那时的人民的智慧的高超的。他们将远足旅行到汉武帝的茂陵去。在那里，会看见围绕着那个大土台，有多少赫赫的名臣、名将的墓。霍去病、卫青、霍光都埋葬在那里，还有李夫人的墓也紧挨着。在那里，还可以捡拾得到汉砖、汉瓦的残片。霍去病墓的石刻，正确地明白地代表了汉武帝那个伟大时代的伟大的艺术创作。现存着十一个石刻，除了两个鱼的雕刻——似是建筑的附属物——还在墓顶上外，其他九个石刻都已经盖了游廊，好好地保护起来。谁看了卧牛和卧马，特别是那一匹后腿卧地而前蹄挣扎着将起立的马，能不为其“力”与“威”震慑住呢！那块“熊抱子”的石头，虽只是线刻，而不曾透雕，但也能把子母熊的感情表达出来。那两千多年前的中国雕刻家们的作品，是和希腊、罗马的雕刻不同的，是别具一种民族风格，是世界上最高超的艺术品之一部分。谁能为这些石刻写几部大书出来呢？有机会站在那里，带着崇高的欣赏之心，默默地端详着它们的人们，是幸福的！他们还将到华清池去，过个十分愉快的休沐日。他们还将到唐高宗的乾陵去，欣赏盛唐时代的石刻，一整列的石人、石马，一对鸵鸟、一对飞马，还有拱手而立的许多酋长，番王的石像（可惜都缺了头），都值得看了又看，看个心满意足。长安城的内外，是有那么多的名胜古迹，足资流连，足以考古，足以证史的地方啊。一时是诉说不尽的。韦曲、杜曲、王曲以及曲江池、樊川等古人游乐之地，今天只要稍加疏浚，也就可以成为十分漂亮的人民公园。我想不久的将来，我们就会看到那个宏伟而美丽的大公园在长安城南出现的。“古”与“今”，古老的文化和社会主义的工业建设，结合得如此的巧妙，如此的吻合无间，正足以表现我们中国是一个很古老的国家，同时又是一个很年轻的国家。不仅西安市是如此，全国范围内的许多城市也都是同样地把“古”与“今”结合起来的，而西安市是一个特别突出的、值得特别提起的一个典型的好例子。

旅行笔记

说不尽的陕西历史文化

陕西的省会是西安，古称长安，是中华民族和古老东方文明的发源地之一，先后有西周、秦、西汉、新莽、东汉（献帝初）、西晋（愍帝）、前赵、前秦、后秦、西魏、北周、隋、唐等在此建都。自西汉起，这里就成为中国与世界各国进行经济、文化交流和友好往来的重要城市，古“丝绸之路”就是以长安为起点的。

陕西历史文化悠久，汇集了众多历史古迹，秦始皇陵就是其中之一。说秦始皇陵之前，先了解一下秦始皇。秦始皇的主要功绩是统一了六国，他于公元前221年建立秦朝，推行郡县制，统一文字、货币、度量衡，修建长城，开凿灵渠等。秦始皇陵就是他为自己修建的陵园。秦始皇陵位于西安市临潼区，是世界上规模最大、内涵最丰富的帝王陵墓，始建于公元前247年，公元前208年竣工，历时39年。其中，兵马俑坑极具考古价值，于1974年被发现，之后陆续发掘出三处。汉高祖刘邦也与陕西有密切的关系。刘邦与项羽为争夺帝位展开斗争，最终刘邦获胜，史称楚汉之争。公元前202年，刘邦建立汉朝，定都长安，史称西汉。司马迁是夏阳（今陕西韩城南）人，写出了中国古代第一部纪传体通史《史记》，司马迁祠就位于陕西韩城市南。出使西域的张骞是汉中成固（今陕西城固东）人，两次出使西域，开辟了中国通往西方的“丝绸之路”。抗击匈奴的著名将军霍去病的墓地位于陕西兴平市茂陵东侧。陕西还是革命根据地，1945年，中国共产党第七次全国代表大会在延安召开。陕西有太多的历史文化，真是说不尽！

长安道上

孙伏园（1894—1966），原名福源，字养泉，笔名伏庐、松年等，作家。他曾任《晨报》副刊主编，参与发起文学研究会，还担任过齐鲁大学、四川大学等校教授。代表作品有《伏园游记》《鲁迅先生二三事》等。

黄河的河床高出地面，一般人大都知道，但这是下游的情形，上游并不如此，我们所经陕州到潼关一段，平地每比河面高出三五丈，在船中望去，似乎两岸都是高山，其实山顶就是平地。河床是非常稳固，既不会泛滥，更不会改道，与下流情势大不相同。但下流之所以淤塞，原因还在上流。上流的两岸，虽然高出河面三五丈，但土质并不坚实，一遇大雨，或遇急流，河岸泥壁，可以随时随地，零零碎碎的倒下，夹河水流向下游，造成河床高出地面的危险局势；这完全是上游两岸没有森林的缘故。森林的功用，第一可以巩固河岸，其次最重要的，可以使雨水入河之势转为和缓，不至挟黄土以俱下。我们同行的人，于是在黄河船中，仿佛“上坟船里造祠堂”一般，大计划黄河两岸的森林事业……造林的目的，本有两方面：其一是养成木材，其二是造成森林。在黄河两岸造林，既是困难事业，灌溉一定不能周到的，所以选材只能取那易于长成而不需灌溉的种类，即白杨、洋槐、柳树等等是已。这不但能使黄河下游永无水患，简直能使黄河流域尽成膏腴，使古文明发源之地再长新芽，使中国顿受一个推陈出新的局面，数千年来梦想不到的“黄河清”也可以立时实现。河中行驶汽船，两岸各设码头，山上建筑美丽的房屋，以石阶达到河边，那时，坐在汽船中凭眺两岸景色，我想比现在装在白篷帆船中时，必将另有一副样子。古来文人大抵有治河计划，见于小说者如《老残游记》与《镜花缘》中，各有洋洋洒洒的大文。而实际上治河官

主观描写

吏，到现在还墨守着“抢堵”两个字。上面所说也无非是废话，看作“上坟船里造祠堂”可也。

其他，我也到卧龙寺去看了藏经。说到陕西，人们就会联想到圣人偷经的故事。如果不是半年前有圣人去偷经，我这回也未必去看经吧。卧龙寺房屋甚为完整，是清慈禧太后西巡时重修的，距今不过二十四年。我到卧龙寺的时候，方丈定慧和尚没有在寺，我便在寺内闲逛。忽闻西屋有孩童诵书之声，知有学塾，乃进去拜访老夫子。分宾主坐下以后，问知老夫子是安徽人，因为先世宦游西安，所以随侍在此，前年也曾往北京候差，住在安徽会馆，但终不得志而返。谈吐非常文雅，而衣服则褴褛已极：大褂是赤膊穿的，颜色如用酱油煮过一般，好几颗纽扣都没有搭上；虽然拖着破鞋，但是，没有袜子的；嘴上两撇清秀的胡子，圆圆的脸，但不是健康色——这时，内室的鸦片气味一阵阵的从门帷缝里喷将出来，越加使我了解他的脸色何以黄瘦的原因。他只有一个儿子在身边，已没有了其他眷属。我问他：“自己教育也许比上学堂更好吧？”他连连的答说，“也不过以子代仆，以

子代仆！”桌上摊着些字片画片，据他说是方丈托他捕描完整的，他大概是方丈的食客一流。他不但在寺里多年，熟悉寺内的一切传授系统，即与定慧方丈也是非常知己，所以他肯引导我到各处参观。藏经共有五柜，当初制柜是全带抽屉的，制就以后始知安放不下，遂把抽屉统统去掉，但去掉以后又只能放满三柜，所以两柜至今空着。柜门外描有金彩龙纹，四个大金字是“钦赐龙藏”。花纹虽尚清晰，但这五个柜确是经过祸难来的：最近是道光年间寺曾荒废，破屋被数个戏班作寓，藏经虽非全被损毁，但零落散失了不少；咸同间，某年循旧例于六月六日晒经，而不料是日下午忽有狂雨，寺内全体和尚一齐下手，还被雨打得半干不湿，那时老夫子还年轻，也帮同搬着的。但经有南北藏之分，南藏纸质甚好，虽经雨打，凉了几天也就好了；北藏却从此容易受潮，到如今北藏比南藏还差逊一筹。虽说宋代藏经，其实，只是宋版明印，不过，南藏年代较早，是洪武时在南京印的。北藏较晚，是永乐时在北京印的。老夫子并将南藏缺本，郑重的交我阅看，知纸质果然坚实，而字迹也甚秀丽。怪不得圣人见之，忽然起了邪念。我此次在陕，考查盗经情节，与报载微有不同。报载追回地点云在潼关，其实刚刚装好箱箧，尚未运出西安，即被陕人扣留。但陕人之以家藏古玩请圣人品评者，圣人全以“谢谢”二字答之，就此收下带走者为数亦甚不少。有一学生投函指摘圣人行检，圣人手批“交刘督军严办”字样。圣人到陕，正在冬季，招待者问圣人说：“如缺少什么衣服，可由这边备办”。圣人就援笔直书，开列衣服单一长篇，内计各种狐皮袍子一百几十件云。陕人之反对偷经最烈者，为李宜之、杨叔吉二先生。李治水利，留德学生，现任水利局长；杨治医学，留日学生，现任军医院军医。二人性情均极和顺，言谈举止，沉静而又委婉，可为陕西民族性之好的一方面的代表。而他们对于圣人，竟亦忍无可忍，足见圣人举动，必有太令人不堪的了。

旅行笔记

黄土高原与黄河治理

陕西位于黄土高原。黄土地貌是因为长期的流水侵蚀和搬运造成的。黄土地貌有黄土塬、黄土墚、黄土峁（mǎo）、黄土川四种。黄土具有直立性，不易崩塌，适合开凿窑洞。窑洞造价低廉，比较坚固，冬暖夏凉，适合居住。黄土文化不仅有窑洞，还有民歌信天游、安塞腰鼓、陕西剪纸等。黄土高原水土流失严重，原因比较复杂：一、地形坡度陡；二、地表裸露，缺乏植被保护；三、土质疏松，许多物质易溶于水；四、降水集中在个别月份，多暴雨；五、长期开垦过度，破坏了地表植被。水土流失造成地表肥沃的土壤减少、沟谷增多，甚至给黄河造成了麻烦，向黄河下游输送了大量的泥沙。

黄河上、中、下游分别存在的问题有：黄河上游存在荒漠化和凌汛的问题，中游水土流失严重，下游形成“地上河”。荒漠化是因为气候干旱、过度放牧、乱采滥伐；凌汛是因为高纬度河段封冻早、解冻晚，容易形成冰坝；水土流失严重是因为中游降水集中且多暴雨，植被稀少，土质疏松；“地上河”是因为河流从中游携带大量泥沙在下游淤积，河床抬高。黄河治理非常重要，针对上、中、下游存在的问题，应采取不同的举措：上游采取合理放牧，禁止乱挖，及时爆破、疏通河道的措施；中游采取植树造林、保护植被、保持水土的措施；下游采取调水调沙、加固大堤的措施。

陈仓道上

邓拓（1912—1966），原名子健、云特，笔名马南邨、丁曼公、向阳生等，新闻工作者。1949年后，任《人民日报》社社长兼总编辑、中华全国新闻工作者协会主席、中共北京市委书记处书记等职。曾主持编辑出版第一部《毛泽东选集》。代表作品有《燕山夜话》《三家村札记》等。

陈仓古道本崎岖，
今日康庄一坦途。
千里秦川春意闹，
更沿渭水广膏腴。

秦岭北来尽险峰，
深峦时有虎狼踪。
只今铁道冲天至，
大散关头土一壅。

这是我旅行于宝鸡（古陈仓）和大散关的时候写的两首小诗。我们祖国河山的新面貌给了我永远不能忘却的印象。看到渭水流域的秦川田野和秦岭北段美丽而雄伟的风姿，觉得这是莫大的幸福。

新建的宝成铁路从宝鸡开始。由此地向南，登上秦岭北段的第一个隘口，就是大散关。这一带地势险峻，古代的军事家都认为这里“进可以攻，退可以守”，因此成为历代作战双方必争之地。

此地又是川陕交通的孔道，从来商旅络绎不绝，依靠着肩挑背负，把货物送到山上，也送下平原。古代的人说“蜀道之难难于上青天”，其实大散关这条路正是古代的人从长安出发入蜀所必经的“难关”，此道之难也不亚于蜀道。只有在我们人民的时代，化天险为康庄的奇迹，才能够在人们的眼前出现。宝成铁路如今已经把这条崎岖险阻的川陕孔道变成了康庄的坦途了。我之所以能有机会到这一带旅行，也就因为有了宝成铁路，否则惟有“梦游”了。

在渭河岸上，到处是灌溉的沟渠，新修的水浇地都将保证丰产的最高指标。千古长流的渭水，如今也激起了新的生产高潮来了。

今年关中平原的农业生产是有很好条件的，而处于这个平原西头的宝鸡农村的景象更使人充满了信心。与我同行的人，一致地称赞这里的工作紧紧地抓住了生产的关键问题，收到了良好的效果。可惜我们旅行的日程太紧，不能在这里多看，铁路局已经为我们准备了一辆公事车，我们只好离开了宝鸡。

从宝鸡车站出发，火车跨过了渭河铁桥，向南进入益门镇的峪口，这也算是从秦岭北麓开始上山的起点。由此迤南，慢慢地登上险峻的秦岭山区。清姜河奔流在狭长的山谷间，火车沿着河的右岸怒吼前进。这里有一段十分美妙的风景。当河水曲折的地方，火车蜿蜒而进，我们就好像坐在一条青龙的背上，让它翻滚在水里嬉戏。这样前进约四十多华里，山势愈来愈陡，终

比喻手法

于来到了一个险要的隘口，这就是大散关。由于事先的约定，我们在这里休息，看看风景。

英勇的筑路工人费了千辛万苦的劳动，在这陡立的山崖上打开了一条大道，铺上了铁轨，现在看起来还觉得惊心动魄，这个工程也真不容易。如果没有这么巨大的劳动，我们要爬上这个关口，恐怕是很困难的。据说，按照老办法步行或者骑牲口，单身客人决不敢上来，因为往往会遇到猛虎和豺狼。所以人们必须成群结队才敢上山。原来的山道现在还看得见，那真可以说是羊肠小道啊！写着“大散关”三个大字的古老石碑仍然立在山顶，古代多少英雄豪杰，成功和失败就在这儿。然而，现在因为有了这么宽大的铁路，这里的地势完全改变了。现在的大散关，摆在我们的面前就好像是一堆土丘，看不出它有什么险要的地方。

我望着大散关四周的景物，脑子里想起了许多历史故事，什么蜀魏交兵呀，唐明皇由这里逃进四川呀，这些虽然不值得我们去提起了，连李太白的诗句也没有多少意思；但是，宋朝爱国诗人陆放翁的诗却不能使人忘怀。当他奔波秦蜀之间，感叹“良时恐作他年恨，大散关头又一秋”的时候，他的满腔爱国热情一直激励着广大的人民。他对于大散关的险要地势和山川峻峭之气，十分赞赏，并且借以鼓舞他自己和人民群众热爱祖国的高尚情绪。他有一首诗，题目是《观大散关图有感》，其中写到：“大散陈仓间，山川郁盘纡。劲气钟义士，可与共壮图。”

这是对于陈仓古道和大散关形胜的赞颂，也是对于人民爱国热情的激励。我由此更爱陆放翁，也更爱我们伟大祖国的山川。我觉得仅仅就这些思想感情上的收获来看，我这一次到陈仓道上来，也算不虚此行了。

旅行笔记

明修栈道，暗度陈仓

宝鸡位于陕西西部，古称陈仓、雍城、西虢（guó）、西岐、西府等，这里有一个非常有名的典故，那就是“明修栈道，暗度陈仓”，说的是汉高祖刘邦的故事。

公元前206年，项羽不顾楚怀王之约，自主分封，自号“西楚霸王”，将刘邦封为汉王，把巴、蜀、汉中分给了他。刘邦对此十分不满，但也只好带领手下前往自己的封地，因为他知道自己无力与项羽抗衡。刘邦的队伍前往南郑时，所走之地陡峭，只能依靠栈道，张良建议刘邦烧毁所过栈道，既能表示没有再回头东进之意，还能防范敌人的袭击。刘邦听从了张良的建议，命人烧毁了栈道。

项羽的擅自分封引起各路诸侯的不满，刘邦借此联合各路诸侯准备讨伐项羽。大将韩信献计，刘邦听从了韩信的计策，准备出兵东征，夺回关中之地。在东征前，韩信派了很多士兵去修复被烧毁的栈道，假装要原路杀回关中。项羽得知刘邦派人修复栈道，就派重兵在沿线把守，以阻拦汉军的进攻。而韩信却不走栈道，率领军队绕道而行，走小路去陈仓进行突然袭击，一举打败了秦降将章邯。刘邦夺取了可以与项羽抗衡的关中要地，从此拉开了其开创汉王朝大业的序幕。

关中琐记

鲁彦（1901—1944），原名王衡，又名王返我，字忘我，作家，文学研究会成员。长期致力于教育和编辑工作，曾创办《文学杂志》，其文学作品多取材于乡村生活。代表作品有《柚子》、《黄金》、《童年的悲哀》、《野火》（后改名《愤怒的乡村》）等。

远眺中的华山

当我由潼关向北行，往骡阳去的时候，虽然曾经首先沿着华山西行了一二十里的路，但那时，正在阴暗的冬天的灰雾里，看不见华山的全景，随后折向北行，华山更被骡车的篷所掩住了。春去夏来，天气渐渐清朗，慢慢的看见了青色的天，当我快要离开骡阳不久以前，有一次忽然看见了远处一带隐约的山脉。我惊愕地听人家说那就是华山，正懊恼着平日不曾注意到，不久就循着原路南行了。

空间描写

现在是下坡的路，天气又非常清朗，我的面正对着华山。它占据着正南的一带，又若断若续的蜿蜒到东南的一角。我越走越近，它越高越大越清楚，我才明白了那蜿蜒在东南角的是黄河东边的首阳山。

两天里，从早到晚，华山的顶上始终浮着银白的光辉的云。那云仿佛凝结在一团，没有动弹过。

第二天下午，华山离我愈近愈清楚了。最高的一个峰像一朵半开的花，顶是平的，没有峰尖，而是方的。我相信华山的名字就是因这个峰的形状而来的了。两边有几个较低的尖的山峰，像和中峰不相连接的样子。

离开华山约五六里，我觉得它反而比先前矮了。在南方，比它高的山似乎多得很。它虽然黑了一点，可是一样的没有什么树木，仿佛石头也没有的样子。只有在山脚下，车路旁，随时看见了不少的树木。

华山的胜迹在哪里呢？我没有时间上去，不能知道。人人说上华山的艰难，它的胜迹怕就在山路的险峻了。那一条上中峰的路，我在车上远远地望见的，沿着峭壁，一直上去，没有转弯休息的平地，确实是一条最奇突最险峻的路。

临潼的华清池

过了华州到赤水，到渭南，为汽车路的中心点，陇海路已通车到这里。由这里往西偏南，地势渐高，车路与渭河愈接近，远望沙尘如烟，疾驰而行，即是渭河滩上的飞沙。

从渭南到临潼，计程八十里，先经新丰县城，即杜甫《新丰折臂翁》所指处。县城南北不到半里，东西约半里，但见颓垣瓦砾，荒虚得很，没有居民。出了县城西门，才见到乡村似的街道和住屋。据说城中房屋都是冯玉祥时代兵火所毁的。

又西南行，经过项羽会汉高祖的鸿门，骊山愈走愈近，过一人工似的小山，即秦始皇冢。

骊山为一黄土的山，和一路所见到的山迥然不同，眼目为之一新。上有周幽王烽火台遗址。白居易诗云：“骊山高处入青云，”实际上骊山是很矮的。

骊山最北峰下面即为临潼。山脚下出温泉。俗传神女为秦始皇疗疮而辟。还有唐朝华清宫旧址，杨贵妃洗浴的地方。

现在那里有两家澡堂，归政府经营，几间中国式的房子，里面开了几个池汤，每一个池汤约一丈宽，一丈半长，水门汀式的底，水从一个圆洞里涌了出来，从另一个洞里流了出去，热得很，非常的清。白居易诗云：“温泉水滑洗凝脂”，这水洗在身上，的确连皮肤都滑了。这样的水，杨贵妃天天洗了，难怪不成凝脂。别地方的温泉有硫磺的气息，这里却一点也没有。

东边一家的澡堂后面，有一个井似的圆池，据说是温泉的源，现在这里的水是专门吃的。女人洗澡的池汤为泉源首先经过的一个，据说即为贵妃所洗浴的地方，所以特名这一个做贵妃池。男子不能进去，带了女人，便可同浴。

澡堂的票价最高的一元，此外几角不等，看在哪一个池里洗。进去了，只要自己有工夫，可以洗了休息，休息了又洗。只是最不便利的地方，在于附近地方没有清洁的旅店（澡堂里虽有几间卧室，是给要人们住的）。潼关来的汽车每天有十来辆，但都在早晨同时开，在临潼下了车，便再也没有公共汽车走过。而长安东开的车，也在早晨同时开，在临潼下了车，也不能再遇到东行的车。所以到临潼洗澡，只有早晨坐着东行的车，下午坐了西行的车返长安。

从临潼西行，经过灞桥，浐桥，计程五十里，就到长安了。

旅行笔记

华山与华清池

华山位于陕西华阴以南、秦岭山脉以北，是五岳之一，古称“西岳”。华山名称的由来有很多种说法，其中一种说法是其取自《山海经》，因山势险峻，群峰耸立，《山海经》里有“远而望之，又若华伏”之句，故名华山。华山的山体是由花岗岩组成的，因为花岗岩长期经受风化侵蚀，加上南北两大断层错动和东西两侧流水下切，华山被分割成一座座山峰，其中东、西、南、北、中五峰比较有名气。雄奇险峻是华山的特色，青柯坪、苍龙岭、长空栈等处都很险峻。华山高崖非常陡，路途险峻，众多山峰之间只有南北一路，所以有“自古华山一条路”的说法。华山是道教名山，元朝时是全真道华山派的发源地，山中留有许多带有道教色彩的传说和人文景点。

华清池位于陕西西安临潼区，此处温泉最早发现于西周，秦代名为骊山汤（神女汤）。唐代贞观十八年（644年），唐太宗委派左卫大将军姜行本、将作大臣阎立德在此建造宫室楼阁，赐名汤泉宫；咸亨二年（671年），改名温泉宫；天宝六年（747年），扩建并改名华清宫，温泉名华清池。唐玄宗几乎每年都要带杨贵妃来此游乐，白居易的《长恨歌》“春寒赐浴华清池，温泉水滑洗凝脂”就是对此的描述。

西京胜迹

张恨水（1895—1967），原名心远，作家。早年任《皖江报》总编辑，之后任《益世报》《世界日报》等编辑。其一生致力于通俗文艺的创作，以写章回体小说见长。代表作品有《春明外史》《金粉世家》《啼笑因缘》等。

碑林

这是西安最著名的一处名胜，在城东南，雇人力车，告诉车夫到碑林，就可以拉到，因为就是人力车夫，也知道这处名胜的。这林在旧府学里，现在归图书馆管理。进门在苍台满径的小巷子里过去，正北有个小殿，供有孔子的塑像，朝南有三进旧的屋宇，一齐拆通，一列一列的立着石碑。（空间描写）这里面共分着十区，第一区的唐隶，第二区的颜字家庙碑，圣教序，多宝塔，第三区的十三经全文，第六区的景教流行碑（大唐建中二年刻石），这都是国内唯一无二的国宝，在别的所在，是看不到的。这里的碑，共是四百多种，合两千四百多块。洛阳周公庙的石碑，唐碑本也不少，但这里的都出于名手，那是洛阳所不及的。文庙在碑林隔壁，顺便可去看看，里面有古柏几十棵，是西安第一个终年常绿的所在。

武家坡

这三个字写了出来，读者不免要大大的吓上一跳，这不是一出京戏的名字吗？对了，这就是京戏上的武家坡。西安人很少舌尖音，水念匪，天念千，典念检。他们的秦腔里面，有一出本戏，叫五典坡，是扮演薛平贵王宝钏的事，由抛彩球起，到算粮登殿为止。京戏可叫红鬃烈马。这五典坡，就在曲江池的南边的深沟里。西安人念成五检坡，京戏莫名其妙的，就改为武家坡了。这一道深沟，弯曲着由西向东南，在北岸上，有三个窑洞门，都封闭了，传说那就是王宝钏为夫守节的所在。南岸随着土坡上有个黑洞，说是能够点了油灯照着向这里上去，另外还有一篇神话。其实也不过是看庙的人，借此向游人讹钱罢了。薛平贵王宝钏这两个人，本来是不见经传的，这武家坡当然也有疑问。但是西安的秦腔班子，几乎每日都有唱五典坡这出戏的，其叫座可知，那故事深入民间也可知了。

雁塔

在科举时代，恭祝人家雁塔题名，那是一句很吉祥的话。这雁塔在慈恩寺内，寺在曲江池西北角，到城约五六里路。这寺和别的寺宇不同的，就是在正殿之前，列着一层层的石碑，不下百十来幢。当唐朝神龙年后，选取的进士，都在这里碑上题上他的芳名。而雁塔也就因为这样流传士人之口，直到于今，塔在殿后高高的土基上，塔门有唐朝褚遂良的圣教序碑，并没有残破，也是为赏鉴碑帖的人所宝贵的之一。这个塔和开封的琉璃塔，恰好相处在反面。那琉璃塔是实心的，只在塔心划开一条缝，转了上去，所以塔里没有一寸木料。这雁塔却是空心的，倚靠了塔墙，四周架了栏杆板梯，临空上去。所以有三四个游人扶梯登塔的话，只听到，登登的一片踏木桥声，而

且在上层的人，可以看到下层的人，便是其他的塔，也很少这种构造的哩。这个庙，在隋朝叫无漏寺，唐高宗为文德皇后改造过，改名叫慈恩寺，直到于今。

小雁塔

这塔在大雁塔西边，下面是荐福寺，塔虽有十五层，比慈恩寺的七层塔小得多，所以叫小雁塔。这里有两种神话，说是地震一回，这塔就会裂开，再震一回又合起来。又庙里有口钟，是武功河边捞起来的，相传有女人在河边捣衣，声闻数里，于是就掘得这口钟。因为雁塔钟声，是关中八景之一，所以在这里顺带一叙。

西安风俗之一斑

关于西京胜迹，那是书不胜书，我只到了这些地方，我也就只能描写这些地方。最可惜的，就是近在眼前的终南山，我竟不曾去走一趟。这并不是愿意交臂失之，因为初到时候，赶着要上甘肃，回来的时候，又遇到天气十分热，只好罢了。现在还有旅客到西安，应当知道的一些风俗，拉杂写在后面。

西安人起得很早，在春天的时候，六点钟，就满街都是人了。便是住在旅馆里，七点钟以后，声音也极其嘈杂，不容人晚起。这自然是个好习惯，作客的人，不妨跟着学学。晚上九点钟以后，街上已经难买到东西。

西安人是吃两餐的，早餐大概在十点钟附近，晚餐在下午四点钟附近。设若你接到请帖，订着晚四点或早十点，你不以为这是主人翁提早时间，应当按时而去。

西北人的衣服，都很朴实，男子有终身不穿绸缎的。近年来，年轻的女子，也慢慢染了东方人士奢华的习气，但是也不过穿穿人造丝织的衣料而已，到西北去的朋友最好穿朴素一点，可以减少市民的注意。若是你穿西服，无疑的，市人会疑心你是老爷之流。因为除了东方去的年轻官吏，本地人是绝少穿西服的。摩登少年，也不过穿穿那青色粗呢的学生服，若是上海，人家会疑心是大饭店里的工友。如此看来，到西北去应当穿那种服饰，不言可喻了。

某一个地方的人，必是尊重某一个地方的名誉。作客的人，在入境问俗的规矩之下，本不应该，在浮面上观察过了，就作骨子里面批评的。陕西人爱护桑梓的观念，大概是比别一省的人，还要深切。到西北去的人，对人说，我们回到老家来了，西北人刻苦耐劳，东南人士所不及，像这一类的话，只管多说，不要紧。若易君左闲话扬州而兴讼，胡适之恭维香港而碰壁，都是忘了主人翁地位说话的一个老大教训。到西北去的朋友，对于这一点，是必再三注意之后，还要再四注意。

最后，说到方言这个问题，陕甘宁青四省，汉人都是操着西北普通话，并不难懂。到西安去，扬子江以北的各种方言，他们都可以懂得。陕西方言，大概是喉音字，发出来最重，如我字，总念作鄂。舌尖音往往变成轻唇音，如水念作匪之类。大概知道这一点诀窍，陕西话是更容易了解了。

旅行笔记

大雁塔与小雁塔

大雁塔和小雁塔是西安比较著名的建筑，都位于西安的东南面。大雁塔在慈恩寺内，唐永徽三年（652年），高僧玄奘为贮藏从印度取回的经像而建。塔高五层，古朴雄伟。小雁塔在荐福寺内，建于唐景龙元年（707年），因比大雁塔略小，故名。

唐代时，凡是新科进士及第，都有登大雁塔题名的习惯，又称“雁塔题名”。明清时期，西安又兴起题名活动，有文题大雁塔、武题小雁塔两种，一般科举文试得中的进士都会在大雁塔上题名，武试得中的进士便在小雁塔上题名。

大雁塔和小雁塔都是全国重点文物保护单位。

秦腔：《游西湖》

曹聚仁

我久慕秦腔，却没曾看到过。因为三十年前，在一位陕西盐商吴家做家庭教师，时常听到他们讲西安易俗社的故事。这位东主，和于右任先生是老朋友，易俗社那些艺人，多少带点革命意识，不仅是戏曲的革命，而且是革命的戏曲。秦腔在中国戏曲上，代表激越高亢的一派，所谓“西皮”，便是秦腔的支流。而京剧成分中，也有着秦腔的血统。这回，西安剧团到北京来演出，我才看到他们的《游西湖》。看了川剧在《白蛇传》中的喷火技术，又看了秦腔《游西湖》中的喷火绝技，开了不少眼界。

让我用外行的话来谈谈中国戏曲的构成成分。有人问我：“为什么我们看话剧、电影，再好的演出最多两三回就不想再看了？而中国的旧戏，真是不厌百回看的，这是什么缘故？”我说：“旧戏”并不是一种艺术而是综合的艺术。大概，二千多年前，滑稽角色的演出博君王一笑的，所谓“优孟衣冠”，早已在诸侯各国流行了。至于乐队，有的是燕居助乐，有的是战场助威，有的是外交相会，各地有各地的风格，自不待言。两汉以后，杂技的演出，也和滑稽戏是并存的。我们所看的马戏团，在古时也有技术很高明，规模很大的。这种种，都是各自发展，彼此不相关的。

我们且看唐代的传奇，即如元稹（微之）的《会真记》，只是当时文士的游戏文字，到了北宋，便成为说话人所用底本，说话人说了一段，又唱了一段，这就是后来的弹词。由席间的弹唱，进到了台上的扮演，这就是北曲与南曲正式上了舞台的来由。因此，我们分析中国的戏曲：有故事、有扮演、有道白与唱曲，配上了种种乐器了。穿插其中的，有滑稽戏的传统，便是丑角，有舞蹈、有相扑、有角觝（dǐ）之戏、有花脸，便是综合了若干艺术的艺术，成为老幼咸宜，各有所得的艺术。《游西湖》的喷火技术便是杂技。因此，那一晚，我有我的满意，老妈妈有她们的满意，孩子们也有孩子们的满意。这便是旧戏吸引人之处，所谓深者得其深，浅者得其浅也。

客观描写

在我的漫谈中，照例难于把一个剧本的故事叙述一遍的，《游西湖》这剧本，也就是写一个血性女子反抗权相贾似道的故事。（贾似道当权时，西湖里湖这一部分葛岭山脚是属于他所私有的，因此，横行不法无所不至。）《游西湖》剧中的李慧娘，不仅是个被侮辱被损害的女子，而且是个反抗复仇的鬼魂。《救生》时，扮李慧娘的马蓝鱼和扮演裴生的李继祖把传统的甩发、吹火、扑跌技巧，用来表现他们处于千钧一发时的紧张心情，十分成功。由于马蓝鱼纯熟地掌握了吹火技术，所以它和剧情严密地结合一处，不只是卖弄技术。慧娘的满腔愤怒，她对贾似道的英勇反抗，在那口喷烈火朝廖寅扑去的表演中体现出来了。最后，贾似道被慧娘吓得昏死过去，苏醒过

来时，“哎”的一声，正意味着被侮辱被损害了的女子李慧娘，她在恶势力面前站起来了，这个复仇的女鬼伟大极了，悲壮极了。

旅行笔记

秦腔简介

秦腔，是戏曲剧种之一，关于其起源，说法众多，一般认为其出自陕西、甘肃及山西的民歌小曲，由民间流行的弦索调演变而成。秦腔又称梆子腔或桃桃子，因以梆子击节，作“桃、枕”声，故名。陕西、甘肃一带属于古代秦国，所以叫秦腔或西秦腔。秦腔主要流行于我国西北地区。

清代康熙末年至乾隆、嘉庆年间，秦腔盛行，在陕西、甘肃一带，逐渐形成同州腔、醴（lǐ）泉腔、渭南腔、陇州腔等。后来，陕西的秦腔又发展为东路、西路、中路、南路四个流派。秦腔的唱腔有欢音和苦音，欢音表现喜悦、爽快的情感，苦音表现悲愤、凄凉的情感，可依据戏曲情节加以运用。

秦腔的角色共十三种：四生、六旦、二净、一丑。秦腔演员不仅唱功了得，也重工架、特技，如：拉架子、担柴、担水、喷火、扑跌等。秦腔的脸谱也很有特色，如：秦始皇为金色正三块瓦花脸，有一字须。

秦腔的传统剧目题材广泛，有历史故事戏、神话戏、民间传说戏等，经常演出的剧目有《春秋笔》《八义图》《和氏璧》等。中华人民共和国成立后，经过整理的传统秦腔剧目《赵氏孤儿》《三滴血》《火焰驹》等影响较广。

其他推荐

关于陕西的文章还有：

《秦腔》（贾平凹）
《安塞腰鼓》（刘成章）
《登雁塔》（叶圣陶）
《窑洞风景》（吴伯箫）
《秦岭看山》（王鼎钧）

河西走廊

甘肃

省会

兰州

简称

甘（或陇）

气候

温带大陆性季风气候

地理位置

位于中国西北部，在黄河上游，东部与陕西相邻，西部与新疆、青海相连，南部靠近四川，北部与内蒙古、宁夏相邻。

主要山脉

祁连山、六盘山、乌鞘岭

主要水系

黄河

世界遗产

嘉峪关、丝绸之路、敦煌莫高窟

本站停靠

敦煌莫高窟

嘉峪关

天水

文学导游

张恨水

范长江

敦煌游记

张恨水

敦煌，是中国在海禁未开，通西方的大道。离县城十几公里路，自北魏以来，经过隋唐五代宋元以及清，都把沙石崖上凿了好多佛洞，就叫千佛洞[①]。到敦煌千佛洞去参观，那不是太容易的事。因为千佛洞没有旅馆，没有吃喝，晚上还没有被盖，这些东西，事前都要好好地准备。因为到千佛洞去，经过沙漠，动不动好几十里没有人烟，借也没有地方借去。我们把一切东西，都已准备得很好，因之没有问题。

千佛洞是笼统的一个名词，要论起名之初，那倒真有千余个佛窟。这多年以来，佛窟就屡次倒坏。尤其是明朝，嘉峪关以外，就视同化外，倒坏之处更多。所以到现在，真正的佛洞，只有四百六十九个。这四百多洞子，探纪如下：魏窟三十二个，隋窟九十个，唐窟二百零六个，五代窟三十二个，宋窟一百零三个，西夏窟三个，元窟八个，清窟五个。这么多佛窟，先看哪一个呢？后来决定，先请这里人，带我们先看一个大致，回头就看各人的嗜好，你要对哪个洞子有兴趣，就看哪一个洞子吧。

我们把佛窟看了，这里画的怎么样，以及塑的怎么样，我们自觉程度浅，还谈不到；不过这里有众人必须知道的，我们谈一点。

第一，是三尊大佛。鸣沙山对过有七层屋檐，都是亭台楼阁的模样，你稍微站得远一些看，像真的一样。其实这是嵌在石壁上的，就是屋檐小一点吧。走进洞去，也是很大一间殿宇，可是石壁都没有图画。朝里一些，

①千佛洞：敦煌莫高窟的一部分，位于最西端。——编者注

只看到一件袍子的下角，怎么悬下来，我们还不能望见。挨着袍子边，朝上看去，是洞内凿成七层高的佛窟。这高的窟，就是里边光立着一尊佛像。这佛身披着袈裟，模样十分和气。这是一位释迦牟尼的像，佛像有华尺十丈高（三十三米），除了云岗石佛以外，恐怕也没有其他地方的佛像可以相比吧？洞为盛唐时代所造，总共费了一十三年工夫，可想这是何等伟大。至于身上所披的袈裟，以及衣服里外面，涂饰的颜色，也还半新，这不知是原来的颜色呢，或者是后代重修的，但观看颜料的配合，决计不是近代的。

第二，也是一尊如来佛。出洞往北走，中有一门牌为一三〇号，这大门是封锁了，我们走旁门进去，进去之后，上了盘梯两层，有楼，佛像刚到一半。这里向西开有极大的窗户，凭窗观看，佛像共有二十五米，把以前那种大佛来比，小了一丈多，其余，所制无甚分别，也是盛唐年制。

第三，是一尊卧佛像，在这一列佛窟的尽头，是一个西夏制的佛窟。西夏为拓跋氏。当年割据称帝，宋朝打了好多年仗，总灭不掉他。一度建都横山县，后都宁夏，割有陕西边境、内蒙古自治区、甘肃西北。他建立这样一个洞头，自然要看上一看。

洞在浮沙上，先立了一个庙门。进门，站着几尊神像，都有威武之气。最奇怪的，凡胸上或者手上，都盘弄着或者擒拿着一条蛇，这不晓得是何意义。外有两只狮子，作跳跃状而且昂起头，这越发不解了。观后入洞，洞

内，为一张睡榻，两头都不空，上面睡了如来佛。身子有两丈多长。睡容为一手长垂，覆盖着在自己左腿之上。一手托着自己的右颔，双目微闭，似睡未睡，这个像塑得很是不坏。身后站立七十二弟子，其像高不过二尺，环立在如来佛身边，都没有快乐样子。

肖像描写

这洞画的供奉人，衣服及鞋帽与汉人有什么分别没有，我本想研究一下。但是壁上像只有尺把高，看起来，男人长衣方巾，女人也是长衣，脑上绾了一个圆髻。洞中又很阴暗，可说一无所得。

我们谈完三尊大佛，就对洞子也谈上一谈，当然这不过是百分之一而已。先说北魏的洞子，假如我们为了立刻就看到的话，穿过杨树林，这里有一座古牌坊，上面题了字，曰古汉桥。穿过牌坊去，有坡子，两旁有木栏杆，因为这坡子相当地陡。这里佛洞，就一个挨着一个，而且上下都是一样，最多的洞子，有上下五层。所以走这坡子，就越过两层佛洞，方才到达我们所要到的佛窟。这才第一看见北魏窟。这里所谓北魏，不是曹丕的魏，是晋朝已不能守北方，交与魏国。那魏国拓跋氏，建都洛阳，北几省的地盘，差不多都归了他。洞里有几尊佛像，是何时代出品，还不能定。至于壁上画的壁画，那确是魏朝人的手笔。它这画一律是粗线条，眼睛画两个圈圈，嘴上画一撇，这就是眼睛和嘴。但是画得好，画得刚刚就像嘴和眼睛。其余身上有脱赤膊的，也画几根粗线条，将上下一钩，就两条胳膊出现，这个完全以旷野表示。

离开这里，两边佛窟都可以相通的。不过佛窟，有大小不同。有大的，有我们屋子四五倍大，照样是雕格玲珑。小的呢，那就只好容一人在里面。因为这是当年供奉人供奉着佛，就打一佛窟，供奉人有的钱多，就打大些，有的钱少，那就小得只容一个人。但是虽然大小不同，供佛都是一样，所以佛的香案上，至少有三尊佛像。我跑了许多洞子，有的低着头，一翻身就是一洞，有的就如同进了庙里一样，十分宽大。

我们以朝代而论，先就论到隋朝佛窟。隋佛窟中佛像的衣服，花纹很少，佛像有时呆板一点，不过所画的供奉人，都长袍大袖，那就不是魏佛窟所配的人像，是旷野一流了。而且不但衣服花纹很少，那折纹也少得很。隋朝在中国虽是统一了江南江北，但是年数很短，还没有在艺术上表现特点。

回头就论到唐朝了。唐朝在画上是两个特点，一个是盛唐，一个是晚唐。盛唐画法，只是堂皇富丽，晚唐的画法，却甚细致。本来唐朝佛窟这层也有的，只是求几幅代表作，还是向底下去看，经过了底下靠北几个佛窟，这就到了几个盛唐时代的代表作的洞子。这里有一个佛有半座佛堂那样大，上面有五尊佛像，塑法都十分自然。尤其居中一个，对人嘻嘻地笑。至于所穿衣服，这都有细细的波纹。画人像方面，自然只能代表唐时候的人。男子头戴乌纱，身披着长袍，异常宽大。至于女的头发，都是头上梳一个圆圆的发髻，束在头顶当中，外穿一件半长的长袍子，下面露着裙子尺把多长。这个时候，都是天脚，鞋子前面，一个平头。手里提着香炉，但香炉不是现在的香炉，像个熨衣服的熨斗。提了一只柄，上面还有一个圆盖。至于十三四岁的姑娘，头发左边梳一圆髻，右边梳一根辫子，横过来塞在小圆髻之下。此外，一把遮阳伞，伞的样子，也和五十年前的万民伞差不多，但是它的伞柄不同，就是伞下伞柄约有尺把长，稍微弯弯一曲，那阴处恰盖在前面人的身上。这虽不足代表唐朝的全部，然而这总可以表示一点点吧？

至于五代画，我看到与唐朝尚无分别。到了宋朝，这个佛窟的作风，又是一变。我曾参观许多佛窟，所塑的佛像貌，以及衣服，又觉得稍花一点。但是所塑的像，那精神没有以前的好。所有供奉人都是长袍，要瘦些。唐朝供奉人，大的画得比我们人还高，至于宋朝大的也不过两尺高，小的就几寸高了。

下降元清两代，我匆匆看过一遍，无甚可言。再就佛的画像说，画着的多是佛家故事，都在佛窟两边墙上，这本是极好的故事画，但大半均已模糊。我们细细观看，这里分成舍身喂虎、得道成佛等等。这些故事，尽管是佛出世的事情，但我们可以当作参考资料，了解古来的生活。比如说，我们没有凳椅座位，这画里，就有些比桌椅还矮的桌子，供奉鲜果，这就可以想到古来堂屋是怎样一个模样。又比如说，我们从前牛车马车是怎样的坐法。这画里，画的也有。所画的牛车马车，比桌面还要大，比桌子还要高，人盘了腿坐在上面，这也可以想到我们古来马车是怎样坐法了。所以这些古董虽然还是古董，但翻开历史，比没有参考，那总要好得多。

敦煌要谈的事情是很多，这仅是我草草勾画出的一个轮廓。

旅行笔记

敦煌奇景

莫高窟位于甘肃敦煌东南，又称“千佛洞”。相传前秦建元二年（东晋太和元年，366年），僧人乐僔（zǔn）凿窟造像，历经隋代、唐代，至元代，莫高窟均有所修建。1900年（一说1899年），藏经洞（今编号为第17窟）被发现，外国“探险队”掠走了大量敦煌遗书和文物，并破坏和抢夺了许多壁画、塑像。1987年，莫高窟作为文化遗产被列入《世界遗产名录》。

除了莫高窟，敦煌著名的景点还有月牙泉和雅丹地貌。月牙泉古称“沙井”，俗称“药泉”，位于鸣沙山北麓。月牙泉形似月牙，泉水清澈见底，水草茂盛。处于流沙群山中的月牙泉，从来没有干涸过，是西北地区沙漠里的奇观。雅丹地貌泛指干燥地区的一种风蚀地貌。中国的雅丹地貌主要分布于青海柴达木盆地西北部、新疆准噶尔盆地周边、疏勒河中下游和新疆罗布泊周围，在内蒙古乌兰察布盟也有零星分布。敦煌雅丹国家地质公园俗称敦煌雅丹魔鬼城，这里充满造型奇特的风蚀地貌，是敦煌很有特色的风景区。

嘉峪关头

范长江

嘉峪关为明代长城最西的起点。中国长城以秦、隋、明三代的工程为最大。但三代之中，又以明长城为最长，而防边设备，亦最完备。秦长城起于甘肃临洮（洮河东岸），隋长城造于甘肃武威，只有明代长城起于嘉峪关。

直接描写

嘉峪关有小城一座，历年兵祸，城内已全废颓，城外有居民约五六十家，街市房屋矮小破败，居民亦穷困无活气。“关口”在城西，关上有高楼一座，现楼盖已为大风吹去，仅剩支柱几栋，还在为此古迹作勉强撑持。关门洞中，写满了古今中外游人过客各种各样的题诗。记者详细读过一遍，佳者不多，且十九为苦边怀乡之作，气势雄壮者，不得一睹。记者因忆起林则徐过嘉峪关的诗来，林氏因反对英人贩卖鸦片毒害中国，毅然以武力与所谓“文明民族”的英人周旋，竟因“抗英”有罪，谪贬新疆。他路经嘉峪关，作了一首胸襟豪壮的七言诗，读之颇能使人精神焕发。诗：“严关百尺界天西，万里征人驻马蹄。飞阁遥连秦树直，缭垣斜压陇云低。天山巉峭摩肩

立，翰海苍茫入望迷。谁道淆谷千古险，回看只见一丸泥！”在他的塞外杂诗中，还有两句，气势也好：“雄关楼堞倚云开，驻马边墙首重回。”（边墙即长城）。他的诗比现在旅客流行的一首打油诗，所表现的情绪要高明得多了：“一出嘉峪关，两眼泪不干。往前看，戈壁滩；往后看，鬼门关。”好像出了嘉峪关就是生离与死别！不但俗人充满了保守家乡的思想，历代知识分子也多视离乡别井为畏途。唐戴叔伦的《边城曲》云：“人生莫作远行客，远行莫宿黄沙碛。”清谭吉瑄的《吊战场》云：“祁连山下草，寂寞少人烟，魂魄千年后，犹思渡酒泉。”我不知道老守在家里干什么?

嘉峪关这一带地方，是秦汉之际乌孙国地。其西疏勒河流域为月氏，其东北，今内外蒙古地为强盛之匈奴。后月氏被匈奴赶至天山之西，乌孙亦被匈奴指使，追月氏而移国于伊犁河流域，汉武帝时代，为想联络乌孙以夹攻匈奴，把江都王建的女儿细君，起为公主，不惜陕、甘、新三省长途跋涉，往嫁乌孙，乌孙王叫昆莫，年纪已大，而且语言不通，这样当然使这年轻而美丽的细君，难于过活下去。她因此作了《黄鹄歌》一首，以表达自己的哀情，歌曰：“吾家嫁我兮天一方，远托异国兮乌孙王。穹庐为室兮毡为墙，以肉为食兮酪为浆。常思汉土兮心内伤，愿为黄鹄兮还故乡。”我们读了这样悲痛哀恻的歌词，我们可以想象到，当时对异民族无办法，逼得用女人去联络异族的辛苦景象。

旅行笔记

嘉峪关——西北要塞

嘉峪关是明朝万里长城的终点，号称“天下第一雄关”。嘉峪关位于甘肃嘉峪关往西5千米处最狭窄的山谷中部，被称为“河西咽喉”。关城北边连接着悬壁长城，南边连接着天下第一墩。因地势险要，嘉峪关有“连陲锁钥”之称。

嘉峪关长城的修建要追溯到明朝，宋国公冯胜经过视察地形、地势，决定在此修建关城。从明朝洪武五年（1372年），开始建关于“嘉峪之西麓”，关以山名，始称嘉峪关，到完成之时，历经168年，嘉峪关成为较完备的防御城堡。

嘉峪关在古代是军事重地，嘉峪关所在的地区在汉朝初年属于匈奴，汉武帝打败匈奴后，在河西走廊设置张掖、武威、敦煌、酒泉河西四郡，嘉峪关隶属酒泉郡。嘉峪关不仅是军事重地，也是交通要塞，是河西走廊的一部分。河西走廊位于祁连山以北、合黎山和龙首山以南、乌鞘岭以西，在古代是中原地区与西域的交通要道，多民族不断交锋融合的核心区域。嘉峪关也是古“丝绸之路”的交通要冲。不论是在古代还是现代，嘉峪关对中国的贸易、交通、文化的影响都是深远的。

天水甘谷半旬游

范长江

甘肃人说到天水，就等于江浙人说苏杭一样，认为是风景优美，生产富饶，人物秀丽的地方。现在的天水是由六个城合并而成，最有历史意味的是“伏义城”。我们现在虽然在考古学上还未能具体证明“伏义”的时代，和他当时社会的内容，然而汉族最早的传说和神话，都在渭水流域，特别是在渭水本源的上游，这却无可怀疑。

我们三日到天水，四日骑马游甘谷。两城相去一百一十里，路循渭水上溯。冬季渭水上游，水势甚小，河底十九干涸，但见一片流沙。唐代对西陲用兵异族，多遵渭水大道，杜甫《吟天水东门楼》云：“万里流沙道，西行过此门，但添新战骨，不返旧征魂。”可以表现当时渭水大道上兵役之频繁。然而亦因战争要地的关系，所以天水一带多出名将，汉代威震匈奴的李广，即籍隶天水，蜀汉时代承继诸葛武侯的姜维，亦天水人士。

由天水西行，道路尽在山谷中左右，南北两面，皆为土原，自谷中望之，如两列高山，土原亦有不等距离的断间处，中即为小溪，即为岔道。此种情形，最宜用伏兵。因军队之主体，必须由谷中行动，断续之原上，行进困难，而在高空侦察未发达以前，对于岔道谷口中之伏兵，最难搜索，无论对于前进，或后退军队，伏兵皆能发生重大的作用。诸葛武侯与司马懿争渭水上游时，常用伏兵战法，这与地形构造有特别的关系。 空间描写

四日住八十里之关子阵。沿途土地肥沃，而农民则鲜有殷实气象。五日越渭水曲折处之关山（与前述关山同名——记者），山为土质，上下三十里，山上积雪甚厚，呼气成霜，须眉尽白，至此人生又多一番经历。三十里

下山至甘谷，甘谷原名伏羌，县设于唐代，即征服羌人（羌人即藏人——记者）而设之城邑。此种侮辱藏人之地名，当不能再让其存留。

甘谷风景甚美，城西通武山大道之南，为一大致连续长数十里之大石壁，高达数十百丈。近城石壁上，刻有高八丈余之大石佛像一尊，并有观音卧像一具，异常壮丽……其余石壁上亦皆凿有石屋……至今仍为攀登不易之避难地。

旅行笔记

麦积山石窟

麦积山石窟地处甘肃天水东南麦积山，与敦煌莫高窟、龙门石窟、云冈石窟并称中国四大石窟，是麦积山风景名胜区的核心景点，是第一批全国重点文物保护单位，作为“丝绸之路：长安—天山廊道的路网”的组成部分被列入世界文化遗产。

在古代石窟的营造工程中，麦积山石窟是最为艰险的一处，窟龛（kān）绝大多数开凿在悬崖峭壁上，洞窟之间依靠悬空栈道相连，最高的有十二层，故民间有“十二龛架”之说。石窟四周群山环绕，一年四季的自然景观各不相同。每逢雨季，麦积山奇峰若隐若现，呈现出秦州八景之首的“麦积烟雨”。

麦积山石窟始建于十六国后秦时期，历经的朝代多达十几个，修凿不断，保存下来的造像以泥塑为主。这些泥塑有“东方雕塑陈列馆”的美誉，是研究雕塑史、美术史的重要资料。因为麦积山潮湿多雨，能够保存下来的壁画较少，但价值极高，而且题材丰富。麦积山石窟最具特色的，要数仿木崖阁了，从北魏至初唐都有不同程度的开凿，是研究古代建筑结构演变的实证资料。瑞应寺和麦积山山顶的舍利塔也是麦积山石窟的重要组成部分，寺院保存了大量的经卷文书、壁画、碑刻等文物。

麦积山石窟是“丝绸之路”上的大型石窟寺，是中国北朝石窟的代表窟群之一，既受到西域文化的影响，也受到中原和南方地区文化的影响，并形成了独具特色的雕塑和壁画艺术风格。

其他推荐

关于甘肃的文章还有：

《定西笔记》（贾平凹）

《兰州记》（李敬泽）

《筷子》（袁鹰）

《阳关雪》（余秋雨）

边塞风光

宁夏回族自治区

自治区人民政府驻地

银川

简称

宁

气候

温带大陆性气候

地理位置

位于中国西部的黄河上游地区，东部与陕西相邻，西部、北部与内蒙古相接，南部与甘肃相连。

主要山脉

贺兰山、六盘山

主要水系

黄河、清水河、苦水河

著名景点

西夏陵风景名胜区、石嘴山市沙湖旅游景区

本站停靠

石嘴山

青铜峡

文学导游

范长江

石嘴山外

范长江

在石嘴子南约十里的地方，长城从贺兰山上如黄龙饮水式的爬了下来。比喻手法贺兰山与黄河之间的平地上，已没有长城的遗迹，黄河东面伊克昭盟的南边，又有残断的长城和西面遥遥相对。贺兰山的本身到了石嘴子附近，也改变了它原有的奇伟姿态，而降落为低矮的平凡。

石嘴子因为已经在旧日长城之外，所以叫做“口外”，这里因为没有西北面高山的屏障，沙漠大风直扫而来，所以此间街市和四周的景物，已夹带有几分沙漠的性质，荒凉袭人。

清时，石嘴子为蒙古人与内地交易指定的口岸之一，而且为宁夏包头水陆交通必经之道，故在昔商业甚为发达。惟清时对蒙贸易，制有定章，不许内地将硝磺、钢铁、军器、白米、白面、莞豆卖给蒙古人。硝磺、钢铁、军器之禁止，是防止蒙古人军火的扩充。莞豆的禁止，是防止蒙古人储蓄马料，以为长途征战之用。所以清代以优厚的生活腐化王公，似乎是好意，而其实对蒙古人之打算，却无微不至！

石嘴子再顺黄河北上，为绥宁陆路交通大道，经磴口以至绥远之临河、五原、包头，即是所谓“后套”区域。但中途沙漠太大，汽车不能行驶。欲通汽车，在不结冰期内，可由石嘴子过黄河，遵黄河东岸下驶，至磴口再过河。另外一路亦由石嘴子过河，斜穿伊克昭盟西北角，以至临河，两路稍加修理，通车甚易。惟两过黄河，总有若干麻烦。

近半年来，某国人在这里测量调查，费去很多时间。因此地为宁夏之北部入口，贺兰山势至此与河东之伊克昭盟高地，遥相锁对，黄河直贯其中，成为天然的奇险。欲固宁夏，必守石嘴子，乃为军事的定论，故致劳他人之费心。

石嘴子之北，又入蒙古草地了。青青的骆驼刺，把这块蒙古草地织成了无边的绿茵，穿过草地中的道路，就好似绿茵上的花条。比较有高地可据的地方，现在还留着孙殿英与宁夏作战时所作的工事。成群的牧马在草地上自由来去，间或有黄灰色的兽类隐约绿草间，那就是聪明的黄羊。

没有人管的蒙古马群，我初以为最易被人偷盗，后来打听，这才是不必要的杞忧。每一个马群有一个母马统率，和人类还在母系社会时一样。母马随时监视着它这一群马，不许有一个任意离群太远，否则它用口咬蹄踢等手段强迫使之回群。如果发现生人，母马发出嘶声，警告全体，大家皆昂首注意准备意外。如果已明白了生人有逮捕它们的企图，母马立刻于狂叫之后，率众急奔而逃。绝对不易为人暗算。

行约五十里，至二子店，土人则称四十里，店仅土院一座，土屋三间，无门无窗，乃至桌椅等任何家具。店主人之炕上亦“空空如也”，席毡等亦无之。然而石嘴子以北半日程中只有此一家烟火，不能不认为难能可贵。

二子店之后，为不断连续之沙漠，马行甚苦。孙殿英败回时，遗弃伤病之骆驼驴马等甚多，今已早成累累之白骨，散置道旁沙漠间，增人凄凉之感。

既而沙风又作，目不能张，强欲张目，亦“但见黄沙不见人”。在此人烟断绝的地区中，偶尔发现一二人影，反易促人发生戒备之心，盖匿迹草中之健客，难保其非当年李逵之同志。石嘴子磴口间之过客，非有特殊戒备，即须结大帮旅客，始易通过。如记者之人势单孤，必有相当武力，始能安全。我们后来在一段沙河道上，发现前面小土岗上有两人迎风而立，身旁显出长条黑色的东西，从者与记者皆为之愕然。记者乃命从者持枪实弹直趋之。归来报告，则为全国经济委员会黄河水道测量人员，正在冒风沙作测量工作。此种实际作艰难创作工作之人士，使人发生衷心的敬仰。

在风沙中行五十里至河拐子，其为“只此一家，并无分店”也，同于二子店。仅土屋多几间，而土屋有一二间有木门而已。粮食用具，全赖自己携带，不然即将无所措手。

旅行笔记

石嘴山——军事、经济的重要地带

石嘴山在宁夏回族自治区北部，东、北、西三面与内蒙古相邻，东临黄河，西依贺兰山。石嘴山的名字是怎么来的呢？作为山名，石嘴山最早出现于《大明一统志》：“在卫城（今银川市）东北二百里，山石突出如嘴。”可见，石嘴山是因为山石形状而得名的。山的附近逐渐有人居住，山名又被用作地名，泛指山的周边地方。后来此地建政，石嘴山先后成为镇、区、市的名称，一直沿用至今。

石嘴山因为地势险峻，一直是各代的北部设防地带。两千多年前，此地是北方游牧民族的聚集地。秦始皇为消除匈奴侵扰之患，特命蒙恬将军北击匈奴。蒙恬骁勇善战，打得匈奴节节败退。为了更好地抵御匈奴的侵略，秦始皇命蒙恬修筑长城。蒙恬修筑了军事地带浑怀障，浑怀障就在石嘴山富平县境内。汉朝时，匈奴侵占了包括石嘴山在内的黄河以南的地域，不断到内地抢掠，汉武帝大怒，拜卫青为车骑将军打击匈奴。卫青多次与匈奴作战，战功显赫，收复了黄河以南的地域。

清朝时，清政府将石嘴山设为夷场（贸易市场），并设立监夷厅（市场管理机构），因此地交通便利，货物集散方便，成为贸易中心。之后，清政府又在惠农区老石嘴子处设置市口，是河套地区蒙汉交易、农牧交易的主要市场，煤炭、皮毛、陶瓷等物品就从此地输出。由于运输方便、交易频繁，很多外国人在此开设商行、货行，进行商品买卖。这些都足以说明石嘴山贸易的繁荣，是宁夏的经济重地。

宁夏地理特性

范长江

俗谚说：“天下黄河富宁夏”。这里因为宁夏有特殊的地形结构。我们展开有颜色表示地势高低的地图来看，我们立刻看出宁夏本部，很像一个葫芦的形状（拉阿善蒙古不算在内）。从黑山峡起，中卫以下，地势开放，为中卫与中宁两县之平原沃野。西以贺兰山之南梢以界于蒙古草地，东以陇东高原之沿边而分界于甘肃，北上至广武镇，贺兰山与黄河东面之高地连为一脉，横亘为“卫宁平原”之北边。黄河分卫宁平原而过，北上断此横亘高地而出，构成长二三十里之青铜峡。青铜峡以北，山势又开，河东之金积、灵武，河西之宁夏、宁朔、平罗，共五县之面积，作成宁夏最主要的肥沃农地。其东西界限仍与前一平原相同，而北锁于石嘴山。石嘴山之北即为蒙古草地。利用黑山及青铜两个石峡为基点，借黄河水流的斜度，凿沟引水灌东西两岸平原中，称之曰渠。渠有干渠，从干渠再引支渠，支渠再引小沟以灌于田土中。渠口有闸，可以因黄河水量之大小，而增减河水入渠之水量。河水大，则于闸外从另道放水入河中；河水小，则闭闸外各泄水道，则使之全体入渠。干渠之末梢亦有闸，如水有余裕，则由此闸以归之湖中，或仍泄至黄河，最妙处，系由支渠小沟灌入地上之水，如有盈溢，仍有水道转纳湖泽中，或再由湖泽以泻入黄河，故宁夏渠工，其机微巧妙，直使以科学水利自称之专门人士，亦不能不惊其完备。

空间描写

宁夏土质，硷性最重，地面常呈白色，故宁夏古名“银川”。因这块葫芦形的地带中，常如银地一片也。故未开发之前，古人有称此为“斥卤不毛”者，盖硷地不易生长植物也。但是，这些硷质，只要经过黄河水一灌，立刻硷性消除，变为沃壤。雨量尽管那样稀少，但是五谷果木的种植，皆非常的相宜。唐人所以有“贺兰山下果园成，塞北江南旧有名”之美誉。

宁夏社会，全赖渠水维持。而考渠政发达之历史，则远自秦汉唐各代皆有开凿，故最早者，已有二千余年。我们中华民族在二千多年以前，就知道如此微妙的水利工程，虽然没有现在的钢骨水泥，从其构造原理言之，不能不认之为深合乎科学，可见我们并不是如“文明人”所说的“劣等民族”那样不堪造就。我们之所以进步迟缓一点，完全是我们两千多年来的历史环境对我们太过于宽厚，不能叫我们一般人的生活常常走到绝境上，因而逼得我们不得不作更大的向上努力。

中卫的乡村风景，至少可以与淮河流域相比。其西即见通于黑山峡的大沙窝，由此走兰州、永登，途中人家缺少，水且不足，旅行者视为畏途。城中商人以山西人为主，河北商人之势力次之。山西人经商能力，有超人的优点，故甘肃、青海、新疆、宁夏、绥远，以及未独立时之外蒙，皆以山西人占商业上领导地位。近年来经济萧条，此间商业亦甚清淡。

宁夏中卫间公路距离，计四百余里，约大半日程可到。记者以五月二日离中卫，晨间天气清明，田中农民正开始耕作。右有黄河，左有贺兰，公路修筑亦大致平坦，故车行甚速。但于出发后二小时左右，天气突变，朔风怒吼，挟浓厚之沙土，飞扬空中，沙石击人头面，对面不能见人，眼耳口鼻，尽为沙土所填积，晨间所呈现的一点恬静乡景，被此稀有的狂风顿时弄成沙

漠的枯燥。刘邦打败项羽，取得天下之后，从长安回到他的故乡沛县（今江苏省西北角），正巧天上刮开了大风，他随口作了一首《大风歌》道：“大风起兮云飞扬，威加海内兮归故乡，安得勇士兮守四方？”那一场大风引起了这位英雄主义者的豪兴，唱出了如此雄壮的歌词。不过我想，他那个大风，远不及宁夏这回的大风利害。这个风让人眼也张不开，欧亚航空公司二号机，竟被这场大沙风，迫得在宁夏省垣上空坠落下来。这样的大风，我想很难当时令人发生诗歌的兴趣。如果事后要作这样的大风歌，也只能类似这样地说：“大风起兮沙飞扬，土填耳目兮心内慌，安得家屋兮躲一场？”

风这样的大，汽车仍然慢慢地前进。路渐近贺兰山，间有沙窝，前进甚难，有一二处须下车推车，始能通过。贺兰山为明代以后，蒙古与内地之界山。隋朝以前贺兰山还没有长城，那时的长城在黄河东面。隋代的长城才西起武威，经贺兰山北上，东入伊克昭盟之南，贺兰山始为“华夷”分界的地方。宋代西夏建国于此，“华夷”之界，移到今陇东陕北，明代的长城，始又推进到贺兰山来，现仍能见各山口皆有长城的遗迹。沿山筑大小相连之城堡，驻戍兵以备边防，故唐人边庭《冬怨》有“朔风吹雪透刀瘢，饮马长城窟更寒，夜半火来知有敌，一时齐保贺兰山！”之诗。

旅行笔记

元昊建立西夏

西夏是我国古代少数民族党项族拓跋氏建立的，都城在兴庆府（今宁夏银川），最盛时辖二十二州。

西夏王朝的建立，跟一个人有关，这个人就是党项族首领元昊。唐朝赐拓跋氏"李"姓，元昊随其父李德明的姓，这时他叫李元昊，势力并不足以与中原王朝抗衡；宋朝赐拓跋氏"赵"姓，元昊只能顺从，这时他叫赵元昊。可是他并不甘心臣服于宋朝，一直想建立自己的政权。继承夏国王位之后，他首先废除了唐、宋赐的姓氏，改姓"嵬名氏"，自己改名为曩（nǎng）霄，自称"兀卒"。此外，他还推行了一系列举措：更改年号，将"明道"改为"显道"；建元开运，后又改广运；改变服饰，既不同于中原帝王，又区别于党项贵族；创造西夏文字，尊为国字。通过这一系列举措，元昊终于在1038年称帝，定都兴庆府，国号"大夏"，史称西夏。

西夏建立之后，与周边政权的关系较为复杂：西夏与北宋发生战争，北宋屡战屡败，每年给西夏送钱物；北宋灭亡后，西夏向金朝俯首称臣，实则保持独立；西夏与辽朝战争不断。

宁夏赴青铜峡

范长江

十一日骑马游黄河东岸各地。

宁夏川中湖沼多。一出省垣南门，即可看到非常广阔的湖潭。除长水草，养活些水鸟外，在夏季产生非常厉害的蚊虫，对于没有蚊帐阶级的人，成为夜间安眠上一大威胁。如果能通湖水入黄河，则不但上述的蚊害可以免除，而且立刻可以增加许多非常肥沃的土地，闻建设厅正在作此等工作，将来裨益当不在小。

二十里王桥元，有小学一所，每月全校经费共有省币八十六元，共有教员三人，学生一百余人，并且已欠经费三月未发！我们看到上课的学生仍非常踊跃，教室已至不能容纳的现象，颇有点令人不解。

直接描写

又二十里至宁朔县，县无城垣，不及东南一中等集镇。宁朔以南，荒地渐少，牛羊马匹散游水湖边，或黄或白或黑，益以湖水之倒影，景色如画图。

夜间因朋友之约，移住惠农渠岸之办事处中。此地为临渠之西式小亭，内部陈设，亦多西式，整齐、清洁、高朗、恬静，四望渠光树影，微风洗面，一日所受之闷热，至此一扫而空。设使中国将来人人有如此一间住室，月白风清之夕，大家听听无线电广播的新闻和音乐，不知届时大家的心情，将会如何的快乐！

次日清晨，四时半已经东方放亮。一清早骑马，穿过树林，村落、渠道、小桥，初绿的田野，迎面有清香的微风，头上有拂尘的杨柳，全身清逸，意态飘然。二十里小坝，渠上所建客舍亦精，规模比惠农渠尤稍大。又二十里至大坝，为唐徕渠之闸口，唐徕渠长三百余里，灌地数十万亩，为宁夏第一大渠……

青铜峡为甘宁青三省重要骆驼道之一，每日过往骆驼，多至数百计。峡中渡船简陋，码头设备不周，笨拙之骆驼，过河一次，颇为困难。每年因过渡折断四肢之骆驼，当以百数计。闻宁夏省府有在此建筑铁桥之计划，关系于交通者当不减于兰州黄河铁桥。

旅行笔记

黄河与大禹治水

河流按注入地可分为内流河和外流河，内流河最终未能流入海洋，外河流则流入海洋。黄河属于外流河，发源于青海省巴颜喀拉山，由西向东分别流经青海、四川、甘肃、宁夏、内蒙古、山西、陕西、河南、山东9个省区，最后流入渤海，全长5464千米，是我国第二长河。整个黄河分为三个河段，分别是上游、中游、下游。上游是源头至内蒙古自治区托克托县河口，中游是河口至河南郑州的桃花峪，下游是桃花峪至入海口。青铜峡就在黄河上游。

青铜峡位于宁夏平原中部，地势是西南高、东北低，土地肥沃，排灌畅通，是富饶的农牧区。为什么叫青铜峡呢？因为黄河流经此处，两岸的山与河水相映，时而呈现出青红色，故名青铜峡。关于青铜峡，还有一个传说。相传，上古时期，青铜峡地区洪水泛滥，大量田地被淹，尧命鲧（gǔn）治理洪水。鲧用筑堤防水的方法治理了九年，越治越差，舜帝一怒之下处死了鲧。鲧有个儿子叫禹，舜帝命令禹接替其父继续治理黄河的水患。禹经过思考，决定采用疏导的方式治水。他到了青铜峡峡口，发现有一座大山拦住了黄河的水流，便带领人们夜以继日地开山。玉皇大帝被禹的精神感动了，把青铜神斧赐给了他。禹拿到青铜神斧后，力大无穷，他站在山顶向下劈去，只听一声巨响，山间出现一道长峡，河道终于被疏通了。黄河的水患没有了，两岸百姓从此安居乐业。禹因为治水的功绩卓越，被后人称作大禹。

其他推荐

关于宁夏的文章还有：

《走进西夏壁画》（杨天林）

《走进西夏王陵》（肖彭）

《寂寞承天寺》（杨天林）

西域风情

新疆维吾尔自治区

自治区人民政府驻地
乌鲁木齐

简称
新

气候
温带大陆性干旱气候

地理位置
位于中国西部边陲。

主要山脉
天山山脉、昆仑山脉、阿尔泰山脉

主要水系
伊犁河、塔里木河、额尔齐斯河

世界遗产
天山

本站停靠

天山
哈密
火焰山

文学导游

邓拓

李烛尘

天山南北的奇迹

邓拓

当我到达新疆伊犁的时候，我遇见许多哈萨克族的青年正在谈论伊犁区的建设规划。他们表示决心把伊犁建设成为北疆的农业、畜牧业和工业的最大中心地区。

伊犁是新疆维吾尔自治区北部的一个哈萨克自治州。这是一个非常美丽的绿洲。现有近十万人口的伊宁市更可以说是完全绿化的城市。所有街道的两旁几乎都是杨柳树，大多数人家的院子里还有果树和丁香。这个城市的建设正在按照新的计划进行。全州居民有半数以上是哈萨克族，此外还有维吾尔、柯尔克孜、乌孜别克、俄罗斯、锡伯、塔吉克、塔塔尔、回、汉、蒙古、藏、满、达呼尔、土库曼、撒拉、东乡、阿富汗、朝鲜、日耳曼等共

客观描写

二十个民族。现在各族人民在共产党的领导下，空前地团结一致，建设新的家乡和新的社会。他们要开发这个地区的丰富矿藏，要扩大农业灌溉区，要改善草原畜牧区的经济。

在天山南北，水源应该是非常丰富的。终年积雪的天山，从它的每个山谷里产生无数溪流，长年不停地向它的南北地区奔泻，这是无穷尽的水源之一。

阿拉木图州新建的卡斯克连斯基国营农场的人们，能够用不满一年的时间，在八万公顷土地上垦种了三万多公顷。这除了种种条件以外，就因为他们懂得发现和利用水源。本来这一大片荒地非常缺水，但是，场长柯什雷最初来选择地段的时候，就认为可以从卡斯克连斯基河里引水灌溉。现在农场的灌溉渠道系统已经相当健全了，中心地带都是水浇地，他们还要寻找新的水源，扩大灌溉面积。

我要特别介绍一下大阿拉木图湖的水利。这个湖在海拔二千五百公尺的山顶上，离阿拉木图城四十公里。湖面是一平方公里，容水量是八百五十万立方公尺。它和天山南面的我国新疆乌鲁木齐附近的“天池”遥遥相对。现在大阿拉木图湖的水利已经充分发挥出来了，它的流水供给发电站、自来水、灌溉渠三方面的使用。上山走到湖边，看看四周的积雪和浮动的白云，我想起新疆的“天池”也应该加以充分利用。有的人说“天池”不好利用，我认为这是错误的说法。天山山脉中类似这样可以利用而未利用的水力资源恐怕还有，应该进一步去发现。

同样，天山南北地区的地下水源也是无穷尽的，只要人们会发现它。

为了探究这一带的地下水源，我沿途注意到一些很有趣的现象。在德热尔根士克公路通过的一个大草原上，有一次在半路休息，许多人走下汽车，从路边捉到十来个乌龟。离开公路走得远一点的地方，乌龟就更多。人们只要走几步，用脚尖在浅草丛中拨弄一下，就可以看到大龟小龟在那里爬行。龟身发绿，因为吃草的原故；大小同普通的西餐盘子差不多。据说最大的几乎一个人还抱它不拢。我想草原上有这么多乌龟，地下必定多水。果然，走不太远，过一个小村，名叫青吉特，有一道清泉从村边流出。停车询问居民，据说泉源离村六公里，终年不干；附近还有同样的泉源好几处。

哈萨克共和国科学院院长萨特帕耶夫院士告诉我，在阿尔泰山南部和天山北部的勘测证明，这一带的水源是很丰富的。有的地方一挖就有水，甚至出现喷泉，有的挖到八百公尺以下也有水。他并且估计我国新疆可能也有很大的地下水源。

为了创造幸福的生活，人们在天山南北开发着丰富的资源。哈萨克共和国科学院院长萨特帕耶夫院士说，世界上人们已经知道的一切稀有的金属几乎都可以在哈萨克斯坦找到。根据他所做的哈萨克资源勘测的情况介绍，我确切地相信这个论断。我国新疆的地质勘探结果也清楚地证明，地下蕴藏的矿产资源在天山南部和在天山北部有很多是相同的。因此，有许多过去绝无人烟的荒山和原野，现时已经形成或者正在形成巨大的工矿地区。

现代的工业需要大量的燃料，这个地区恰好又有极丰富的燃料可以保证充分的供应。比如煤炭，在哈萨克斯坦就有全苏联最大的产煤区，有许多煤层极厚、煤质极好、大面积的露天煤田。这些煤田从天山底下透过，一直伸到我国新疆，乌鲁木齐就是一个蕴藏量巨大的煤田。又比如石油，在苏联的哈萨克斯坦已经发现了不少，还在继续发现；在我国的新疆情形也正相仿，最近宣布的克拉玛依油田就是一个例子。用萨特帕耶夫院士的话来说，天山——这个在地质年代上还算是年青的山脉，至今并没有结束它的生长阶段；它所蕴藏的物质力量是无穷尽的，只要人们善于发现和利用它。因此，有理由相信，如果能够得到充分的经济和技术力量的支援，那末，天山南北地区就一定会有无数惊人的奇迹出现，而且最足以惊人的巨大奇迹将要在未来的日子里等候着我们。

旅行笔记

新疆地理概况与西部大开发

新疆位于我国的西北边陲，边境线漫长，与很多国家接壤，包括蒙古国、俄罗斯、哈萨克斯坦、塔吉克斯坦、吉尔吉斯斯坦、巴基斯坦、阿富汗、印度等八个国家。新疆的地形以山地和盆地为主，形成“三山夹两盆”的地形特点，三山是阿尔泰山、天山、昆仑山，两盆是准噶尔盆地、塔里木盆地。塔里木盆地是我国面积最大的盆地，也是我国最大的内陆含油气盆地。新疆的自然资源可开发的程度非常广，是西部大开发的重点区域。

为什么要西部大开发呢？因为西部大开发的有利条件非常多，比如：丰富的资源（矿产资源、水能资源、气候资源、旅游资源、生物资源等）；国界线长，方便与邻国的经济往来，潜在的市场广阔；国家的政策支持；东部地区的辐射作用等。西部大开发的重点是：依托中心城市和交通干线实施重点开发；加强基础设施建设，建设出境、跨区铁路等；巩固和发展退耕还林成果，推进退牧还草、天然林保护等生态工程；加强西部农村基础设施建设，稳定和提高粮食综合生产能力；支持资源优势转化为经济优势，增强西部地区的自我发展能力；建设和完善边境口岸设施，加强与毗邻国家的经济技术合作，发展边境贸易。

除了新疆，西部大开发还包括重庆、四川、广西、云南、贵州、西藏、陕西、甘肃、青海、宁夏、内蒙古等省、自治区、直辖市。

到哈密大吃哈密瓜

李烛尘（1881—1968），原名李华，爱国民主人士、实业家。早年创办公司和研究社，1949年出席全国政协第一届全体会议，后历任华北行政委员会副主席，食品工业部、轻工业部部长，第四届全国政协副主席等职。代表作品有《西北历程》。

新疆即古之西域。昔人入西域，取道敦煌（此处“敦煌”原作“燉煌”，今改）阳关（故址在今甘肃敦煌市城关镇西南64公里处的南湖乡，俗称“古董滩”），所谓“西出阳关无故人”者是也。经阳关而达婼羌（婼羌，即今新疆巴音郭楞蒙古自治州若羌县，1959年将婼羌县简写为若羌县）鄯善，再西达高昌（即今新疆吐鲁番）、龟（qiū）兹等地，是为北道。猩猩峡为左文襄西征时新辟之途径，由安西经猩猩峡到哈密，与由安西经敦煌（此处“敦煌”原作“燉煌”，今改）、阳关、婼羌等地而达哈密，其直捷迂回之差，何止千里？故当时行军之速，较唐太宗开碛路、灭高昌，可以先后比美。

猩猩峡长四十馀里，山势时连时断。峡中山多被一层风化之页岩，经霜雪之熏沐，色带紫黑，颇形苍老，间有红绿等色，更为美观。古昔峡中似有水流，现只存干涸之遗迹。因被风水剥蚀，致两峡之山，错断不相连属，远望之如茫茫大海，万顷苍波中，浮泛若干小岛，隐现出没，幻出无数形色，亦荒漠中慰人之奇景。车行其中，大有如入山阴道上，应接不暇之势（此处用王献之典故，《世说新语·言语》载：“王子敬云：‘从山阴道上行，山川自相映发，使人应接不暇。若秋冬之际，尤难为怀。’”）出峡以后，又全行于沙漠与戈壁中，几于寸草不生。驼马尸骨，时有所见。无草当然

比喻手法

无水，是为行沙漠中最为危险之一事，万一汽车在中途发生故障，前不见去人，后不见来者，饥寒交迫之下，何堪设想！此行均告安全，可谓幸运。行近午，见公路两旁，堆有白石垒垒，连绵不断，疑其为一种矿物。迨至烟敦格子（即今新疆哈密烟墩）附近，大家下车，在路旁便食干粮，聊当午餐。干粮为面包与牛肉，系猩猩峡招待所预备者。面包因含盐分多，尚未十分冻结，而牛肉则冰冻之后，嚼之刺刺有冰作响；但饥者易为食，反觉别有风味。余于路旁拾取前所见之白土尝之，味甚咸，知为一种略带土之盐。然途中经过，何止百里，而公路两旁均横亘此白色物一层，其路旁堆积，系筑路时掘出所委弃者。旷野无人之地，谁留心此遍地皆是之白盐。然假使全沙漠中均埋没如斯尺许一层，其含量亦属可观。车经长流水后，尚有如此现象。

过长流水以后，略有草原，但并不广阔，不久又恢复沙漠状况，仅有供驼食之刺草，丛生如小土堆。戈壁中甚少雪，沙碛丛生中则积雪颇厚。过长流水后，翻过一土坡，忽见天山，横亘于前。远望之如天际一条白虹，白光照耀，皑皑者不知其几千里也。尽日在戈壁与沙漠之中，路无行人，空无飞鸟，其单调真令人乏味，忽然睹此天外奇观，大家不约而同的叫出一声："哈！天山呀！"余当时曾有口占："尽日经行戈壁中，荒原寂寞万缘空。抬头忽见天山雪，千里迢迢一白虹。"

上述草原即为芨芨与芦苇，二草均生长于厚尺馀，白如冰雪之天然碱中，是为哈密有名之黄芦冈产碱地，其量固亦相当之大。过此又为广漠平

原，行至下午四时馀，遥见远处树木连云，村落几点，渐行渐近，路旁土地多已开垦，牛羊群散布于纵横阡陌间，为数不少，而路旁白杨临风，亭亭玉立。此木在西北各省栽植最多，不意出关以后，尚能畅遂生存如此茂盛。旋见雉堞绵连，知已近哈密。附近田地开垦者更多，沟洫分布交错，盈盈活水，于荒原广漠之后，流到眼前，真是可爱。更有半亩横塘，全被冰盖，无数汉回小儿，滑行其上，亦天然之游戏场也。入哈密街后，曲折徐行，径到招待所。小车已先到，由主人道入招待所之休息室。不久哈区之行政长官公安局长均来所致欢迎意，并陪同晚餐。菜肴丰美，出人意外。饭后畅谈甚久，并大吃哈密瓜。哈密瓜昨在星星峡曾尝试一个，因其由哈密运去，所贮无多，未能大饱口腹。今则大吃特吃，各人都吃到肚皮涨满而后止。说来奇怪，在内地秋后即不敢吃西瓜，此地则真是抱着火炉吃也。前在兰州之宴会席上，当时谷主席由敦煌回，出沈部长由新带回之哈密瓜分享吾人，吃时因其味之美，并量之少，几于吃近瓜皮如纸薄，且珍藏之以作纪念。因哈密瓜瓜皮几如蛇纹，遍布全身，颇为美观也。但据主人云，哈密瓜虽美，尚不及鄯善者远甚，因其距内地较远（“远”，疑当作“近”），易于输出，故致独享盛名。夜中与诸长官约定，明日在此休息一日而别。

旅行笔记

西域与哈密

汉武帝刘彻即位之初，想联合大月氏攻打匈奴，便寻求能去西域联合大月氏的人，张骞主动站了出来。公元前139年，张骞率领100多名随行人员从长安出发前往西域，途经匈奴地界，被匈奴抓住，困了十年后趁乱逃脱。张骞一行人经过艰难的跋涉，与大月氏人取得联系，但大月氏人表示不想再与匈奴打仗。公元前128年，张骞等人动身返国。归途中，他们再次被匈奴抓住。公元前126年，匈奴发生内乱，张骞和向导堂邑父趁机逃回长安。张骞第一次出使西域，整整13年，历经磨难，使中国的影响达到葱岭以西。公元前119年，张骞奉命出使乌孙，并派副使出使大宛、康居、大夏等地，促进了汉朝与各国的友好往来。张骞两次出使西域，从长安出发，过河西走廊，经过西域，到达中亚、西亚及更远的欧洲，开辟了中国通往西方的“丝绸之路”。

新疆保留了很多古代的遗址，高昌故城（位于吐鲁番市东南）就是其中之一。玄奘西行去天竺取经时，就曾到过高昌故城。后来，根据玄奘口述，辩机记录，写成《大唐西域记》。

提起哈密，大部分人的第一印象自然是与哈密瓜联系到一起的，更有俗语说“东海的螃蟹西海的虾，比不上吐鲁番的葡萄哈密的瓜”。哈密为什么能产出这么好吃的瓜呢？这是由自然综合条件决定的：哈密阳光充足，日照时间长，昼夜温差大；哈密的农业属于灌溉农业，水资源来自山区降水、冰川融化等；哈密土壤种类众多，略含盐碱，腐殖质丰富。

清朝康熙年间，哈密的甜瓜被哈密王作为贡品进贡给康熙皇帝，受到康熙皇帝赏赐而得名哈密瓜。哈密是甜瓜初生基因发源中心之一。在20世纪30年代，哈密的野生甜瓜很多，经过专业人员的长期观察和研究，确定现代的哈密瓜就是由这些野生甜瓜进化培育而来的。

火焰山构成

李烛尘

空间描写

廿三日，乘车去硫磺沟看煤铁矿。途中之□□□□[1]修配厂，为去硫磺沟必经之路。该厂规模甚大，一面背山，一面临头屯河。周围圈棚数公里，内中马路两旁，右为住宅、俱乐部、旅馆、医院等。均是精致宏大洋房；左为机器房，规模更为宏敞，设备周到。过厂后，即达头屯河，进入山地。河水经过处，流成深沟，两岸巉岩壁立，石色红绿相间，层次井然，甚为美观。山路曲折盘旋，汽车颇不易走。将到硫磺沟，远见几处有青烟缕缕，由山中喷出，任厅长云：此即火焰山也。近视之，见山上煤苗露出，而煤与矸子上及页岩，相间斜立纵走，遍地均呈一律之现象。煤为烟煤，耀耀有光。因含硫磺多，在土中自然发热，达到相当温度后，着火燃烧，由地缝中喷

①□：表示无法辨别之字，常见于书法、碑文中。

出，即现火光。故遍山之煤，均已燃烧。同时，煤页岩亦着火，烧成石块。喷火口有熊熊喷火光者，亦有只冒青烟者，以手探之，高温炙手。因其中带有硫磺蒸汽，遇冷即升华而成为硫磺华；同时安母尼亚气、水蒸气、硫气互相结合，喷火口旁，更有粒粒结成之硫酸铔，凝结于泥土上；土沥青油，又浮于土面，泥土之下，更有纳弗塔林等有机化合物。骤观之似可宝贵，实则其量太微，殊无工业上之价值。前日问建设厅新疆是否有硫磺？则以硫磺沟之硫磺满坑满谷对。今见此大量宝藏之煤，价值远过浮面之硫磺，任其烧毁。真太可惜。有火之口，温度绝高，致将泥土之砂石煅烧成白色之轻松物，如火山之浮石然。铁矿遇之，则更烧成红土泥，鲜艳夺目。此山之范围甚广，冒青烟之处几于遍地皆是，眼见四围高山，均成一色红土，想见若干年前，曾经过如此烧毁之过程也。此事只有从事大规模开采，或者可终止其燃烧，否则无法扑灭。现时表面一层煤，殆已烧尽，幸下层尚可开采，目前已有煤窑多处，迪化一部分用煤，亦仰给于此。煤层之宽，约两三公尺，面斜入地中，不知究深若干。

旅行笔记

吐鲁番与火焰山

新疆的旅游资源丰富，不仅有高昌故城、交河故城、楼兰故城、尼雅遗址等历史遗址，还有丰富的自然景观，如：天山天池、那拉提草原、博斯腾湖、五彩湾、柏孜克里克千佛洞等。在众多的自然景观中，吐鲁番别具一格。

说起吐鲁番，人们就会联想到吐鲁番的葡萄。吐鲁番是古“丝绸之路”的重镇，交通便捷。它地处吐鲁番盆地，气候干旱。因为地理环境独特，吐鲁番有非常多的自然景观，是旅游胜地。

火焰山是吐鲁番令人向往的景点，它被四大名著之一的《西游记》渲染上神秘的色彩。《西游记》第五十九回至六十一回就描写了唐僧师徒四人被困火焰山，孙悟空三借芭蕉扇的故事。火焰山，维吾尔语是“土孜塔格”“吐斯塔格”，意思是“红山”，最高海拔882米。火焰山山体呈褐色或深红色，满是褶皱，如同跳动燃烧的火焰。火焰山的温度非常高，身处其中，真有在火焰中的感觉。夏季山区最高温度有47.8℃，山体阳面地表最高温度可达82.3℃，真是热得受不了。

其他推荐

关于新疆的文章还有：

《天山景物记》（碧野）

《游天池》（季羡林）

《绵绵土》（牛汉）

《新疆风土杂记》（茅盾）

《天山路》（袁鹰）

雪域高原
西藏自治区

自治区人民政府驻地
拉萨

简称
藏

气候
干旱高原气候

地理位置
位于中国青藏高原的西南部。

主要山脉
喜马拉雅山、唐古拉山、冈底斯山

主要水系
雅鲁藏布江、怒江

世界遗产
布达拉宫历史区

本站停靠

珠穆朗玛峰
拉萨

文学导游

马鹤天

世界高原第一　全年夜温冰点

马鹤天（1887—1962），原名马鸣銮。毕业于日本早稻田大学，归国后，曾任甘肃教育厅厅长、兰州中山大学校长等职。中华人民共和国成立后，任山西省文史馆馆员。代表作品有《内外蒙古考察日记》《甘青藏边区考察记》等。

西藏地势及气候情形，据藏人所述，并参考各记载，分述如下：

一、山脉　西藏为世界第一高原，平均高出海面约一万五千呎（英尺），全境层峦耸峙，西近帕米尔高原，北踞昆仑山脉，南有喜马拉雅山脉，中亘冈底斯山脉，地势高峻，为全国冠。帕米尔高原，高出海面一万三千呎至二万五千呎，亚洲诸大山系，俱发脉于是。在西藏境内之北南中三大山，皆其支脉也。昆仑山脉平均高一万五千呎至一万六千呎，为西藏与新疆之分界，北支曰托古兹达坂，东延为祁连山脉，中支曰巴颜喀喇山，南曰唐古拉山（即当拉山），南下为横断山脉。“喜马拉雅”，藏语“雪”意，故一名雪山，因其高峰多达雪点以上，终古积雪，故名。其脉自帕米尔高原起，东南至雅鲁藏布江大曲折处止，长约一千五百哩[①]，广平均二百哩，为西藏与印度之分界[②]，平均高出海面一万八千呎，其高达雪线以上者数以百计，最著名之埃佛勒斯峰[③]，拔海二万九千零二十二呎，昔称为世界第一高峰，近以大洋洲新几内亚之诺斯山脉中发现一黑儿姑儿斯峰，高出海面三万二千七百八十六呎，埃佛勒斯峰遂降为世界第二矣。“冈底斯”，唐

空间描写

①哩：英里的旧称。——编者注

②原文如此。应是“中国西藏与印度之分界”。——编者注

③埃佛勒斯峰：今名珠穆朗玛峰。——编者注

古特语“众山根”意，其山广八十哩至百哩，高出海面二万余，其最高峰较埃佛勒斯仅低四五千呎。

二、河流　西藏河流，以雅鲁藏布江为最大，全长凡四千零四十哩，发源于冈底斯山东麓，东流为横断山脉所阻，东南流入印度阿萨密境，会合恒河，注入孟加拉湾。其支流在西藏者，多自东而西，与干流相反而行，其最著者曰年楚河与拉萨河。年楚河经江孜与日喀则二地，拉萨河经拉萨。雅鲁藏布江在拉萨以东，可以通航者数百哩，及入印度阿萨密境，水势急湍，航行为难。然在高出海面一万五千呎之地而能通航者，世界惟此河也。雅鲁藏布江流域，为西藏精华所在，人口亦最繁密。次于雅鲁藏布江者为印度河，长约二千哩，其水西行，上源有三，皆出冈底斯山西麓，会于札锡冈，西北流入印度喀什米尔，是为印度河。又次于印度河者为怒江，长约一千七百五十哩。一曰潞江上源，“哈喇乌苏河”，蒙语“黑水”意，故一说即《禹贡》之所谓黑水，源出前藏之布喀池，东流而入西康，有卫楚、敖楚河等名。南流入云南。又南经缅甸入海。

三、湖泊　西藏境内湖泊，不可胜数，多在冈底斯山之北，可分为三群。一为中部湖群，以腾格里湖及唐格拉攸穆湖为最著。腾格里湖，在拉萨西北，拔海一万五千呎，东西长一百五十里，南北广六十里。“腾格里”

者，蒙语“天”意，又名纳木错。“纳木”者，藏语“天”意，以其水色青青，与天相似。又因藏人视此湖为灵地，神圣如天也。藏民男女，每年专来湖滨膜拜祈祷者，不绝于途，谓可见各人前生。又达赖、班禅等活佛降生之地，亦每于此湖觇（chān）之。唐格拉攸穆湖，在后藏之中部，面积略小于腾格里，两端广而中央狭。又有布喀池，在腾格里之东北角。二为南部湖群，以羊卓雍湖与马品木达赖池为最著。羊卓雍一作牙木鲁克，又作白地，在拉萨西南。湖形如球，半岛突出其间，上有寺院曰多尔济拔母宫。马品木达赖池（一作马那萨罗天池），系蒙语名，在阿里之东南，印藏人民太古神话，称为阿耨（nòu）达池，与其旁之冈底斯山，同视为惟一之灵迹。其东有公珠池，西有郎噶池，三池之水地下相通。三为西北湖群，以班公湖及伊克池为最著，班公湖（一作潘光）当阿里与拉达克之交界处，由数湖连贯而成，长达百里，拔海一万四千呎。伊克池在其东，西以一水与巴哈池相通，两池间小湖罗列，如星宿海，惟伊克池近已干涸。又有诺和湖，在班公湖之东南，旁有小城，即名诺和。

四、气候　西藏因为世界第一高原，故虽居温带，而气候特别寒冷，冬季尤甚（拉萨温度平均最高度，六月为二十三度，七月为二十一度）。又因有冈底斯山脉绵亘之故，气候可分为东南、西北二部。西北部地势高峻，复以冈底斯山脉之隔绝，信风被阻，因而空气干燥，雨水稀少，草木不生，全年夜间温度皆在冰点以下。东南部雅鲁藏布江流域，受印度洋季风之影响，气候较佳，雨量亦多。在一万二千呎以下之洼地，如帕里宗、亚东等处，气候舒适，宜于卫生。西藏高原，空气稀薄，仅及海平面之半，故人初至其地者，感觉困疲，稍一动作，即喘息异常。又以其沸点甚低，食物不易烹熟，消化亦感痛苦。秋冬春三季暴风甚多，几无日无之，日中午后尤甚。故旅行其地者，多于清晨就道。至雨量与印度大异，印度大吉岭一带，每年均在八十吋至二百五十吋，一至西藏亚东，距大吉岭仅八十里，而每年平均雨量仅有八吋。江孜雨量最少为四吋半，最多为十二吋，而十二吋时，即有水患之虞。中部雨量稍增，拉萨每年平均为十四吋，而北部极为缺少，观其雪点之高，即可知其少雨之故。如喜马拉雅山雪线，南麓印度约高一万六千呎，北麓西藏即达二万呎。

旅行笔记

西藏的山脉、河流

西藏位于青藏高原。青藏高原被称为“世界屋脊”，地势高，多雪山、冰川，面积非常大，占全国面积的1/4，气候高寒，是长江、黄河、澜沧江、雅鲁藏布江等众多大江大河的发源地。西藏大体可分为三个自然区：位于昆仑山、唐古拉山和冈底斯山之间的是藏北高原，盐湖、沼泽比较多；位于冈底斯山和喜马拉雅山之间的是藏南谷地，这里水资源很丰富；东部是高山峡谷区，由横断山脉和怒江、澜沧江、金沙江等形成。

喜马拉雅山脉是世界上最高大、雄伟的山脉。“喜马拉雅”在藏语中意为“冰雪之乡”，喜马拉雅山脉不仅分布在中国西藏自治区，在巴基斯坦、印度、尼泊尔、不丹境内也有。喜马拉雅山脉的主峰是珠穆朗玛峰，“珠穆朗玛”在藏语中的意思是“女神第三”。珠穆朗玛峰是世界最高峰，海拔8 848.86米。1960年5月25日，中国登山队首次从北坡攀登山顶。除了喜马拉雅山脉，西藏还有冈底斯山脉、唐古拉山脉、念青唐古拉山脉等。

西藏河流众多，最著名的莫过于雅鲁藏布江。“雅鲁藏布”在藏语中的意思是“高山流下的雪水”，它是中国海拔最高的河流之一，是西藏最大的河流，发源于喜马拉雅山北麓的杰马央宗冰川。雅鲁藏布江有很多支流，水能资源和水量丰富，具备很好的水资源开发条件。雅鲁藏布江下游的大拐弯地区是“世界水能富集之最”，在50千米的直线距离内，形成了2000米的落差。雅鲁藏布江优越的自然条件适宜发展农业，有专门的雅鲁藏布江谷地，非常适合种植青稞、小麦等。

藏民生活　拉萨习俗

马鹤天

西藏某君来谈，据述西藏风俗习惯，并参考其他记载，略录如下：

一、服饰　藏人衣冠，随阶级大小而异。其最高级者为达赖、班禅，二人之冬帽以氆（pǔ）氇（lu）及毛织品制之，其式上尖下阔，色尚黄，夏帽如竹笠形，以金色皮为之。衣服普通喇嘛装，便服多金丝缎制，足着绵鞋，与大喇嘛大致相同，惟表里细粗优劣有别耳。此外司伦、噶伦以及四品官以上者，具头戴圆形黄色红缨帽，以顶子分其等级，顶子俱以珊瑚或宝玉为之，其色有红蓝二种，沿满清制度，惟四品官以下者，均戴黄绒圆形帽。左耳垂耳环（僧官无），长约二三寸，多用金玉或宝石。平民男子左耳亦带耳环，惟多用银环，粗如箸，有圆形、长形两种，长形曰呵龙，圆形曰甬静。四品级以下之官，则穿大领红呢外衣，内穿褐色缎长衣，四品级以上之官，则穿黄色缎袍。但司伦及诸噶伦等皆穿黄色团龙缎袍。此外平民俱穿氆氇制成之衣，视贫富而分优劣。其帽亦然，惟腰中均束一褐色缎带。女子已出嫁后，则扎前围裙，两分其发，互交脑后。并戴一三角形之木胎架，其上密缀珍珠及珊瑚等类。珊瑚之大有如算盘子珠者，亦有如玉米粒者，因贫富之不同而大小亦异，并加假发，挂于木胎两旁，直拖于两肩，其形亦甚美观。三角架上珠宝之价值，在民国二十年藏政府规定，最高级官吏之家，不得超过藏银二百秤，合法币约三千元，七品官以上之家，不得超过一百五十秤，合法币二千余元，超过者充公。双耳有耳环，以大为贵，每大如手镯。手镯以多为贵，每多至四五副，戒指亦然。耳环、戒指，又多嵌珊瑚、宝石。胸前悬挂金质或银质八角之盒，内有小佛，藏名“告乌”，作护身之用，无论老幼、男女、富贫，皆不离身，富贵者价值至数千百元。上述之发木胎，满缀珍珠、珊瑚等，亦有价值至万元者。未嫁少女，于脑后仅束一辫。藏方妇女，无论贫富、老幼，出门时均以褐色土研成细质，涂于两腮及额上，以保护其皮肤。男女普通均不着裤，足着长靴。

二、饮食　藏人日常饮食，以糌（zān）粑（ba）、酥油及牛羊乳、肉等为主，而糌粑、羊肉及酥油尤为重要之普通食品。盖西藏气候严寒，五谷难成，农业只产青稞，为糌粑之原料，牧业多牛羊，为乳肉之所出。但糌粑与牛羊乳、肉性腻，一日无茶则病，故藏人无论贵贱，对茶为绝不可少之物。其煮茶之法，系将茶熬成红色，然后投入酥油及盐而饮之。藏人又喜饮酒，其酒之制法，系以青稞酿造，其味淡而微酸，藏人曰“沧”，每日必饮一次，其饮量甚强，以醉为度，醉后每沿街笑唱为乐。普通不食蔬菜，不食鱼，但拉萨蔬菜种类甚多。

三、居住　藏地房屋，俱以乱石砌之，有三四层不等，墙厚三四尺，坚固异常，名曰“碉房”。惟普遍窗户不多，光线极少，室内多不洁，但富者明窗净几，官吏、贵族或大喇嘛，尤为美洁。至其乡民，房屋多依山水，以便樵汲。其他以游牧为业者，用牛毛黑帐房，即用牛毛织成布，缝为帐，以木支之，逐水草而居，搬移不定……

直接描写

四、婚姻　西藏有多夫制，在四十年前此风极盛，迄今乡村犹多，城中较少。但亦有多妻制，更多赘婿。又恋爱甚自由，而人口稀少，亦一因也。

至婚姻习惯，最重阶级，贵族绝不与平民结婚。

又平民与平民亦择门户与男女才能，男以识字者为佳，女以善贸易、识物价、能理家务者为佳。其定婚亦以媒为证，如男欲娶某女，则托戚友持哈达呈女家通意，彼此合意者，即约期说合。届时女家遍招戚友，媒人则携男家之酒并哈达至女家，叙其子弟之人品、学识、年龄，如女家亲友及其父母同意，则饮酒受哈达，否则酒与哈达均不受。若经女家应许，亦有聘礼，是时媒人即将定聘之礼物（金银、绿松石及珊瑚等物），戴于女首，女家亦答以相当之礼物。迎亲时男女两家必先筵客，客亦以衣裙等物赠送，父母以土产陪嫁（牛羊、衣食等物）。出嫁时，女家在户外搭棚，内铺坐褥，以待戚友，并以青稞撒地为花，扶女坐其上，父母坐两旁，戚友则雁行坐，用小桌陈列果食、糖枣等物。又以茶酒粥给女食，食毕，由二家亲友，扶女步行，远则乘马。是时各亲友将青稞、豆、米等物，撒及新人，女家以哈达赠送各亲友为礼。送至男家，扶女与婿并坐，饮酒食肉，逾时即分坐，戚友各将哈达送与新夫妇为礼，长者戴于颈，平辈置于怀，或堆积坐前，然后各亲友饮食，食毕，并各携肉而回。至次日新夫妇之父母及亲友俱穿华服，头戴哈达，拥新夫妇往朝大昭寺，朝毕，即绕街而行。游毕则归饮茶、酒。斯时男女饮酒团团围坐，唱藏歌为乐，如是者三日方止……

五、丧葬　藏俗凡人死，皆以绳缚之，令其膝口相连，两手交插腿中，并将平日所衣之衣裹其尸，盛于袋中，请喇嘛念经，以酥油送往寺院供佛点灯，并将死者所有之物，以一半施于寺院，一半为熬茶及一切施舍之费。其葬法有数种：以死者之尸喂鸟者名为天葬，藏人以天葬为最普通。以尸弃于河内或湖沼者谓之水葬，多为贫民或有恶病或孕妇及不生子女之妇。此外如喇嘛死时即将尸置于港内，以火焚之，谓之火葬。又藏人死后，亦有亲友吊丧，贫者以哈达慰问，富者助以金钱，并送茶及孝服等物。孝子穿孝服，去装饰，普通七七四十九日，多至百日为满。富者时请喇嘛念经，至一年方止。

六、礼仪　藏人相见，以揖为普通礼，如见谒官员及拜亲友时，须以“哈达”为礼，即古人以帛为贽（zhì）之意。哈达原料，系以丝线或麻纱等织成，长约五尺或二三尺，见面、敬神、迎送、吊庆皆用之，甚至赠馈置于物上，寄信封于函内。又藏平民，如途中遇官长时，即脱帽整立于旁，以吐舌为礼，并曲腰不敢正视，现出畏惧之状，方为合礼。

七、娱乐　藏人最喜闲游散步，春冬两季，气候严寒，山野寂寞，人民多匿家不出。至夏秋两季气候温和，是时无论男女老幼，往附近柳林中游览，即名曰玩柳林子，如内地之游公园然。但不仅如游公园之一览而归，每架帐房、携酒肉流连数日，甚至若干日。拉萨城外里许有柳林，藏人名曰零岗，有资、中、冠、秀四处。其侧有乌苏江，无论僧俗，皆于此江沐浴。但僧家如过七月十五日后，即不准游戏其地。因此时俗家多至此游玩。在此时期，拉萨一般人民，自朝至暮，老幼男女，接踵游于零岗，有步行者，有乘马者，有携琴弦歌唱于此者。尤如官家或贵族，俱携全家并随带差役，撑帐棚，请歌女于此歌舞为乐，名曰“跳歌庄”（藏人善歌，无论工作、行路，每互相歌咏唱和，普通妇女皆能歌舞，而专跳歌庄者尤为擅长。歌时多盛装长袖，据云为唐公主所传）①。此外拉萨之男女小儿游戏，则有放风筝，踢毛毽，吹小笛，拍小球等。最多者为放风筝，余次之。

旅行笔记

文成公主入藏

唐太宗时，唐朝进入鼎盛发展期，与少数民族的关系也取得了

①歌庄：今译“锅庄”。——编者注

良好的进展，最典型的就是文成公主与吐蕃松赞干布和亲。

公元7世纪初，松赞干布依靠新臣和中小贵族打败了周边的敌人，统领了诸多部落，建立了吐蕃王朝。吐蕃在建政之初就与唐朝建立了友好关系，但是在发展的过程中仍有一些冲突。这时，松赞干布提出要与唐朝和亲，但唐太宗拒绝了。为了引起唐朝的重视，松赞干布发兵直指松州（今四川松潘），结果大败。松赞干布被打败后，派遣使者谢罪，再次请求和亲。公元640年，唐太宗答应松赞干布的请求，选派文成公主出嫁。公元641年初，文成公主从长安前往吐蕃。文成公主入藏时，带去了蔬菜种子、茶叶、丝绸、工艺品，还有佛经、医药、历法、科技等方面的书籍，促进了吐蕃的发展。文成公主在吐蕃生活了近40年，一直深受吐蕃人民的爱戴。

除了文成公主入藏，唐中宗时期还有金城公主入藏，唐穆宗时期，唐朝和吐蕃签订友好盟约，这些都促进了唐朝与吐蕃的文化交流和关系发展。

其他推荐

关于西藏的文章还有：

《青藏笔记一》（阿来）

《西藏大地》（马丽华）

《藏羚羊跪拜》（王宗仁）

《仰望布达拉》（徐治平）

跟着名家去旅行

文学旅行团

广袤之地

朱自清 等 著

中国经济出版社
CHINA ECONOMIC PUBLISHING HOUSE
·北京·

图书在版编目（CIP）数据

文学旅行团：跟着名家去旅行．广袤之地 / 朱自清等著．—北京：中国经济出版社，2024.8
ISBN 978-7-5136-7721-9

Ⅰ．①文… Ⅱ．①朱… Ⅲ．①散文集－中国－现代②散文集－中国－当代③游记－作品集－中国－现代④游记－作品集－中国－当代 Ⅳ．① I266

中国国家版本馆 CIP 数据核字（2024）第 070224 号

责任编辑　张娟娟
责任印制　马小宾
封面设计　刘　洋　丫丫书装

出版发行　中国经济出版社
印 刷 者　玖龙（天津）印刷有限公司
经 销 者　各地新华书店
开　　本　710mm × 1000mm　1/16
印　　张　10.25
字　　数　145 千字
版　　次　2024 年 8 月第 1 版
印　　次　2024 年 8 月第 1 次
定　　价　168.00 元（全四册）
广告经营许可证　京西工商广字第 8179 号

中国经济出版社 **网址** www.economyph.com **社址** 北京市东城区安定门外大街 58 号 **邮编** 100011

编者的话

游记是散文的一种，主要记述旅途见闻，如：某地的历史沿革、现实状况、社会习俗、风土人情、山川景物、名胜古迹等。游记是运用写作技巧描写美丽的景色，表达作者的思想感情，给我们丰富的美学享受，同时能够开拓视野、陶冶性情的一种文学体裁。优秀的游记更能成为写作的范文。

《文学旅行团·跟着名家去旅行》分为《广袤之地》《辽阔之境》《锦绣河山》《海滨风光》四册，由老舍、鲁迅、茅盾、巴金、朱自清、郁达夫、徐志摩、郭沫若、郑振铎、林徽因等名家组成“文学旅行团”，以名家为“导游”，通过名家游记带领我们畅游祖国山水，领略人文风光。

全书覆盖中国34个省级行政区，包括23个省、5个自治区、4个直辖市、2个特别行政区，所选篇目保持作家原文不变，不对原文做任何修改（作家主要创作时间在中华人民共和国成立以后的，对原文做了个别修改）。文章多为节选，只有个别文章全部选用，不仅包含名家笔下的名胜古迹，还包含他们对各地历史、地理、饮食、曲艺、民俗等的感悟和研究，多角度地展现大美中国。

每章节前的地区概况，方便我们对各个地区进行了解，构建地理概念；文章前的作者介绍方便我们了解名家生平，储备文学知识；文中画波浪线的部分方便我们感受名家的写作手法，提升写作水平；精美的水彩插图营造良好的阅读氛围，提升美学素养；“旅行笔记”拓展多学科知识，丰富认知体系；“推荐阅读”分享更多名家游记，引导阅读，提升阅读量。这是一套不可多得的“大语文”读物、科普读物，也是不可或缺的美文欣赏读物、作文参考读物。

现在，让我们跟着“文学旅行团”出发吧！和文学名家一起旅行，一起走遍中国！

目录

CONTENTS

文化之都　北京

故宫 / 003

天桥 / 009

颐和园 / 013

陶然亭 / 018

荷塘月色 / 022

故都的秋 / 027

忆卢沟桥 / 033

北京的春节 / 038

天安门之夜 / 044

曲艺之乡　天津

指指点点说津门 / 051

泥人张 / 055

逛娘娘宫 / 059

新年谈杨柳青年画 / 062

燕赵之地　河北

张家口 / 069

秋风萧瑟 / 073

五峰游记 / 077

评剧《无双传》 / 082

青岛济南北平北戴河的巡游 / 085

三晋遗风　山西

云冈 / 091

山西民居 / 095

大同 / 101

太原县晋祠 / 105

齐鲁大地　山东

青岛素描 / 113

济南的冬天 / 116

趵突泉 / 119

大明湖之春 / 122

曲阜孔庙 / 126

泰山日出 / 129

中原腹地　河南

郑州，殷的故城 / 135

金梁桥外月如霜 / 138

洛阳小记 / 141

三江之源　青海

再宿青海并夜过日月山 / 147

盐池探胜 / 150

过青海露宿海边 / 153

文化之都

北京

简称

京

气候

暖温带半湿润大陆性季风气候

地理位置

位于华北平原北端，是东北和华北等地区联系的枢纽。

主要山脉

北京西山、军都山

主要水系

永定河、潮白河

世界遗产

故宫、天坛、颐和园、大运河、明十三陵、八达岭长城

本站停靠

故宫
天桥
颐和园
陶然亭
清华园
卢沟桥
天安门

文学导游

林徽因

曹聚仁

张恨水

朱自清

郁达夫

许地山

老舍

叶君健

故宫

林徽因（1904—1955），又名徽音，作家、建筑学家。曾先后就读于宾夕法尼亚大学、耶鲁大学，回国后在东北大学执教。从20世纪30年代开始，从事小说、诗歌创作，经常组织文化沙龙，对京派文学产生了一定的影响。中华人民共和国成立后，任清华大学教授。曾参与中华人民共和国国徽、人民英雄纪念碑的设计工作。代表作品有《林徽因文集》等。

北京的故宫现在是首都的故宫博物院。故宫建筑的本身就是这博物院中最重要的历史文物。它综合形体上的壮丽、工程上的完美和布局上的庄严秩序，成为世界上一组最优异、最辉煌的建筑纪念物。它是我们祖国多少年来劳动人民智慧和勤劳的结晶，它有无比的历史和艺术价值。全宫由“前朝”和“内廷”两大部分组成；四周有城墙围绕，墙下是一周护城河，城四角有角楼，四面各有一门：正南是午门，门楼壮丽称五凤楼；正北称神武门；东西两门称东华门、西华门，全组统称“紫禁城”。隔河遥望红墙、黄瓦、宫阙、角楼的任何一角都是宏伟秀丽，气象万千。

空间描写

前朝正中的三大殿是宫中前部的重点，阶陛三层，结构崇伟，为建筑造型的杰作。东侧是文华殿，西侧是武英殿，这两组与太和门东西并列，左右衬托，构成三殿前部的格局。

内廷是封建皇帝和他的家族居住和办公的部分。因为是所谓皇帝起居的地方，所以借重了许多严格部署的格局和外表形式上的处理来强调这独夫的“至高无上”。因此内廷的布局仍是采用左右对称的格式，并且在部署上象征天上星宿等等。例如内廷中间，乾清、坤宁两宫就是象征天地，中间过殿名交泰，就取“天地交泰”之义。乾清宫前面的东西两门名日精、月华，象征日月。后面御花园中最北一座大殿——钦安殿，内中还供奉着“玄天上帝”的牌位。故宫博物院称这部分作“中路”，它也就是前王殿中轴线的延续，也是全城中轴的一段。

“中路”两旁两条长夹道的东西，各列六个宫，每三个为一路，中间有南北夹道。这十二个宫象征十二星辰。它们后部每面有五个并列的院落，称东五所、西五所，也象征众星拱辰之义。十二宫是内宫眷属“妃嫔”“皇子”等的住所和中间的“后三殿”就是紫禁城后半部的核心。现在博物院称东西六宫等为“东殿”和“西殿”，按日轮流开放。西六宫曾经改建，储秀和翊坤两宫之间增建一殿，成了一组。长春和太极之间，也添建一殿，成为一组，格局稍变。东六宫中的延禧，曾参酌西式改建“水晶宫”而未成。

三路之外的建筑是比较不规则的。主要的有两种：一种是在中轴两侧，东西两路的南头，十二宫前面的重要宫殿。西边是养心殿一组，它正在“外朝”和“内廷”之间偏东的位置上，是封建主实际上日常起居的地方。中轴东边与它约略对称的是斋宫和奉先殿。这两组与乾清宫的关系就相当于文华、武英两殿与太和殿的关系。另一类是核心外围规模较十二宫更大的宫。

这些宫是建筑给封建主的母后居住的。每组都有前殿、后寝、周围廊子、配殿、宫门等。西边有慈宁、寿康、寿安等宫。其中夹着一组佛教庙宇雨花阁，规模极大。总称为“外西路”。东边的“外东路”只有直串南北、范围巨大的宁寿宫一组。它本是玄烨（康熙）的母亲所居，后来弘历（乾隆）将政权交给儿子，自己退老住在这里曾增建了许多繁缛巧丽的亭园建筑，所以称为“乾隆花园”。它是故宫后部核心以外最特殊也最奢侈的一个建筑组群，且是清代日趋烦琐的宫廷趣味的代表作。

故宫后部虽然“千门万户”，建筑密集，但它们仍是有秩序的布局。中轴之外，东西两侧的建筑物也是以几条南北轴线为依据的。各轴线组成的建筑群以外的街道形成了细长的南北夹道。主要的东一长街和西一长街的南头就是通到外朝的“左内门”和“右内门”，它们是内廷和前朝联系的主要交通线。

除去这些“宫”与“殿”之外，紫禁城内还有许多服务单位如上驷院、御膳房和各种库房及值班守卫之处。但威名煊赫的“南书房”和“军机处”等宰相大臣办公的地方，实际上只是乾清门旁边的几间廊庑房舍。军机处还不如上驷院里的一排马厩！封建帝王残酷地驱役劳动人民为他建造宫殿，养尊处优，享乐排场无所不至，而即使是对待他的军机大臣也仍如奴隶。这类事实可由故宫的建筑和布局反映出来。紫禁城全部建筑也就是最丰富的历史材料。

旅行笔记

清宫里小皇子们是怎么上学的？

清朝规定，小皇子们到了六岁便要开始上学读书，他们读书的地方叫作上书房。

每天寅时（凌晨3:00—5:00），星星还没落下，小皇子们便要起床去上书房早读。老师会在卯时（早上5:00—7:00）开始讲课。午时（11:00—13:00）是吃午饭和休息时间。下午小皇子们还要跟老师学习骑马、射箭等技艺。

小皇子们的老师都是经过精挑细选的。教授四书五经等文化课的老师往往是从内阁大学士中选拔的优秀人才。除了总师傅，还有从八旗将领中选出的负责教授小皇子们骑马、射箭的老师“外谙达”，以及从八旗翻译官中选出的负责教授小皇子们满语、蒙古语的老师“内谙达”，另设教授汉文的师傅若干人。

上书房的纪律非常严格，例如：小皇子们读书要正襟危坐；暑天上课时，不准扇扇子；每天只有很短的时间休息；功课没有完成，老师会罚背书、写字。每年的假期也很少，一年中只有元旦、端午节、中秋节、皇上的生日和自己的生日这几天放假，一共五天。

故宫的守门神——铜狮子

汉朝时，安息国和疏勒国派使者给皇帝进献了狮子，皇帝非常喜欢。后来，狮子在中原越来越多，狮子的形象也被描绘到建筑、器物上。

因为狮子看起来威风凛凛的，所以人们用石头雕刻成狮子，或者用铜铸成狮子，让它看守大门，守护平安。故宫里守卫大门的任务，也落到了铜狮的身上。

故宫里的铜狮有六对，分别在太和门、乾清门、养心门、宁寿门、养性门和长春宫门前，其中，太和门前的一对铜狮最大。位于太和门东侧的是公狮，西侧的是母狮。公狮的脖子上系着铃铛，右脚下踩着一个绣球，象征着吉祥如意；母狮的脚下按着调皮的狮子宝宝，象征着子孙繁盛。

其余五对铜狮通体镀金，在阳光的照射下金灿灿的，更显皇家威严。狮子的耳朵一般都是立着的，只有乾清门前的一对铜狮子的耳朵是耷拉着的。专家们解释说，这是警示后宫对于前朝的政事要少听、少议论。

故宫屋脊兽

在故宫的屋顶上，有许多排排坐的小兽，这就是屋脊兽。屋脊兽可以保护屋脊，美化屋脊，还可以为主人带来祥瑞。

故宫里屋脊兽最多的是建筑等级最高的太和殿，这里的屋脊兽有十只。打头阵的是骑凤仙人，也叫仙人骑鸡，他是神兽的领队，不属于神兽。他的后面按照顺序分别是：龙、凤、狮子、海马、天马、押鱼、狻（suān）猊（ní）、獬（xiè）豸（zhì）、斗牛、行（háng）什（shí）。

“骑凤仙人”传说是齐国的齐缗（mín）王，他曾经被围攻，无路可逃时被一只凤鸟带走。在屋檐上安置“骑凤仙人”意味着遇到危险时能逢凶化吉。

龙是拥有超凡能力的神奇动物，象征着天子；凤是百鸟之王，象征着皇后，也象征着有圣德的人；狮子是百兽之王，象征着皇帝的威德可达四方；海马与天马象征着皇家的威德可上天入海；押鱼是海中的一种异兽，寓意为灭火防灾；狻猊是护佑帝王平安的神兽，它喜欢烟火，经常可以在香炉上找到它的身影；獬豸是传说中能明辨是非的独角猛兽；斗牛是传说中一种有角的龙，是镇水兽，还可以灭火防灾；行什看起来就像长翅膀的猴子，它手拿金刚杵惩恶扬善，还能防雷。

天桥

曹聚仁（1900—1972），记者、作家。他曾在爱国女中、暨南大学、复旦大学等校任教，主编过《涛声》《芒种》等杂志，报道过淞沪抗战、台儿庄大捷。代表作品有《万里行记》《现代中国通鉴》《中国学术思想史随笔》等。

记者初到北京，首先要访问的，并不是故宫、颐和园和西山八大处，而是天桥、八大胡同和琉璃厂。八大胡同，那么静悄悄地风华都尽，管弦无声，天桥那么井井有条，这就说明了新的社会秩序，就是这么建立起来的。记者不曾看过张恨水的《啼笑因缘》，到那儿去，并没有重拾罗曼司之意；但在我的意想中，那是民间艺术的摇篮。

我们到了天桥，首先接触到的，便是梆子腔的《十五贯》。（昆曲的《十五贯》，初到北京，也是在天桥先上演的。）今日北京的戏曲，即使不能说是梆子腔的天下，（流行着山西北路、中路、南路梆子，河南梆子和河北梆子也各呈异彩。）它至少可以和京戏、皮黄、秦腔并驾齐驱。（大栅栏的高门槛，早已冲破了。）那位最负时望的郭兰英，她不仅是山西梆子的杰出角色，而且在天桥剧场，主演了《小二黑结婚》的新歌剧，在大众化的技术上，也比那些京剧团角色早走了一步。（记者看了梆子腔的《搜书院》，正在大栅栏的广德园，也正说明了今日北京戏曲的平民化。）一般说来，今日天桥显得十分清洁，齐整有秩序，而天桥剧场和人民剧场一样，都是京中第一流戏院；其南则公众运动场，其西则《大公报》大厦、前门宾馆，（《人民日报》也将移设于此。）将来的天桥，将成为文化艺术区，会有另一种风光。

直接描写

在记者眼前，天桥旧日轮廓，依约可识。触目所及，依然三教九流，无奇不有，百业杂陈，无所不备。（只少了一种使人有戒心的扒手，以及诱人堕落的老千。）一种是歌唱卖艺的，西皮二黄、梨花大鼓、莲花落、时调小曲、河南坠子、山西梆子，各献其技。依然小茶馆模样，卖艺的居中唱演，看客围着听看，其乐融融。也有说评书的，杂以唱演，如《东西汉》、《三国》、《列国》、《彭公》、《施公》、《济公》、《七侠五义》、《今古奇观》、《水浒》、《聊斋》，也和两宋说话人差不多；其中也正有柳敬亭其人的。其他，变戏法、相声、双簧，摇西洋景的，和摔跤、比武的，各有各的巧妙，各有各的观众。在欣赏者，有着传统的兴趣；在唱演者却唤起了艺术的自尊心。他们以艺术工作者自居，"老板"的称呼，也就让"同志"二字来替代了。

在记者心目中，天桥有如上海城隍庙、苏州的观前街，除了形形色色的卖艺，最多杂货铺旧货摊以及饮食摊子。鸡鸭血汤、牛羊杂碎、火烧、薄饼、饽饽、饺子、面条，平民化食品，也可说左宜右有。记者看见了一大锅荞麦面条，颇为流涎，同行的朋友皱了皱眉头，不肯就座，只好望望然去之。大体说来，天桥的苍蝇也真少得很，卫生条件早已提高了。有一处，正在炸油条；记者想向他们买一些回来。哪知那是油条合作社的供应处，并不

零售的。我们空走了几转，在那儿只看了一些玩意儿，并不曾吃过什么。记者只觉得今日的天桥，也就是这么组织化了。（组织化就减少了趣味，却提高了素质。）

旅行笔记

市井文化看天桥

明清时期，皇帝从紫禁城前往天坛祭天的时候，要经过一座南北方向的桥，因为皇帝又称天子，所以天子所走的桥，就被称为天桥了。天桥平时有木栅栏封住，除了皇帝，其他人都不许通过，一般官民只能走两侧的木桥。

元朝时，天桥附近还是一片莲叶田田的样子，有一种江南水韵。明朝嘉靖年间北京修筑外城后，天桥周边越来越繁荣。到了清朝，这里已经是北京外城的中心了。当时汉族官员多在外城居住，进京赶考的举人也多住在这里，天桥也因为水乡风韵成了文人雅士游玩的好地方。到了清朝晚期，天桥越来越多地聚集了玩杂耍和摆小摊的人，“天桥市场”渐渐显出眉目来，天桥开始进入平民时代——卖苦力的车夫、卖艺的艺人、摆摊的小贩成了这里的主角，这里也成了北京民间艺术的发源地。

此后，天桥附近先后建起了二十多家戏园子，上演着评剧、河北梆子、京剧等戏曲节目。这里还汇集着六十多家游艺杂技摊，打弹弓、拉弓、举刀、抖空竹、舞叉、爬杆……五花八门，很是热闹。演出结束后，人们会想吃点儿什么。于是，天桥也成了各种美食的汇集地，像爆肚、牛杂碎、羊肚汤、酱牛肉、豆腐脑、炸糕等应有尽有。与此同时，天桥的市集也兴盛起来，不仅有布摊、鞋摊、洋货摊、瓷器摊、旧书摊等，还卖花鸟鱼虫，满足大家的爱玩之心。

今天，民间艺人早已不在天桥聚集卖艺，这里建了一座以老北京民俗文化为特色的博物馆，陈列和展示了曾经存在于天桥的市井文化。

颐和园

林徽因

在中国历史中，城市近郊风景特别好的地方，封建主和贵族豪门等总要独霸或强占，然后再加以人工的经营来做他们的“禁苑”或私园。这些著名的御苑、离宫、名园，都是和劳动人民的血汗和智慧分不开的。他们凿了池或筑了山，建造了亭台楼阁，栽植了树木花草，布置了回廊曲径、桥梁水榭，在许许多多巧妙的经营与加工中，才把那些离宫或名园提到了高度艺术的境地。现在，这些可宝贵的祖国文化遗产，都已回到人民手里了。

北京西郊的颐和园，在著名的圆明园被帝国主义侵略军队毁了以后，是中国四千年封建历史里保存到今天的最后的一个大“御苑”。颐和园周围十三华里，园内有山有湖。倚山临湖的建筑单位大小数百，最有名的长廊，东西就长达一千几百尺，共计二百七十三间。

颐和园的湖、山基础，是经过金、元、明三朝所建设的。清朝规模最大的修建开始于乾隆十五年（一七五〇年），当时本名清漪园，山名万寿，湖名昆明。一八六〇年，清漪园和圆明园同遭英法联军毒辣的破坏。前山和西部大半被毁，只有山巅琉璃砖造的建筑和“铜亭”得免。

前山湖岸全部是光绪十四年（一八八八年）所重建。那时西太后那拉氏专政，为自己做寿，竟挪用了海军造船费来修建，改名颐和园。

颐和园规模宏大，布置错杂，我们可以分成后山、前山、东宫门、南湖和西堤等四大部分来了解它。

第一部分后山，是清漪园所遗留下的艺术面貌，精华在万寿山的北坡和坡下的苏州河。东自“赤城霞起”关口起，山势起伏，石路回转，一路在半山经“景福阁”到“智慧海”，再向西到“画中游”。一路沿山下河岸，处处苍松深郁或桃树错落，是初春清明前后游园最好的地方。山下小河（或称后湖）曲折，忽狭忽阔；沿岸模仿江南风景，故称“苏州街”，河也名“苏州河”。正中北宫门入园后，有大石桥跨苏州河上，向南上坡是“后大庙”旧址，今称“须弥灵境”。这些地方，今天虽已剥落荒凉，但环境幽静，仍是颐和园最可爱的一部分。东边“谐趣园”是仿无锡惠山园的风格，当中荷花池，四周有水殿曲廊，极为别致。西面通到前湖的小苏州河，岸上东有“买卖街”（现已不存），俨如江南小镇。更西的长堤垂柳和六桥是仿杭州西湖六桥建设的。这些都是模仿江南山水的一个系统的造园手法。

第二部分前山湖岸上的布局，主要是排云殿、长廊和石舫。排云殿在南北中轴线上。这一组由临湖一座牌坊起，上到排云殿，再上到佛香阁；倚山建筑，巍然耸起，是前山的重点。佛香阁是八角攒尖顶的多层建筑物，立在高台上，是全山最高的突出点。这一组建筑的左右还有“转轮藏”和“五芳阁”等宗教建筑物。附属于前山部分的还有半山上的几处别馆如“景福阁”“画中游”等。沿湖的长廊和中线呈丁字形；西边长廊尽头处，湖岸转北到小苏州河，傍岸处就是著名的“石舫”，名清晏舫。前山着重侈大、堂皇富丽，和清漪园时代重视江南山水的曲折大不相同；前山的安排，是“仙

空间描写

山蓬岛”的格式，略如北海琼华岛，建筑物倚山层层上去，成一中轴线，以高耸的建筑物为结束。湖岸有石栏和游廊。对面湖心有远岛，以桥相通，也如北海团城。只是岛和岸的距离甚大，通到岛上的十七孔长桥，不在中线，而由东堤伸出，成为远景。

第三部分是东宫门入口后的三大组主要建筑物：一是向东的仁寿殿，它是理事的大殿；二是仁寿殿北边的德和园，内中有正殿、两廊和大戏台；三是乐寿堂，在德和园之西。这是那拉氏居住的地方。堂前向南临水有石台石阶，可以由此上下船。这些建筑拥挤繁复，像城内府第，堵塞了入口，向后山和湖岸的合理路线被建筑物阻挡割裂。今天游园的人，多不知有后山，进仁寿殿或德和园之后，更有迷惑在院落中的感觉，直到出了荣寿堂西门，到了长廊，才豁然开朗，见到前面的湖山。这一部分的建筑物为全园布局上的最大弱点。

第四部分是南湖洲岛和西堤。岛有五处，最大的是月波楼一组，或称龙王庙，有长桥通东堤。其他小岛非船不能达。西堤由北而南成一弧线，分数段，上有六座桥。这些都是湖中的点缀，为北岸的远景。

中国有四大园林，它们分别是苏州拙政园、河北承德避暑山庄、苏州留园和北京颐和园。

颐和园坐落在北京西郊，是现存规模最大、保存最完整的皇家园林，被誉为“皇家园林博物馆”。颐和园以万寿山和昆明湖为基址修建，它规模宏大，共有亭、台、楼、阁、廊、榭等不同形式的建筑3000多间，古树名木1600多株。其中佛香阁、长廊、石舫、苏州街、十七孔桥、谐趣园、大戏台等都已成为家喻户晓的代表性建筑。这里我们介绍的两处地方，不仅以景致知名，还有着科学的智慧在里面。

旅行笔记

测量水位——颐和园铜牛

颐和园的前身是清漪园，是乾隆皇帝送给母亲的礼物，整座园子暗含“福山寿海”的好意头。从远处俯瞰整片昆明湖，就好像一枚大寿桃。更令人称奇的是，斜贯湖面的西堤就好像桃子上的沟痕。

在昆明湖的东堤岸边，有一头两百多岁的镀金铜牛，它卧在雕花石座上，神态生动，十分逼真。铜牛是乾隆时期铸成的，是为了镇压水患。乾隆皇帝特意撰写了一首铭文，镌刻在铜牛的背上，希望它能降伏洪水，给百姓带来祥和、福气。

乾隆皇帝的做法与大禹治水的传说有关。相传，大禹每治好一处水患，便铸造一头铁牛沉入河底，他认为牛识水性，可以防止河水泛滥。到了唐朝，人们不再把铁牛沉入河底，而是放置在河边。乾隆皇帝沿用大禹治水的传说，又仿照唐朝铁牛上岸的做法，铸造了铜牛。

湖边放置铜牛，不仅有好的寓意，还能起到观察水位的作用。铜牛的头扭向昆明湖面，当昆明湖的水位接近铜牛的基座时，便要预防水患的发生，以免危及紫禁城。因为据科学考证，昆明湖的东堤比紫禁城的地基高约十米。以前，遇到大雨的时候，昆明湖很容易泛滥成灾，甚至会殃及紫禁城。为了防止昆明湖东堤决口，在此设置铜牛，可以观察湖水的水位线，随时知道水位比皇宫的城墙高多少，这样就可以加强防护，以免皇宫遭受洪涝灾害。

金光穿洞——颐和园十七孔桥

在昆明湖的东堤和南湖岛之间，飞跨着一道彩虹般的石桥，这就是十七孔桥。十七孔桥由十七个桥洞组成，桥正中的桥洞最大，两侧依次减小，从中间最大的桥洞往两侧数，桥洞的数量正好都是“九”，而“九”被称为极阳数，是帝王最喜欢的数字，所以将桥建成了十七孔。

十七孔桥上的石雕极其精美，桥栏的望柱上雕刻着神态各异的狮子，有的母子相抱，有的嬉戏打闹，有的凝神观湖，每一只狮子都刻画得栩栩如生。

十七孔桥还有一个神奇的现象，那就是每年冬至前后，落日的余晖会穿过桥洞，将所有的桥洞全部穿透照亮，这就是“金光穿洞”。之所以出现这种现象，是由于地球围绕太阳公转和地球自转的角度造成的。冬至前后，太阳光直射南回归线，太阳光对北半球最为倾斜，太阳高度角最小，日落时分的阳光便恰好照射在了十七孔桥所有桥洞的侧壁上，形成了“金光穿洞”的美景。

之所以是金色光线，这是由辐射的光谱决定的。冬至时的太阳光波以最低角度抵达地面，在这个过程中光波会被空气中的尘埃、水汽等物质吸收并散射，其中波长较长的红光、橙光会“战胜”波长较短的蓝光、紫光，这个时候的光就是由红光和橙光混合而成的，类似于金光，因此我们看到的就是“金光穿洞”了。

陶然亭

张恨水（1895—1967），原名心远，作家。早年任《皖江报》编辑，之后任《益世报》《世界日报》等编辑。其一生致力于通俗文艺的创作，以写章回体小说见长。代表作品有《春明外史》《金粉世家》《啼笑因缘》等。

陶然亭好大一个名声，它就跟武昌黄鹤楼、济南趵突泉一样。来过北京的人回家后，家里一定会问："你到过陶然亭吗？"因之在三十五年前，我到北京的第一件事，就是去逛陶然亭。

陶然亭公园里面沿湖有三条主要的大路，我就走了中间这条路，路面是

非常平整的。从东到西约两里多路宽的地方，挖了很大很深的几个池塘，曲折相连。北岸有游艇出租处，有几十只游艇，停泊在水边等候出租。我走不多远，就看见两座牌坊，雕刻精美，金碧辉煌，仿佛新制的一样。其实是东西长安街的两个牌楼迁移到这里重新修起来的。这两座妨碍交通的建筑在这里总算找到了它的归宿。

西角便是真正陶然亭了。从前进门处是一个小院子，西边脚下，有几间破落不堪的屋子。现在是一齐拆除，小院子成了平地，当中又栽了十几棵树，石坡也改为泥面的。登上土坛，只见两棵二百年的槐树，正是枝叶葱茏。远望四围一片苍翠，仿佛是绿色屏障，再要过几年，这周围的树，更大更密，那园外尽管车水马龙，一概不闻不见，园中清静幽雅，就成为另一世界了。我们走进门去，过厅上挂了一块匾，大书“陶然”二字。那几间庙宇，可以不必谈。西南北三面房屋，门户洞开，偏西一面有一带廊子，正好远望。房屋已经过修饰，这里有服务处卖茶，并有茶点部。坐在廊下喝茶，感到非常幽静。

语句优美

近处隔湖有云绘楼，水榭下面，清池一湾，有板桥通过这个半岛。我心里暗暗称赞：“这样确是不错！”我妻就问：“有一些清代的小说之类，说起饮酒陶然亭，就是这里吗？”我说：“不错，就是我们坐的这里。你看这墙上嵌了许多石碑，这就是那些士大夫留的文墨。至于好坏一层，用现在的眼光看起来，那总是好的很少吧。”

这一趟游陶然亭公园，绕着这几座山共走了约五里路，临行还有一点留恋。这个面目一新的陶然亭，引起我不少深思。要照从前的秽土成堆，那过个两三年就湮没了。有些知道陶然亭的人，恐怕只有在书上找它的陈迹了吧？现在逛陶然亭真是其乐陶陶了。

旅行笔记

话亭

亭，被称为“园林中的眼睛”，它是供人休息、远望和观赏的园林建筑小品。

在亭台楼阁等园林古建筑中，亭子的数量最多，形式也很多样，有圆形、方形、扇形、四角、六角、八角等，还有海棠形、梅花形等象形亭。建造亭子的材料也很多，有木、竹、石、琉璃、金属、陶瓷等。

亭的出现可以上溯到周朝，那时的亭一般都建在边防要地上，并有小吏在里面办公。战国时期，亭逐渐成为行人休息、避风雨，以及邮驿的地方，它往往设在大路旁，因此《说文解字》中写：“亭者，停也。”秦汉时期，又出现了一种亭，这种亭主要是用来维护地方治安，每个亭都设有亭长，相传汉高祖刘邦就是亭长出身。

后来，亭还被用在送客的场所，成为送别亲友的地方。这类亭一般建在湖畔或江边，称为“路亭”和“渡亭”，它常常成为寄托离别、乡思、客愁的所在。唐朝诗人李白有“何处是归程？长亭更短亭”的诗句，寄托了游子思念家乡的殷切之情。

亭在园林中出现，史料中记载是在南朝和隋唐时期。在唐代修建的敦煌莫高窟的洞窟壁画中，亭的形象已经十分丰富。宋代建亭是一种普遍的现象，亭的样式也越来越精巧。在宋代建筑名著《营造法式》中，就详细描述了亭的样式和修建技术，把亭的建筑形式规范化了。

明清时期，建亭更为普遍。园林之外，陵墓、庙宇、祠堂等都建有亭，另外还有路亭、井亭、碑亭等。明清的亭讲究的是远看可以观赏其秀丽的轮廓，进入亭内可以观赏四周的美景，所以人们非常讲究亭的位置，在山巅、湖心、竹丛、花间都能看到亭，亭和周边景色共同形成了一种美妙的景致。

进入现代，亭在人们的生活中发挥了越来越广泛的作用，售票、展览等都可以设在亭中，亭与人们生活的联系更紧密了。

荷塘月色

朱自清（1898—1948），原名自华，字佩弦，散文家、诗人、古典文学学者。曾任清华大学、西南联合大学等校教授。其散文风格朴素，文笔秀丽。代表作品有《雪朝》《踪迹》《背影》等。

这几天心里颇不宁静。今晚在院子里坐着乘凉，忽然想起日日走过的荷塘，在这满月的光里，总该另有一番样子吧。月亮渐渐地升高了，墙外马路上孩子们的欢笑，已经听不见了；妻在屋里拍着闰儿，迷迷糊糊地哼着眠歌。我悄悄地披了大衫，带上门出去。

沿着荷塘，是一条曲折的小煤屑路。这是一条幽僻的路；白天也少人走，夜晚更加寂寞。荷塘四面，长着许多树，蓊蓊郁郁的。路的一旁，是些杨柳，和一些不知道名字的树。没有月光的晚上，这路上阴森森的，有些怕人。今晚却很好，虽然月光也还是淡淡的。

路上只我一个人，背着手踱着。这一片天地好像是我的；我也像超出了平常的自己，到了另一世界里。我爱热闹，也爱冷静；爱群居，也爱独处。像今晚上，一个人在这苍茫的月下，什么都可以想，什么都可以不想，便觉是个自由的人。白天里一定要做的事，一定要说的话，现在都可不理。这是独处的妙处，我且受用这无边的荷香月色好了。

曲曲折折的荷塘上面，弥望的是田田的叶子。叶子出水很高，像亭亭的舞女的裙。层层的叶子中间，零星地点缀着些白花，有袅娜地开着的，有羞涩地打着朵儿的；正如一粒粒的明珠，又如碧天里的星星，又如刚出浴的美人。微风过处，送来缕缕清香，仿佛远处高楼上渺茫的歌声似的。这时候叶子与花也有一丝的颤动，像闪电般，霎时传过荷塘的那边去了。叶子本是肩

比喻手法

并肩密密地挨着，这便宛然有了一道凝碧的波痕。叶子底下是脉脉的流水，遮住了，不能见一些颜色；而叶子却更见风致了。

月光如流水一般，静静地泻在这一片叶子和花上。薄薄的青雾浮起在荷塘里。叶子和花仿佛在牛乳中洗过一样；又像笼着轻纱的梦。虽然是满月，天上却有一层淡淡的云，所以不能朗照；但我以为这恰是到了好处——酣眠固不可少，小睡也别有风味的。月光是隔了树照过来的，高处丛生的灌木，落下参差的斑驳的黑影，峭楞楞如鬼一般；弯弯的杨柳的稀疏的倩影，却又像是画在荷叶上。塘中的月色并不均匀；但光与影有着和谐的旋律，如梵婀玲上奏着的名曲。

荷塘的四面，远远近近，高高低低都是树，而杨柳最多。这些树将一

片荷塘重重围住；只在小路一旁，漏着几段空隙，像是特为月光留下的。树色一例是阴阴的，乍看像一团烟雾；但杨柳的丰姿，便在烟雾里也辨得出。树梢上隐隐约约的是一带远山，只有些大意罢了。树缝里也漏着一两点路灯光，没精打采的，是渴睡人的眼。这时候最热闹的，要数树上的蝉声与水里的蛙声；但热闹是它们的，我什么也没有。

忽然想起采莲的事情来了。采莲是江南的旧俗，似乎很早就有，而六朝时为盛；从诗歌里可以约略知道。采莲的是少年的女子，她们是荡着小船，唱着艳歌去的。采莲人不用说很多，还有看采莲的人。那是一个热闹的季节，也是一个风流的季节。梁元帝《采莲赋》里说得好：

于时妖童媛女，荡舟心许；鷁首徐回，兼传羽杯；棹将移而藻挂，船欲动而萍开。尔其纤腰束素，迁延顾步；夏始春余，叶嫩花初，恐沾裳而浅笑，畏倾船而敛裾。

可见当时嬉游的光景了。这真是有趣的事，可惜我们现在早已无福消受了。

于是又记起《西洲曲》里的句子：

采莲南塘秋，莲花过人头；低头弄莲子，莲子青如水。

今晚若有采莲人，这儿的莲花也算得“过人头”了；只不见一些流水的影子，是不行的。这令我到底惦着江南了。——这样想着，猛一抬头，不觉已是自己的门前；轻轻地推门进去，什么声息也没有，妻已睡熟好久了。

旅行笔记

走近“荷塘月色”

从清华大学西门进入校园后，沿主路前行不远，就是清华园。1927年夏天，朱自清先生在这里撰写了抒情散文《荷塘月色》，散文里面朱自清先生“日日走过的荷塘”由此被人们熟知。这个荷塘是怎么来的？它又经历过怎样的历史呢？

畅春园始建于清康熙二十三年（1684年），康熙二十六年（1687年）建成，康熙皇帝经常携众皇子巡游这里。后来，康熙皇帝在此处修建了一处新的园林，名为熙春园，成为今天清华园、近春园的前身。熙春园所处的位置由于地势低平，水源充沛，修建时充分利用了这里的湖泊水系，形成了东、西两大水景区域。荷塘所在，正是熙春园的西部，当时被称为“柳塘”“柳堂”——因四周遍植柳树之故。乾隆年间，熙春园进行了扩建和大修。道光年间，熙春园被辟作两处，熙春园西部易名为春泽园，赐予皇四子，即后来的咸丰皇帝。咸丰皇帝即位后钦赐匾额，将春泽园更名为近春园，将东边的熙春园更名为清华园。

这一时期的清朝已经日薄西山，1860年英法联军入侵北京城，咸丰皇帝弃城逃亡，圆明园被劫掠和焚烧。原本近春园的主体建筑因为四面环水，躲过了此次劫难，可是它迎来了更大的劫难，那就是清政府意欲重修圆明园。当时国库空虚，入不敷出，内务府提议把近春园的建筑拆卸，所得木料用于圆明园建筑的重修（后由于太平天国运动，重修圆明园的计划被搁置）。经此一劫，近春园彻底荒废，从此成为“荒岛”，所以朱自清在《荷塘月色》中写道：“这是一条幽僻的路，白天也少人走，夜晚更加寂寞。”

1913年，近春园被划归当时称为清华学校的清华大学，统称为清华园。1923年至1924年，清华学校在学校西部兴建了西院教授住宅。1927年，朱自清搬到西院居住，在那里写出了散文名篇《荷塘月色》。当时国内军阀混战，局势混乱，朱自清困惑于国家、民族的出路，感到苦闷与彷徨，于是在月夜漫步“荒岛”，得享片刻荷塘的空幽、恬静之美。1982年，为纪念朱自清先生在此写下名篇《荷塘月色》，原近春园东山上建起一座亭子，名为“荷塘月色亭”，其内有朱自清先生的手迹。

故都的秋

郁达夫（1896—1945），名文，作家。早年在日本留学，回国后从事新文学创作，先后在北京大学、武昌大学、中山大学等校任教。早期创作小说，后期以创作散文、游记为主，文风清秀洒脱。代表作品有《沉沦》《达夫散文集》等。

秋天，无论在什么地方的秋天，总是好的；可是啊，北国的秋，却特别地来得清，来得静，来得悲凉。我的不远千里，要从杭州赶上青岛，更要从青岛赶上北平来的理由，也不过想饱尝一尝这“秋”，这故都的秋味。

江南，秋当然也是有的；但草水凋得慢，空气来得润，天的颜色显得淡，并且又时常多雨而少风；一个人夹在苏州、上海、杭州，或厦门、香港、广州的市民中间，混混沌沌地过去，只能感到一点点清凉，秋的味，秋的色，秋的意境与姿态，总看不饱，尝不透，赏玩不到十足。秋并不是名花，也并不是美酒，那一种半开半醉的状态，在领略秋的过程上，是不合适的。

不逢北国之秋，已将近十馀年了。在南方每年到了秋天，总要想起陶然亭的芦花，钓鱼台的柳影，西山的虫唱，玉泉的夜月，潭柘寺的钟声。在北平即使不出门去吧，就是在皇城人海之中，租人家一椽破屋来住着，早晨起来，泡一碗浓茶，向院子一坐，你也能看得到很高很高的碧绿的天色，听得到青天下驯鸽的飞声。从槐树叶底，朝东细数着一丝一丝漏下来的日光，或在破壁腰中，静对着像喇叭似的牵牛花（朝荣）的蓝朵，自然而然地也能够感觉到十分的秋意。说到了牵牛花，我以为以蓝色或白色者为佳，紫黑色次之，淡红色最下。最好，还要在牵牛花底，教长着几根疏疏落落的尖细且长的秋草，使作陪衬。

北国的槐树，也是一种能使人联想起秋来的点缀。像花而又不是花的那一种落蕊，早晨起来，会铺得满地。脚踏上去，声音也没有，气味也没有，只能感出一点点极微细极柔软的触觉。扫街的在树影下一阵扫后，灰土上留下来的一条条扫帚的丝纹，看起来既觉得细腻，又觉得清闲，潜意识下并且还觉得有点儿落寞，古人所说的梧桐一叶而天下知秋的遥想，大约也就在这些深沉的地方。

秋蝉的衰弱的残声，更是北国的特产；因为北平处处全长着树，屋子又低，所以无论在什么地方，都听得见它们的啼唱。在南方是非要上郊外或山上去才听得到的。这秋蝉的嘶叫，在北平可和蟋蟀、耗子一样，简直像是家家户户都养在家里的家虫。

还有秋雨哩，北方的秋雨，也似乎比南方的下得奇，下得有味，下得更像样。

在灰沉沉的天底下，忽而来一阵凉风，便息列索落的下起雨来了。一层雨过，云渐渐地卷向了西去，天又青了，太阳又露出脸来了；着着很厚的青布单衣或夹袄的都市闲人，咬着烟管，在雨后的斜桥影里，上桥头树底去一立，遇见熟人，便会用了缓慢悠闲的声调，微叹着互答着的说：

"唉，天可真凉了——"（这了字念得很高，拖得很长。）

"可不是么？一层秋雨一层凉啦！"

北方人念阵字，总老像是层字，平平仄仄起来，这念错的歧韵，倒来得正好。

北方的果树，到秋来，也是一种奇景。第一是枣子树，屋角，墙头，茅房边上，灶房门口，它都会一株株的长大起来。像橄榄又像鸽蛋似的这枣子颗儿，在小椭圆形的细叶中间，显出淡绿微黄的颜色的时候，正是秋的全盛时期；等枣树叶落，枣子红完，西北风就要起来了，北方便是尘沙灰土的世界，只有这枣子、柿子、葡萄，成熟到八九分的七八月之交，是北国的清秋的佳日，是一年之中最好也没有的Golden Days①。

直接描写

有些批评家说，中国的文人学士，尤其是诗人，都带着很浓厚的颓废色彩，所以中国的诗文里，颂赞秋的文字特别的多。但外国的诗人，又何尝不然？我虽则外国诗文念得不多，也不想开出账来，做一篇秋的诗歌散文钞，但你若去一翻英德法意等诗人的集子，或各国的诗文的Anthology②来，总能够看到许多关于秋的歌颂与悲啼。各著名的大诗人的长篇田园诗或四季诗里，也总以关于秋的部分，写得最出色而最有味。足见有感觉的动物，有情趣的人类，对于秋，总是一样的能特别引起深沉、幽远、严厉、萧索的感触来的。不单是诗人，就是被关闭在牢狱里的囚犯，到了秋天，我想也一定会感到一种不能自已的深情；秋之于人，何尝有国别，更何尝有人种阶级的区别呢？不过在中国，文字里有一个"秋士"的成语，读本里又有着很普遍的

① Golden Days：人生中最美好的时光。——编者注

② Anthology：（诗、文等的）选集。——编者注

欧阳子的《秋声》与苏东坡的《赤壁赋》等，就觉得中国的文人，与秋的关系特别深了。可是这秋的深味，尤其是中国的秋的深味，非要在北方，才感受得到底。

南国之秋，当然是也有它的特异的地方的，譬如廿四桥的明月，钱塘江的秋潮，普陀山的凉雾，荔枝湾的残荷等等，可是色彩不浓，回味不永。比起北国的秋来，正像是黄酒之与白干，稀饭之与馍馍，鲈鱼之与大蟹，黄犬之与骆驼。

秋天，这北国的秋天，若留得住的话，我愿意把寿命的三分之二折去，换得一个三分之一的零头。

旅行笔记

气候简介

郁达夫先生在散文中向我们描绘了北京的秋天，并写了南方秋天和北方秋天的不同。这种差异是气候带来的。

气候是某一地区多年的天气特征，由太阳辐射、大气环流、地面性质等因素相互作用所形成的。我国从北到南可以划分为五个温度带：寒温带（最北方的黑龙江和内蒙古的北部）、中温带（长城以北）、暖温带（长城以南，淮河以北）、亚热带（秦岭—淮河以南）、热带（台湾、广东、云南及海南）、高原气候区（青藏高原）。北京属于暖温带。

暖温带有两种主要的气候环境：暖温带海洋性气候，降水量非常大；暖温带大陆性气候，季节性的温度变化很大。北京位于华北平原北部的大陆腹地，属于大陆性气候，温度变化大致使四季分明。因此，当北京秋天来临的时候，郁达夫先生才能感受到鲜明的秋味。

干湿程度也影响一个地区的气候。干湿地区的划分依据的是降水量和蒸发量的对比关系，一般分为干旱地区、半干旱地区、半湿润地区、湿润地区。北京属于半湿润地区。

北京三面环山，位于华北平原的北端，地形以平原、丘陵为主，有部分高原、盆地，属于季风气候。季风气候有夏季风和冬季风：夏季一般受海洋气流影响，气候湿热；冬季主要受大陆气流影响，气候干冷。

综上所述，北京属于暖温带半湿润大陆性季风气候，四季分明，春季干旱，夏季炎热多雨，秋季天高气爽，冬季寒冷干燥，且春季、秋季都相对短促。因此，郁达夫先生才更珍惜秋的味道，想留住北京的秋天。

忆卢沟桥

许地山（1893—1941），名赞堃（kūn），字地山，笔名落华生，作家，文学研究会发起人之一。早年留学于美国、英国，回国后先后任燕京大学、北京大学、清华大学等校教授。代表作品有《落花生》《空山灵雨》《缀网劳蛛》等。

记得离北平以前，最后到卢沟桥，是在二十二年底春天。我与同事刘兆蕙先生在一个清早由广安门顺着大道步行，经过大井村，已是十点多钟。参拜了义井庵底千手观音，就在大悲阁外少憩。那菩萨像有三丈多高，是金铜铸成底，体相还好，不过屋宇倾颓，香烟零落，也许是因为求愿底人们发生了求财赔本求子丧妻底事情罢。这次底出游本是为访求另一尊铜佛而来底。我听见从宛平城来底人告诉我那城附近有所古庙塌了，其中许多金铜佛像，年代都是很古的。为知识上的兴趣，不得不去采访一下。大井村底千手观音是有著录底，所以也顺便去看看。

出大井村，在官道上，巍然立着一座牌坊，是乾隆四十年建底。坊东面额书“经环同轨”，西面是“荡平归极”。建坊底原意不得而知，将来能够用来做凯旋门那就最合宜不过了。

春天底燕郊，若没有大风，就很可以使人流连。树干上或土墙边蜗牛在画着银色底涎路。它们慢慢移动，像不知道它们底小介壳以外还有什么宇宙似的。柳塘边底雏鸭披着淡黄色底氄毛，映着嫩绿的新叶；游泳时，微波随蹼翻起，泛成一弯一弯动着底曲纹，这都是生趣底示现。走乏了，且在路边底墓园少住一回。刘先生站在一座很美丽的窣堵波①上，要我给他拍照。在

①窣堵波：梵语音译，也译作浮屠，意思是塔。——编者注

榆树荫覆之下，我们没感到路上太阳底酷烈。寂静的墓园里，虽没有什么名花，野卉倒也长得顶得意地。忙碌的蜜蜂，两只小腿粘着些少花粉，还在采集着。蚂蚁为争一条烂残的蚱蜢腿，在枯藤底根本上争斗着。落网底小蝶，一片翅膀已失掉效用，还在挣扎着。这也是生趣底示现，不过意味有点不同罢了。

排比手法

闲谈着，已见日丽中天，前面宛平城也在域之内了。宛平城在卢沟桥北，建于明崇祯十年，名叫“拱北城”，周围不及二里，只有两个城门，北门是顺治门，南门是永昌门。清改拱北为拱极，永昌门为威严门。南门外便是卢沟桥。拱北城本来不是县城，前几年因为北平改市，县衙才移到那里去，所以规模极其简陋。从前它是个卫城，有武官常驻镇守着，一直到现在，还是一个很重要的军事地点。我们随着骆驼队进了顺治门，在前面不远，便见了永昌门。大街一条，两边多是荒地。我们到预定的地点去探访，果见一个庞大的铜佛像头和些铜像残体横陈在县立学校里底地上。拱北城内原有观音庵与兴隆寺，兴隆寺内还有许多已无可考底广慈寺底遗物，那些铜像究竟是属于哪寺底也无从知道。我们摩挲了一回，才到卢沟桥头底一家饭店午膳。

在饭店里，随便吃些烧饼，就出来，在桥上张望。铁路桥在远处平行地架着。驮煤底骆驼队随着铃铛底音节整齐地在桥上迈步。小商人与农民在雕栏下作交易上很有礼貌的计较。妇女们在桥下浣衣，乐融融地交谈。人们虽不理会国势底严重，可是从军队里宣传员口里也知道强敌已在门口。我们本不为做间谍去底，因为在桥上向路人多问了些话，便教警官注意起来，我们也自好笑。我是为当事官吏底注意而高兴，觉得他们时刻在提防着，警备着。过了桥，便望见实柘山，苍翠的山色，指示着日斜多了几度，在砾原上流连片时，暂觉晚风拂衣，若不回转，就得住店了。“卢沟晓月”是有名的。为领略这美景，到店里住一宿，本来也值得，不过我对于晓风残月一类的景物素来不大喜爱。我爱月在黑夜里所显底光明。晓月只有垂死的光，想来是很凄凉的。还是回家罢。

我们不从原路去，就在拱北城外分道。刘先生沿着旧河床，向北回海甸去。我捡了几块石头，向着八里庄那条路走。进到阜城门，望见北海底白塔已经成为一个剪影贴在洒银底暗蓝纸上。

旅行笔记

卢沟桥上的狮子——数不清

中国的四大名桥分别是潮州广济桥、泉州洛阳桥、赵县赵州桥和北京卢沟桥。

卢沟桥位于北京市丰台区永定河上，因为永定河在当时叫卢沟河，所以这座横跨卢沟河的桥叫卢沟桥。卢沟桥是由金代的工匠修建的，距今已经有八百多年了，它是北京现存最古老的联拱石桥，每两个石拱之间就有石砌的桥墩，所有的石拱连成一个整体，看上去既壮观又优美。

卢沟桥最有名的是“燕京八景”之一的“卢沟晓月”。每当黎明斜月西沉之时，人们可以从卢沟桥上看到天上一轮月亮，桥的南北两侧水面各倒映出一轮月亮，形成“一天三月”的奇观。

除了“卢沟晓月”，卢沟桥有名的还有桥上的石狮子。卢沟桥上的石狮子数量众多、形态各异。它们有的昂首挺胸，眺望远方；有的聆听水声，凝神沉思；还有的在嬉戏打闹。石狮子分雌雄，通常是雄狮舞绣球，雌狮戏小狮，它们动态十足，栩栩如生。

卢沟桥上的石狮子因为数量多，而且许多小狮子雕刻在非常隐蔽的地方，所以从明朝开始就有“卢沟桥的狮子——数不清”的说法。据说乾隆皇帝听说后，派了两个人去数卢沟桥上的石狮子，谁知两个人数了半天也没数明白，于是他又派身边的三个太监去数，结果三个人得出了三个答案。乾隆皇帝一气之下决定亲自去数，他从东往西数，又从西往东数，得出了不同的数目，于是他又开始复查，得出来的数目又跟前两次都不同，这下“卢沟桥的狮子——数不清”的说法都被大家知道了。

卢沟桥上到底有多少个石狮子呢？据权威数据统计，桥上精刻的石狮子有四百八十五个。但是又有许多其他的说法，统计出不同的数目。这大概是因为有的石狮子雕刻得非常隐蔽，还有的石狮子面目不全，只雕刻了一部分，没有被统计在内，毕竟有的石狮子高几十厘米，有的只有几厘米。

在近代，卢沟桥被人们铭记的是发生在1937年7月7日的“卢沟桥事变”，也称“七七事变”，从此，我国开始了艰苦的、全国性的抗日战争。如今，卢沟桥附近建有中国人民抗日战争纪念馆，每年7月7日，这里都会开展相关的纪念活动，悼念先烈，铭记历史。

北京的春节

老舍（1899—1966），原名舒庆春，字舍予，文学家。他获得北京市人民政府授予的“人民艺术家”称号，其作品善于刻画市民阶层的生活和心理，具有浓郁的京派风味，语言幽默、生动。代表作品有《四世同堂》《骆驼祥子》《茶馆》《龙须沟》等。

按照北京的老规矩，过农历的新年（春节），差不多在腊月的初旬就开头了。“腊七腊八，冻死寒鸦”，这是一年里最冷的时候。可是，到了严冬，不久便是春天，所以人们并不因为寒冷而减少过年与迎春的热情。在腊八那天，人家里，寺观里，都熬腊八粥。这种特制的粥是祭祖祭神的，可是细一想，它倒是农业社会的一种自傲的表现——这种粥是用所有的各种的米，各种的豆，与各种的干果（杏仁、核桃仁、瓜子、荔枝肉、桂圆肉、莲子、花生米、葡萄干、菱角米……）熬成的。这不是粥，而是小型的农产展览会。

腊八这天还要泡腊八蒜。把蒜瓣在这天放到高醋里，封起来，为过年吃饺子用的。到年底，蒜泡得色如翡翠，而醋也有了些辣味，色味双美，使人要多吃几个饺子。在北京，过年时，家家吃饺子。

从腊八起，铺户中就加紧的上年货，街上加多了货摊子——卖春联的、卖年画的、卖蜜供的、卖水仙花的等等都是只在这一季节才会出现的。这些赶年的摊子都教儿童们的心跳得特别快一些。在胡同里，吆喝的声音也比平时更多更复杂起来，其中也有仅在腊月才出现的，像卖宪书的、松枝的、薏仁米的、年糕的等等。

在有皇帝的时候，学童们到腊月十九日就不上学了，放年假一月。儿童们准备过年，差不多第一件事是买杂拌儿。这是用各种干果（花生、胶枣、榛子、栗子等）与蜜饯掺和成的，普通的带皮，高级的没有皮——例如：普通的用带皮的榛子，高级的就用榛瓤儿。

儿童们喜吃这些零七八碎儿，即使没有饺子吃，也必须买杂拌儿。他们的第二件大事是买爆竹，特别是男孩子们。恐怕第三件事才是买玩艺儿——风筝、空竹、口琴等——和年画儿。

儿童们忙乱，大人们也紧张。他们须预备过年吃的使的喝的一切。他们也必须给儿童赶快做新鞋新衣，好在新年时显出万象更新的气象。

二十三日过小年，差不多就是过新年的“彩排”。在旧社会里，这天晚上家家祭灶王，从一擦黑儿鞭炮就响起来，随着炮声把灶王的纸像焚化，美其名叫送灶王上天。在前几天，街上就有多少多少卖麦芽糖与江米糖的，糖形或为长方块或为大小瓜形。按旧日的说法：用糖粘住灶王的嘴，他到了天上就不会向玉皇报告家庭中的坏事了。现在，还有卖糖的，但是只由大家享用，并不再粘灶王的嘴了。

过了二十三，大家就更忙起来，新年眨眼就到了啊。在除夕以前，家家必须把春联贴好，必须大扫除一次，名曰扫房。必须把肉、鸡、鱼、青

菜、年糕什么的都预备充足，至少足够吃用一个星期的——按老习惯，铺户多数关五天门，到正月初六才开张。假若不预备下几天的吃食，临时不容易补充。还有，旧社会里的老妈妈论，讲究在除夕把一切该切出来的东西都切出来，省得在正月初一到初五再动刀，动刀剪是不吉利的。这含有迷信的意思，不过它也表现了我们确是爱和平的人，在一岁之首连切菜刀都不愿动一动。

直接描写

除夕真热闹。家家赶作年菜，到处是酒肉的香味。老少男女都穿起新衣，门外贴好红红的对联，屋里贴好各色的年画，哪一家都灯火通宵，不许间断，炮声日夜不绝。在外边作事的人，除非万不得已，必定赶回家来，吃团圆饭，祭祖。这一夜，除了很小的孩子，没有什么人睡觉，而都要守岁。

元旦的光景与除夕截然不同：除夕，街上挤满了人；元旦，铺户都上着板子，门前堆着昨夜燃放的爆竹纸皮，全城都在休息。

男人们在午前就出动，到亲戚家，朋友家去拜年。女人们在家中接待客人。同时，城内城外有许多寺院开放，任人游览，小贩们在庙外摆摊、卖茶、食品和各种玩具。北城外的大钟寺、西城外的白云观、南城的火神庙（厂甸）是最有名的。可是，开庙最初的两三天，并不十分热闹，因为人们还正忙着彼此贺年，无暇及此。到了初五六，庙会开始风光起来，小孩们特别热心去逛，为的是到城外看看野景，可以骑毛驴，还能买到那些新年特有的玩具。白云观外的广场上有赛轿车赛马的；在老年间，据说还有赛骆驼的。这些比赛并不争取谁第一谁第二，而是在观众面前表演骡马与骑者的美好姿态与技能。

多数的铺户在初六开张，又放鞭炮，从天亮到清早，全城的炮声不绝。虽然开了张，可是除了卖吃食与其他重要日用品的铺子，大家并不很忙，铺中的伙计们还可以轮流着去逛庙、逛天桥和听戏。

元宵（汤圆）上市，新年的高潮到了——元宵节（从正月十三到十七）。除夕是热闹的，可是没有月光；元宵节呢，恰好是明月当空。元旦是体面的，家家门前贴着鲜红的春联，人们穿着新衣裳，可是它还不够美。

元宵节，处处悬灯结彩，整条的大街像是办喜事，火炽而美丽。有名的老铺都要挂出几百盏灯来，有的一律是玻璃的，有的清一色是牛角的，有的都是纱灯；有的各形各色，有的通通彩绘全部《红楼梦》或《水浒传》故事。这，在当年，也就是一种广告；灯一悬起，任何人都可以进到铺中参观；晚间灯中都点上烛，观者就更多。这广告可不庸俗。干果店在灯节还要作一批杂拌儿生意，所以每每独出心裁的，制成各样的冰灯，或用麦苗作成一两条碧绿的长龙，把顾客招来。

除了悬灯，广场上还放花盒。在城隍庙里并且燃起火判，火舌由判官的泥像的口、耳、鼻、眼中伸吐出来。公园里放起天灯，像巨星似的飞到天空。

男男女女都出来踏月、看灯、看焰火；街上的人拥挤不动。在旧社会里，女人们轻易不出门，她们可以在灯节里得到些自由。

小孩子们买各种花炮燃放，即使不跑到街上去淘气，在家中也照样能有声有光的玩耍。家中也有灯：走马灯——原始的电影——宫灯、各形各色的纸灯，还有纱灯，里面有小铃，到时候就叮叮的响。大家还必须吃汤圆呀。这的确是美好快乐的日子。

一眨眼，到了残灯末庙，学生该去上学，大人又去照常作事，新年在正月十九结束了。腊月和正月，在农村社会里正是大家最闲在的时候，而猪牛羊等也正长成，所以大家要杀猪宰羊，酬劳一年的辛苦。过了灯节，天气转暖，大家就又去忙着干活了。北京虽是城市，可是它也跟着农村社会一齐过年，而且过得分外热闹。

在旧社会里，过年是与迷信分不开的。腊八粥，关东糖，除夕的饺子，都须先去供佛，而后人们再享用。除夕要接神；大年初二要祭财神，吃元宝汤（馄饨），而且有的人要到财神庙去借纸元宝，抢烧头股香。正月初八要给老人们顺星、祈寿。因此那时候最大的一笔浪费是买香蜡纸马的钱。现在，大家都不迷信了，也就省下这笔开销，用到有用的地方去。特别值得提到的是现在的儿童只快活的过年，而不受那迷信的熏染，他们只有快乐，而没有恐惧——怕神怕鬼。也许，现在过年没有以前那么热闹了，可是多么清醒健康呢。以前，人们过年是托神鬼的庇佑，现在是大家劳动终岁，大家也应当快乐的过年。

旅行笔记

历法与年

一说到历法，有人可能会犯迷糊，历法一般分为三类：年、日依据天象的称“阳历”，月、日依据天象的称“阴历”，年、月、日都依据天象的称“阴阳历”。它们的产生是由人类生存所处的自然环境决定的。

阳历也叫“太阳历”，是以太阳周年视运动引起寒暑变迁（回归年）为主要依据制定的。我们常说的“公历”是阳历的一种，大多数国家都采用这种历法，因而得名。

阴历是根据月相圆缺变化的周期（即朔望月）制定的。因为古人称月亮为“太阴”，所以也叫“太阴历”，简称阴历。

我国的“农历”属于阴阳历，因与农业生产有关而得名。我国的农历中包含二十四节气。节气是由太阳在黄道上的位置决定的，所以是阴阳历除置闰以外的阳历部分，也是我国传统历法固有的特色，直接指导着农业生产。老一辈的人也叫它“夏历”。

中华人民共和国成立后，采用公元纪年。每年公历1月1日为“元旦”。农历正月初一是我国的传统节日“春节”。受到中华文化的影响，世界上一些国家和地区也有过春节的习俗，如：日本、朝鲜、韩国、越南等。随着中国在世界上的影响力不断扩大，中国春节的一些习俗也在各国落地开花。澳大利亚、美国、法国、德国等国家也会在春节时举行新春巡游、舞龙舞狮等活动，参加活动的除了华人，还有外国人。活动不仅展现了中国文化特色，也加入了一些当地的文化元素，可谓中西合璧。

天安门之夜

叶君健（1914—1999），作家、翻译家。早年在武汉大学外国文学系学习，后留学于日本，回国后，任重庆大学、复旦大学等校教授。中华人民共和国成立后，他在文化部对外文化事务联络局工作，任《中国文学》英文版副主编。代表作品有《火花》《自由》《曙光》《在草原上》等。

夜不声不响地到来了。和它一道来的是一阵初秋的凉风和满天的星斗。劳动了一天的首都居民已经入睡，隐在街道两旁的那些古树后面的房屋也已经入睡。天安门广场是静静的，但是它并没有睡。一种前所未有的感情的活动正在这个时候开始。

几天以前这里还是一片灰尘弥漫的工地。起重机的声音、推土机的声音、运输卡车的声音和麦克风里辐射出来的女高音，在橙子色的灯光中，交织在一起形成一种紧张而欢乐的音乐。在这种音乐声中，庄严而华丽、雄伟而精致的建筑物慢慢地从地上升起来，屹立在人民英雄纪念碑的两侧，使这个古老的广场顿时改变了面貌，着上了青春的颜色。当这种改变正在发生的时候，首都的居民们照常地在劳动，在休息。天上的月亮和星星也照常在一定的时间出现，在一定的时间隐没。它们一点儿也没有察觉到这种改变。工地所发散出来的尘雾笼罩住了这一切。当尘雾消散、工地被清除干净以后，这些巍峨的建筑物就像是从云雾里钻出来的宫殿。它们来得那么突然，乍看起来简直像一个魔法师在故意施展幻术，要在人间的世界里创造出一个天上的奇观。

广场在月光下像一个辽阔的银色平原。红色的天安门和乳白色的人民大会堂及中国革命博物馆和中国历史博物馆遥遥对峙，淡青色的人民英雄纪念碑耸立在它们中间，成为一个交点。通过它，这几座具有历史意义的大建筑形成一个完整的美丽的图案。黄绿色的玻璃砖和浅蓝色的大理石圆柱在这个图案上泛出一片虹霞，使它不仅有完美的形态，还有迷人的色彩。天上的星星直眨着眼睛。它们在这个位置上向下面看了几千年；像这样的奇景，它们现在还是第一次突然发现。是它们的眼睛出了毛病呢？还是地上已经改换了人间？

纵横交错的路灯的行列，像浮在半空中盛开的莲花，望着这些星星发笑——笑它们的头脑太迟钝，笑它们的思想太简单。它们高高在上，怎么能了解人间呢？人是创造者，而解放了的人的创造力可以超过天上的任何神仙。人不仅创造出这个美丽的图案，还创造出一个美丽的自然。在这些微笑的路灯后面，静静地立着一排油松——他们年将半百，是一批有修养的人。再后一点隐隐地藏着一群垂柳。她们有一点儿羞怯，因为她们才刚刚进入她们的青春。当一阵顽皮的微风掠过时，她们偶尔显露一下她们的轻盈而秀丽的腰肢。于是，星星的心房都同时跳动了一下，它们的眼睛在贪欲地对着这群娇媚的姑娘乱转。但是且慢！她们旁边还立着一排刚健的元宝枫——他们像一群卫士，是那么庄重，那么尊严。他们要保护这些亭亭玉立的垂柳，不

比喻手法

许任何人侵犯。在这些树木之间还有茂密的灌木林，有碧绿的草地和青翠的花圃——里面开满了月季。在这个绿色的世界里还藏着几只年轻的黄鸟。它们在做了一阵甜蜜的梦以后，忽然惊醒过来，对着树叶间漏进来的月光，大惊小怪地发出一声清脆的叫喊。

旅行笔记

天安门的前世今生

天安门原是明、清两代北京皇城的正门，始建于明永乐十五年（1417年），最初名为“承天门”。“承天”意为“承天启运，受命于天”，喻示着皇权至高无上。

承天门一开始仿制南京承天门的样式，是一座黄瓦飞檐的五座木牌坊。明英宗时，承天门遭到雷击被烧毁。多年以后，明宪宗下旨重建，当时的能工巧匠蒯祥负责设计并组织施工。重建后的承天门由原来的牌坊式改建为宫殿式，更加宏伟壮观，奠定了天安门的形制。

清朝顺治皇帝入住紫禁城后，下旨将承天门更名为天安门，有“受命于天，安邦治国”之意。康熙年间，天安门又经过了两次大规模的修缮。

1900年，八国联军入侵北京时曾炮击天安门，使城楼遭受了一些损坏。中华人民共和国成立后，政府先后对天安门城楼进行过多次修缮，在天安门广场上修建了人民英雄纪念碑、人民大会堂、毛主席纪念堂、中国国家博物馆等建筑。1986年，天安门广场被评为

“北京十六景”之首，被称为“天安丽日”。

天安门主要由城台和城楼组成。城楼是两层重檐歇山式楼，黄琉璃瓦顶。大殿内矗立着60根朱红色的木柱，地面铺设着皇家专用的金砖。房间有东西方向的九间，南北方向的五间，在古代这个数字暗含着“九五之尊”之意，象征着至高的皇权。大殿内使用了大量的龙纹彩绘，有贴金的“金龙和玺”彩绘，有绘着团龙图案的天花藻井等，使大殿更显富丽堂皇。

天安门前有一条金水河，金水河上架起了7座精美的汉白玉石桥，这就是金水桥。金水桥的桥身就像彩虹一样，有一种浪漫的曲线美。中间的桥是蟠龙雕花柱，桥面最宽，在古代，这里只许皇帝一人通过，叫“御路桥”；左右两座雕有荷花柱头的桥，只许王公通过，叫“王公桥”；王公桥外侧的桥只许三品以上的文武大臣通过，叫“品级桥”；最外面的浮雕石桥，是四品以下官吏和兵丁走的，叫“公生桥”。

如今，封建王朝的一切仪规都不存在了，中华人民共和国的成立为天安门带来了新气象、新风貌，天安门也被赋予了新的时代意义。这里曾经是宣告新中国诞生的地方，现在是国家举行庆典和阅兵的地方。当外宾来访，礼炮鸣响，这里也是中外友好、共谋发展的见证之地。一切就像天安门城楼上的标语所宣告的“中华人民共和国万岁”“世界人民大团结万岁”。

无论阴晴雨晦，每天的日出时分，天安门广场上一面崭新的五星红旗都会冉冉升起，那是我们守护的国家尊严，也象征着国家的日新月异；每天的日落时分，当五星红旗缓缓落下，它被珍藏在旗盒里，放进旗库里，也被珍藏在我们的心里、梦里。

天安门凝结着劳动人民的智慧，是中华文明悠久历史的见证，未来它还会见证中华民族更多的奇迹和荣耀。

其他推荐

关于北京的文章还有：

《国子监》（汪曾祺）

《霞落燕园》（宗璞）

《我与地坛》（史铁生）

《天坛幻想录》（秦牧）

《琉璃厂》（黄裳）

《忆北平》（沈从文）

曲艺之乡

天津

简称

津

气候

暖温带半湿润大陆性季风气候

地理位置

位于华北平原东北部，东临渤海，西北部与北京相邻，南部、北部、西部与河北相邻。

主要山脉

燕山山脉、盘山、八仙山

主要水系

渤海、海河

世界遗产

大运河

本站停靠

娘娘宫

文学导游

冯骥才

邓拓

指指点点说津门

冯骥才（1942—），作家、画家。现任中国文联荣誉委员、中国民协名誉主席等职。代表作品有《雕花烟斗》《神鞭》《珍珠鸟》《俗世奇人》等。

平原城市的前身大多是码头，码头脾气是天津人性格的骨架。码头上的生存原则是硬碰硬。其优胜劣汰，有点儿像大自然的规律。天津人钦佩有真本事的能人，对没能耐立刻喝倒彩。所以过去走江湖唱戏的都必须到天津码头闯一闯。闯不过天津过不了关。张君秋说天津的观众最有情也最无情。凡是想在天津露头露脸，必定得拿出真能耐。所以天津对本地出名的手工艺人的称呼极其特别——姓氏加上他拿手的绝活儿。如“刻砖刘”、“泥人张”、“风筝魏”等等。市井能人是天津人文的一大特色。

在码头立足，不能势单力薄。成帮成伙的小团体成了此地市井社会的基本单元。民间的小团体常常以“会”的名义存在。各会都有严格的会规。有板有眼，“家法”极严。这便使天津社会生活的深幽之处，莫能见底。为了生存，从民间花会（皇会）组织到救火的水会，各会之间竞争极强。此地人偏偏逞强好胜，喜欢表现，益发显得生气勃勃，人气旺足，再加上商埠崇尚火爆，于是大城市中年俗最盛当属天津。除旧更新的鞭炮亦以天津放得最凶。年年子午交时，万炮轰天，夜空如火。天津是二十世纪八十年代以来中国大城市唯一不禁炮的特殊一例。

直接描写

天津百姓生活，重市井有过于社会。讲穿不如讲吃，讲吃却不讲排场。讲究把白米白面做得有滋味。这样，天津便从没有自己的“菜系”。川菜、鲁菜、粤菜、满汉全席一律来者不拒，天天吃的是别人的“饮食文化”。顶出名的食品反倒是一口一个肉丸子的狗不理包子。再有便是各种小吃。小吃属于日常生活的内容。1976年天津闹地震，老百姓在大街小道上搭满简易的“临建”。居然有不少人家，在小围墙和房檐上，花花绿绿摆上一排排花盆，照旧把日子过得生意盈盈。天津最迷人的生活在市井。天津的艺术很少有凌驾于市井之上的沙龙艺术或什么纯艺术，而是老百姓喜闻乐见的以曲艺杂技、梆子落子为主的市井文化。

然而，天津人似乎对市井生活有种过分的依恋。虽然这里最早的原住民也都是移民，但天津人在中国大城市中是最恋家的。可能这地方有鱼有虾，有吃有喝，有戏听有杂耍看。商机又多，活着不难，何况还有美味的小吃娱悦口舌，这便消解和抑制了天津人的创造性。“混”字便是市井中最流行的活命哲学。大大咧咧，得过且过，温饱自足，知足常乐。天津人说话喜欢戏谑，有浓厚的自嘲成分，但并非黑色幽默。天津人的自嘲是语言的笑料和生活的调料。它使生活更加有声有色，有滋有味。任何地域的人都有劣根性，

可是天津人的这种惰性和恋家，又与他们浓郁的生活情致热乎乎混在一起，成为一种根深蒂固的生活文化。对于外人讲，这是一种人文特征；对于自己讲，则是一种永远的魅力。

旅行笔记

天津的由来

津门是天津的别称。天津这个名字的由来有不同的说法，最被广为认可的一种说法是来源于明成祖朱棣。朱棣是明朝皇帝朱元璋的第四个儿子，朱元璋为了加强皇权，将自己的儿子分封在不同的地方，成为藩王。朱棣被封为燕王，驻守在北平，也就是现在的北京。朱元璋去世后，皇太孙朱允炆继位，即建文帝。建文帝看藩王的势力很大，便推行削夺藩王封地的政策，燕王朱棣借机起兵造反，发动靖难之役，在直沽渡过大运河，一路南下，赢得了靖难之役的胜利，成功坐上皇位。朱棣没有忘记那个叫直沽的地方，他渡河的时候发现这里东临渤海，又有海河穿城而过，既有河运又有海运，交通十分便利，且这里的西北边环绕护卫着北京，如果将来迁都北京，这里是很重要的咽喉之地。于是，朱棣下令将直沽改名为天津，意思是天子渡口，天津这个名字便由此传承下来。

如今的天津是海上丝绸之路的战略支点，是“一带一路”的交汇点，是中国北方最大的港口城市。天津又是一座历史文化名城，这里有著名的黄崖关古长城，盘旋于群山峻岭之中，壮丽如画；独乐寺、大沽口炮台等都是有名的古建筑遗址。

天津是中国北方的曲艺之乡，天津快板、京韵大鼓、快板书等曲艺都是在天津产生的；京剧、相声、评书、西河大鼓等曲艺都是在天津兴盛和发展的。除了曲艺，天津的民间工艺也很有名，泥人张彩塑、杨柳青年画和魏记风筝被称为“天津三绝”。

天津的美食也非常有名，美食中的“天津三绝”是狗不理包子、十八街麻花和耳朵眼炸糕。此外，像曹记驴肉、冠生园八珍羊腿、陆记烫面炸糕、果仁张等都有很高的知名度。天津的小宝栗子也非常有名，产品出口世界各国。

泥人张

冯骥才

手艺道上的人，捏泥人的“泥人张”排第　。而且，有第　，没第二，第三差着十万八千里。

泥人张大名叫张明山。咸丰年间常去的地方有两处，一是东北城角的戏院大观楼，一是北关口的饭馆天庆馆。坐在那儿，为了瞧各样的人，也为捏各样的人。去大观楼要看戏台上的各种角色，去天庆馆要看人世间的各种角色。这后一种的样儿更多。

那天下雨，他一个人坐在天庆馆里饮酒，一边留神四下里吃客们的模样。这当儿，打外边进来三个人。中间一位穿得阔绰，大脑袋，中溜个子，挺着肚子，架式挺牛，横冲直撞往里走。（形象描写）站在迎门桌子上的“瞭高的”一瞅，赶紧吆喝着：“益照临的张五爷可是稀客，贵客，张五爷这儿总共三位——里边请！”

一听这喊话，吃饭的人都停住嘴巴，甚至放下筷子瞧瞧这位大名鼎鼎的张五爷。当下，城里城外气最冲的要算这位靠着贩盐赚下金山的张锦文。他当年由于为盛京将军海仁卖过命，被海大人收为义子，排行老五，所以又有“海张五”一称。但人家当面叫他张五爷，背后叫他海张五。天津卫是做买卖的地界儿，谁有钱谁横，官儿也怵三分。可是手艺人除外。手艺人靠手吃饭，求谁？怵谁？故此，泥人张只管饮酒，吃菜，西瞧东看，全然没把海张五当个人物。

但是不一会儿，就听海张五那边议论起他来。有个细嗓门的说：“人家台下一边看戏，一边手在袖子里捏泥人。捏完拿出来一瞧，台上的嘛样，他捏的嘛样。”跟着就是海张五的大粗嗓门说：“在哪儿捏？在袖子里捏？在裤裆里捏吧！”随后一阵笑，拿泥人张找乐子。

这些话天庆馆里的人全都听见了。人们等着瞧艺高胆大的泥人张怎么“回报”海张五。一个泥团儿砍过去？

只见人家泥人张听赛没听，左手伸到桌子下边，打鞋底下抠下一块泥巴，右手依然端杯饮酒，眼睛也只瞅着桌上的酒菜。这左手便摆弄起这团泥巴来，几个手指飞快捏弄，比变戏法的刘秃子的手还灵巧。海张五那边还在不停地找乐子，泥人张这边肯定把那些话在他手里这团泥上全找回来了。随后手一停，他把这泥团往桌上“叭”地一戳，起身去柜台结账。

吃饭的人伸脖一瞧，这泥人真捏绝了！就赛把海张五的脑袋割下来放在桌上一般。瓢似的脑袋，小鼓眼，一脸狂气，比海张五还像海张五。只是只有核桃大小。

海张五在那边，隔着两丈远就看出捏的是他。他朝着正走出门的泥人张的背影叫道：“这破手艺也想赚钱，贱卖都没人要。”

泥人张头都没回，撑开伞走了。但天津卫的事没有这样完的——

第二天，北门外估衣街的几个小杂货摊上，摆出来一排排海张五这个泥像，还加了个身子，大模大样坐在那里。而且是翻模子扣的，成批生产，足有一二百个。摊上还都贴着个白纸条，上边使墨笔写着：

贱卖海张五

估衣街上来来往往的人，谁看谁乐。乐完找熟人来看，再一块乐。

三天后，海张五派人花了大价钱，才把这些泥人全买走，据说连泥模子也买走了。泥人是没了，可“贱卖海张五”这事却传了一百多年，直到今儿个。

旅行笔记

非物质文化遗产——泥塑

泥塑艺术在中国出现得很早，在女娲造人的传说中，就已经有了泥塑的影子。传说，女娲从水边掘起黄泥，蘸了水，在手里揉着捏着，一个个小人就出现了……

我国在新石器时代已经出现了泥塑的动物，如泥猪、泥羊等。此后，泥塑艺术一直继续发展。在这个过程中，人们还将泥塑烧制成陶器。到了汉代，泥塑已经成为重要的艺术品类，汉代墓葬中出土了大量的陶俑、陶兽、陶马车等。

唐代，泥塑艺术达到顶峰。唐代泥塑色彩鲜艳、形象生动、富有表现力，充分展现了当时的盛世气象。唐代最有名的雕塑家是杨惠之，他塑造的彩塑像，放在街市上，人们从背面就能认出是谁，可见其雕塑技艺的高超。

泥塑艺术发展到宋代，不但大型佛像非常兴盛，小型泥塑玩具也发展起来，有许多人还专门制作泥人作为商品出售。北宋时期，东京（今河南开封）有一种著名的玩具叫“磨喝乐”，是一种用泥土制成的人偶，在农历七月初七前后出售，可以买来供奉牛郎、织女，也可以玩耍，在民间和达官贵人中都非常受欢迎。

元朝之后，一直到明朝、清朝，泥塑在社会上流传不衰，特别是小型泥塑，既可以用来观赏，也可以让儿童玩耍。清朝时，每逢有集市、庙会，都有卖泥塑玩具的，泥塑也形成南北两个著名流派：北方有天津“泥人张”，南方有无锡惠山泥人。

“泥人张”便是天津泥人张长林（字明山）。张明山心灵手巧，善于观察，他时常在集市上观察各行各业的人。为了塑造一个理发匠的形象，张明山走了很多理发馆，仔细观察理发匠的动作；为了塑造吹糖人的形象，他还会请吹糖人师傅来提意见。在他看来，“多看、多记、多想”是非常重要的，正因如此，“泥人张”的作品才能做到以形写神，形神兼备。

惠山泥人分为两类：一类是模印泥人，手工艺人创作出一件样品，制成模型，进行批量生产，如“大阿福”“皮老虎”；另一类是手捏泥人，题材主要是戏曲人物，造型生动、活泼，代表作有《贵妃醉酒》《霸王别姬》等。

如今，随着时代的发展，“泥人张”和惠山泥人在传承中继续发扬光大，成为我国重要的非物质文化遗产，它们延续着文化血脉，以新的面貌为我国泥塑事业做出贡献。

逛娘娘宫

冯骥才

我随她跨进了多年梦思夜想的娘娘宫。心里还掠过一种自豪与得意之情，心想，回头我也能像独眼表哥那样对别人讲讲娘娘宫的事了。而我的姐姐们还没有我今天这种好福气呢！

庙里好热闹，楼宇一处连一处，香烟缭绕，到处是棚摊。这宫院里和外边一样，也成了年货集市。小贩、香客、游人挤成一团，各色各样的神仙图画挂满院墙，连几株老树上也挂得满满的。

一束束红蓝黄绿的气球高过人头，在些许的微风里摇颤着，仿佛要摆脱线的牵扯，飞上碧空……宫院左边是卖金鱼的，右边的摊上多卖空竹。内中有一个胖子，五十多岁，很大一顶灰兔皮帽扣在头上。四四方方一张红脸，秤砣鼻子，鼻毛全支出来，好像废井中长出的荒草。他上身穿一件紧身元黑罩衫，显出胖大结实的身形，正中一行黄布裹成的疙瘩扣，排得很密，像一条大蜈蚣爬在他当胸。下边是肥大黑裤，青布缠腿，云字样的靴头。他挽着袖管，抖着一个脸盆大小的空竹。如此大的空竹真是世所罕见。别看他身胖，动作却不迟笨，胳膊一甩，把那奇大的空竹抖得精熟，并且顺着绳子，一忽儿滚到左胳膊上，一忽儿滚到右胳膊上，一忽儿猫腰俯背，让转动的空竹滚背而过，一忽儿又把这沉重的家伙抛上半空，然后用手里的绳子接住。这时他面色十分神气。那空竹发出的声音也如牛吼一般。他的货摊上悬着一个朱红漆牌，写着三个金字：“空竹王”。旁边有行小字“乾隆老样”。摊上的空竹所贴的红签上，也都印着这些字样，并有“认清牌号，谨防假冒”八个字。他的货摊在同行中显得很阔绰，大大小小的空竹，式样不一，琳琅满目，使得左右的邻摊显得寒碜、冷落和可怜。他一边抖着空竹，一边嘴里叨叨不绝，说他的空竹是祖传的。他家历来不但精于制作，又善于表演空竹。他祖宗曾进过宫，给乾隆爷表演过，乾隆爷看得“龙颜大悦”，赐给他祖宗黄金百两、白银一千，外加黄马褂一件，据说那是他祖祖祖祖爷爷的事。后来他家又有人进宫给慈禧太后表演空竹，便是他祖祖爷的事了。祖辈的那黄马褂没有留下，却传下这只巨型的空竹……说到这儿，他把空竹用力抖两下，嘴里的话锋一转，来了生意经，开始夸耀自家空竹的种种优长，直说得嘴角溢出白沫。本来他的空竹不错，抖得也蛮好，不知为什么，这样滔滔不绝的自夸和炫耀，尤其他那股剽悍和霸气劲儿反叫人生厌。这时，他大叫一声，猛一用力，把空竹再次抛上半空，随着脑袋后仰过猛，头上那顶大兔皮帽被抛在身后，露出一个青皮头顶，见棱见角，并汗津津冒着热气，好似一只没有上锅的青光光的蟹盖儿，大家忍不住笑了。我妈妈笑了一下，便领我到邻处小摊上，买了一个小号的空竹给我。那摊贩对妈妈十分客气，似有感激之意。妈妈为什么不买“空竹王”那里漂亮的空竹，而偏偏买这小摊上不大起眼的东西？这事一直像个谜存在我心里，直到我入了社会，经事多了，才解开这积存已久的谜。

比喻手法

旅行笔记

妈祖文化——天后宫

每年春节前后，天津市的天后宫都是最热闹的地方，很多人前往祭拜天后娘娘。

天后娘娘也就是妈祖，传说是掌管海上航运的女神。相传，她叫林默，是福建莆田人。据说，林默生下来就和别的孩子不一样，一点哭声也没有，所以父母给她取名“默”。林默自幼聪颖过人，又练就一身好水性，常常在海上搭救遇险的船只。人们说她曾得到仙人真传，能乘着草席渡海，还能消灾祸、除瘟疫。北宋雍熙四年（987年），林默盛装登山石“升天”为神。

中国沿海的渔民和航海者都把妈祖奉为海上的保护神。北起丹东、秦皇岛、天津，南到上海、福州、广州、香港、澳门等地，都建有天后宫。

新年谈杨柳青年画

邓拓（1912—1966），原名子健、云特，笔名马南邨、丁曼公、向阳生等，新闻工作者。1949年后，任《人民日报》社社长兼总编辑、中华全国新闻工作者协会主席、中共北京市委书记处书记等职。曾主持编辑出版第一部《毛泽东选集》。代表作品有《燕山夜话》《三家村札记》等。

不知有多少人被杨柳青的年画所吸引，而念念不忘于这种优美的形象艺术；也不知有多少人为了这种艺术创造而献出了自己的青春。杨柳青——这是具有三百多年历史的我国民间艺术的一个宝库；然而，直到今天，这个宝库所蕴藏的丰富遗产，还没有完全被发掘出来。关于杨柳青年画的资料和艺术经验的整理和总结的工作，还大有可为，需要许多艺术家进一步加以重视。

最近我访问了杨柳青，见到那位年画老艺人——张兴泽和潘忠义，并且同七十六岁的陆恩荣——著名的齐健隆画店的伙友谈了许久。在这里的所见所闻，使我深受感动，我不禁在日记本上写了四句小诗：

三百年来板画新，民间艺术此奇珍。
刀兵水火都历尽，杨柳青青大地春。

为什么杨柳青的年画能够有这样强盛的生命力，经历了许多灾难和惨重的摧残，始终没有被消灭，而在解放后的新历史条件下，越发显示了它的无穷无尽的生命力呢？这就因为它是生根在千百万人民群众的心坎中，它是有悠久传统的民间艺术。

人们都知道，杨柳青年画远在明代末年，即十七世纪初期就已经出现，并且迅速流行于我国北方的广大农村，当它最盛的年代，每年印行的数量约有二千多万份。庚子以后，杨柳青年画屡遭破坏；九一八以后销路大为缩小；七七事变以后，日本帝国主义侵略军把大批年画的木板抢去铺垫沟壑；后来国民党反动军队又将年画木板当柴烧了一大批；解放后，我们人民政府的文化部门竭力收集年画木板，积极恢复和发展年画的生产，现在建立了杨柳青画店。新的年画目前在国内外受到了普遍热烈的欢迎。它具有鲜明的特点是人所共见的。

杨柳青年画的特点，过去已有许多文章做了介绍，多数人公认它在风格上受了宋、元、明以来工笔画的传统影响，人物形象生动，线条坚实有力，构图丰满和谐，色彩鲜艳明朗，题材多半是人民生活和实际斗争的反映。 直接描写

为了更好地发展杨柳青的年画，根据党和政府的政策，许多文化艺术工作者几年来进行了艰苦的努力，帮助老艺人，培养新生力量，开展研究工作，改进工艺操作，有了很大成绩。现在要更进一步采取必要的措施，使年画的创作和雕板印刷技术等各方面都出现继续不断的新的跃进。当然，要进一步发展杨柳青年画，必须努力提高年画的艺术水平，这是一个中心环节。

我同杨柳青年画老艺人接触中，觉得他们有很高的积极性，也有很好的艺术修养，他们培养的年青人干劲很大，很有青出于蓝而胜于蓝的雄心壮志，这是非常重要的有利条件。现在的问题是如何系统地研究和总结杨柳青年画的传统艺术风格和独特技巧，以便在原有的基础上加以提高。

本来，杨柳青年画在风格上的特点是很突出的，尤其是在技巧上有许多可取的地方。比如《文姬归汉》这一幅年画的木刻，线条粗壮有力，人物的神情生动。画面上表现了蔡文姬骑上了马，又回头望她的丈夫和儿子；左贤王和儿子也望着蔡文姬，彼此恋恋不舍。全画以此为中心，所有随从的人，眼光都互相照应，形成了浓厚的离别气氛。这幅原画是一九〇三年的作品，原作者高荫章是当时著名的民间画家。照杨柳青年画制作的老法子，这幅画印出了像现在这样的画坯以后，还要经过人工的描绘；然而，我却以为现在展现于眼前的这幅画坯，比人工描绘的更好，这里边就有许多涉及艺术创作方法的问题，大有研究的必要。又如，清初杨柳青最有名的两家画店——戴廉增和齐健隆的木刻，有大批还保存到现在。就以戴廉增的《红梅结子》和《绿竹生孙》为例，人物的面部勾划，发饰和衣纹都很简朴，却又很生动传神，在某些方面甚至于是后来的板画木刻所不及的，我认为这些都值得我们进一步加以研究，并且加以继承和提高。至于旧日杨柳青年画中也有一些落后的东西，那自然应该加以批判。

在一九六〇年到来的时候，我衷心希望杨柳青年画获得新的发展，希望文化部门的同志和美术工作者进一步加强对这种民间艺术的领导，加强整理遗产和推陈出新的工作。

旅行笔记

年画是怎么来的?

年画，是我国独有的民间艺术形式，因为常常在农历新年的时候张贴，所以称年画。每到新年，人们都要张贴年画来装饰环境，并祝福新的一年吉祥喜庆，平安顺遂。

年画起源于古代的门神画。门神是守卫门户的神灵，最早在民间流传的门神是神荼、郁垒。相传，东海的度朔山上有一棵伸展达三千里的大桃树，大桃树的枝丫伸向一个山洞的洞口，神将神荼和郁垒把守着洞口，一旦发现有害人的鬼怪，就会将他们抓住，保护百姓能够安居乐业。从周朝开始，人们便将神荼、郁垒的画像刻在桃木板上，放在大门两侧，用来驱邪避凶，祈福纳祥。这个桃木板就是桃符，也是最早的门神像。

桃符就这样流传下来。到五代时期，后蜀皇帝孟昶（chǎng）用笔在桃符上题写了一句诗“新年纳余庆，嘉节号长春”，这句诗句式工整，又有吉祥喜庆的意味，成为历史记载中最早、最规范的春联。后来，随着经济、文化的发展，人们发明了印刷术，桃符可以印在木板上，这就是年画的雏形。宋朝时，张贴年画的习俗已经非常普遍，这时的年画已经由纸张代替桃木板，称为“纸画”或者“贴子”，题材也从门神扩展到神话故事、民俗风情、历史人物等。到了明清时期，年画的题材越来越多，除了门神类型，还有吉庆类型的年画，主要表达百姓对美好生活的向往，如《天官赐福》《富贵满堂》等。这一时期，表现民间生活的年画也比较多，如

“看花灯”“合家欢”“婴戏”等充满了浓郁的生活气息；戏曲故事在年画中也有反映，如《杨家将》《宝莲灯》等都是重要的表现题材。

这一时期的年画飞速发展，出现了诸如天津杨柳青、苏州桃花坞、山东杨家埠等著名的年画产地。天津杨柳青的年画色彩鲜艳，画面热闹；苏州桃花坞的年画雅致秀丽，富于装饰性；山东杨家埠的年画则兼具南北年画的特点。

现在，每到农历新年，家家户户都会贴上象征喜庆吉祥的年画。如今的年画从内容到形式都有了更多的创新和发展，它所传达的人们对美好生活的期望和祝福一直不变。

其他推荐

关于天津的文章还有：

《古文化一条街》（冯骥才）

《天津在记忆里》（黄裳）

《天津小吃》（冯骥才）

燕赵之地

河北

省会
石家庄

简称
冀

气候
暖温带半湿润半干旱大陆性季风气候

地理位置
位于华北平原，东临渤海。

主要山脉
太行山、燕山

主要水系
海河、滦河

世界遗产
山海关、清东陵、清西陵、承德避暑山庄

本站停靠

张家口
山海关
五峰山
北戴河

文学导游

郑振铎

杨朔

李大钊

曹聚仁

郁达夫

张家口

郑振铎（1898—1958），笔名西谛、郭源新，作家、文学史家。他曾任燕京大学、暨南大学等校教授，致力学术研究，主编《文学季刊》《世界文库》。代表作品有《取火者的逮捕》《插图本中国文学史》《中国俗文学史》《中国版画史图录》《中国古本戏曲丛刊》等。

由宣化到张家口，不过半小时；下午七时三十五分开车，八时便到。饭后，到日新池沐浴。临时买了一瓶消毒药水，店伙计竟以为奇，不知如何用法。大街上很热闹，商店极多，虽比不上上海、天津，却有北平最热闹街道的气象。洋货铺及麻菇店最多；西路东路的麻菇，皆以此地为总汇。又有悬挂“批发”招记而无售卖何物之标识的，听说，都是批发“特货”的店铺。

九日，从睡梦中为喇叭声所惊醒。一队的军士，肩负铁铲，唱着军歌，出去做工。这时，天色刚亮，红霞满天，仅五点多钟。从车窗里远望，山势蜿蜒，狼烟台依山势的高下布置着。虽然都已颓败，但还可看出古代军事家的有计划的国防布置。

八时，从车站到大境门。这门是通口外的大道，很重要。路过清水河，河上有桥名清水桥，工程甚大。过桥后，有名西来顺的一家商店，同行者指着道：“这店便是批发‘特货’的一家。”一看果然是没有任何标识，只有店名及“批发”二字。

又经下堡，即昨夜走过的商业区。下堡又名旧城，明宣德四年所建。

出大境门，沿西沟而至元宝山，此地为汉蒙交易处。“半里许有地名马桥，由六月六日到九月十日止，每晨卖马牛羊者，集于此桥。”（白眉初《中国省区全志》第一册第二编六页。）商店皆用满、蒙、藏三种文字为店标。墙上又高标外国商店二家之名，一为英商西密得，专收皮革，一为德商德华洋行，做外蒙的买卖，规模极大，成为中蒙贸易的专利的公司。他们有长途汽车不少，往来于张家口、库伦间。每年获利极巨。闻去年即挣了纯利四百余万元。途中牛车百数十辆，连绵不断。山边有水泉流出，在沙地中流着，牛马皆就之而饮。泉水的发源地，在一所极小的小庙下的岩中。前望山岭，回环拥抱，仅此一线峡涧，为交通的孔道。峰回路转，气象万千。但此处为大车路，不通汽车，到库伦去的汽车，要经万全。

直接描写

大境门上有“大好河山”四字为高维岳手笔。沿途稽查很严，每逢要摄影的地方，岗警必来要去名片并盘问几句。足见这地方在防守上地位的重要，实不能不这样防备的。

旅行笔记

万里长城第一门——大境门

张家口是守护北京及其周边地区的门户，也是中原的屏障，历代是兵家必争之地。汉朝骠骑将军霍去病从这里出发北征匈奴，北宋著名的军事家族杨家将在这里抗击辽军保家卫国，成吉思汗在这里的野狐岭打败金军……张家口的地理位置如此重要，明朝在这里修筑了长城，以防御蒙古游牧民族的入侵。但是在明朝隆庆五年（1571年），明穆宗与蒙古俺答汗达成了“隆庆和议”，结束了明朝与蒙古近二百年的敌对状态，实现了划时代的和平。这一事件改变了张家口的历史命运，此后张家口从军事重镇变成了北方的商业中心，这种转变的重要见证是大境门。

大境门是万里长城中唯一一个以“门”命名的关隘，它与山海关、嘉峪关、居庸关并称“四大雄关”。大境门的开设不再仅仅用于军事防御，它主要满足蒙汉两族人民交通和贸易的需要。来自蒙古草原和欧洲的牲畜、皮毛、药材、银器等在这里被换成丝绸、茶叶、瓷器、白糖等物品，然后车队从大境门出发，一路运送到库伦，也就是现在的乌兰巴托。这条古商道就是张库大道，被誉为“草原丝绸之路”。

由于张家口在地理位置和经济上的重要性，宣统元年（1909年），由詹天佑主持修建的京张铁路在这里诞生。这是中国人自行设计建造的第一条铁路，是中国人永远的骄傲。时至今日，张家口在历史的荣光上创造着新的辉煌。2022年，北京携手张家口共同举办冬季奥林匹克运动会，并在张家口的大境门进行了火炬传递。现在，张家口市崇礼区已经成为中国最大的滑雪运动聚集区。

如今，京津冀协同发展成为重要的国家战略，张家口成为京津冀经济圈的一部分，也是京津冀城市群的一部分，它在未来将发挥越来越重要的作用。

秋风萧瑟

杨朔（1913—1968），作家。1937年，他开始文学创作，之后参加全国文艺界抗敌协会组织的作家战地访问团，随后到延安中央党校学习。代表作品有《海市》《东风第一枝》等。

夜来枕上隐隐听见渤海湾的潮声，清晨一开门，一阵风从西吹来，吹得人通体新鲜干爽。楼下有人说："啊，立秋了。"怪不得西风透着新凉，不声不响闯到人间来了。

才是昨儿，本是万里无云的晴天，可是那天，那山，那海，处处都像漫着层热雾，粘粘渍渍的，不大干净。四野的蝉也作怪，越是热，越爱噪闹，噪得人又热又烦。秋风一起，瞧啊：天上有云，云是透明的；山上海上明明罩着层雾，那雾也显得干燥而清爽。我不觉想起曹孟德的诗来。当年曹孟德东临碣石，望见沧海，写过这样悲壮的诗句："秋风萧瑟，洪波涌起……"

于今正当新秋好景，恰巧我又在碣石山旁，怎会不想望着去领略一番那壮观的山海，搜寻搜寻古人遗失的诗句？

我们便结伴去游山海关。一路上，看不尽的风光景色，很像王昌龄在《塞上曲》里写的："蝉鸣空桑林，八月萧关道"，自然另有一种幽燕的情调。

山海关是万里长城尽东头的重镇，人烟不算少，街市也齐整，只是年深日久，面貌显得有点儿苍老。关上迎面矗起一座两层高的箭楼，恶森森地压在古长城上，那块写着"天下第一关"著名的横匾就挂在箭楼高头，每个字都比笸（pǒ）箩还大，把这座关塞烘染得越发雄壮。根据记载，明朝以前，这里没有城廓，只有一道城墙。明朝初年大将徐达才创建山海关，并且派重兵把守。登上箭楼，但见北边莽莽苍苍的，那燕山就像波浪似的起伏翻滚；南边紧临渤海，海浪遇上大风，就会山崩地裂一般震动起来。我曾经上过长城极西的嘉峪关，关前是一片浩浩无边的戈壁大沙漠，现在又立在山海关上，我的想象里一时幻出一道绵亘万里的长城，也跳出一些悲歌慷慨的古代游侠儿，心情就变得飞扬激荡，不知不觉念出陈琳的诗句："饮马长城窟，水寒伤马骨……"

空间描写

旅行笔记

山海关——与大海相拥的长城起点

为了防御北方游牧民族的入侵，明朝在北部地区修建了著名的军事防御工程——明长城。山海关是明长城的东北关隘之一，被称为“天下第一关”。之所以称山海关，是因为这里北依角山，南临渤海，位置在山海之间。

关城（关塞上的城堡）是防御敌人最重要的地方，可以说是“一夫当关，万夫莫开”。山海关的关城东西南北四面各建有一座城门，其中最重要的是东门镇东门，那里悬挂着“天下第一关”的巨大匾额，为明朝书法家萧显所书。在镇东楼的左右两侧还建有靖边楼、牧营楼、临闾楼和威远堂，它们与镇东楼一字排开，均匀地分布在一千多米长的长城线上，被称为“五虎镇东”。

瓮城是古代修建在城门外的半圆形或方形的护门小城，可加强对关城的防守。瓮城与城墙连在一起，一旦敌人侵犯这里，就会像“瓮中捉鳖”一样被消灭。可见，长城在军事防御上是非常厉害的。

山海关的南边是一座入海石城。在这里，明长城就像蜿蜒的巨龙游入大海，入海石城就像龙的头，所以俗称“老龙头”。

入海石城是由明朝将领戚继光主持修建的，目的是防止敌兵趁着海水退潮或者枯水期从海边入侵。这座海上石城非常坚固，历经几百年海水冲刷而没有毁坏，是建筑史上的奇迹。入海石城里修有南海口关、靖卤台和澄海楼。

澄海楼最初是一座观海亭。明朝山海关主事杨琚看到这里山海相连，风光秀丽，便将其好好修整一番，并在亭子上题“观海”两字。后来，观海亭被扩建为澄海楼，是取“大海澄清，海不扬波”之意。清朝的康熙、雍正、乾隆、嘉庆、道光等几位皇帝都曾来澄海楼观景。现在，澄海楼脚下还有一座御碑亭，里面的御碑上刻着乾隆皇帝写的诗文。

从澄海楼上俯身下望，可以看到入海石城吞吐着海浪，波涛如雪；从澄海楼看向远处，海天一色，波澜壮阔，就像一句诗所写的“长城连海水连天，人上飞楼百尺巅”。

五峰游记

李大钊（1889—1927），原名耆年，字寿昌，后改名大钊，字守常。中国无产阶级革命家，中国共产党的主要创始人和早期领导人。他早年去日本学习，回国后任《晨钟报》总编辑，并参加新文化运动，任北京大学教授，参加《新青年》编辑部工作。代表作品有《李大钊文集》。

我向来惯过“山中无历日，寒尽不知年”的日子，一切日常生活的经过都记不住时日。

我们那晚八时顷，由京奉线出发，次日早晨曙光刚发的时候，到滦州车站。此地是辛亥年张绍曾将军督率第二十镇，停军不发，拿十九信条要胁清廷的地方。后来到底有一标在此起义，以众寡不敌失败，营长施从云、王金铭，参谋长白雅雨等殉难。这是历史上的纪念地。

车站在滦州城北五里许，紧靠着横山。横山东北，下临滦河的地方，有一个行宫，地势很险，风景却佳，而今作了我们老百姓旅行游览的地方。直接描写

由横山往北，四十里可达卢龙。山路崎岖，水路两岸万山重叠，暗崖很多，行舟最要留神，而景致绝美。由横山往南，滦河曲折南流入海，以陆路计，约有百数十里。

我们在此雇了一只小舟，顺流而南，两岸都是平原。遍地的禾苗，都很茂盛，但已觉受旱。禾苗的种类，以高粱为多，因为滦河一带，主要的食粮，就是高粱。谷黍豆类也有。滦水每年泛滥，河身移徙无定，居民都以为苦。其实滦河经过的地方，虽有时受害，而大体看来，却很富厚，因为他的破坏中，却带来了很多的新生活种子，原料。房屋老了，经他一番破坏，新的便可产生。土质乏了，经他一回滩淤，肥的就会出现。这条滦河简直是这

一方的旧生活破坏者，新生活创造者。可惜人都是苟安，但看见他的破坏，看不见他的建设，却很冤枉了他。

河里小舟漂着，一片斜阳射在水面，一种金色的浅光，衬着岸上的绿野，景色真是好看。

天到黄昏，我们还未上岸。从舟人摇橹的声中，隐约透出了远村的犬吠，知道要到我们上岸的村落了。

到了家乡，才知道境内很不安静。正有“绑票”的土匪，在各村骚扰。还有“花会”照旧开设。

过了两三日，我便带了一个小孩，来到昌黎的五峰。是由陆路来的，约有八十里。从前昌黎的铁路警察，因在车站干涉日本驻屯军的无礼的行动，曾有五警士为日兵惨杀。这也算是一个纪念地。

五峰是碣石山的一部，离车站十余里，在昌黎城北。我们清早雇骡车运行李到山下。

车不能行了，只好步行上山。一路石径崎岖，曲折的很，两傍松林密

布。间或有一两人家很清妙的几间屋，筑在山上，大概窗前都有果园。泉水从石上流着，潺潺作响，当日恰遇着微雨，山景格外的新鲜。走了约四里许，才到五峰的韩公祠。

五峰有个胜境，就在山腹。望海，锦绣，平斗，飞来，挂月，五个山峰环抱如椅。好事的人，在此建了一座韩文公祠。下临深涧，涧中树木丛森。在南可望渤海，碧波万顷，一览无尽。我们就在此借居了。

看守祠宇的人，是一双老夫妇，年事都在六十岁以上，却很健康。此外一狗，一猫，两只母鸡，构成他们那山居的生活。我们在此，找夫妇替我们操作。

祠内有两个山泉可饮。煮饭烹茶，都从那里取水，用松枝作柴。颇有一种趣味。

山中松树最多，果树有苹果，桃，杏，梨，葡萄，黑枣，胡桃等。今年果收都不佳。

来游的人却也常有。但是来到山中，不是吃喝，便是赌博，真是大杀风景。

山中没有野兽，没有盗贼，我们可以夜不闭户，高枕而眠。

久旱，乡间多求雨的，都很热闹，这是中国人的群众运动。

昨日山中落雨，云气把全山包围。树里风声雨声，有波涛澎湃的样子。水自山间流下，却成了瀑布。雨后大有秋意。

旅行笔记

李大钊与五峰山

在河北秦皇岛昌黎县，坐落着碣石山。碣石山有上百座连绵起伏的峰峦，从远处看，主峰仙台顶就像直插云霄的柱石，所以又叫“碣石”。从山上俯瞰大海，但见万顷波涛，海天一体，是“碣石观海”的好去处。据传，曹操就是在这里写下著名的诗篇《观沧海》的。

碣石山有东五峰山和西五峰山，东五峰山位于仙台顶东侧，西五峰山位于仙台顶西侧，它们统称五峰山。南侧山腰建有韩文公祠，纪念的是唐朝文学家韩愈。因为韩愈自称“郡望昌黎”，所以又被称为韩昌黎。20世纪初叶，李大钊曾多次到五峰山中游览。

李大钊第一次登上五峰山，是在去天津投考北洋法政专门学校的归途中。李大钊第二次游览五峰山，是在1913年9月。当时，他已由北洋法政专门学校毕业，准备去日本留学。这次游览后，他写下游记《游碣石山杂记》，“予家渤海之滨，北望辄见碣石，高峰天际，盖相越仅八十里许。……曩者与二三友辈归自津门，卸装昌黎，游兴勃发，时适溽夏虽盛炎不以泥斯志，相率竟至西五峰韩昌黎祠一憩……”在这篇文章里，李大钊回忆与同学结伴登山并在山中居住的情形，介绍了五峰山的地貌、风景和历史。

归国后，李大钊又多次登临五峰山，但是他来这里已经不仅仅是游览，而是把五峰山作为避暑和著书立说的地方。在五峰山中的韩文公祠里，李大钊深入研究俄国十月革命资料，认识和接受马克思列宁主义。李大钊还写了多篇关于五峰山的文章。他曾在《新青年》上发表一组《山中即景》的诗歌，前二首分别是这样写的："是自然的美，是美的自然；绝无人迹处，空山响流泉。""云在青山外，人在白云内。云飞人自还，尚有青山在。"他还曾经写过一副对联"云飞人还尚有青山在，泉流月近绝无白处空"，这里的青山，便是五峰山。

如今，五峰山建有李大钊革命活动旧址，矗立着李大钊雕像。李大钊先生的一生，就像他曾写的另一副存世对联所形容的"铁肩担道义，妙手著文章"。

评剧《无双传》

曹聚仁

直接描写

我在北京看的戏，比例上，评剧占得最多，比京剧还要多。因为我所研究的是地方剧种，评剧带的泥土气息重，而且反映现实问题来得快，在这一方面，评剧和越剧都起了带头作用。新凤霞、小白玉霜所演的《小女婿》、《刘巧儿》、《三里湾》、《苦菜花》，我都看过。有的，是先听了唱片，才去看的；我颇爱《小女婿》那一段“小河流水”的唱辞。不过这回我所看的，却是李忆兰（扮无双）、张德福（扮王仙客）、王凤文（扮古押衙）的《无双传》（冯霞、张玮导演）。这是根据唐人传奇编成的新剧。（唐·薛调：《无双传》，明·陆采撰有《明珠记》剧本，乃是他们所依据

的蓝本。)

小白玉霜曾说:“评剧生根于农民群众中,通俗易懂,生活气息浓厚。二十多年前,我母亲到上海演出时,洪深、阿英等,就曾预言:这个剧种具有充沛的生命力,它将来的发展是不可限量的。在今日,评剧实现了这些前辈的预言了。”(当时,我看了她母亲白玉霜的演出,曾在上海《立报·言林》写了一段评介文字。)目前,评剧成为全国主要剧种之一,剧团遍及全国,深受各地民众所喜爱。十年来,评剧面貌起了极大的变化,过去评剧的行当不全,只能演些才子佳人、家长里短的事。现在,他们所表现所取材的范围扩大了。由于它通俗易懂,表演比较生动活泼,不受程式的拘束,在表现现代生活上有着优越条件。他们所表现的现代生活剧,如《兄妹开荒》、《野火春风斗古城》,都是很成功的。这回,他们上演了《金沙江畔》。他们整理了不少反映历史生活的剧本,以《秦香莲》为最引人注意。其他如《杜十娘》、《井台会》、《张羽煮海》、《蝴蝶梦》、《牛郎织女》、《窦娥冤》、《救风尘》,都是得观众爱好的剧目。

《无双传》正是整理出来的剧目之一,其中,无双被皇帝发送到皇陵去洒扫,中途夜宿长乐驿那一晚,其时,王仙客(她的爱人)正任富平县尹,兼长乐驿驿丞,门禁森严,不得相见。一个在墙外对月唏嘘,一个在墙内因风垂泪,真是感动人。我上面说过:中国的戏曲的特长,是能同在一场面上同演出几个空间。他和她各自祈祷拜祝时,我们心中明白她和他彼此并不相知,在我们眼前,显然有一堵无形的墙垣在那儿的。这,也正是艺术的成功。(《无双传》由中国评剧院第三团演出的。)

这一剧本,颇有《罗米欧与朱丽叶》的气氛,所不同者,乃是一个是悲剧,一个是喜剧。文艺若干境界,乃是表现我们的意愿,此所以汤若士说:理之所必无,情之所必有。我对《无双传》的爱好,即在于此。

旅行笔记

中国戏曲一览

中国戏曲起源于原始歌舞，主要由民间歌舞、说唱和滑稽戏三种不同的艺术形式综合而成。汉代出现了乐舞杂技表演，也就是“百戏”；唐代发展出了有滑稽问答的参军戏；宋代出现了以歌舞、杂戏为主的宋杂剧，标志着中国戏曲雏形已经基本形成。元代在吸收多种词曲和技艺的基础上发展出了元杂剧。明清杂剧既保留了元杂剧的一些艺术特点，也受到了明清传奇的影响。

在戏曲的长期发展和演变中，还形成了京剧、越剧、黄梅戏、评剧、豫剧五大戏曲剧种。京剧是中国影响力最大的戏曲剧种，分布地以北京为中心，遍及全国。京剧的角色分为生、旦、净、丑四个行当，每个行当都有自己的特色。

越剧发源于浙江，是流传最广的地方剧种。它典雅唯美，擅长抒情，优美动听，极具江南的灵秀之气。越剧《西厢记》，台词典雅清丽，具有很高的艺术水准。

黄梅戏发源于湖北黄梅，唱腔淳朴流畅，表演活泼生动。代表作品《天仙配》让黄梅戏流行于大江南北，在海外也有很高的声誉。

评剧主要流传于中国的北方，先是在河北农村流行，后进入唐山，称“唐山落子”。评剧受到京剧、河北梆子等剧种影响，出现了李金顺、白玉霜等不同的表演流派。

豫剧主要发源于河南开封，是在河南梆子的基础上发展起来的。豫剧唱腔铿锵大气、抑扬有度，善于表达人物内心的情感。豫剧有多个流派，以常香玉的常派影响最大。

青岛济南北平北戴河的巡游

郁达夫

刚在青岛看海看厌了的我们，这一回对北戴河自然不能像从前似的用上级形容词来赞美了。不过有两件事情，我总觉得北戴河要比青岛好些。第一，是汽车声音的绝无；第二，是避暑客人的高尚。不过话也要说回来，在鹿囿上面的那一家菜馆里吃饭的时候，白俄女人的做买卖的也未始不曾看见，但数目少了，反而以为万绿丛中一点红，这一块肉，倒是少她不得的。

北戴河的骡子，实在是一种比黄包车、汽车、轿子更有诗意的乘物。我们到了车站，故意想难难没有骑过骡儿的映霞，大家就不坐车而骑骡；但等

到了张家大楼，她的骑骡术已经谙熟了，以后直到离开北戴河为止，她就老爱在骡背上跨着，不肯下来。

北戴河的气候，当然要比青岛的好；但人工的设备，地面的狭小，却比青岛差得很远。东山区域，住宅太多，卫生状况也因而不好，我以为西面联峰山下，一直到海滨的一段，将来必定要兴盛起来。但自第五桥，沿海上南天门去的一路，风景也真好不过。

空间描写

尤其是南天门、金山嘴的一角，东望秦皇岛、山海关，南临渤海，北去鸽子窝也不过两三里地的路程；北戴河的海山景色，当以此地为中心，而别庄不多，那娘娘庙的建筑，也坍败得不堪，我真觉得奇怪。还有那个三皇殿哩，再过两年，怕庙址都要没处去寻了，我不懂北戴河的公益所，何以不去修理修理，使成一避暑的游息之所。

这一次在北戴河住得不久，所以像汤泉山、背牛顶的胜水岩等处，都没有去成。但在回来的路上，到了滦口，看看阳山、碣石山等不断的青峰，与夫滦河蜿蜒的姿势，就觉得山水的秀丽，不仅是江南的特产了，在关以内和关以外，何尝没有明媚的山川？但大好的山河，现在都拱手让人拿去筑路开矿，来打我们中国了，教我们小百姓又有什么法子去拼命呢？古人有“马后桃花马前雪，出关争得不回头”的诗句，希望衮衮诸公，不要误信诗人，把这些好地方都看作了雪地冰天，丢在脑后才好！

旅行笔记

北戴河的历史一览

北戴河位于河北省秦皇岛市西南，北靠莲蓬山，南滨渤海。北戴河历史悠久，秦始皇嬴政、汉武帝刘彻、魏武帝曹操、唐太宗李世民都曾在这里巡游驻足，这里精彩的历史可以用“一座行宫、一道圣旨、一阕词”来概括。

“一座行宫”是指秦行宫遗址。两千多年前，秦始皇第四次东巡的时候来到这里。他派方士入海求仙，并在这里修建了庞大的建筑群，作为自己出行暂住的地方，这就是秦始皇行宫。因为秦始皇曾经在此巡游，这也成为秦皇岛名字的由来。

“一道圣旨”是指清朝光绪皇帝的御批圣旨。光绪皇帝发布诏书，批准秦皇岛为自行开埠的通商口岸，划定北戴河海滨作为各国人士的避暑地，允许中外人士杂居。这是第一个由国家确定的避暑之地。

“一阕词”是指毛泽东主席创作的《浪淘沙·北戴河》。1954年4月，毛泽东主席第一次来到北戴河。他登上附近的联峰山顶，观看了北戴河灿烂的海上日出，并兴致勃勃地朗诵了曹操的诗《观沧海》。同年夏天，毛泽东主席第二次来到北戴河。他感慨地看着面前的万顷波涛，想着中国千年历史的沧桑，以及几十载艰苦奋斗后祖国的新貌，创作了气势磅礴的《浪淘沙·北戴河》：

大雨落幽燕，白浪滔天，秦皇岛外打鱼船。一片汪洋都不见，知向谁边？

往事越千年，魏武挥鞭，东临碣石有遗篇。萧瑟秋风今又是，换了人间。

这首词生动地描绘了北戴河雄浑壮观的景色，展现了无产阶级革命家前无古人的雄伟气魄和博大胸怀。

其他推荐

关于河北的文章还有：

《采蒲台的苇》（孙犁）

《沧州二日》（孙郁）

《承德避暑山庄》（余秋雨）

《再游北戴河》（陈衡哲）

三晋遗风

山西

省会

太原

简称

晋

气候

暖温带半湿润半干旱大陆性季风气候

地理位置

位于华北平原西侧，东部依太行山与河南、河北相邻，南部与河南相邻，西部与陕西相邻，北部与内蒙古相邻。

主要山脉

恒山、五台山、太行山、吕梁山

主要水系

汾河、沁河

世界遗产

平遥古城、云冈石窟、五台山

本站停靠

云冈石窟

山西民居

大同

晋祠

文学导游

郑振铎

林徽因

云冈

郑振铎

十二日一早，我性急，便最先起身，迎着朝暾（tūn），独自向东部去周览各窟。沿着大道（这是骡车的道）向东直走，走过石窟寒泉，走过一道山涧，走过佛字峪。愈向东走，石窟愈少愈小，零零落落的简直无可称道。山涧边，半山上有几个古窟，攀登了上去一看，那些窟里是一无所有。直走到尽头处，然后再回头向西来，一窟一窟地细看。

最东的可称道的一窟，当从“左云交界处”的一个碑记的东边算起。这一窟并不大。仅存一坐佛，面西，一手上举，姿态尚好，但面部极模糊，盖为风霜雨露所侵剥的结果。

窟的前壁，向内的一部分，照例是保存得最好的，这个所在，非风势雨力所能侵及，但也一无所有，刀斧斫削之痕，宛然犹在。大约是古董贩子的窃盗的成绩。

由此向西，中隔一山涧，地势较低，即“左云交界处”。道旁零零落落的，小佛窟不少。雕刻的小佛随处可见。一窟内有较大的立佛二，但极模糊。窟西，有一小窟，沙土满中，一破棺埋在那里，尸身的破蓝衣已被狗拖出棺外，很可怕。然此窟小佛像也有不少，窟外壁上有明人朱廷翰的题诗，字很大。由此往西，明人的题刻不少。但半皆字迹剥落，不堪卒读。在明代，此处或有一大庙，为入云冈的头门，故题壁皆萃集于此。

西首有二洞，上下相连，皆被泥土所堵塞，想其中必有较完好的佛像。一大窟，在其西邻，也被堵塞，但从洞外罅隙处，可见其中彩色黝红，极为古艳，一望而知，是元魏时代所特有的鲜红色及绿色，经过了一千五百余年的风尘所侵所曝的结果，决不是后代的新的彩饰所能冒充得来的。徒在门外徘徊，不能入内。这里便是所谓“石窟寒泉”。有一道清泉，由被堵塞的窟旁涓涓地流出，流量极微。窟上有“云深处”及“山水清音”二石刻，大约也是明人的手笔。

空间描写

西边有一洞，可入。洞中有一方形的立柱，高约八尺。一佛东向，一佛西向，又一佛西南向，皆模糊不清。西南向者且为泥土所修补的，形态全非。所雕立的、坐的、盘膝的小佛像甚多。但不是模糊，便是头部或连身部俱被盗去。

再西为碧霞洞（并非原名，疑亦明人所题），窟门有六，规模不小。窟内一物无存，多斧凿痕，当然也是被盗的结果。自此以西，便没有石刻可见。颇疑自“左云交界处”向西到碧霞洞，原是以石窟寒泉那个大窟的中心的一组的石洞。在明代，大约这里是士人们来往最为繁密的地方，或窟下的平原上，本有一所大庙，可供士大夫往来住宿的，然今则成为云冈最寥落、最残破的一部分了。

旅行笔记

云冈大佛

中国石窟艺术的代表主要有敦煌莫高窟、河南龙门石窟、甘肃麦积山石窟和山西大同云冈石窟。云冈石窟始凿于北魏时期。随着佛教的盛行，江南地区出现了许多佛寺，北方除了佛寺，还开凿了许多石窟，其中就包括大同云冈石窟。

之所以在大同开凿石窟，还要从北魏的历史说起。北魏从道武帝拓跋珪起，经历了明元帝拓跋嗣、太武帝拓跋焘（tāo）三帝六十多年的东征西讨，先后降服柔然，吞并北燕，灭掉北凉，结束了十六国长期割据的历史，统一了北方，北方进入了相对和平、稳定的时期。拓跋珪将都城从盛乐（今内蒙古和林格尔）迁到平城（今山西大同），大同作为北魏都城历时九十六年之久。云冈石窟是中国第一个由皇家授权开凿的石窟。

云冈石窟位于大同市以西的武州（周）山南麓。石窟依山开凿，东西绵延约一千米，石窟有大小造像五万九千余尊，最大的造像有十七米，最小的仅有两厘米。云冈石窟主要是由当时的高僧昙曜（yào）奉旨开凿的，参加开凿的工匠多达四万余人。

昙曜开凿的石窟共有五座，为第十六窟到第二十窟，每座石窟都雕刻了佛造像，据说象征了北魏五朝的五代皇帝。其中，第二十窟的佛造像最大。因为前壁和窟顶的崩塌，本来藏在石窟内的佛造像完全暴露在外面，俗称露天大佛，又称云冈大佛。大佛双耳垂肩，形态端庄，身躯挺拔健硕，气韵雄放，反映了北魏佛教造像的宏伟气势，是云冈石窟雕刻艺术的代表，也是中国早期佛教雕刻艺术的佳作。

云冈石窟的价值是多方面的，它不仅是一座弘扬佛教的艺术博物馆，而且是一卷关于北魏王朝的政治画卷。如果把云冈石窟比作一部历史书卷的话，它就是一部北魏的断代史。

山西民居

林徽因

门楼

山西的村落无论大小，很少没有一个门楼的。村落的四周，并不一定都有围墙，但是在大道入村处，必须建一座这种纪念性建筑物，提醒旅客，告诉他又到一处村镇了。河北境内虽也有这种布局，但究竟不如山西普遍。

山西民居的建筑也非常复杂，由最简单的穴居到村里深邃富丽的财主住宅院落，到城市中紧凑细致的讲究房子，颇有许多特殊之点，值得注意的。但限于篇幅及不多的相片，只能略举一二，详细分类研究，只能等候以后的机会了。

穴居

穴居之风，盛行于黄河流域，散见于河南、山西、陕西、甘肃诸省，龙非了先生在本刊（《中国营造学社汇刊》）五卷一期《穴居杂考》一文中，已讨论得极为详尽。这次在山西随处得见；穴内冬暖夏凉，住居颇为舒适，但空气不流通，是一个极大的缺憾。穴窑均作抛物线形，内部有装饰极精者，窑壁抹灰，乃至用油漆护墙。窑内除火炕外，更有衣橱、桌椅等家具。窑穴时常据在削壁之旁，成一幅雄壮的风景画，或有穴门权衡优美纯净，可在建筑术中称上品的。

砖窑

这并非北平所谓烧砖的窑，乃是指用砖发券的房子而言。虽没有向深处研究，我们若说砖窑是用砖来模仿崖旁的土窑，当不至于大错。这是因住惯了穴居的人，要脱去土窑的短处，如潮湿、土陷的危险等等，而保存其长处，如高度的隔热力等，所以用砖砌成窑形，三眼或五眼，内部可以互通。为要压下券的推力，故在两旁须用极厚的墙墩：为要使券顶坚固，故须用土作撞券。这种极厚的墙壁，自然有极高的隔热力的。

直接描写

这种窑券顶上，均用砖墁平，在秋收的时候，可以用作曝晒粮食的露台。或防匪时村中临时城楼，因各家窑顶多相联，为便于升上窑顶，所以窑旁均有阶级可登。山西的民居，无论贫富，什九以上都有砖窑或土窑的，乃至在寺庙建筑中，往往也用这种做法。在赵城至霍山途中，路过一所建筑中的砖窑，颇饶趣味。

在这里我们要特别介绍在霍山某民居门上所见的木版印门神，那种简洁刚劲的笔法，是匠画中所绝无仅有的。

磨坊

磨坊虽不是一种普通的民居，但是住着却别有风味。磨坊利用急流的溪水做发动力，所以必须引水入庭院而入室下，推动机轮，然后再循着水道出去流入山溪。因磨粉机不息的震动，所以房子不能用发券，而用特别粗大的梁架。因求面粉洁净，坊内均铺光润的地板。凡此种种，都使得磨坊成一种极舒适凉爽，又富有雅趣的住处，尤其是峪道河深山深溪之间，世外桃源里，难怪被洋人看中做消夏最合宜的别墅。

由全部的布局上看来，山西村野的民居，最善利用地势，就山崖的峻缓高下，层层叠叠，自然成画！使建筑在它所在的地上，如同自然由地里长出来，权衡适宜，不带丝毫勉强，无意中得到建筑术上极难得的优点。

农庄内民居

就是在很小的村庄之内，庄中富有的农人也常有极其讲究的房子，这种房子和北方城市中的“瓦房”同一模型，皆以“四合头”为基本，分配的形式，中加屏门、垂花门等等。其与北平通常所见最不同处有四点：

一、在平面上，假设正房向南，东西厢房的位置全在北房“通面阔”的宽度以内，使正院成一南北长东西窄，狭长的一条，失去四方的形式。这个布置在平面上当然是省了许多地盘，比将厢房移出正房通面阔以外经济，且因其如此，正房及厢房的屋顶（多半平顶）极容易联络，石梯的位置，就可在厢房北头，夹在正房与厢房之间，上到某程便可分两面，一面旁转上到厢房顶，又一面再上几级可达正房顶。

二、虽说是瓦房，实仍为平顶砖窑，仅留前廊或前檐部分用斜坡青瓦。侧面看去实像砖墙前加用“雨搭”。

三、屋外观印象与所谓三开间同，但内部却仍为三窑眼，窑与窑间亦用发券门，印象完全不似寻常堂屋。

四、屋的后面女儿墙上做成城楼式的箭垛，所以整个房子后身由外面看去直成一座堡垒。

城市中民居

如介休灵石城市中民房与村落中讲究的大同小异，但多有楼，如用窑造亦仅限于下层。城中房屋栉篦，拥挤不堪，平面布置尤其经济，不多占地盘，正院普通的更瘦窄。

一房与他房间多用夹道，大门多在曲折的夹道内，不像北平房子之庄重均衡，虽然内部则仍沿用一正两厢的规模。

这种房子最特异之点，在瓦坡前后两片不平均的分配。房脊靠后许多，约在全进深四分之三的地方，所以前坡斜长，后坡短促，前檐玲珑，后墙高垒，作内秀外雄的样子，倒极合理有趣。

赵城霍州的民房所占地盘较介休一般从容得多。赵城房子的檐廊部分尤多繁富的木雕，院内真是画梁雕栋琳琅满目，房子虽大，联络甚好，因厢房与正屋多相连属，可通行。

山庄财主的住房

这种房子在一个庄中可有两三家，遥遥相对，仍可以令人想象到当日的气焰。其所占地面之大，外墙之高，砖石木料上之工艺，楼阁别院之复杂，均出于我们意料之外甚多。灵石往南，在汾水东西有几个山庄，背山临水，不宜耕种，其中富户均经商别省，发财后回来筑舍显耀宗族的。

房子造法形式与其他山西讲究房子相同，但较近于北平官式，做工极其完美。外墙石造雄厚惊人，有所谓“百尺楼”者，即此种房子的外墙，依着山崖筑造，楼居其上。由庄外遥望，十数里外犹可见，百尺矗立，崔嵬奇伟，足镇山河，为建筑上之荣耀！

旅行笔记

山西民居

山西民居是中国传统民居建筑的一个重要流派，它与皖南民居齐名，有“北山西，南皖南”的说法。在山西民居中，最有代表性的是平遥古城、乔家大院。

平遥古城

平遥古城位于山西省中部的平遥县，是我国保存最为完整的一座古城。如果俯瞰这座古城，就会发现它像一只向南爬行的乌龟，弯弯曲曲的城墙、纵横交错的大街小巷，就像乌龟背上的花纹。平遥古城有六座城门，南北各有一座城门，东西各有两座城门，再加上用于防守的瓮城，看起来就像乌龟的头、尾和四足。

平遥曾是晋商的发源地。晋商多指明清时期的山西商人，他们大多经营盐业、票号等。票号是旧中国的一种金融机构，因为多是山西人经营，所以又叫山西票号。票号在各地设有分号，初期主要经营汇兑业务，之后存款、贷款业务逐渐发达，营业对象主要是官僚、地主和一般商人。票号的出现推动了商品经济的繁荣。在当时，山西票号汇通天下，创造了世纪性的繁荣，在中国留下了灿烂的商业文化。平遥是山西票号的一个大帮，平遥古城的西大街被誉为“大清金融第一街”，那里有号称“中国第一票号”的“日昇昌”，现在已经成为中国票号博物馆。

平遥古城墙是我国保存比较完好的古城墙之一，它与双林寺、镇国寺都是古城的精髓所在。双林寺被誉为“东方彩塑艺术宝库”，镇国寺万佛殿是我国现存最古老的木结构建筑精品之一。据说，平遥古城墙上设置了三千个垛口、七十二座堞楼，象征着孔子周游列国讲学时的三千弟子、七十二贤人。平遥古城墙是古城的一道宏伟的风景线。

乔家大院

乔家大院又名在中堂，位于山西省祁县乔家堡村，是清朝末年著名晋商乔致庸的宅院。乔家大院始建于清朝乾隆年间，整个院落呈双喜字形，分为六座大院，二十进小院，三百一十三间房屋，是一座具有北方传统民居建筑风格的古宅。

乔家大院的艺术价值主要体现在雕刻和彩绘方面。雕刻有砖雕、木雕、石雕等，这些雕刻作品精良考究，富有寓意，是不可多得的艺术品。除了雕刻，房间的屋檐下都有彩绘，内容以人物故事为主，除了“燕山教子”“麻姑献寿”“渔樵耕读”等人物故事，还有花草虫鸟，以及铁道、火车、钟表等多种多样的图案。

大同

郑振铎

十日，五时即起身。六时二十分由张家口开车。过阳高时，本想下去游白登堡，因昨夜大雨滂沱，遍地泥泞，不能下足，只好打消此议。下午一时半到大同。

大同在六朝做过北魏的都城，历代也都是大邑重镇。遗留古迹极多。在平绥路线上是一个最有过去的光荣的地方。现在车道可通太原等处。将来同蒲路修竣，这个地方在军事和商业上占的地位更为重要。（直接描写）

大同旧城外，有外郭三，除兵房外，无甚商店。但马路甚好，兵士时常地在修理。一进旧城，便是县政府的范围，那马路的崎岖不平，泥泞满涂，有过于北平人所称的“无风三尺土，有雨一街泥”。我们坐在大汽车上颠簸得真够受。旧城的城楼，曾改建成西式的楼房，作为图书馆。后冯玉祥军围

大同，图书馆为炮火所毁。至今未能恢复。一座破坏了的洋楼孤巍巍的耸立在城头，倒是一个奇观。

到了阳和街东，便是九龙壁的所在。这是代王邸前的一道照壁。王邸已沦为民居，仅此照壁尚存。锁上了门，须叫看守者开门进去。那九条龙张牙舞爪地显得很活泼。琉璃砖瓦砌合的东西，光彩过于辉煌耀目，火辣辣的，一看便有非高品之感。但此壁琉璃砖上的彩色已剥落了不少，却觉得古色斑斓，恬暗幽静，没有一点火气，较之北海公园的那一座九龙壁来，这一座是够得上称作老前辈了。在壁下徘徊了好久。壁的前面是一个小池。据看守人说，池里有水的时候，龙影映在水中，活像是真龙。又说，大小龙共计一千三百八十条。此数大约不确，连琉璃瓦片上的小龙计之，也不会到此巨数的。“九龙神迹”的一碑为乾隆重修时所立。又有嘉庆及民国十九年重修的二碑。门首有一碑，题云：“奉旨传教修德立功为义殒躯杨司铎雅各伯”，大约是“拳匪”时被杀者的纪念碑。

旅行笔记

北魏王朝之都——大同

大同是一座历史悠久的文化名城，也是古代塞上的一座军事重镇。大同位于山西省北部，北部靠近内蒙古草原，南部是晋阳之地，夹在内外长城之间，处于大同盆地中，可以说进退有所托，防御有屏障。这种有利的地势，使其成为历代兵家必争的战略要地，以及“三代京华”（北魏前期都城，辽、金陪都）、两朝重镇（明、清）。

早在战国时期，大同已经成为赵国的军事要塞。从秦汉到魏晋南北朝，大同由平城县治地上升到北魏都城，长达九十六年。北魏是鲜卑族拓跋部建立的，拓跋部原来生活在长城以北，后来逐步向长城以南发展。398年，拓跋珪迁都平城（今山西大同），并在同年称帝，建立北魏政权，迁徙民户到平城。在作为都城的近百年中，大同一直是北方的政治、经济、军事、文化中心，也是各族人民交流的中心和北方的佛教中心。当时，大同空前繁荣，京畿（jī）之内人口有一百余万，在这里生活着鲜卑、汉、匈奴、羌、柔然等十几个民族，来自东北、西北邻国的使臣和商人也在这里聚居，他们和睦相处，为这里创造了灿烂的文化。

这座繁荣的城市还孕育了具有远见卓识的政治家魏孝文帝拓跋宏。魏孝文帝亲政后，进一步进行改革：将都城从平城迁到洛阳；改鲜卑姓氏为汉姓；改变鲜卑风俗、服饰、语言；奖励鲜卑族和汉族通婚；评定士族门第，加强鲜卑贵族和汉人士族联合统治；参照南朝典章制度，制定官制朝仪；重视发展农业生产。这些改革的积极作用包括：巩固了北方的统一，加强了中央集权，促进了民族融合、经济发展，社会矛盾得到缓和等。

太原县晋祠

林徽因

晋祠离太原仅五十里，汽车一点多钟可达，历来为出名的“名胜”，闻人名士由太原去游览的风气自古盛行。我们在探访古建的习惯中，多对“名胜”怀疑：因为最是“名胜”容易遭“重修”乃至于“重建”的大毁坏，原有建筑故最难得保存！所以我们虽然知道晋祠离太原近在咫尺，且在太原至汾阳的公路上，我们亦未尝预备去访“胜”的。

直至赴汾的公共汽车上了一个小小山坡，绕着晋祠的背后过去时，忽然间我们才惊异地抓住车窗，望着那一角正殿的侧影，爱不忍释。相信晋祠虽成“名胜”却仍为“古迹”无疑。那样魁伟的殿顶，雄大的斗拱，深远的出檐，到汽车过了对面山坡时，尚巍巍在望，非常醒目。晋祠全部的布置，则因有树木看不清楚，但范围不小，却也是一望可知。

我们惭愧不应因其列为名胜而即定其不古，故相约一个月后归途至此下车，虽不能详察或测量，至少亦得浏览摄影，略考其年代结构。

由汾回太原时我们在山西已过了月余的旅行生活，心力俱疲，远带着种种行李什物，诸多不便，但因那一角殿宇常在心目中，无论如何不肯失之交臂，所以到底停下来预备作半日的勾留，如果错过那末后一趟公共汽车回太原的话，也只好听天由命，晚上再设法露宿或住店！

在那种不便的情形下，带着“一不做，二不休”的拼命心理，我们下了那挤到水泄不通的公共汽车，在大堆行李中捡出我们的“粗重细软”——由杏花村的酒坛子到峪道河边的兰芝种子——累累赘赘的，背着掮着，到车站里安顿时，我们几乎埋怨到晋祠的建筑太像样——如果花花簇簇地来个乾隆重建，我们这些麻烦不全省了么？

但是一进了晋祠大门，那一种说不出的美丽辉映的大花园，使我们惊喜愉悦，过于初时的期望。无以名之，只得叫它作花园。其实晋祠布置又像庙观的院落，又像华丽的宫苑，全部兼有开敞堂皇的局面和曲折深邃的雅趣，大殿楼阁在古树婆娑池流映带之间，实像个放大的私家园亭。

所谓唐槐周柏，虽不能断其为原物，但枝干奇伟，虬曲横卧，煞是可观。池水清碧，游鱼闲逸，还有后山石级小径楼观石亭各种衬托。各殿雄壮，巍然其间，使初进园时的印象，感到俯仰堂皇，左右秀媚，无所不适。虽然再进去即发现近代名流所增建的中西合壁的丑怪小亭子等等，夹杂其间。

圣母庙为晋祠中间最大的一组建筑。除正殿外，尚有前面“飞梁”（即十字木桥），献殿及金人台，牌楼等等，今分述如下：

正殿

晋祠圣母庙大殿，重檐歇山顶，面阔七间进深六间，平面几成方形，在布置上，至为奇特。殿身五间，副阶周匝。但是前廊之深为两间，内槽深三

间，故前廊异常空敞，在我们尚属初见。

斗拱的分配，至为疏朗。在殿之正面，每间用补间铺作一朵，侧面则仅梢间用补间铺作。下檐斗拱五铺作，单拱出两跳；柱头出双下昂，补间出单抄单下昂。上檐斗拱六铺作，单拱出三跳，柱头出双抄单下昂，补间出单抄双下昂，第一跳偷心，但饰以翼形拱。但是在下昂的形式及用法上，这里又是一种未曾得见的奇例。柱头铺作上极长大的昂嘴两层，与地面完全平行，与柱成正角，下面平，上面斫鰽（āo），并未将昂嘴向下斜斫或斜插，亦不求其与补间铺作的真下昂平行，完全真率地坦然放在那里，诚然是大胆诚实的做法。在补间铺作上，第一层昂昂尾向上挑起，第二层则将与令拱相交的耍头加长斫成昂嘴形，并不与真昂平行的向外伸出。这种做法与正定龙兴寺摩尼殿斗拱极相似，至于其豪放生动，似较之尤胜。在转角铺作上，各层昂及由昂均水平的伸出，由下面望去，颇呈高爽之象。山面除梢间外，均不用补间铺作。斗拱彩画与《营造法式》卷三十四“五彩遍装”者极相似。虽属后世重装，当是古法。

细节描写

这殿斗拱俱用单拱，泥道单拱上用柱头枋四层，各层枋间用斗垫托。阑额狭而高，上施薄而宽的普拍枋。角柱上只普拍枋出头，阑额不出。平柱至角柱间，有显著的生起。梁架为普通平置的梁，殿内因黑暗，时间匆促，未得细查。前殿因深两间，故在四椽栿上立童柱，以承上檐，童柱与相对之内柱间，除斗拱上之乳栿札牵外，柱头上更用普拍枋一道以相固济。

按卫聚贤《晋祠指南》，称圣母庙为宋天圣年间建。由结构法及外形姿势看来，较《营造法式》所订的做法的确更古拙豪放，天圣之说当属可靠。

献殿

献殿在正殿之前，中隔放生池。殿三间，歇山顶。与正殿结构法手法完全是同一时代同一规制之下的。斗拱单拱五铺作；柱头铺作双下昂，补间铺作单抄单下昂，第一跳偷心，但饰以小小翼形拱。正面每间用补间铺作一朵，山面唯正中间用补间铺作。柱头铺作的双下昂，完全平置，后尾承托梁下，昂嘴与地面平行，如正殿的昂。补间则下昂后尾挑起，耍头与令拱相交，长长伸出，斫作昂嘴形。两殿斗拱外面不同之点，唯在令拱之上，正殿用通长的挑檐枋，而献殿则用替木。斗拱后尾唯下昂挑起，全部偷心，第二跳跳头安梭形“拱”，单独的昂尾挑在平槫（tuán）之下。至于柱头普拍枋，与正殿完全相同。

献殿的梁架，只是简单的四椽栿上放一层平梁，梁身简单轻巧，不弱不费，故能经久不坏。

殿之四周均无墙壁，当心间前后辟门，其余各间在坚厚的槛墙之上安直棂栅栏，如《营造法式》小木作中之叉子，当心间门扇亦为直棂栅栏门。

殿前阶基上铁狮子一对，极精美，筋肉真实，灵动如生。左狮胸前文曰“太原文水弟子郭丑牛兄……政和八年四月二十六日”，座后文为“灵石县任章常柱任用段和定……”，右狮字不全，只余“乐善”二字。

飞梁

正殿与献殿之间，有所谓“飞梁”者，横跨鱼沼之上。在建筑史上，这“飞梁”是我们现在所知的唯一的孤例。本刊（《中国营造学社汇刊》）五卷一期中，刘敦桢先生在《石轴柱桥述要》一文中，对于石柱桥有详细的伸述，并引《关中记》和《唐六典》中所记录的石柱桥。就晋祠所见，则在池中立方约三十公分①的石柱若干，柱上端微卷杀如殿宇之柱；柱上有普拍枋相交，其上置斗，斗上施十字拱相交，以承梁或额。在形制上这桥诚然极古，当与正殿献殿属于同一时期。而在名称上尚保存着古名，谓之飞梁，这也是极罕贵值得注意的。

金人

献殿前牌楼之前，有方形的台基，上面四角上各立铁人一，谓之金人

①公分：“厘米”的旧称，现已不用。

台。四金人之中，有两个是宋代所铸，其西南角金人胸前铸字，为宋故绵州魏城令刘植……等于绍圣四年立。像塑法平庸，字体尚佳。其中两个近代补铸，一清朝，一民国，塑铸都同等地恶劣。

晋祠范围以内，尚有唐叔虞祠、关帝庙等处，匆促未得入览，只好俟诸异日。唐贞观碑原石及后代另摹刻的一碑均存，且有碑亭妥为保护。

旅行笔记

晋祠的由来

晋祠位于太原市西南悬瓮山下晋水的发源处，是我国现存最早的皇家祭祀园林。

晋祠是为了纪念晋国开国君主唐叔虞而建的。叔虞，姬姓，名虞，字子于，因为受封于唐国，又被称为唐叔虞。晋祠还与唐叔虞的一个故事有关，这个故事就是“剪桐封弟”。

唐叔虞是周武王的儿子，周成王的胞弟。周武王去世后，他的儿子姬诵继位，这就是周成王。当时周成王尚在幼年，其叔父姬旦便代他行使天子的职权，这就是周公摄政。周公摄政期间，实行土地分封制，给宗室子弟分封一些土地，让他们去做诸侯。据《史记·晋世家》记载，有一天，年幼的周成王与弟弟叔虞一起玩游戏，周成王将一片梧桐叶削成玉圭的形状递给叔虞，说：“这个玉圭给你，封你去做唐国的诸侯吧！”站在旁边的一个叫佚的史官听到了，就请周成王选择一个好日子封叔虞为诸侯。周成王说：“我是和叔虞做游戏，岂能当真呢！”佚说：“天子没有戏言，既然你说了，就要用史书记载下来，要奏乐来歌颂它，要用礼仪完成它。”于是，周成王只好把叔虞封到唐国做了诸侯。

周成王时，唐国曾经发生叛乱，后来被周公平定。叔虞到了唐国之后，利用晋水修建了很多水利工程，大力发展农业，使唐国的百姓生活得非常富足。叔虞去世后，人们为了纪念他，便修建了唐叔虞祠。叔虞的儿子燮父即位后，因迁居到晋水旁，于是将国号改为“晋”，将唐叔虞祠改称晋王祠，简称晋祠。

其他推荐

关于山西的文章还有：

《北武当游》（王朝闻）

《仁山智水》（舒婷）

《难老泉》（吴伯箫）

《壶口瀑布》（梁衡）

《佛国人间》（吴冠中）

齐鲁大地

山东

省会

济南

简称

鲁

气候

温带湿润半湿润季风气候

地理位置

位于中国东部沿海、黄河下游，东临黄海，北濒渤海。

主要山脉

泰山、崂山

主要水系

黄河水系、淮河水系、海河水系

世界遗产

泰山、孔林、大运河、曲阜孔庙

本站停靠

青岛
济南
趵突泉
大明湖
孔庙
泰山

文学导游

王统照

老舍

梁思成

徐志摩

青岛素描

王统照（1897—1957），字剑三，作家、诗人。文学研究会发起人之一，曾主编《文学》杂志。中华人民共和国成立后，历任山东大学中文系主任，山东省文教厅副厅长、文化局局长、文联主席等职。代表作品有《春雨之夜》《黄昏》《童心》《这时代》等。

从北平来，从上海来，从中国任何的一个都市中到青岛来，你会觉得有另一种的滋味……

沿着海岸的太平路，莱阳路，随了汽车队的穿行，这真给我以重游的满足。一面是碧玻璃般明净的大海，一面是山上参差的楼台。汇泉一带的新建筑与团团的一大片草场，那么柔又那么绿。未到公园以前便看见比乡镇赛会热闹得多的游众。公园的玩艺很多：水果摊，咖啡店，照像处，小饭店，都在花光树影下叫卖着。不是看花，简直是“人市”。

实在这广大的中山公园的美点并不止在这几百株的樱花身上，有许多植物从德人管理时代移植过来，名目繁多，大可供学植物者的参考：据说因为德人要试验这半岛上究竟宜种何种植物，便尽量的撒布下各种植物的种子。……再则是最娇美的海棠在这边也成了一条路，路两侧全是丽红粉白的花朵，其实比满树烂漫的樱花好看。

剪平的草地，有小花围绕的喷水池，难于一一说出名字的各种松柏类的植物，薰人欲醉的暖风，每个人都很欣乐地在这自然的美景中游逛，说笑。我因此记起了C君夜来谈话，不禁使自己也有点惘然之感！

因为太喧闹了，我们便离开这里往清净的海浴场去。

还不到海水浴的时候，一大片沙滩上只有那些各种颜色的木板屋，空虚地呆立着。没有特制大布伞，没有儿童的叫嚷，没有女人的大腿与红帽。静静地看，由这处，那处，一层层泛荡过来的层波，轻柔地在沙边吞啮着。恰巧这不是上潮的一天，浅水，明沙，分外显得有趣。我们脱了鞋袜用海水洗过脚，在沙滩上来回的走着。看这片深碧色浮映着一种可爱的明光的圆镜，斜对面的青岛山，小小的山峰孤立在那里，披上春天的薄衣。小的浪花疲倦地，迟迟地，似一个春困的少女的呼吸，由不知何处来的那股冲动的力量使她觉到不安，可又不能作有力的挣扎。沙是太柔软了，脚踏下去比在波斯织的毛毯上还舒适。是那么微荡地又熨贴地，使脚心的皮肤感到又麻又痒的一种快感。

风从海面斜掠过来，挟着微有咸湿的气味，并不坏，因为一点也不干燥。

空中呢？在这海边的天空是最可爱的，尤其是春秋的时候，晴天的日子那么多，高高的空中，明丽的蔚蓝色，像一片彩色的蓝宝石将这个海边的都市全罩住，云是常有的，然而是轻松的，片断的，流动的彩云在空中时时作翩翩的摆舞，似乎是微笑，又似乎是微醉的神态。绝少有板起青铅色的面孔要向任何人示威的样儿。而且色彩的变化朝晚不同。如有点稍稍闲暇的工夫，在海边看云，能够平添一个人的许多思感，与难于捉摸的幻想。映着初出海面的太阳淡褐色的微绛色的云片轻轻点缀于太空中。午间，有云，晴天时便如一团团白絮随意流荡。午后到黄昏，如果你是一个风景画家，便可以随时捉到新鲜、奇丽的印象。从云彩，从落日的煊染，从海对面的山色上使你的画笔可以有无穷的变化。

拟人手法

旅行笔记

山东半岛和青岛

我国有三大半岛：位于辽宁的辽东半岛，位于广东的雷州半岛，还有位于山东的山东半岛。山东半岛隔渤海海峡与辽东半岛相对，海岸曲折，有青岛、烟台、威海等港。山东半岛城市群是山东省发展的重点区域，是我国北方地区重要的城市密集区之一，是黄河中下游广大腹地的出海口。

青岛地处山东半岛南部，南临黄海，西临胶州湾，旧称胶澳，原是一个渔村，这里曾经发生过胶州湾事件。清光绪二十三年（1897年）11月，德国以其教士在曹州巨野（今属山东）被杀为由，派遣舰队强占胶州湾，并进据胶州、即墨（今青岛市即墨区）等地。次年3月，德国强迫清政府签订《胶澳租界条约》，规定德国租借胶州湾99年等。该条约使山东成为德国的势力范围。1914年日本取代德国强占胶澳，1922年中国收回胶澳，1929年设青岛特别市，1930年改称青岛市。如今的青岛港是我国的优良海港之一，航线通沿海各港和国外。青岛沿海滩地广阔，多晴天，适于晒制盐，是我国主要的海盐产区之一，也是国内著名的滨海旅游城市之一。

济南的冬天

老舍

对于一个在北平住惯的人，像我，冬天要是不刮大风，便是奇迹；济南的冬天是没有风声的。对于一个刚由伦敦回来的，像我，冬天要能看得见日光，便是怪事；济南的冬天是响晴的。自然，在热带的地方，日光是永远那么毒，响亮的天气反有点叫人害怕。可是，在北中国的冬天，而能有温晴的天气，济南真得算个宝地。

拟人手法

设若单单是有阳光，那也算不了出奇。请闭上眼想：一个老城，有山有水，全在蓝天下很暖和安适的睡着；只等春风来把他们唤醒，这是不是个理想的境界？

小山整把济南围了个圈儿，只有北边缺着点口儿，这一圈小山在冬天特别可爱，好像是把济南放在一个小摇篮里，它们全安静不动的低声的说：你们放心吧，这儿准保暖和。真的，济南的人们在冬天是面上含笑的。他们一看那些小山，心中便觉得有了着落，有了依靠。他们由天上看到山上，便不觉的想起：明天也许就是春天了吧？这样的温暖，今天夜里山草也许就绿起来吧？就是这点幻想不能一时实现，他们也并不着急，因为有这样慈善的冬天，干啥还希望别的呢。

最妙的是下点小雪呀。看吧，山上的矮松越发的青黑，树尖上顶着一髻儿白花，像些小日本看护妇。山尖全白了，给蓝天镶上一道银边。山坡上有的地方雪厚点，有的地方草色还露着，这样，一道儿白，一道儿暗黄，给山们穿上一件带水纹的花衣；看着看着，这件花衣好像被风儿吹动，叫你希望看见一点更美的山的肌肤。等到快日落的时候，微黄的阳光斜射在山腰上，那点薄雪好像忽然害了羞，微微露出点粉色。就是下小雪吧，济南是受不住大雪的，那些小山太秀气。

古老的济南，城内那么狭窄，城外又那么宽敞，山坡上卧着些小村庄，小村庄的房顶上卧着点雪，对，这是张小水墨画，或者是唐代的名手画的吧。

那水呢，不但不结冰，反倒在绿藻上冒着点热气。水藻真绿，把终年贮蓄的绿色全拿出来了。天儿越晴，水藻越绿，就凭这些绿的精神，水也不忍得冻上；况且那长枝的垂柳还要在水里照个影儿呢。看吧，由澄清的河水慢慢往上看吧，空中，半空中，天上，自上而下全是那么清亮，那么蓝汪汪的，整个的是块空灵的蓝水晶。这块水晶里，包着红屋顶，黄草山，像地毯上的小团花的小灰色树影；这就是冬天的济南。

树虽然没有叶儿，鸟儿可并不偷懒，看在日光下张着翅叫的百灵们。山东人是百灵鸟的崇拜者，济南是百灵的国。家家处处听得到它们的歌唱；自然，小黄鸟儿也不少，而且在百灵国内也很努力的唱。还有山喜鹊呢，成群的在树上啼，扯着浅蓝的尾巴飞。树上虽没有叶，有这些羽翎装饰着，也倒有点像西洋美女。坐在河岸上，看着它们在空中飞，听着溪水活活的流，要睡了，这是有催眠力的；不信你就试试；睡吧，决冻不着你。

要知后事如何，我自己也不知道。

旅行笔记

“泉城”济南

济南因地处古四渎（dú）之一的济水之南而得名，以城内外泉水众多而闻名，又称泉城。济南之所以多泉水，是由它独特的地形地质构造决定的。济南在鲁中南低山丘陵与广阔的鲁西北冲积平原之间，市区的地势自南向北逐渐降低，这种地势有利于地表水和地下水向城区汇集。济南的地下蕴藏着丰富的可溶性灰岩，历经地质变迁和构造运动的雕琢，形成了错综复杂的溶沟、溶孔、溶洞及蜿蜒曲折的地下暗河，它们构成了庞大的地下管网。济南南部山脉的地下水向北奔涌，遇到北郊坚硬致密的岩浆岩时，仿佛遇到了一道天然的屏障，地下水在此被拦截并积聚起来。随着压力逐渐增大，这些被拦蓄的地下水沿着地下与地表相连的裂缝和通道，涌出地面，形成涌泉。尽管济南位于地震带上，但其独特的地质构造为城市提供了保护，丰富的地下水资源在一定程度上缓解了地震带来的冲击。

自宋代以来，济南一直是北方重要的海盐转运城市。北宋曾巩的《早起赴行香》中“行到市桥人语密，马头依约封朝霞”的诗句，反映了当时商业繁盛的景象。北宋时，曾巩、苏辙等曾在此做官。曾巩还主持修建了西湖（今大明湖）、百花堤、北水门城市基础设施，为济南留下了丰富的文学遗产和城市建设遗产。

趵突泉

老舍

千佛山，大明湖和趵突泉，是济南的三大名胜。现在单讲趵突泉。

在西门外的桥上，便看见一溪活水，清浅，鲜洁，由南向北的流着。这就是由趵突泉流出来的。设若没有这泉，济南定会丢失了一半的美。但是泉的所在地，并不是我们理想中的一个美景。这又是个中国人的征服自然的办法，那就是说，凡是自然的恩赐交到中国人手里，就会把它弄得丑陋不堪。这块地方已经成了个市场。南门外是一片喊声，几阵臭气，从卖大碗面条与肉包子的棚子里出来。进了门有个小院，差不多是四方的，这里，“一毛钱四块！”和“两毛钱一双！”的喊声，与外面的“吃来”联成一片。一座假山，奇丑；穿过山洞，接联不断的棚子与地摊，东洋布，东洋磁，东洋玩具，东洋……加劲的表示着中国人怎样热烈的“不”抵制劣货。这里很不易走过去，乡下人一群跟着一群的来提倡日货，把路塞住。他们没有例外的全张着嘴，葱味四射。没有例外的全买一件东西还三次价，走开又回来摸索四五次。小脚妇女更了不得，你往左躲，她往左扭；你往右躲，她往右扭，反正不许你痛快的过去。

到了泉池，北岸上一座神殿，南西东三面全是唱鼓书的茶棚，唱的多半是梨花大鼓，一声“哟”要拉长几分钟，猛听颇像产科医院的病室。除了茶棚还是日货摊子——说点别的吧！

泉太好了。泉池差不多见方，三个泉口偏西，北边便是条小溪流向西门去。看那三个大泉，一年四季，昼夜不停，老那么翻滚。你立定呆呆的看三分钟，你便觉出自然的伟大，使你不敢再正眼去看。永远那么纯洁，永远那么活泼，永远那么鲜明，冒，冒，冒，永不疲乏，永不退缩，只是自然有这样的力量！冬天更好，泉上起了一片热气，白而轻软，在深绿的长草藻上飘荡着，使你不由的想起一种似乎神秘的境界。

排比手法

池边还有小泉呢：有的像大鱼吐水，极轻快的上来一串水泡；有的像一串明珠，走到中途又歪下去，真像一串珍珠在水里斜放着；有的半天才上来一个水泡，大，扁一点，慢慢的，有姿态的，摇动上来；碎了；看，又来了一个！有的好几串小碎珠一齐挤上来，像一朵攒整齐的珠花，雪白。有的……这比那大泉还更有味。

新近为增加河水的水量，又下了六根铁管，做成六个泉眼，水流得也很旺，但是我还是爱那原来的三个。

看完了泉，再往北走，经过一些货摊，便出了北门。

前年冬天一把大火把泉池南边的棚子都烧了。有机会改造了！造成一个公园，各处安着喷水管！东边作个游泳池！有许多人这样的盼望。可是，席棚又搭好了，渐次改成了木板棚；乡下人只知道趵突泉，把摊子移到“商场”去（就离趵突泉几步）买卖就受损失了；于是“商场”四大皆空，还叫趵突泉作日货销售场；也许有道理。

旅行笔记

天下第一泉

在济南“七十二名泉”中，趵（bào）突泉最负盛名，是济南三大名胜之一。趵突泉古称“泺（luò）”，据《春秋》记载，鲁桓公十八年（公元前694年）“公会齐侯于泺”。北宋曾巩因为此泉跳跃奔突的特点，将其定名为趵突泉。后来，乾隆皇帝南巡时因趵突泉水泡茶味醇甘美，册封趵突泉为“天下第一泉”。

趵突泉西边有观澜亭，与泺源堂隔水相望，是趵突泉的主要观赏点。观澜亭旁有元代文学家张养浩题写的对联，上联是“三尺不消平地雪”，下联是“四时常吼半天雷”。这两句本出自其诗《趵突泉》中的第三、四句，原诗第四句为“四时常吼半空雷”，书写时张养浩将“半空雷”改为“半天雷”，描写了趵突泉的声色气势，意为泉水像三尺永不消逝的白雪，一年四季响彻天空的雷鸣。

趵突泉也是古代文人墨客的采风之处，欧阳修、苏轼、李清照都观赏过趵突泉。济南“七十二名泉”有十四处都在趵突泉公园内，如李清照纪念堂前的漱玉泉，李清照的《如梦令》一词中“常记溪亭日暮，沉醉不知归路”描写的便是此处。

大明湖之春

老舍

北方的春本来就不长，还往往被狂风给七手八脚的刮了走。济南的桃李丁香与海棠什么的，差不多年年被黄风吹得一干二净，地暗天昏，落花与黄沙卷在一处，再睁眼时，春已过去了！记得有一回，正是丁香乍开的时候，也就是下午两三点钟吧，屋中就非点灯不可了；风是一阵比一阵大，天色由灰而黄，而深黄，而黑黄，而漆黑，黑得可怕。第二天去看院中的两株紫丁香，花已像煮过一回，嫩叶几乎全破了！济南的秋冬，风倒很少，大概都留在春天刮呢。

有这样的风在这儿等着，济南简直可以说没有春天；那么，大明湖之春更无从说起。

济南的三大名胜，名字都起得好：千佛山，趵突泉，大明湖，都多么响亮好听！一听到“大明湖”这三个字，便联想到春光明媚和湖光山色等等，而心中浮现出一幅美景来。事实上，可是，它既不大，又不明，也不湖。

湖中现在已不是一片清水，而是用坝划开的多少块“地”。“地”外留着几条沟，游艇沿沟而走，即是逛湖。水田不需要多么深的水，所以水黑而不清；也不要急流，所以水定而无波。东一块莲，西一块蒲，土坝挡住了水，蒲苇又遮住了莲，一望无景，只见高高低低的“庄稼”。艇行沟内，如穿高粱地然，热气腾腾，碰巧了还臭气烘烘。夏天总算还好，假若水不太臭，多少总能闻到一些荷香，而且必能看到些绿叶儿。春天，则下有黑汤，旁有破烂的土坝；风又那么野，绿柳新蒲东倒西歪，恰似挣命。所以，它既不大，又不明，也不湖。

话虽如此，这个湖到底得算个名胜。湖之不大与不明，都因为湖已不湖。假若能把“地”都收回，拆开土坝，挖深了湖身，它当然可以马上既大且明起来；湖面原本不小，而济南又有的是清凉的泉水呀。这个，也许一时作不到。不过，即使作不到这一步，就现状而言，它还应当算作名胜。北方的城市，要找有这么一片水的，真是好不容易了。千佛山满可以不算数儿，配作个名胜与否简直没多大关系，因为山在北方不是什么难找的东西呀。水，可太难找了。济南城内据说有七十二泉，城外有河，可是还非有个湖不可。泉，池，河，湖，四者俱备，这才显出济南的特色与可贵。它是北方唯一的“水城”，这个湖是少不得的。设若我们游湖时，只见沟而不见湖，请到高处去看看吧，比如在千佛山上往北眺望，则见城北灰绿的一片——大明湖；城外，华鹊二山夹着湾湾的一道灰亮光儿——黄河。这才明白了济南的不凡，不但有水，而且是这样多呀。

况且，湖景若无可观，湖中的出产可是很名贵呀。懂得什么叫作美的人或者不如懂得什么好吃的人多吧，游过苏州的往往只记得此地的点心，逛过西湖的提起来便念道那里的龙井茶，藕粉与莼菜什么的，吃到肚子里的也许比一过眼的美景更容易记住，那么大明湖的蒲菜，茭白，白花藕，还真许是它驰名天下的重要原因呢。不论怎么说吧，这些东西既都是水产，多少总带着些南国风味；在夏天，青菜挑子上带着一束束的大白莲花骨葖出卖，在北方大概只有济南能这么“阔气”。

我写过一本小说——《大明湖》——在“一·二八”与商务印书馆一同被火烧掉了。记得我描写过一段大明湖的秋景，词句全想不起来了，只记得是什么什么秋。桑子中先生给我画过一张油画，也画的是大明湖之秋，现在还在我的屋中挂着。我写的，他画的，都是大明湖，而且都是大明湖之秋，这里大概有点意思。对了，只是在秋天，大明湖才有些美呀。济南的四季，唯有秋天最好，晴暖无风，处处明朗。这时候，请到城墙上走走，俯视秋湖，败柳残荷，水平如镜；唯其是秋色，所以连那些残破的土坝也似乎正与一切景物配合：土坝上偶尔有一两截断藕，或一些黄叶的野蔓，配着三五枝芦花，确是有些画意。“庄稼”已都收了，湖显着大了许多，大了当然也就显着明。不仅是湖宽水净，显着明美，抬头向南看，半黄的千佛山就在面前，开元寺那边的“橛子”——大概是个塔吧——静静的立在山头上。往北看，城外的河水很清，菜畦中还生着短短的绿叶。往南往北，往东往西，看吧，处处空阔明朗，有山有湖，有城有河，到这时候，我们真得到个“明”字了。桑先生那张画便是在北城墙上画的，湖边只有几株秋柳，湖中只有一只游艇，水作灰蓝色，柳叶儿半黄。湖外，他画上了千佛山，湖光山色，联成一幅秋图，明朗，素净，柳梢上似乎吹着点不大能觉出来的微风。

直接描写

对不起，题目是大明湖之春，我却说了大明湖之秋，可谁教亢德先生出错了题呢！

旅行笔记

城中之湖大明湖

大明湖是由泉水汇流而成的城中湖，位于山东省济南市区中心，是济南特色风貌的重要组成部分。“四面荷花三面柳，一城山色半城湖”是大明湖的风景特色。

关于大明湖的文字记载已有1400多年，最早见于北魏地理学家郦道元的《水经注》。《水经注》中称其为历水陂；唐代段成式在《酉阳杂俎》中称其为莲子湖；宋代文学家曾巩称其为西湖、北湖；金代文学家元好问在《济南行记》中记载“承袭古城西五龙潭处大明湖之名”，始称其为大明湖，直至今日。“蛇不见、蛙不鸣、久雨不涨、久旱不涸”为大明湖的四大怪。

大明湖“四面荷花”，荷花因大明湖而呈现其原生态的特点，大明湖借荷花而展现其优雅的姿态。大明湖荷花节每年举办两次：农历六月二十四日，俗称荷花生日，举办迎荷花神节；农历七月三十日，举办送荷花神节。

曲阜孔庙

梁思成（1901—1972），建筑学家。毕业于清华大学，美国宾夕法尼亚大学硕士。回国后，他先后任东北大学教授，清华大学教授、建筑系主任，毕生致力于中国古代建筑的研究和保护工作，曾主持中华人民共和国国徽设计和人民英雄纪念碑的建筑设计。代表作品有《清式营造则例》《中国建筑史》《营造法式注释》等。

今天全中国每一个过去的省城、府城、县城都必然还有一座规模宏大、红墙黄瓦的孔庙，而其中最大的一座，就在孔子的家乡——山东省曲阜，规模比首都北京的孔庙还大得多。在庙的东边，还有一座由大小几十个院子组成的“衍圣公府”。曲阜城北还有一片占地几百亩、树木葱幽、丛林密茂的孔家墓地——孔林。孔子以及他的七十几代嫡长子孙都埋葬在这里。

奎文阁是一座两层楼的大阁，是孔庙的藏书楼，明朝弘治十七年（一五〇四年）所建。在它南面的中线上的几道门也大多是同年所建。大成殿一组，除杏坛和圣迹殿是明代建筑外，全是清雍正年间（一七二四至一七三〇年）建造的。

今天到曲阜去参观孔庙的人，若由南面正门进去，在穿过了苍翠的古柏林和一系列的门堂之后，首先引起他兴趣的大概会是奎文阁前的同文门。这座门不大，也不开在什么围墙上，而是单独地立在奎文阁前面。它引人注意的不是它的石柱和四百五十多年的高龄，而是门内保存的许多汉魏碑石。其中如史晨、孔庙、张猛龙等碑，是老一辈临过碑帖练习书法的人所熟悉的。现在，人民政府又把散弃在附近地区的一些汉画像石集中到这里。原来在庙西矍相圃（校阅射御的地方）的两个汉刻石人像也移到庙园内，立在一座新建的亭子里。今天的孔庙已经具备了一个小型汉代雕刻陈列馆的条件了。

奎文阁虽说是藏书楼，但过去是否真正藏过书，很成疑问。它是大成殿主要组群前面“序曲”的高峰，高大仅次于大成殿；下层四周回廊全部用石柱，是一座很雄伟的建筑物。

大成殿正中供奉孔子像，两侧配祀颜回、曾参、孟轲……等“十二哲”，它是一座双层瓦檐的大殿，建立在双层白石台基上，是孔庙最主要的建筑物，重建于清初雍正年间雷火焚毁之后，一七三〇年落成。这座殿最引人注意的是它前廊的十根精雕蟠龙石柱。每根柱上雕出“双龙戏珠”。“降龙”由上蟠下来，头向上；“升龙”由下蟠上去，头向下，中间雕出宝珠；还有云焰环绕衬托。柱脚刻出石山，下面由莲瓣柱础承托。这些蟠龙不是一般的浮雕，而是附在柱身上的圆雕。它在阳光闪烁下栩栩如生，是建筑与雕刻相辅相成的杰出的范例。大成门正中一对柱也用了同样的手法。殿两侧和后面的柱子是八角形石柱，也有精美的浅浮雕。相传大成殿原来的位置在现在殿前杏坛所在的地方，是一〇一八年宋真宗时移建的。现存台基的“御路”雕刻是明代的遗物。

细节描写

杏坛位置在大成殿前庭院正中，是一座亭子，相传是孔子讲学的地方。现存的建筑也是明弘治十七年所建。显然是清雍正年间经雷火灾后幸存下来的。大成殿后的寝殿是孔子夫人的殿。再后面的圣迹殿，明末万历年间（一五九二年）创建，现存的仍是原物，中有孔子周游列国的画石一百二十幅，其中有些出于名家手笔。

大成门前的十几座碑亭是金元以来各时代的遗物；其中最古的已有七百七十多年的历史。孔庙现存的大量碑石中，比较特殊的是元朝的蒙汉文对照的碑，和一块明初洪武年间的语体文碑，都是语文史中可贵的资料。

旅行笔记

曲阜——孔子的故乡

曲阜位于山东省南部，在周朝时是鲁国国都，孔子的故乡。

孔子名丘，字仲尼，鲁国陬（zōu）邑（今山东曲阜东南）人，是春秋末期思想家、教育家，创立了儒家。相传，孔子曾问礼于老子。五十岁时，孔子由鲁国中都宰升任司寇，后又周游宋、陈、蔡等国，前后达十三年。六十八岁时，孔子返回鲁国。晚年，他致力于教育，整理《诗》《书》等古代文献，并删修《春秋》，使其成为中国第一部编年体的历史著作。相传，孔子的弟子有三千人之多，其中著名的有七十余人。孔子学说以“仁”为核心，提出“己所不欲，勿施于人”等基本原则。自汉代以后，孔子开创的儒学成为两千余年传统文化的主流。孔子的思想后来由他的弟子整理编写成《论语》，书中记有孔子的言行及孔子与门人的问答，是研究孔子学说的主要资料。

后人为纪念孔子，建立了孔庙、孔府、孔林，位于山东省曲阜市，简称曲阜“三孔”。

泰山日出

徐志摩（1897—1931），名章垿，字槱森，后改字志摩，诗人。曾留学欧美。1921年，他开始写诗，回国后任北京大学、清华大学等校教授，参与主编《诗刊》《新月》等文学期刊，是“新月派”的代表诗人，其诗在艺术形式上对新诗的发展有重要影响。代表作品有《猛虎集》《志摩的诗》等。

我们在泰山顶上看出太阳。在航过海的人，看太阳从地平线下爬上来，本不是奇事；而且我个人是曾饱饫过红海与印度洋无比的日彩的。但在高山顶上看日出，尤其在泰山顶上，我们无餍（yàn）的好奇心，当然盼望一种特异的境界，与平原或海上不同的。果然，我们初起时，天还暗沉沉的，西方是一片的铁青，东方些微有些白意，宇宙只是——如用旧词形容——一体莽莽苍苍的。但这是我一面感觉劲烈的晓寒，一面睡眼不曾十分醒豁时约略的印象。等到留心回览时，我不由得大声的狂叫——因为眼前只是一个见所未见的境界。原来昨夜整夜暴风的工程，却砌成一座普遍的云海。除了日观峰与我们所在的玉皇顶以外，东西南北只是平铺着弥漫的云气，在朝旭未露前，宛似无量数厚毳长绒的绵羊，交颈接背的眠着，卷耳与弯角都依稀辨认得出。那时候在这茫茫的云海中，我独自站在雾霭溟蒙的小岛上，发生了奇异的幻想——

我的躯体无限的长大，脚下的山峦比例我的身量，只是一块拳石；这巨人披着散发，长发在风里像一面墨色的大旗，飒飒的在飘荡。这巨人竖立在大地的顶尖上，仰面向着东方，平拓着一双长臂，在盼望，在迎接，在催促，在默默的叫唤；在崇拜，在祈祷，在流泪——在流久慕未见而将见悲喜交互的热泪……

比喻手法

这泪不是空流的，这默祷不是不生显应的。

巨人的手，指向着东方——

东方有的，在展露的，是什么？

东方有的是瑰丽荣华的色彩，东方有的是伟大普照的光明——出现了，到了，在这里了……

玫瑰汁、葡萄浆、紫荆液、玛瑙精、霜枫叶——大量的染工，在层累的云底工作；无数蜿蜒的鱼龙，爬进了苍白色的云堆。

一方的异彩，揭去了满天的睡意，唤醒了四隅的明霞——光明的神驹，在热奋地驰骋……

云海也活了；眠熟了的兽形涛澜，又回复了伟大的呼啸，昂头摇尾的向着我们朝露染青的馒形小岛冲洗，激起了四岸的水沫浪花，震荡着这生命的浮礁，似在报告光明与欢欣之临莅……

再看东方——海句力士已经扫荡了他的阻碍，雀屏似的金霞，从无垠的肩上产生，展开在大地的边沿。起……起……用力，用力。纯焰的圆颅，一探再探的跃出了地平，翻登了云背，临照在天空……

歌唱呀，赞美呀，这是东方之复活，这是光明的胜利……

散发祷祝的巨人，他的身彩横亘在无边的云海上，已经渐渐的消翳在普遍的欢欣里；现在他雄浑的颂美的歌声，也已在霞彩变幻中，普彻了四方八隅……

听呀，这普彻的欢声；看呀，这普照的光明！

这是我此时回忆泰山日出时的幻想，亦是我想望泰戈尔来华的颂词。

旅行笔记

泰山——帝王封禅之地

“岱宗夫如何？齐鲁青未了。造化钟神秀，阴阳割昏晓。”这是唐代诗人杜甫描写泰山的诗。泰山，古称“东岳”“岱山”“岱宗”，春秋时始称“泰山”，有“天下第一山”和“五岳之首”的美誉。泰山不仅是自然风光好，更是帝王举行封禅大典的地方。

封禅是中国古代帝王祭祀天地的一种大型典礼，通常在太平盛世或天降祥瑞的时候进行。一般来说，那些对社稷有功的帝王才敢举行封禅大典。中国历史上共有六位皇帝在泰山举行过封禅大典，分别是秦始皇、汉武帝、汉光武帝、唐高宗、唐玄宗和宋真宗。

古人认为五岳中泰山最高，皇帝选择在泰山上封禅，就可以向上天报告自己的伟大功绩。在泰山举行封禅大典的六位皇帝中，前五位实至名归，唯独宋真宗名不副实。因为封禅大典不是随随便便就能举行的，通常是在位的皇帝对社稷有功，迫不及待地向上天报告自己的丰功伟绩，才登上泰山隆重地举行封禅大典。然而北宋积贫积弱，冗官冗兵，对外年年送岁币，还一直存在被外族侵扰的情况，根本谈不上太平盛世。即便如此，宋真宗仍举行了封禅大典，共持续了四十七天，耗费了大量的人力、物力、财力。毫无疑问，宋真宗去泰山封禅使庄重的封禅大典彻底失去了权威，封禅变成了劳民伤财的代名词，后世的皇帝也不再登上泰山举行封禅大典了。

中原腹地

河南

省会

郑州

简称

豫

气候

大部属温带大陆性季风气候，南部属亚热带湿润季风气候

地理位置

位于中国中部偏东、黄河中下游，东部与安徽、山东相邻，北部与河北、山西相邻，西部与陕西相邻，南部与湖北相邻。

主要山脉

伏牛山、大别山

主要水系

黄河、淮河

世界遗产

大运河、龙门石窟、安阳殷墟、丝绸之路

本站停靠

郑州

开封

洛阳

文学导游

郑振铎

张恨水

郑州，殷的故城

郑振铎

三月三十日上午，从洛阳到了郑州。下午，就偕同陈建中同志等，到白家庄看那个殷代的城墙。这座城墙曾被白家庄作为寨墙的一部分，原来展开得很远，乃是一个可测知的三千多年前的大城市。但后来经过取土或拆毁，现在只保存着几十丈长的两段。就在那么一眼所及的古城址上，看到了那夯土堆砌得层次分明的城墙，每个夯眼（即打夯时的遗痕）都十分的明显。有一个特点，那夯眼很小，比起西安汉城的夯眼来，显得小得多了，可肯定的是属于更早的时代的遗迹。城墙之上，有若干殷代的墓葬，打穿了城头，可见这城墙乃是殷代的，甚至是更早期的。在那个遗址里，古代陶片俯拾皆是。龙山期的陶片也出土得不少，曾经出土过属于龙山期的一个瓦鬲，陶质薄而精致，有柄，有流。在殷代遗址里，也发现过同类型的陶器。这个遗址的时代问题，值得更加仔细的探索，但至晚是属于殷代的遗存，那是没有疑问的。

直接描写

接着到郑州文物清理队，看他们的陈列室和仓库。他们在短短的清理工作时间里，就获得了很大的成绩，不仅殷代的墓葬，战国到唐宋的墓葬也发掘、清理了不少。在他们的院子里，就堆存了不少大的空心墓砖，有的是从战国墓里得到的。砖上的图案，以几何纹的为最多，但也有人物图像和建筑图样的。

最重要的是殷代的种种遗存物。殷代的冶铜设备和遗址的模型，使我们看了益感到把这么重要的殷代冶铜工场毁坏了，实在是一件莫大的遗憾。制骨器的工场，也只是存留了些骨器的原料和半成品而已。骨器的原料，分为人骨、鹿骨、牛骨，各放一处，不相掺杂，且也已把可用的材料拣选齐整。像这样的大作坊，如果不是属于一座大城市，便不可能存在的，还见到一只殷代陶虎，也是极不多见的。在殷城附近，曾掘出了殉葬的犬坑九个，每坑里，少者有犬十余只，多者有犬三四十只，可能有大墓在其附近。一只犬架上还附着金片若干，这是唯一的可见的犬身上的饰物。用犬做殉葬的墓葬，在安阳也有发现。可见这是殷代的风俗之一。

开元寺的遗址，现在成了郑州市医院的分院。我们看见在这个医院的院子里，还危立着两个经幢。一个是唐武宗会昌六年（846）所立的道教经幢，上面刻的是“度人经”。像这样的道教经幢，在全国是很少见的。会昌灭法，不知毁坏了多少佛教艺术的精英，却只留下了这个道教经幢，作为活生生的见证，可叹也！另有一座尊胜经幢，是后晋天福五年（940）所立的。这座经幢上所刻的飞天及其他浮雕，都很精彩。我们说：“这两个经幢都很重要，要好好保护着。”医院里的人点点头。

郑州是有关古史研究的一个新的领域，必须更加仔细、更加谨慎小心地从事基建和考古发掘工作，不能再有任何粗率的破坏行为了！

旅行笔记

甲骨文与青铜器

公元前1600年，汤灭夏后建立了商朝。公元前1046年，周武王率众攻伐，经牧野之战，商朝灭亡，史称“武王伐纣”。虽然商朝距今年代久远，但其文化是考古学界一直所重视的，其中，甲骨文和青铜器是商朝文化的代表。

甲骨文也叫“契文”“龟甲文字”“殷墟文字”，是商朝时人们利用龟甲兽骨占卜吉凶时刻写的卜辞和与占卜有关的记事文字，记录的内容包括祭祀、战争、农牧业、官制、刑法、医药、天文历法等。甲骨文最初出土于河南省安阳市小屯村的殷墟，清光绪二十五年（1899年）被学者王懿荣发现。1928年后进行了多次发掘，先后出土达10多万片，已发现的甲骨文单字在4500字左右，可认识的约1700字。甲骨文是我国已发现的古代文字中年代最早、体系较为完整的文字，已经具备了汉字的基本结构，对我国文字的形成与发展有深远的影响。

青铜器出现于原始社会后期，鼎盛于商周时期，主要用于饮食、祭祀及军事等方面。青铜器由食器等发展为礼器，更成为王公贵族身份地位乃至国家权力的象征，礼器的类型和数量反映了权力的大小和严格的等级界限。青铜器的原料主要由铜、锡、铅组成，采用泥范铸造法锻造。1939年，河南省安阳市武官村出土的商朝后母戊鼎，是迄今中国古代出土的最重的青铜器，标志着商朝青铜器锻造技术已经达到相当高的水平。

金梁桥外月如霜

郑振铎

我于四月一日中午到了开封。第一件事就是到省博物馆参观。它是出土文物最多，内容最丰富的大博物馆之一，其陈列是按照社会发展的规律布置的。原始社会部分和奴隶社会部分，和别的博物馆没有什么不同，但陈列品却丰富异常。仰韶文化的遗址和安阳的殷代文化遗址都就在河南省里，不仅解放前的出土物还有不少保存着，而且解放后更有许多新的发现。封建社会部分，不分朝代，而分为生产工具、农业、手工业、阶级对比、文化艺术等类。这完全是新的有创造性的陈列布置，工作人员们内部就有了不少争论。在夕阳斜照里，为了此事，开过一个座谈会，我以为：我国封建社会为期甚

长，变化很多，这种“总结式”的陈列方法，的确值得慎重考虑。但既已摆出来了，也不妨暂时成为一个类型，作为讨论的资料，他们也同意我的这个意见。这个博物馆更吸引人的，乃是从汲县、辉县、新郑、安阳等地出土的青铜器。辉县出土的东西，乃是前所未见的，破碎的很多，尚未整修好。修复后陈列出来，一定会使社会上震动一下子的。两廊陈列着石刻、石像及墓志等，蔚成巨观。说是“小碑林”，其实，这碑林并不小。有魏三体石经、宋石经、北魏石棺、隋造像碑及墓志八百多方[①]（均嵌于墙上）。最可注意的是汉代黄肠石有四十多方，不知是做什么用的，值得深入的研究。石雕像美极了，汉唐的陶俑也有极好的，令人徘徊不忍离开。也有伪品掺杂其间，但那是旧存的东西。如果把真伪好坏分别明白，这个博物馆辉煌的光彩，是决不下于西安的碑林与陕西省博物馆的。出馆后，曾到旧书店转了一下，简直一无所有，只购得《汲县志》一书。

直接描写

晚上，在工人俱乐部里看豫剧《春香传》。开封原是歌舞的产生地之一，宋代的瓦子里出现了不少为人民所喜闻乐见的玩意儿，特别是杂剧、平话、诸宫调等等，都是开天辟地之作，影响于中国文学的发展者极深且远，至今，在大相国寺还有不少艺人仍在弹唱、演奏着。豫剧乃是地方剧里流传最广的剧种之一。它吸收了各个剧种的长处、好处，而以其特有的曼声的歌词融化之，使其完全适合于自己的需要，决不显得格格不入。《春香传》的题材是取之于朝鲜人民所创作的剧本的，但演起来却宛然是道地的豫剧。这个剧种是有其广阔的前途的。就在这里，演着这个“春香传”，不正在表示出“齐唱宪王新乐府”的汴梁城的飞跃地在前进，在更勇敢地发扬其传统的歌舞的光辉么？

赶着到大相国寺一游。正有新兴的气象。旧的封建遗存物死去了，属于人民的大市场正在兴起，那繁华的景象一定会远远地超过《东京梦华录》所记载的。

①方：平方米或立方米的简称。——编者注

旅行笔记

仰韶文化

仰韶遗址是中国新石器时代遗址，位于河南省渑池县仰韶村。仰韶村坐落在一块黄土台地上，三面环水，抬头可见巍峨的韶山，故得名“仰韶”。1921年，仰韶文化首次发现于这个小村庄，据碳-14法测定，其年代为公元前5000—前3000年，一般认为属母系氏族公社制的繁荣时期。仰韶文化不仅是中国第一个通过考古发现的史前文化，更填补了当时考古学界对中国有没有新石器时代的认知空白。考古学界普遍认为，这是中国现代考古学的发端。

由于遗物中常有颜色绚丽的彩陶，因此，早年一些研究者也直接将仰韶文化称为“彩陶文化”。日用陶器以细泥红陶和夹砂红褐陶为主，细泥红陶上常彩绘几何形图案或动物形花纹。仰韶文化中的庙底沟文化，分布范围大、影响范围广，其典型纹饰花瓣纹影响了大半个中国。有不少学者认为，花瓣纹或许就是华夏之“华”的由来。

洛阳小记

张恨水

白马寺及其他名胜

说起这处寺，真个也是提起了此马来头大。在这里，也就当先研究研究这个寺字。寺，在汉时，也是一种官署，并不是专为出家人供佛修行的所在。现时，我们在戏里头还可以听到，如大理寺正卿这种话。汉朝明帝的时候，印度和尚摩腾竺法兰带了佛经到东土来传道。因为他们那些佛经，是用白马驮来的，因之万岁爷在洛阳西雍门外盖了一幢官舍，供应这两个僧人，就叫做白马寺。这寺虽是屡废屡建，但是佛经同和尚初次到中国来的纪念，考古的人，是应当来看看的了。那庙门三座，坐北朝南，也不见怎样伟大。进门有一片大院子，左右两个大土馒头，这便是最初到中国来的两个和尚的坟，一个葬着摩腾，一个葬着竺法兰。正面大殿，有三尊大佛，两边十八尊罗汉。这罗汉是明塑，有两尊神气很好。殿外两厢配殿，正在修理着呢。庙后有个高阁，还有点旧时的形式，里面供了一尊二尺多高的玉佛，也是新运来的。高阁边，有个敞轩，游人可以小歇。在那里和僧人谈笑，知道这庙，在两年前，本来破烂不堪。自国府一度把洛阳作了行都，许多政府要员都到这里来过，觉得这里是中国佛教发源地，不应该消灭了，大家提倡复修起来，捐款很多，而且还在上海找了一个老和尚德浩，到这里来当方丈呢。关于白马寺的沿革，院子里碑上记得有，在此前一届的修理，在明朝嘉靖年间。大意说：

汉明帝永平七年甲子，四月八日，帝寝南宫，夜梦金人，上因君臣之对，遂使人至西域求佛道，乃得摩腾竺法兰，帝大悦，至十四年辛未，敕于西雍门外，建白马寺以居之。唐时，规模渐废，宋太宗命儒臣重修，以后历有兴废，明正德年间更大为修理。嘉靖年记。

由这点看起来，因为这是佛教源流所在，历代都设法保存它的了。庙的左边，不到半里路，有一座汉塔，现在还是好好的。这塔六角实心，仿佛一条大钢鞭，竖在地上，倒和平常不同。塔在土台子上，有好些个碑石，树在旁边。最令人感到兴趣的，就是大金国的碑。南宋时候，金人曾取得了洛阳。碑上刻了许多金国汉官名姓。也可以说是汉奸碑了。塔边有狄人杰的墓。

关帝冢

孙权杀了关羽，将首级送给曹操。曹操就把首级配个木身子，葬在洛阳城外。这冢，现时还在。游关帝冢，和游龙门是一条路，坐人力车，依然是一元钱来回。出南门，渡过洛水，（过渡钱，人车一角）顺着大路前进，约莫十里路，看到一带红墙，围住了柏林，那就是关帝冢了。进门有道乾石桥，先到正殿，殿上除了关像而外，根据三国演义，有四个站将的像。墙边放一把青龙偃月刀，长约一丈。刀形，是龙口里吐出半边月亮来，故名。后

细节描写

殿分三间，一是塑的行像，可以坐轿子出游的。一是看书像，一是卧像。这后面，有个亭子，靠了土墩，那就是首级冢了。庙里并没有僧道，现时归官家管理。

旅行笔记

白马寺和龙门石窟

洛阳是我国的古都之一，“洛”本作“雒（luò）”，三国魏时改为“洛”。历史上许多朝代都在洛阳定都，如东汉、三国魏、西晋、北魏（孝文帝以后）、隋（隋炀帝时期）、五代唐等；洛阳也做过许多朝代的陪都，如新莽、五代梁、汉、周、北宋等。古代的洛阳非常繁荣：战国至西汉时，它是全国商业都市之一；东汉、魏晋、隋唐时，它更是全国，乃至全亚洲的经济、文化中心。洛阳拥有非常悠久的历史文化，尤其是佛教文化，标志性建筑是白马寺和龙门石窟。

白马寺位于河南省洛阳市东郊，是佛教传入中国内地后兴建的第一座寺院，相传建于东汉永平十一年（68年）。据传，蔡愔、秦景等人去西域求取佛经，用白马驮经迎回洛阳。次年建寺，以白马命名。白马寺屡毁屡建，明嘉靖三十五年（1556年）重修。

龙门石窟，亦称伊阙石窟，分布在河南省洛阳市城南伊水入口处两岸的龙门山（西山）和香山（东山）。龙门石窟开凿于北魏太和十八年（494年），一直到唐代，历时四百余年，以唐代开元以前的最多。现存石窟1352个。如今，龙门石窟已被列入《世界遗产名录》。

佛教传入中国，对中国的思想、文学、雕刻、绘画艺术等都产生了深远的影响，一直持续至今。

其他推荐

关于河南的文章还有：

《灵山寺》（贾平凹）

《看家乡戏》（魏巍）

《河南的曲剧》（冰心）

《龙门印象》（萧殷）

《洛阳牡丹》（季羡林）

三江之源

青海

省会

西宁

简称

青

气候

大陆性高原气候

地理位置

位于中国西北地区中部，东部、北部与甘肃相邻，西南部与西藏相连，东南部与四川相邻，西北部与新疆相邻。

主要山脉

昆仑山、祁连山、阿尔金山、唐古拉山

主要水系

黄河、扎曲、通天河、沱沱河

世界遗产

可可西里

本站停靠

日月山
茶卡盐池
青海

文学导游

李烛尘

再宿青海并夜过日月山

李烛尘（1882—1968），原名李华，爱国民主人士、实业家。早年创办公司和研究社，1949年出席全国政协第一届全体会议，后历任华北行政委员会副主席，食品工业部、轻工业部部长，第四届全国政协副主席等职。代表作品有《西北历程》。

廿日晴，早餐时，吃手抓羊肉。昨日运盐队长毙一黄羊，今晨分享若干，颇嫩，别有风味，较家羊，尤可口。饭后起程赴都兰，看原始森林。但行至三十公里外，至都兰牙壑河，两岸被水冲洗，坑高车不能过，即折回，循原路返。都兰森林，已远远望见，沿路北山中，有一条苍青色者，即是也。惟树影疏落，似不甚密。据人云共长数十里，树大径数尺，惜未能亲见。惟交通如此艰难，纵山不爱材，亦只有老死沟壑！过乌斯白河后，上汉牙壑高山，上时不觉险，下行时，山路绝陡，并溜下前日所上之冰河，真足惊人。至下午，仍沿青海行，夜仍露营于大力蔴（má）河之东，离前日夜宿处，尚有十里之遥。晚餐仅有白菜挂面等物，因中午未举火，都似一般饥民，虽以牛粪为薪，不免灰落锅内，然虎咽狼吞，亦自别饶风味。惟以此地昨日曾下雪，夜中宿帐篷内之潮湿地上，其寒冷之程度，较前夜更厉害。鼻息吹出成雾，结于狐皮领上，粒粒如细珠。睡后口气遇被褥，即冻成冰块。余曾有“荒原夜宿意何如？鼻息沾衾结露球。梦里寒醒惊幕白，平芜霜满月盈湖”之句，亦实写也。是夜为零下十八度。

比喻手法

廿一日黎明即起，因寒冷侵人不可时，与其睡不如起来运动之为快也。早餐略吃稀粥，拟今日赶至湟源，一则干粮馀存无几，二则雪如继续下，即有迷途不能返之危险。既行之后，因昨日已雪，滨海河流，均被封冻，不知水之深浅。余坐第一号车，司机技术本好，因第一次过河，遇坑未能冲过，人皆下车，由带来兵士破土，再用人推，终不可过。最后由第二号车择较浅之坑冲过去，再拉第一号车，方脱险，然已费去一小时。从此以后，遇河必先探水，同样人下车，兵破土，或用他车拖拉者数次。共计一日之间，过大小河四十一道，中间又迷失道路一次，绕了多少弯，始归正道。行至黄昏时，尚未与青海告别，中午亦未举火，即在车中嚼剩馀之冷馍，如再露宿，无粮无水，且无处寻牛粪，只好乘月夜赶行，幸是夜月明如画，正是三五良宵。日月山虽高险，亦得平稳度过，不过车越山时，因山中空气稀薄，感觉气急，而汽车亦发出呜呜之声，若不胜其负荷者。“寒夜输蹄万仞山，巉岩深涧懔回环。良宵三五唐姬月，照护行人过险关。”深以为幸。下山后再入一峡，峡甚窄，岩石矗立其旁，如欲食人者，最为险恶。到湟源公园时，已是晚十一时。看守人均从梦中叫起，再为余等烧水洗脸，煮稀饭。食后即眠，终日奔波，颇得好睡。

旅行笔记

青海——三江之源

青海位于青藏高原东北部，是多民族聚集的省份。青海具有悠久的历史，早在旧石器时代晚期，这里就已经有古代人类活动的足迹了。到了新石器时代晚期，古代居民在此创造了彩陶文化。通过考古，此地已经出土了大量的彩陶。青海具有青藏地区的特征，地形有“远看是山，近看是川”的显著特点。气候高寒，年温差小，日温差大，日照充足，太阳辐射强。农牧业是高寒畜牧业和河谷农业。青海的植被类型以高寒灌丛、高寒草甸和高寒草原为主，其余是荒漠和山地草原，森林植被较少。珍稀动物有野骆驼、野牦牛、野驴、藏羚羊、雪豹等。主要农作物有小麦、青稞、蚕豆、燕麦等。青海的自然风光极好，有阿尼玛卿山、日月山、青海湖等。

青海是三江之源——长江、黄河、澜沧江的发源地。三江源地区的特点是：一、中国面积最大的自然保护区，海拔最高的天然湿地，平均海拔四千米，具有“中华水塔”的美称；二、世界高海拔地区，生物多样性集中的地区；三、三江生态系统最敏感的地区。三江源地区出现的问题有冰川萎缩（冰川、湿地面积不断缩小，甚至干涸）、生态环境恶化（水土流失加剧、草地沙化严重、虫鼠猖獗、野生动物锐减）等。出现这些问题的原因有全球变暖、过度放牧、乱采滥挖等。目前的解决办法是设立三江源自然保护区，措施是退耕还林（草），全面禁猎，禁采砂金，休牧育草，实施天然林和天然牧场保护工程。

盐池探胜

李烛尘

早饭后一同看盐池，实则盐池离盐局尚有十里之远。大家分乘骆驼与马前往。未去之先，忽来一队蒙古老少男女围观。余等见彼等五颜六色，视为奇观，实则彼等亦视余等不中不西不蒙不汉为异客也。一行人浩浩荡荡的连骑十里，约半小时始到。

盐池号称东西长七十里，南北宽三十里，略带椭圆形。池面平铺一片白，均为粒大之盐。捞盐为蒙古人之特权，因此池本为青海王、可可王及茶卡王三王所有，先年曾为青海省政府用茶糖绸缎等物易而有之。或云系三万元永租。当时言定，捞盐之人，只许用蒙古人。现则每年由盐务管理局向青海省政府缴三万元，听其采取。最高额每年可达十万馀担，本年因牛瘟，无运输工具，恐只能运出四五万担。捞盐时，蒙古人先在盐池之结晶面上，用铁铲（如长刀）锉一尺馀直径之孔。表面结成板之盐，约一尺多厚，虽白，但多硝，弃去不用。再以约长四尺馀木柄之铁瓢，瓢上穿有多数小孔，在盐池之卤中，捞取盐粒。因气候高寒，为一种低温结晶，故其颗粒均大。又因池中污泥极多，故盐带青黑色。其成分虽高，不过若以大粒溶于水中，其沉淀泥亦甚可观，究不免污浊。捞盐人将池底之盐捞置池面堆置之，因其手与木柄之长度有限，捞至相当数量后，即移至另一地点，再锉孔捞盐。同时盐堆之卤水之滤干后，即用牛毛袋包装。用数十匹牦牛、骆驼，来盐池上驮去。就生产及运输言，诚可谓洋洋大观矣。盐之存积量，盐之厚与卤之深，不能有确切之估计，然假使盐堆之厚平均为五尺，与卤之深平均为一丈，必可能达十馀万万乃至二十万万吨之谱，是诚一大财富也。闻盐池当雨季时，

细节描写

虽表面有一层水，然并不能将全部表面之盐化去，雨季过后，仍然满池白盐。现在每年采取不过十万担，略等于塘沽盐坨之一大码，为数有限。或者有周围草原溶化之卤可以补上。照中国现在用盐之量言，每年约二百万吨，假定该盐池藏量为十亿吨，则可供全国食用五百年。又此盐之成本，昔时与海盐等，每担不到一角（捞盐费），今则捞盐费亦不过每担一元。人马行盐池上，有时亦有相当之危险。即已经捞盐之地，其孔尚未结满，骆驼或牛堕入坑中，即无法拉之使出，故其上亦常驼尸累累。余在池上有“十里盐池策马行，马蹄踏盐盐有声。青天寒日相映白，影盐黑白最分明”之句。

盐政情形，在青海省较为特别。此地盐之专买利益，在青海省境内者为一百担廿元，出境则为卅（sà）五元。食盐虽由政府公卖，但只省垣一隅之公卖店，由人民向盐局领售，其馀各县之城镇乡，则非盐局所能过问。

余去盐池参观时，骑骆驼，驼行一仰一俯，颇不安稳。归乘马较适，但因未提防，中途马忽狂奔，虽能控制未堕地，而尾尻（kāo）骨旁之皮已为之擦破寸许矣。夜间盐局中人请蒙古男女多人来唱歌，以慰旅情。音节甚单调，惟清越悲哀，不胜衰亡之感，同时，团员中报以团歌、京剧、大鼓等，亦可谓塞外盛会。曲终则享以酒，尽欢而散。

旅行笔记

柴达木盆地

柴达木盆地位于青海省西北部，被阿尔金山脉、祁连山脉、昆仑山脉环绕，属于封闭性的巨大山间断陷盆地，是中国四大盆地之一。干旱荒漠是柴达木盆地的自然景观，盐化荒漠土和石膏荒漠土是盆地的主要土类，部分草甸土、沼泽土会产生盐渍化。

柴达木盆地的自然条件非常严酷，干旱寒冷，降水稀少。从盆地边缘到中心，依次为戈壁、丘陵、平原、湖泊等。柴达木盆地有一个美丽的名字——“聚宝盆”，说是聚宝盆一点不为过，因为它拥有丰富的矿藏资源，如煤、石油、天然气、金属（铁矿、铜矿、锡矿）、盐矿等，比较有名的是冷湖的石油、鱼卡的煤、锡铁山的铅锌矿等。盆地中央的察尔汗盐湖，是中国最大的盐湖。盐湖中蕴含着丰富的食盐、钾、镁，还有巨大的卤水锂矿资源。我国钾肥的主要产地就在察尔汗盐湖区。

柴达木盆地的钾盐矿床是怎么形成的呢？这是由于地壳运动，青藏高原隆起，此地的气候逐渐变得干燥，蒸发旺盛，大部分咸水湖逐渐萎缩，盐分沉淀之后，形成很厚的钾盐层。

我国钾盐很紧缺，因为我国是农业大国，耕地普遍缺钾；需要大量钾肥，因为农业发展速度快；钾盐资源贫乏，没有多少储备，生产的钾肥较少。所以，开发钾盐对我国农业的发展是非常重要的。

过青海露宿海边

李烛尘

青海为一大盆地，四周高山环绕，当为古代之死海。周围古称千馀里，现则日久干涸，尚馀六百馀里。雪水溶化，汇为九十九条河流，加入倒淌河，适为百道。然河水虽淡、海水本咸，一面流入，一面蒸发，仍不失本来面目。车沿南岸行，过河流甚多，然离海尚十里之遥，可望而不可及。海中有山，名海心山，上住喇嘛，因无船只往来，终年住居其上，每年必待冬至结冰后，下山过海，准备一年之粮，再行回去。去年海未结冰，人颇以喇嘛之消息为念。不过前数月有飞机到此见海心山有羊群奔驰，有羊即有食，当无饿死之虞。青海本可航行，因此地人民知识简陋，不知造船术，且以为海浪有神，不可轻侮。余知将来必有通航之一日。

余等在海边午餐，干粮系西宁带来，油盐柴面酱醋茶，样样俱备，不过柴不能多带，只够引火而已，大量燃料还仰给于草地之牛粪。一面寻石埋锅，一面分途找寻牛粪。牛粪颇不易燃，必用蒙古人所用之皮风袋。风袋为整个羊皮，一头安铁管，其他一头开口。用时左手执口之一边，右手执他边兜风，顺势压之，其风即由管喷出。但此种手术，非习之久者，颇不易见效。团员戏习之，十不一能。风吹牛粪，粪末随风飞扬，有时不免堕入锅内，与食物相混，但餐时觉别有风味，虎咽狼吞，那管牛溲马勃。当时余曾口占云：“青海边缘集野餐，自搜牛粪自煎汤。今来古往数良会，应是人间第一场。”亦足乐也。

细节描写

饭后仍沿海行，途中经过多数小河，甚不易过，必下车推之，有时且需铲土坑，或用另一车拉之。余等一行系用两大卡车，借自申新纱厂一车较好。本日原拟赶至大力马河露宿，终因路坏，遂于距此二十里处，择有水高地，撑搭帐篷住宿。帐篷大小二付，均由盐局借来。同时由省政府派士兵及税警各二人，均全副武装，以资戒备。彼等对于露营均熟习，故搭篷造饭等事，不旋踵而成。两卡车摆成半方形，帐篷即搭于半方形之中，以便避风。帐篷之门例朝南，然亦须看当时风向而定。饭后大家集在帐篷内唱团歌，颇不寂寞。余因午饭时多喝了两口酒，为的是取暖，因此头昏，未餐早睡。夜间奇冷，和衣而卧，虽服丝棉紧身，羊毛皮中山服，再加皮面大衣，内套羊毛皮，在鸭绒被内，上加羊毛毡，犹觉寒气侵人，终夜难寐。而口气吹出，适当被边，结成一片冰水。夜中气温，降至零下十馀度，又在布篷之下，如此广漠无垠之草原与波涛汹涌之海边，宜其严寒若此。

十八日天仍晴，晨起后，头昏已愈，是日所行之路更坏，颠簸不堪，过河亦多。下午二时许，始与青海告别。由此上一高峡，峡中有水，已冻结为冰河，车滑几不能上。过峡后亦为一黄草高原。峡上气候极寒冷，有一种适应高山环境之植物，为红柳，矮如丛刺。尚有一种单条高不过二尺之小树，远望之如棉花条，近视之则系一带小刺丝之包裹物也。草原行完后，再翻过一高山，名察哈牙壑，海拔亦在三千数百公尺以上，似较日月山尤高。下山不远，即可望见盐池，平铺一片白。车沿池外行，亦几二小时始尽。池之周围系一大盆地，近山之处，草较少，疏疏落落的多如塘沽附近带红色丛生

物。其地上敷一层白色，当然为卤气之结晶者。在此草原中，见大批黄羊与野马，奔赴之速，几如飞矢，汽车亦不能及，近年因哈沙到青海，猎黄羊野马为食，其数已大减云。 比喻手法

旅行笔记

青海湖的传说

如果说在中国地图中，青海像一只兔子，那么青海湖就是兔子的眼睛，灵动深邃，是青海最美丽的一道风景线。

青海湖在青海省东北部大通山、日月山、青海南山间，是断层陷落湖。青海湖边有广阔的草原，是优质的牧场。青海湖是全国最大的咸水湖。关于青海湖的来历，有很多传说，其中一个是吐蕃名相禄东赞为松赞干布迎来了文成公主，立下了功劳，可是禄东赞被小人陷害，被逐出了朝廷，禄东赞便领着儿子向北方流浪。在流浪途中，儿子想要喝水，禄东赞对儿子说："往前走，前面有个石盖，石盖下面有泉水，你揭开石盖喝完水一定要将石盖盖上。"禄东赞的儿子向前走了几步，揭开石盖，只见清冽的泉水喷涌而出。喝完之后，禄东赞的儿子忘记了父亲的话，没有把石盖盖上。父子二人正往前走，只听见身后响起雷声，回头一看，波涛汹涌，草原仿佛要被淹没了。父子二人一路狂奔，但是逐渐扩大的水域一直在他们脚后边，眼看他们要被淹没了。正在这时，一位天神恰好从此地路过，抓起一座山，压住了泉源，泉水才被止住。这座山就是海心山，溢出的水就是青海湖。据说，每年冬天湖水结冰的时

候，吐（tǔ）谷（yù）浑人都会选择剽悍的牝（pìn）马，赶到海心山放牧，到第二年春天，让海龙与牝马交配，所生的龙驹能日行千里，被称为青海骏，全国驰名。

其他推荐

关于青海的文章还有：

《青海湖，梦幻般的湖》（冯君莉）

《通往格尔木之路》（梅洁）

《西宁风情》（郭云飞）

《青海塔尔寺记游》（杜书瀛）